Schaduwstad

Van dezelfde auteur

Amos Decker
De geheugenman
De laatste mijl
Het motief
Doodskleur
Verlossing
Ondergronds

Atlee Pine
De lange weg naar genade
Eén minuut voor middernacht
Daglicht
Spiegelbeeld

Aloysius Archer
Een goede daad
Dodelijk spel

Camel Club
De samenzwering
De verzamelaars
De verraders
De rechtvaardigen
Rechteloos

John Puller
De provocatie
Vergeten
De ontsnapping
Niemandsland

King & Maxwell
Onbewaakt ogenblik
Het uur van de zonde
Geniaal geheim
Familieverraad
De zesde man
King & Maxwell

Shaw
Niets dan de waarheid
Verlos ons van het kwaad

Will Robie
Onschuldig
De aanslag
Doelwit
De schuldigen
Eindspel

Overige thrillers
Het recht van de macht
Op eigen gezag
Duister lot
Vuil spel
Onder druk
De laatste man
In het geheim

Wilt u op de hoogte gehouden worden van de thrillers van David Baldacci? Meld u dan aan voor de nieuwsbrief via www.baldacci.nl of volg www.facebook.com/DavidBaldacciFanpage. Andere leestips zijn te vinden op www.awbruna.nl.

David Baldacci

Schaduwstad

A.W. Bruna Uitgevers

Oorspronkelijke titel
Dream Town
© 2022 by Columbus Rose, Ltd.
Published by arrangement with Lennart Sane Agency AB.
Vertaling
Jolanda te Lindert
Omslagbeeld
© Getty Images/Paul Meneshian/EyeEm
Omslagontwerp
Studio Jan de Boer
© 2022 A.W. Bruna Uitgevers, Amsterdam

ISBN 978 94 005 1282 5
NUR 332

Behoudens de in of krachtens de Auteurswet van 1912 gestelde uitzonderingen mag niets uit deze uitgave worden verveelvoudigd, opgeslagen in een geautomatiseerd gegevensbestand, of openbaar gemaakt, in enige vorm of op enige wijze, hetzij elektronisch, mechanisch, door fotokopieën, opnamen of enige andere manier, zonder voorafgaande schriftelijke toestemming van de uitgever. Voor zover het maken van reprografische verveelvoudigingen uit deze uitgave is toegestaan op grond van artikel 16 h Auteurswet 1912 dient men de daarvoor wettelijk verschuldigde vergoedingen te voldoen aan Stichting Reprorecht (Postbus 3060, 2130 KB Hoofddorp, www.reprorecht.nl). Voor het overnemen van gedeelte(n) uit deze uitgave in bloemlezingen, readers en andere compilatiewerken (artikel 16 Auteurswet 1912) kan men zich wenden tot de Stichting PRO (Stichting Publicatie- en Reproductierechten Organisatie, Postbus 3060, 2130 KB Hoofddorp, www.stichting-pro.nl).

Voor Tiffany en Bruno Silva en het Landing Love Project,
voor de hulp aan iedereen die het moeilijk heeft

1

Het was oudejaarsavond 1952.

Aloysius Archer was dertig jaar, ooit een onderscheiden militair, daarna een eenvoudige gevangene en nu al enkele jaren een privédetective met heftige ervaringen aan de schaduwzijde van het leven.

Hij reed in een bloedrode cabriolet, een Delahaye Model 1939, met de rode kap naar beneden omdat hij dat prettig vond. Hij had de auto nog geen drie jaar geleden gekocht met geld dat hij in Reno met stom geluk met gokken had gewonnen. Dat had Archer ook bijna zijn leven gekost. Hij hield nog altijd van de auto. Iedere man zou ervan houden. Net als iedere vrouw die van een man met een mooie auto hield.

Nu reed Archer over de heuvelachtige achtbaan van Los Angeles. De stad zag er op z'n mooist uit voor de jaarwisseling. Dat betekende dat de bedelaars in Skid Row waren weggestuurd door jonge agentjes die deden wat hun was opgedragen, de hoertjes te horen hadden gekregen dat ze in de belangrijkste straten niet mochten tippelen, bijna iedereen het deksel van de afvalcontainers had afgesloten en zijn tanden had gepoetst.

De stad had ongeveer vier miljoen lampenslingers laten aanrukken, evenveel ballonnen en genoeg confetti om de Stille Oceaan mee te kunnen dempen. En iedere acteur en actrice onder contract bij een studio, en zelfs een paar die dat niet waren, lieten op alle goede, en foute, plekken hun tandpastaglimlach zien. De stad had natuurlijk ook een schaduwkant, maar de City of Angels had alle mogelijkheden en redenen om opvallender en opwindender te zijn dan welke andere stad ter wereld ook.

Het kon een heerlijke plek zijn om te wonen. Als je geld had, beroemd was, of allebei, maar Archer had dat niet en was dat niet. Hij had de afgelopen jaren aan een paar moeilijke zaken gewerkt en daarbij de stad en de bewoners misschien wel beter leren kennen dan hem lief was.

Deze stad pakte elke droom die je ooit had gehad van je af en stopte die vervolgens vrolijk in de grootste gehaktmolen die er bestond. Zodra de beroemdheden niet langer beroemd waren, was de gehaktmolenbehandeling zelfs nog erger, omdat die mensen hadden ervaren hoe het leven was als er veel over je werd geschreven en een heleboel mensen naar de bioscoop gingen om je acteerprestaties te bewonderen. Zodra dat feestje afgelopen was, hadden ze het gevoel dat iemand hen van het hoogste puntje van het Empire State Building had laten vallen en ze in een golfplaten hutje in Alabama waren beland.

Los Angeles had twee miljoen inwoners, verspreid over zo'n dertienhonderd vierkante kilometer. Sommigen woonden op elkaar gepropt in een krottenwijk, arbeiderswijk of slecht gebouwd levensgevaarlijk flatgebouw, terwijl de rijke beroemdheden alle ruimte hadden om zich te verschuilen. De stad was gebouwd op de restanten van een dorp dat was gesticht door de Tongva, een inheemse indianenstam, met de naam Yaanga, dat 'plek met gifeiken' betekende.

Nou, dat klopte wel, dacht Archer. Maar voor een privédetective kon LA een fascinerende studie zijn van de mensheid en haar vele tekortkomingen.

Hij ging linksaf en rechtsaf, kwam van het rijke LA in het welvarende LA en uiteindelijk in het stinkend rijke LA. Hij passeerde een politieauto en zag dat de twee agenten van de LAPD automatenkoffie dronken. Ze keken loerend naar Archer toen hij hen passeerde en vroegen zich waarschijnlijk af of hij de auto had gestolen of hem moest afleveren bij een filmmagnaat of een Arabische sjeik die een stukje mythe van de stad én een fraaie auto had gekocht.

Archer keek in zijn spiegel naar de politieauto en hoopte dat die bleef staan waar hij stond. Hij vond de LAPD een van de grootste criminele organisaties ter wereld. En de agenten deden dat met een glimlach, en een vuurwapen, als dat nodig was. Of met een pak slaag dat geen sporen achterliet.

Archer was een paar keer op zijn hoofd geslagen met een gummiknuppel en ook een paar keer gearresteerd op basis van valse beschuldigingen, voornamelijk omdat de agenten zijn vragen impertinent vonden. Vragen dus die tot doel hadden de waarheid te achterhalen, omdat uit de waarheid vaak bleek dat agenten van de LAPD samenwerkten met andere misdadigers.

Deze agenten hielden vermoedelijk een koffiepauze, waarna ze naar een paar straathoeken in een achterbuurt zouden rijden om hun quota arrestaties voor de week te halen, zoals gehoorzame agentjes betaamde. Deze twee vormden maar één team dat meevocht in de continue veldslag om de ziel van de stad. En Archer twijfelde er niet aan welk team zou winnen. Als LA een menselijk lichaam was waren de criminele elementen de haarvaten: klein, overal aanwezig, meestal onzichtbaar, maar absoluut onmisbaar voor het voortbestaan.

Archer was onderweg naar Universal Studios. Hij kende daar maar één iemand, maar wel iemand die belangrijk was, voor hem dan. Liberty Callahan was twee jaar geleden uit Bay Town vertrokken, waar Archer woonde en werkte bij Willie Dash' *Very Private Investigations*. Callahan was naar Hollywood gegaan om haar droom in het land van de schone schijn te verwezenlijken. Voor zover hij wist probeerde ze nog steeds te bereiken dat de stad in haar geloofde.

Hij had Callahan leren kennen in Reno, waar ze als danseres in een café werkte. Ze waren samen naar Bay Town gegaan en onderweg een paar keer bijna vermoord. Het is heel bevorderlijk voor een vriendschap als je samen de dood onder ogen ziet.

In LA was veel werk voor een privédetective. Het was verbazingwekkend dat de mensen hier elkaar maar bléven vermoorden en beroven en bedriegen en chanteren. Maar zodra er op één plek veel geld was, werden sommige mensen steeds weer verleid om dat van de rechtmatige en onrechtmatige eigenaren af te pakken.

Archer reed langs gebouwen die heel ingenieus tegen de steile hellingen van de stad waren gebouwd, waardoor ze scheef en ontworteld leken. Alle wortels hier waren oppervlakkig, nooit diep. Diepgang vereiste betrokkenheid en die vond je hier niet, voor zover Archer kon zien tenminste.

Hoge straatlantaarns met een dubbele poot verlichtten het nachtelijke LA. Hij zag het knipperende NBC-symbool op Sunset en Vine, en een paar blokken verder naar het zuiden zag hij de trotse boog van Paramount Studios. Een blok verder, aan de andere kant van Hollywood Boulevard, stonden toeristen uit de hele wereld in de rij voor het Grauman's Chinese Theater om de handafdrukken te bekijken die voor altijd in het koude en keiharde beton stonden.

Archer reed door in oostelijke richting en keek naar het woord HOLLYWOOD op de heuvel. In 1932, toen er nog HOLLYWOODLAND stond, was een ongelukkige actrice op de letter H geklommen en toen ze helemaal boven was sprong ze haar dood tegemoet. Archer nam aan dat de gehaktmolen haar te pakken had gekregen. Ze had de H vermoedelijk uitgekozen omdat dat de eerste letter was van het woord hel.

Hij stopte bij het hek van de hoofdingang van de studio en liet zijn rijbewijs zien aan de bewaker.

De dikke man zag er verhit en zorgelijk uit, hoewel het een frisse avond was. Zijn haar was dun en grijs, zijn gezicht dik en breed, en zijn lichaam paste bij zijn gezicht, niet bij zijn haar. Hij zag eruit alsof hij een hartaanval zou krijgen als hij echt iemand die gewoon doorreed zou moeten achtervolgen. Zijn geholsterde .45 sloeg tegen zijn dikke bovenbeen toen hij om de auto heen liep. Hij keek genietend naar de auto. 'Stuur zit aan de verkeerde kant, vriend,' was zijn eindconclusie.

Delahaye was een Frans bedrijf, maar deze Delahaye 165, een cabriolet, was voor een Brit gemaakt, zodat het stuur natuurlijk naar rechts was verplaatst.

'Voor mij zit-ie goed,' zei Archer.

De dikzak keek naar zijn clipboard. 'Naar wie wil je ook alweer toe?'

'Liberty Callahan, een vriendin van me.'

De man grijnsde. 'Heb jij even mazzel.'

'Je kent haar dus?'

'Die meid heeft wat je noemt persoonlijkheid.'

'Onder andere.'

'Ze is in Studio 3, gewoon de borden volgen. Daar kun je ook parkeren.' Hij wees en gaf Archer zijn rijbewijs terug. 'Ze is bezig met de opnamen voor een Romeinse gladiatorfilm.' Hij keek Archer aan met die blik waarmee mannen elkaar aankijken als ze denken aan wat een vrouw en niets anders voor hen kan doen. 'Ze draagt zo'n lang gewaad.'

'Dat staat haar natuurlijk fantastisch.'

De man had een begerige en hoopvolle geile blik in zijn bruine oogjes. Hij zei: 'Als de zon precies goed staat, kun je dwars door dat verdomde ding heen kijken.'

'Net als zij door jou natuurlijk,' zei Archer, waarna hij doorreed.

2

Archer parkeerde de auto en volgde de borden naar Studio 3. Hij liep langs het castingkantoor, waar hoopvolle mensen hun leven doorbrachten op opzettelijk oncomfortabele stoelen terwijl ze wachtten op iets wat nooit zou gebeuren.

Het rode licht voor de opnamestudio brandde, dus leunde Archer tegen het verweerde perkamentkleurige stucwerk en wachtte. Hij keek naar zijn bruine schoenen en vroeg zich af of hij misschien het donkerblauwe kamgaren pak had moeten aantrekken in plaats van dit bruine wollen krijtstreeppak. Hij speelde met zijn gleufhoed, waaruit bleek dat hij nerveus was. Hij had Callahan in geen maanden gezien. Elke keer dat hij naar haar toe ging verwachtte hij dat ze was veranderd. Ze leed absoluut aan de Hollywood-ziekte, veroorzaakt door een virus dat geen enkel medicijn kon genezen. Toch was ze altijd dezelfde vrouw, volgens hem tenminste. Maar ach, er was altijd een nieuwe dag.

Of nacht.

Een zoemer ging en het licht werd gedoofd. Even later werd de dertig centimeter dikke deur geopend en kwamen de Romeinse legionairs naar buiten.

Callahan was een van de laatsten en Archers gezicht lichtte op toen hij haar zag. Soms leek het alsof deze vrouw het enige positieve van deze hele stad was – voor Archer tenminste.

Ze was lang, op blote voeten maar zo'n tien centimeter kleiner dan Archers 1 meter 86. Haar welvingen zaten precies op de juiste plaatsen en bij elke stap golfde haar van nature blonde haar, dat los over haar blote schouders hing en dat zijn bloed sneller deed stromen. Haar gezicht had alles waardoor mannen jarenlang naar haar verlangden. Ze glimlachte toen ze Archer zag en omhelsde hem stevig en van harte. Alleen al de kus die ze op zijn lippen drukte maakte de rit hiernaartoe de moeite waard.

Ze waren geen stel. Ze waren precies één keer met elkaar naar bed geweest, ruim drie jaar geleden in Bay Town. Maar daarna hadden ze – met niet meer dan een paar gemompelde woorden na te veel drank waardoor ze, heel verrassend, juist helder konden nadenken – besloten dat hun vriendschap meer waard was dan af en toe seks zonder duidelijke toekomst. Zij was de mooiste vrouw die hij kende en ze intimideerde hem vaak enorm, waardoor hij haar alleen maar aantrekkelijker vond. Archer had zich nooit aangetrokken gevoeld tot schuchtere muurbloempjes.

Hij was gevoelens voor haar gaan krijgen die iedere man ooit voor een vrouw hoopte te krijgen. Maar misschien waren die gevoelens er al heel lang, en waren ze zo heftig dat hij erover had gezwegen. Hij dacht dat hij het haar binnenkort toch maar moest vertellen.

'Het is je gelukt!' zei ze, alsof hij woeste zeeën had overwonnen om bij haar te komen in plaats van dat hij honderdtwintig kilometer over gladde wegen had gereden.

'Tegen een knappe vrouw kan ik geen nee zeggen. Een zwakte van me.' Hij bood haar een Lucky Strike aan en stak haar en zijn eigen sigaret aan.

Daarna liepen ze over het betonnen pad naar de kleedkamers. Onderweg kwamen ze cowboys en indianen tegen, en twee marsmannetjes die de callsheets van de volgende dag bekeken.

'Hoe gaat het met Willie?' vroeg ze.

'Willie is Willie. En Connie is Connie. En Bay Town is nog niet in de Stille Oceaan gevallen, hoewel dat misschien slechts een kwestie van tijd is.'

Connie Morrison was Willie Dash' ex-vrouw en huidige secretaresse. Ze hadden elkaar tegenwoordig veel meer nodig dan toen ze getrouwd waren. Willie was een eersteklas detective en had Archer in drie jaar meer geleerd dan hij had mogen verwachten.

'Hoe gaat het met je filmcarrière?' Hij vroeg dit omdat ze dat wilde.

'De productie waar ik nu in speel is niet meer dan een B-film. Ik bedoel, het budget is zo laag dat we maar twaalf legionairs hebben. Ze moeten ze echt vanuit de juiste hoek filmen en daarna steeds opnieuw, zodat het er twaalfhonderd lijken. En we hebben niet eens echte leeuwen op de set. Ze gebruiken gewoon stockbeelden van leeuwen die brullend uithalen met hun poot en daarna filmen ze de gladiatoren die daarop reageren. De MGM-leeuw is angstaanjagender. Ik bedoel, het is echt waardeloos.'

'Heb je de laatste tijd nog goede rollen gekregen?' vroeg hij, omdat hij vond dat hij dat wel moest vragen.

'Je weet dat ik vorig jaar inderdáád een goede rol had in *High Noon* met Coop. Wat je niet weet is dat ik vorig jaar een screentest heb gedaan voor *The Quiet Man*, maar toen ben ik niet geselecteerd. Ik had Duke Wayne heel graag willen ontmoeten, maar die film werd opgenomen in Ierland en als je te lang niet in deze stad bent vergeten ze je.'

'Ben je nog met iets anders bezig dan met die gladiatoren?'

'Hitchcock gaat deze zomer *Dial M for Murder* opnemen, een film gebaseerd op een toneelstuk. Mijn agent regelt een auditie. Maar mocht dat niet lukken, dan heb ik gehoord dat Hitchcock meteen na *Dial M* een andere film gaat regisseren, *Rear Window*. De opnamen daarvoor beginnen in november.' Ze keek hem onderzoekend aan. 'Heb jij daar al eens van gehoord?'

Archer nam een trekje van zijn Lucky en schudde zijn hoofd. 'Ik lees geen filmbladen. Het kost me al moeite genoeg om mijn eigen post te lezen.'

'Het is een soort voyeuristisch mysterie. De vrouwelijke hoofdpersoon wordt beschreven als lang, blond en assertief. Je weet wel, assertief als het om haar carrière gaat, maar toch nog steeds op zoek naar de juiste man om haar een ring en kinderen te geven.'

'Die rol lijkt je op het lijf geschreven, behalve die ring en die kinderen dan.' Hij keek haar aan met een blik die naar hij hoopte een diepere betekenis aan zijn woorden gaf dan gezien de omstandigheden gerechtvaardigd was, maar ze hapte niet.

Ze draaide om haar as en botste bijna tegen een Viking op die van de andere kant kwam en met een wellustige blik naar haar keek.

Archer trok haar snel buiten het bereik van zijn bijl.

'Hoe dan ook, als het zover is zal mijn agent ook proberen een auditie voor die film voor me te regelen en daarna misschien een screentest als de rol waar ze me voor willen hebben belangrijk genoeg is. En als ik die rol krijg én een rol in *Dial M*, zou dat echt een springplank kunnen zijn. Ik bedoel, dat ik in hetzelfde jaar niet in één maar in twee Hitchcock-films speel!' Meteen daarna verdween haar hoopvolle blik.

'Wat is er?' vroeg hij toen hij dat zag.

Ze keek hem aan met een blik waarin Archer iets zag wat hij nooit had verwacht te zullen zien: berusting.

'Niets, maar soms is het gewoon... moeilijk. Je werkt keihard en wordt honderd keer afgewezen voor één stom rolletje. Op een bepaald moment is dat... heftig. Maar ach, een nieuwe dag, nieuwe kansen.'

Hij plukte een stukje tabak van zijn tong toen hij voelde dat het Hollywood-virus als een grensmuur tussen hen in kwam staan. 'Duimen maar,' zei hij bemoedigend. Hij vond Hollywood geen goede plek voor haar, maar wist ook hoe graag ze hier een ster wilde zijn.

'Maar ik ben continu aan het werk geweest. Ik ben geen filmster onder contract, dus speel ik in drie films voor twee verschillende studio's, waaronder deze gladiatorenfilm voor Universal. Daarna speel ik voor Warner Brothers mee in een spionagefilm over atoomgeheimen. En vervolgens in een romantische komedie op locatie in Arizona, alweer voor Warners. Mijn naam gaat dus rond en ik verdien echt goed, terwijl ik nog niet eens een middelmatige actrice ben. Die kunnen drieduizend dollar per week verdienen. Ik verdien maar de helft.' Ze zweeg even en keek hem alweer heel opgewonden aan. 'En Archer, ik heb net een leuke driekamerbungalow gekocht, in de buurt van Melrose vlak bij de countryclub, én ik heb een eigen auto.'

Archer spitste zijn oren. 'Wat voor auto?'

'Een Volkswagen, een groene met twee achterruitjes. Heb je die ooit gezien?'

'Niet sinds ik in Berlijn vocht.'

Haar gezicht betrok, maar volgens hem niet vanwege zijn opmerking over zijn gevechten tegen de nazi's.

'Ik ben vorige maand dertig geworden en de tijd tikt door. Ik ben Kate Hepburn niet. Mijn gezicht is niet geschikt om vrijgezelle tantes te spelen of een moeder met volwassen kinderen. Ik zie er straks gewoon oud uit. En ik wil niet eindigen met een klein rolletje met één zin in zo'n stomme film die vermoedelijk nooit verder komt dan de montagekamer. Of mijn laatste centen moeten uitgeven aan studiocoaches en waardeloze agenten zodat ik weer een rol krijg, terwijl mensen me gewoon in mijn gezicht afkraken.' Ze keek hem aan. 'Als je dat ziet gebeuren moet je me doodschieten, Archer.'

Nadat hij alles wat ze had gezegd had verwerkt, zei hij: 'Misschien voel je je beter als ik je vertel dat ik maar een fractie van jouw inkomen verdien áls de misdaad echt bloeit, maar ik ben wel de meeste zondagen en met Kerstmis vrij.'

'Ik weet dat ik blij moet zijn met wat ik heb, maar daarvoor heb ik me drie slagen in de rondte gewerkt. En het verhaal van de castingbank is geen mythe, dát kan ik je wel vertellen.'

Hij keek haar scherp aan. 'Je hebt toch niet...?'

'Wat ik heb gedaan, Archer, gaat alleen mij aan.' Ze keek verdrietig, een zeldzaamheid. 'Maar ik heb horen zeggen dat de televisie snel populair wordt, dus misschien moet ik daar eens een poging wagen.'

'Ik heb laatst bij Willie een aflevering van *Dragnet* gezien. Dat was niet slecht.'

'Ik heb gehoord dat ze samenwerken met de politie om het authentiek te laten lijken.' Ze keek hem scherp aan. 'Hé Archer, jij bent een échte *gumshoe*. Jij zou Joe Fridays nieuwe sidekick kunnen spelen en veel meer verdienen. En dan zouden we allebei acteur zijn.'

Wat ze zei klonk een beetje triest, vond Archer. Alsof ze gewoon samen met een vriend een carrière wilde najagen.

'Maar dan zou ik lang niet zoveel plezier hebben. Goed, wat zijn de plannen voor vanavond?'

'Dineren bij Chasen's, daarna wat drinken in de Cocoanut Grove en dan naar boven naar de penthouse-suite waar we 1953 inluiden met sjampie en een paar vips.'

'Waarom mag jij naar het penthouse van het Ambassador?'

'De regisseur van deze slechte film is Danny Mars, daarom. Het penthouse is van zijn vrouw Gloria. Zijn dérde vrouw. Gloria heeft zelf geld, geërfd uit het oosten van de vs. En voor het geval je je dat afvraagt: nee, ik word niet echtgenote nummer vier.'

'Goed om te horen, want vier is zeker weten niet jouw geluksgetal.'

Bij de gedachte dat zij met een andere man zou trouwen sloeg Archers hart een slag over.

Ze liepen gearmd verder. Ze kwamen langs iets wat volgens Archer leek op Rin Tin Tin die een arme sukkel belachelijk maakte die gevangenzat in een goedkoop filmharnas.

Hij en Callahan liepen door om 1953 in te luiden.

3

Archer en Callahan reden naar West Hollywood, waar hij de Delahaye aan de valet overdroeg. De slanke geüniformeerde parkeerhulp die de sleutel aannam en hem een kaartje gaf, krabde aan zijn hoofd toen hij zag waar het stuur zat.

'Ik kan hem zelf wel parkeren,' zei Archer toen hij zijn blik zag. 'Maar ik vraag me wel af hoeveel ík dan moet rekenen en of je me een goeie fooi geeft.'

'Geen enkel probleem, meneer. Meneer Cary Grant heeft een Rolls met het stuur rechts. Jimmy daar kan hem wel besturen.'

'Goed van "Jimmy daar". Goed, op dat kogelgat in de metalen lijst van de voorruit na zit nergens zelfs maar een krasje, en jij zorgt ervoor dat er als ik terugkom nog steeds geen krasje op zit, begrepen?'

'Kogelgat?' De mond van de man viel open.

'Gewoon een misverstand. Maar geen krasje, *capiche*?'

'U bent de baas.'

Archer gaf hem een dollar om de deal te sluiten.

Archer en Callahan liepen onder de lange luifel door naar binnen, waar het al heel druk was. Een heleboel grote sterren hadden hier hun eigen zitje en velen van hen waren in smoking of avondjurk verschenen om 1953 te verwelkomen met biefstuk en asperges in hollandaisesaus, kokoscrèmetaart en de beste cocktails van Beverly Boulevard.

Eenmaal binnen zag hij dat Callahan naar alle legendarische sterren keek die hier aan het feesten waren. Eerst gedroeg ze zich timide, alsof ze helemaal overweldigd was door dit alles. Dat zou iedereen die niet uit LA kwam natuurlijk zijn. Maar algauw was duidelijk dat ze het heerlijk vond om zich in hun gezelschap te bevinden. 'Niet meteen kijken, maar o mijn god, daar is Frank Sinatra. En Groucho Marx!' fluisterde Callahan.

Archer keek naar de beide mannen en de mensen om hen heen, zoals Bob Hope, Milton Berle en James Cagney – allemaal in verschillende mate van dronkenschap. In een zitje achterin, omringd door mannelijke bewonderaars, zat de vrouw die de stad stormenderhand veroverde. Archer dacht dat wanneer één vrouw qua verleidelijkheid aan Callahan kon tippen dit Marilyn Monroe was. Een oud uitziende Clark Gable zat in een maatpak met een loshangende donkerrode stropdas aan de bar en sloeg shots achterover alsof hij chronische dorst had. Er werd gezegd dat hij nooit was hersteld van het verlies van zijn vrouw Carole Lombard, die tien jaar eerder bij een vliegtuigongeluk om het leven was gekomen.

Ze werden naar een tafel gebracht door een man in een gestreept linnen pak dat veel mooier was dan dat van Archer, met een verse gardenia in zijn knoopsgat, dure schoenen aan zijn brede voeten en een enorme edelsteen aan zijn vinger. Archer had altijd gehoord dat in Chasen's de hoogste fooien werden gegeven en was ontzettend blij dat Callahan erop had gestaan te betalen.

Ze namen plaats en kregen hun menukaarten van een jonge vrouw in een strakke blauwe rok en met een gele roos op haar witte blouse gespeld. Ze bestelden drankjes bij haar, een whiskey-soda voor Archer en een sidecar voor Callahan.

Terwijl ze op hun drankjes wachtten, keek Callahan om zich heen. 'Ik kan nog steeds niet geloven dat ik deel uitmaak van dit wereldje, Archer.'

'Ga je hier dan niet altijd naartoe om te dineren?' vroeg hij glimlachend.

'Ik ben maar een werkende vrouw, hoor. Sterker nog, ik ben alleen met jou naar Chasen's geweest!'

Vlak nadat hun drankjes waren gebracht en ze hadden geproost, riep iemand: 'LC? Ben jij dat? Ben jij dat écht?'

Archer keek op en zag een tengere vrouw van een jaar of veertig, met scherpe trekken, een energieke intensiteit en steil bruin haar naar hun tafel komen. Ze droeg een bril met schildpadmontuur en had ronde groene ogen. Haar huid was bijna transparant, waardoor haar sterke persoonlijkheid bloot leek te liggen. Archer dacht dat dit, als ze een actrice was, fantastisch zou zijn om met een camera vast te leggen.

'Ellie?' Callahan keek al even verbaasd als de andere vrouw. 'Ben jíj dat?'

Ellie speelde met haar steile donkere haar. 'Had geen zin om nog langer een blondine uit een flesje te zijn die met rollers in haar haar sliep. Er zijn al veel te veel blondines in deze stad. Daar bedoel ik jou niet mee, LC.'

'Tuurlijk, weet ik toch. Staat je geweldig. Trek een stoel bij en drink wat. Dit is mijn vriend, Archer. Archer, Ellie, nou ja, Eleanor Lamb.'

Ze gaven elkaar een hand. Toen Lamb iets te drinken bestelde bij de serveerster bekeek hij haar nog een keer. Ze was amper langer dan 1 meter 55 en woog vermoedelijk niet meer dan vijfenveertig kilo. Alles aan haar – van haar jukbeenderen tot haar kin en van haar ellebogen tot haar knieën – was messcherp en hij had het idee dat iemand zich op ontelbare manieren aan deze vrouw kon snijden.

Haar jurk was een pluizig vuurrood geval met een strook ruches op vreemde plaatsen; de mouwen eindigden boven haar ellebogen en de zoom boven haar knokige knieën. Ze droeg zwarte zijden kousen waardoor haar magere benen iets voller leken. Op de een of andere manier leek alles te kloppen.

Callahan droeg een eenvoudige strakke rode jurk die al haar welvingen accentueerde. Verder een zwarte omslagdoek met franje en haar in kousen gestoken benen trokken de aandacht van iedere man.

'LC?' vroeg Archer.

'Sommige mensen spreken me aan met mijn initialen,' vertelde Callahan. 'Ellie is *screenwriter*. Zij heeft het script geschreven van de eerste film waar ik hier in meespeelde, een United Artists-film. Waar zit je nu?'

'Bij hetzelfde onafhankelijke productiebedrijf als toen. We zijn ingehuurd voor het UA-script.' Ze nam een Chesterfield uit een zilveren sigarettenkoker die ze uit haar handtas had gehaald en stak hem aan. Archer zag dat haar hand trilde toen ze een trekje nam, waarna ze de rook via haar neusgaten uitblies. Ze keek hem aan, maar wendde haar blik snel weer af. 'Ik werk aan een script voor Columbia als een comeback-film voor Bette Davis.' Ze tikte haar as in de glazen asbak op hun tafel.

Archer keek haar verbaasd aan. 'Wacht even, heeft Bette Davis een comeback-film nodig?'

Callahan zei: 'Iedereen die lang genoeg in deze stad blijft heeft een comeback-film nodig.'

'En *All About Eve* was twee jaar geleden,' zei Lamb. 'Dat is twintig jaar in Hollywood-tijd, voor vrouwen tenminste.'

Archer keek naar Callahan, bij wie deze opmerking hard aankwam. De rest van haar sidecar verdween in haar keel.

'Ik werk nu aan het project met Danny Mars.'

Callahan vroeg geschrokken: 'De regisseur van de B-film waar ik in meespeel doet Bette Davis' comeback-film?'

'Nou ja, hij is erbij betrokken, nu tenminste. Davis moet de regisseur natuurlijk nog wel goedkeuren.'

'Met wie ben jij hier, Ellie?'

'Met een man die niet kwam opdagen. Dat probleem heb jij volgens mij niet.'

De serveerster bracht Lamb haar glas sherry & bitters met een krul sinaasappelschil voor de sier. Archer kende niemand die sherry dronk als het niet echt moest, maar misschien ging hij gewoon met de verkeerde mensen om.

'Archer is een oude vriend uit Bay Town, vlak bij de kust. Hij heeft zijn detectivewerk voor één avond opgeschort om samen met mij het nieuwe jaar in te luiden.'

Lamb keek Archer snel aan met een blik die hij al heel vaak had gezien, alleen niet met die bijzondere felgroene ronde ogen.

'Ben je een detective? Een echte?' Dit zei ze bijna als één woord.

'Een privédetective.'

'Een privédetective is precies wat ik nodig heb.'

Callahan zei: 'Maar Ellie, waarom heb je in vredesnaam een privédetective nodig?'

Lamb keek haar doordringend aan. 'Omdat volgens mij iemand me probeert te vermoorden.'

4

Archer had in de loop der jaren geleerd dat wanneer mensen zeiden dat ze dachten dat iemand probeerde hen te vermoorden, ze hun leven haatten en aandacht wilden, ze paranoïde waren en niet meer te helpen waren door iemand als een privédetective of dat iemand hen inderdáád probeerde te vermoorden. Bij Eleanor Lamb wist hij nog niet of het een van deze drie redenen was of dat hij een nieuwe reden te horen zou krijgen.

Archer kauwde op een handvol pinda's die bij Chasen's op elke tafel stonden. 'Waarom denk je dat?' vroeg hij. 'Heb je duidelijke bedreigingen ontvangen? Zo ja, door wie? En waarom ben je er niet mee naar de politie gegaan?'

'Jeetje, Archer, waarom onderwerp je haar niet aan een derdegraadsverhoor of zo?' zei Callahan.

'Het is wel goed,' zei Lamb. 'Dat zijn allemaal terechte vragen. En om die te beantwoorden, nee, ik heb geen rechtstreekse bedreigingen ontvangen, zodat ik niet weet wie het kan zijn. En ik wil hier niet mee naar de politie, want dat kan me mijn baan kosten.'

'Waarom zou je baas daar kwaad om worden?' vroeg Archer.

'Omdat als iemand mij probeert te vermoorden dat de mensen met wie ik werk in gevaar kan brengen.'

'Voor wie werk je?'

'Voor Green & Ransome Productions.'

'Is er een Green én is er een Ransome?'

'Bart Green is een prominente producer die met iedereen in LA heeft gewerkt. Het bedrijf levert verschillende diensten aan de studio's: talent, auteurs, wat maar nodig is.'

‘Ik dacht dat de studio’s dat allemaal met hun eigen mensen deden.’

‘Meneer Green was een populaire producer bij Warners en daarna bij MGM. Hij heeft dus belangrijke contacten en werkt aan filmprojecten voor zo ongeveer elke studio in de stad.’

‘Waarom kwam Danny Mars in aanmerking om Bette Davis te regisseren?’ vroeg Callahan.

‘Omdat hij en meneer Green al heel lang bevriend zijn. Het old boys network, weet je.’

‘Is dat zo? Nou, ik wacht tot het old *girls* network in actie komt,’ zei Callahan.

‘En meneer Ransome?’ vroeg Archer.

‘Júffrouw Cecily Ransome is een aankomende screenwriter en filmregisseur.’

‘Een vrouwelijke regisseur?’ vroeg Archer met een blik op Callahan.

‘Natuurlijk zijn er ook vrouwen die films regisseren, Archer,’ zei Callahan bruusk.

Archer keek weer naar Lamb. ‘Waarom denk je precies dat iemand het op je gemunt heeft?’

Lamb nam nerveus een slokje van haar sherry en Archer zag een druppel op Chasen’s prachtige tafellinnen vallen. ‘De eerste aanwijzing was een vreemd telefoontje, ongeveer een week geleden. Ik werd gebeld door iemand die zwaar ademde, een man volgens mij. Hij zei dat ik in gevaar verkeerde.’

Archer trok zijn wenkbrauwen op en stelde zijn verwachtingen naar beneden bij. ‘Je hebt de stem niet herkend?’

Lamb schudde haar hoofd.

‘Wat is er nog meer gebeurd dat vreemd was?’ vroeg hij.

‘Ik werd twee keer midden in de nacht gebeld door iemand die meteen weer ophing. Ik schrok enorm toen de telefoon ging, maar toen ik opnam hoorde ik alleen iemand ademhalen en toen... klik.’

Archer leunde naar achteren, steeds minder geïnteresseerd. ‘Ach, dat klinkt meer naar iemand die dronken was of een paar jongelui die high waren. Straks versieren ze je huis met wc-papier.'

'Denk je dat? Nou, toen ik op een ochtend wakker werd stond mijn voordeur wijd open.'

'Wees iets erop dat iemand in je huis was geweest?' vroeg Archer. 'Was er iets gestolen of verplaatst of achtergelaten?'

Ze rilde. 'Er lag een bebloed mes in de gootsteen.' Ze zweeg even. 'Wijst dat naar iemand die dronken was of jongens die high waren?'

Archer leunde naar voren, nu weer geïnteresseerd. 'Een van je eigen messen?'

Ze knikte. 'Een schilmesje.'

'Waar kwam dat bloed vandaan?'

'Geen idee. Hoe zou ik dat moeten weten?' Ze keek Archer met haar groene ogen aan. 'Wacht even, suggereer je soms dat ik dat mes daar had neergelegd, met mijn eigen bloed erop of zo? Hoe dúrf je!' Ze verhief haar stem, zodat mensen aan verschillende tafels naar hen keken.

Archer boog zich naar haar toe en zei zacht: 'Ik suggereer niets, Ellie. Ik wilde gewoon weten of je een vermoeden had. En we hoeven jouw privézaken niet met de hele stad te delen, wel?'

Ze keek om zich heen en sloeg haar blik neer. Toen ze weer wat zei was haar stem amper meer dan een fluistering. 'Nee, ik heb geen idee. En de laatste paar nachten stond er een vreemde auto in mijn straat waar volgens mij een man in zat.'

'Herkende je die man of de auto?'

Ze schudde haar hoofd. 'Het was een vierdeurs Ford. Donkerblauw volgens mij, maar dat is 's nachts moeilijk te zien.'

'Goed, luister. Ik vind dat je naar de politie moet gaan. Misschien is het niets, een stomme vent die je gewoon zit te jennen. Maar het kan ook meer zijn, vooral gezien dat mes en dat bloed. En de politie weet wat ze met dat soort dingen moeten doen. Zij kunnen een politieauto langssturen. Vertel eens, heb je het onlangs uitgemaakt met iemand? Heb je ex-vriendjes die je iets kwalijk nemen? Hoe zit het met die man die vanavond niet kwam opdagen?'

Ze schudde haar hoofd. 'We kennen elkaar nog niet zó lang dat hij griezelige dingen zou kunnen doen.'

Callahan zei: 'De meeste mannen hebben even tijd nodig om echt vervelend te worden. Dat is het ingebouwde ontsnappingsluik van Moeder Natuur voor vrouwen. Verdomd aardig van haar.'

Archer glimlachte om Callahans opmerking. 'Iemand anders met een probleem?' vroeg hij aan Lamb.

Ze schudde haar hoofd, maar keek hem niet aan.

Archer bekeek haar aandachtig en wist uiteindelijk zeker dat ze iets verzweeg. 'Je gaat dus naar de politie?'

'Kun jíj me niet helpen?' vroeg ze smekend.

'Ik kost vijftig per dag plus onkosten.'

'Dat is niet goedkoop.'

'Maar ik kan niet alles zelf houden. Ik werk voor een andere man. Het is ook niet zo dat ik élke dag zoveel werk en betaald krijg. Ik verdien per jaar vermoedelijk minder dan jij aan kleren uitgeeft. En de meeste klussen gaan niet gepaard met de mogelijkheid dat iemand je doodschiet of je nek breekt.'

'Goed, dat snap ik denk ik wel.'

'Bovendien woon ik niet in LA. Ik huur meestal een kamer bij de Y om de kosten te drukken. En je zult een contract moeten ondertekenen. Er liggen er wel een paar in mijn auto.'

Callahan zei: 'Verdomme, Archer. Je kunt gratis bij mij logeren! Ik heb nu een logeerkamer.' Ze keek hem aan met een vriendelijke blik die geen andere opties leek te bieden dan slapen.

'Ik wil een voorschot van tweehonderd dollar. Als ik onvoldoende uren voor je werk om dat bedrag op te maken, krijg je het restant terug.'

'Ik heb mijn chequeboek niet bij me. We moeten dus naar mijn huis.'

'Waar woon je?'

'In een canyon in Malibu. Las Flores.'

Archer zei: 'Daar is het Sea Lion Restaurant. Heette vroeger de Las Flores Inn.'

Ze keek hem aan. Niet op haar gemak, vond Archer. 'Je kent Malibu?'

'Ook in Malibu gebeuren vervelende dingen, weet je.'

Ze keek hem nerveus aan. 'Maar Las Flores is hier een heel stuk vandaan en jullie zijn vanavond uit. Wil je morgen naar mijn kantoor komen?'

'Waar is je kantoor?'

'In een zijstraat van Wilshire Boulevard, vlak bij San Vicente.'

'Goed. Schrijf beide adressen maar op, van je huis en je kantoor. Dan kom ik de cheque halen en kun jij het contract ondertekenen. Daarna kunnen we naar je huis gaan. Degene die dit doet weet waar je woont.'

Lamb haalde pen en papier uit haar tas en schreef het adres van haar kantoor en haar huisadres op. Daarna gaf ze het papier aan Archer.

Hij keek ernaar. 'Hoe vind je het om in Malibu te wonen?'

'Prima, tot dit allemaal begon.'

'Je woont vlak bij de Malibu Movie Colony. Kom je daar veel filmsterren tegen?'

'Niemand die ik in de stad níét tegenkom,' antwoordde ze met een strak mondje.

Archer begreep dat niet. Hij kon zich wel voorstellen dat ze het had gehad met de beroemdheden van de dag, maar volgens zijn beperkte kennis dreef de filmwereld op contacten. 'Goed, wat kun je me over je buren vertellen?'

'Ik heb aan elke kant een buur. De Bonhams zijn op dit moment in Frankrijk en de andere buur is Sylvia Danforth, een weduwe van tachtig die samenwoont met haar poezen.'

'Het is dus twijfelachtig dat de dreigementen van hen afkomstig zijn?'

'Ja, zeer twijfelachtig.'

'Hoe zit het met de Bonhams? Woont er tijdens hun afwezigheid iemand in hun huis?'

Lamb keek Callahan met een schuldbewuste blik aan. 'Luister, het is oudejaarsavond en jullie zijn hier om gezellig te dineren.

Kom maar om een uur of tien naar mijn kantoor.'

'Je neemt morgen dus niet vrij?' vroeg Archer.

'Voor mij is morgen een gewone dag. Dan is het rustig en kan ik echt wat dingen wegwerken.' Ze kuste Callahan vluchtig op de wang en verdween in de menigte.

Callahan keek haar na en vroeg toen aan Archer: 'En?'

'En wat?'

'Wat denk je?'

Hij haalde zijn schouders op en stak een sigaret aan. 'Ik denk niets, nog niet. Wat weet je over haar?'

'Ze komt van de oostkust. Ze heeft daar gestudeerd, in Boston, en is slim en belezen.'

'Ik dacht onder de make-up van LA een vleugje Yankee Doodle Dandy te ontwaren.'

'Ik vind het niet prettig dat ik niet wist dat ze samen met Danny Mars aan die film van Davis werkt.'

'Waarom zóú je dat ook weten? En waarom vind je dat niet prettig?'

'Als je niet weet wat er in deze stad gebeurt, kun je geen kansen benutten. Ik zou heel graag met Davis willen werken. Ze zou me bij elke scène de huid vol schelden, maar ik zou bekend kunnen worden. En die film wordt alleen al een succes omdat zij erin meespeelt. En ik zou heel veel kunnen leren.'

'Hoe is Lamb als persoon? Ze lijkt me een beetje gespannen. Is ze snel hysterisch? Ze is screenwriter en heeft dus veel fantasie. Is het mogelijk dat ze dit allemaal verzint?'

'Nee. Ze doet haar werk en bemoeit zich met haar eigen zaken.'

'Ze vertelde net dat ze haar haar niet langer permanent en blondeert, zodat het nu weer haar natuurlijke bruine kleur heeft en heel steil is. Ik vraag me af waarom.'

'Dat heeft ze je verteld. En ze heeft gelijk, er wonen verdomme te veel blondines in deze stad. De volgende keer dat je me ziet heb ik misschien een Maureen O'Hara-kapsel en is mijn haar rood.'

'Ken je Green of Ransome?'

'Ik heb zeker gehoord van Bart Green. Hij heeft veel gedaan, kent iedereen, zoals Ellie al zei. Cecily Ransome ken ik niet, maar dat zou ik wel willen.'

'Waarom?'

'Zij is de verandering die deze stad nodig heeft, Archer. Ransome maakt films die moedig, eerlijk en diepgaand zijn. Ik zou dolgraag met haar willen werken.'

'Als ik haar zie zal ik een goed woordje voor je doen. Ben je ooit bij Lamb thuis geweest?'

'Toen ik haar leerde kennen, had ze een tweekamerappartement in West Hollywood.'

'Ze is dus vrij recent naar Malibu verhuisd?'

'Ergens in de afgelopen twee jaar, denk ik. Is dat belangrijk?'

'Malibu is niet goedkoop en de meeste auteurs zitten liever dichter bij de actie. Ze is geen erfgename of zo?'

'Dat heeft ze nooit verteld. En ze gedroeg zich nooit alsof ze zwom in het geld.'

Archer rookte zijn sigaret op en drukte hem uit in de asbak.

'Kom, we gaan eten.' Maar hij was nu duidelijk ergens anders met zijn gedachten.

5

Daarna reden Archer en Callahan naar Wilshire Boulevard en door het hek van het Ambassador Hotel, een extravagant complex van acht hectare met twaalfhonderd kamers, zwembaden, tennisbanen en rijen privébungalows, en pretentieus genoeg om zelfs de meest opgeblazen ego's tevreden te stellen.

Een elegante valet in een lila uniform nam de auto glimlachend in ontvangst. 'Dat is een Delahaye 165 cabriolet,' zei hij.

'Dat klopt,' zei Archer verbaasd. 'Hoe weet je dat?'

'Mijn opa is Fransman. Voor de Eerste Wereldoorlog werkte hij voor dat bedrijf.'

'Geweldig, maar bij deze zit het stuur aan de andere kant van het Kanaal.'

Ze liepen naar de grote eetzaal die ooit de grote balzaal van het hotel was geweest. Nu zaten er duizend gasten te eten en te drinken tussen levensgrote kunstpalmen met bovenin mechanische apen.

Archer wist dat de Academy Awards hier ontelbare keren waren uitgereikt en hij dacht eraan dat het Callahans grootste wens was om met dat beeldje in de hand over de rode loper te lopen.

Hij keek naar haar.

Callahan keek hem aan en zei verontschuldigend: 'Ik blijf niet lang weg.'

'Natuurlijk niet,' zei hij rustig.

Ze hadden er onderweg over gepraat. Callahan was hier niet echt om iets te drinken, maar om te werken.

Callahan liep weg om zich onder de gasten te begeven en te kijken wie ze moest spreken.

Archer liep naar de hotelbar. Achter de glimlachende barkeepers leek de grootste palmboom ter wereld te groeien. Hij had geen behoefte aan een rafelige tak in zijn gezicht, alleen aan een glas drinken in zijn hand. Een minuut later, in ruil voor twee dollar, had hij al een glas whiskey met water gekregen, waarbij de whiskey als een dun laagje olie op het wateroppervlak dreef.

Een jonge vrouw met een fris gezicht, waarschijnlijk afkomstig uit een andere staat, die hier met haar al even geïmponeerde ouders was, kwam naar hem toe en vroeg giechelend van opwinding of hij beroemd was en of ze met hem op de foto mocht.

'Ik ben beroemd, maar alleen in mijn eigen hoofd,' had hij gehoorzaam geantwoord.

Toch had ze zich met hem laten fotograferen en zodra ze terug was waar ze vandaan kwam zou ze iedereen vertellen over haar unieke ontmoeting met iemand die beroemd was maar dat had ontkend.

Hij nam een slokje van zijn aangelengde whiskey en dacht: zoiets gebeurt alleen in deze stad.

Archer stond een keer op om een kijkje te nemen in de Grove, waar gewichtig doende mannen in smoking in hun rieten stoel zaten, hun maaltijd en hun opgedirkte echtgenote of vriendin negeerden en rondkeken op zoek naar nieuwe vrouwelijke gegadigden. Ondertussen probeerden de echtgenotes en vriendinnen daar met een hooghartige glimlach boven te staan, terwijl ze hun man natuurlijk het liefst zouden wurgen.

Ondanks de koele lucht dankzij de airco liepen de obers bezweet rond met dienbladen boordevol biefstuk, grote porties paddenstoelen en bergen gefrituurde uienringen. Een orkest speelde livemuziek en sierlijke en lenige danseressen hielpen mee om het nieuwe jaar in te luiden met de boogiewoogie en de tango. Het licht van de goudkleurige tl-buizen was zo fel dat verschillende gasten hun zonnebril hadden opgezet.

Toen Callahan later bij hem terugkwam vroeg hij, niet erg blij: 'Heb je iedereen gesproken die je moest spreken of moet ik me hier laten vollopen met meer water dan whiskey terwijl jij nog een keer bij iedereen langsgaat?'

Ze streek met een verontschuldigend gebaar over zijn wang. 'Ik weet het, Archer, het deprimeert mij ook.'

Hij haalde iets te drinken voor haar, omdat ze dat zo te zien nodig had. 'Is dit echt de moeite waard?'

'Dat weet ik niet, nog niet. En kijk eens naar jezelf.'

'Hoezo?'

'Je zit er hier middenin, in het barbaarse LA. Daar moet een reden voor zijn.'

Hij keek haar aan en zei: 'Misschien wil ik gewoon dicht bij jou zijn.'

'Ja hoor. Als je hier aan het werk bent, ben je alleen maar dicht bij je cliënten en iedereen die toevallig doodgaat. En je denkt aan Ellie Lamb. Ik ken die blik.'

'Ik geef toe dat ze me interesseert.'

'Waarom?'

'Ze verzwijgt iets. Cliënten die tegen je liegen zijn altijd interessant.'

'Waarom denk je dat ze liegt?'

'Noem het maar professionele intuïtie. Ze weet misschien niet wie dit allemaal doet, maar volgens mij heeft ze wel een vermoeden waaróm diegene dat doet.'

'Als dat zo is, waarom wil ze je dat dan niet vertellen?'

'Dat is dus het interessante.'

6

Ze liepen naar de lobby van het hotel en namen de automatische lift naar de bovenste verdieping. Callahan liet haar gepreegde uitnodiging zien aan de tengere jonge vrouw met een pagekopje die de gasten ontving.

Het was duidelijk dat ze Callahan kende en van haar onder de indruk was. 'O, juffrouw Callahan,' piepte ze. 'Iedereen hier wil u ontmoeten.'

Callahan zei: 'Donna, wat ben je toch schattig. Haal maar iets te drinken en amuseer je.'

'Maar ik moet voorkomen dat iemand onuitgenodigd naar het feest komt,' zei ze, alweer met een piepstemmetje.

'Geloof me, schatje, ze wíllen juist dat mensen onuitgenodigd binnenkomen. Dan weet je namelijk dat je feest deze stad echt waardig is.'

Terwijl Callahan haar neus ging poederen, liep Archer rond. Hij zag een vreemde mix van een zwarte eikenhouten lambrisering in het ene vertrek, een kruisgang in een andere ruimte en een blankhouten vloer in de bibliotheek. En in de woonkamer lagen keramische vloertegels in een ingewikkeld geometrisch patroon. Als je dronken was en naar de vloer keek viel je waarschijnlijk en zou je je eigen patroon achterlaten, dacht Archer.

Overal stonden enorme lichtblauwe chesterfields en Spaanse houten stoelen met een griezelig rechte rug. Op alle lage tafels stonden kommen vol sigaretten of pepermunt en op elke lage tafel stond drank. Aan een muur hing volgens Archer een originele Rembrandt, en hij realiseerde zich dat dit schilderij veel meer geld waard was dan hij in zijn hele leven zou verdienen.

Er hing een ronde spiegel aan het plafond van de grote eetzaal, die vol stond met massief barok meubilair dat zelfs in de jaren twintig al gedateerd was geweest. Hij vroeg zich af of er in de grote slaapkamer ook een spiegel aan het plafond hing.

Een heel leger obers in witte smokingjasjes en met glad achterovergekamd haar liep rond met dienbladen vol champagne en hapjes. De zwaardere drinkers zaten naast elkaar aan de mobiele bars en hadden zo te zien één of misschien zelfs vier stevige borrels nodig om het nieuwe jaar in te luiden.

Een overdadig versierd lichthouten meubel met radio, grammofoon en televisie stond tegen een van de muren, naast een grote platenkast met glazen deuren. Toen Archer de platenverzameling bekeek, zag hij veel meer jazz en r&b dan crooners en klassieke muziek. Hij pakte een plaat en keek naar het label.

'Dat is Ray Charles, hij is blind,' zei iemand achter hem.

Archer draaide zich om en zag een roodharige vrouw met een Veronica Lake PeekAboo-kapsel. In haar ene hand had ze een glas en in de andere een lange sigaret. Ze was een jaar of veertig, droeg een exotisch parfum, een Saks-jurk die haar als gegoten zat en aan haar kleine voeten goudkleurige naaldhakken. De lichte huid vol sproeten van haar bovenbenen stak prachtig af tegen haar smaragdgroene jurk, vond Archer. Maar haar kleine mond met felrode lippen beloofde weinig goeds, net als haar amberkleurige ogen. Ze leek duur en was dat ongetwijfeld ook.

Op dit soort momenten was Archer dolblij dat hij arm was. 'Is dat zo?'

Ze klemde haar porseleinen sigarettenhouder tussen haar tanden. 'Volgens mij wordt hij heel beroemd.'

'Fijn voor hem. Ik kan geen wijs houden.'

Ze stak een hand uit. 'Ik ben Gloria Mars.'

Hij schudde haar hand. 'Archer.'

Mars was de Romeinse god van de oorlog en hij vond dat ze wel wat op een gladiator leek. Haar gezicht had harde lijnen, ze leek trots en zelfverzekerd, en haar slanke lichaam straalde kracht uit. In gedachten noemde hij haar *warrior* – krijger.

'Ik zag je binnenkomen met Liberty Callahan. Zij speelt mee in de volgende film van mijn man. Die stelt niets voor, maar dat heeft Liberty je vast al verteld. Danny is gewoon gek op zwaarden en schilden, vechtscènes en vrouwen met grote borsten in transparante kleding. Liberty verspilt haar talent aan deze film.'

'Ze zal blij zijn dat te horen.'

'O, dat heb ik zelf al tegen haar gezegd. Zo te zien kun je wel een borrel gebruiken. Waar hou je van?'

'Kun je een White Russian mixen of moet ik dan voor Joe McCarthy's commissie verschijnen?'

'Als je hier lang genoeg blijft, Archer, zul je zien dat ik álles kan. En McCarthy kan de pot op met zijn heksenjacht tegen alles wat niet Amerikaans is. Geloof me, die klootzak is al op zijn retour.' Ze ging op zoek naar een barkeeper om zijn cocktail te bestellen en kwam terug met een ouderwetse tumbler, waarna ze proostten en hij een slokje nam.

'Lekker?' vroeg ze met een schittering in haar ogen.

'Ja, erg lekker. Ik hoorde dat je van de oostkust komt. Hou je van LA?'

'Soms, maar meestal heb ik zin om iedereen hier dood te schieten.'

Dat snap ik wel, warrior, dacht Archer. 'Leuk optrekje hebben jullie hier.'

'Danny zegt tegen iedereen dat dit huis van hem is, maar dat is niet zo. We hebben huwelijkse voorwaarden, want dit is niet mijn eerste rodeo, hoor. Dus als we uit elkaar gaan zal hij ergens anders moeten gaan wonen.'

'Je gaat er niet van uit dat je eeuwig bij hem blijft?'

'Ik hou ervan om risico's te nemen, net als bij de paardenraces.'

'Waarom ben je dan met hem getrouwd, als ik vragen mag?'

'Dat mag je niet vragen, maar ik vertel het je toch. Vroeger was hij echt geweldig in bed.' Ze scande Archer met haar röntgenogen. 'Danny windt me echt niet op door zijn culturele bagage. Hij is opgegroeid op een boerderij in Oregon en is hier in de jaren twintig naartoe gekomen om aan de koeienstront te ontsnappen.'

Archer nam een slokje en zei: 'Eerder vanavond kwam ik Eleanor Lamb tegen. Zij werkt voor je man aan een script, zodat hij Bette Davis kan regisseren?'

Ze keek hem met een koele blik aan. 'Bart Green geeft hem gewoon een soort troostprijs. Alleen weet Danny dat niet, of hij wil niet toegeven dat hij dat weet. Bette Davis laat zich echt niet door Danny regisseren, want dat zou hetzelfde zijn als Brando door Lassie laten regisseren. En dat is een belediging, voor de hónd!'

'Green en je man kennen elkaar dus al heel lang?'

'Veel langer dan Danny en ik elkaar kennen, maar wij zijn ook nog maar drie jaar getrouwd. Ik ben trouwens echtgenote nummer drie.'

'Ken je Lamb goed?'

Ze keek langs Archer heen en gaf niet meteen antwoord. 'We doen weleens wat samen, maar zijn zeker geen goede vriendinnen of zo. Waarom vraag je dat?'

'Ze heeft mijn diensten misschien nodig.'

Weer die röntgenblik. Ze kwam dichter bij hem staan, zodat de blote huid van haar bovenbeen zijn vrije hand raakte.

Hij trok zijn hand niet terug, omdat hij informatie wilde én omdat haar zachte huid lekker aanvoelde.

'Wat voor diensten verleen je aan vrouwen, Archer?'

'Ik ben privédetective. Maar ik neem ook mannen aan als cliënt.'

Ze stapte bij hem vandaan. Hij zag een rood vlekje op haar been waar hij haar misschien had gestreeld. Ze nam een trekje van haar sigaret. 'Waar heeft ze een privédetective voor nodig?'

'Waarom hebben mensen een privédetective nodig? Omdat ze een probleem hebben dat ze opgelost willen zien.'

'Wat is haar probleem dan?' vroeg Mars met een ongeruste frons op haar voorhoofd.

Dat intrigeerde Archer. 'Kan ik je niet vertellen. Professionele gedragscode. Maar wat kun je me over haar vertellen?'

'Nu klinkt het alsof je onderzoek doet naar je eigen cliënte.'

'Archer wil gewoon graag grondig zijn, nietwaar, Archer?'

Callahan had een glas champagne in de ene hand en haar avondtasje in de andere. Haar neus en de rest van haar gezicht leken fantastisch bepoederd.

'Dat klopt. En je cliënt leren kennen helpt vaak bij het oplossen van het probleem.'

'Liberty, je hebt me nooit verteld dat je zo'n grote, donkere, knappe en nieuwsgierige vriend hebt.'

'Ik hou hem graag voor mezelf, want de concurrentie hier is moordend.'

Mars haalde haar sigaret uit de houder, liet hem op een passerend dienblad vallen en stopte er een nieuwe in die ze uit een kristallen glas vol sigaretten op een glimmend gewreven eettafel pakte. Nadat Archer haar vuur had gegeven, blies ze de rook uit via haar neusgaten. 'Om je vraag te beantwoorden, ik vond Ellie altijd een bekrompen screenwriter. Ze is heel scherp. Zodra ze weet wat ze wil, gaat ze erop af en zorgt ze dat ze het krijgt. Ze houdt niet van feesten. Ze was uitgenodigd voor dit feest, maar ik denk niet dat ze komt.'

'Weet je iets over haar privéleven?'

'Ik ben bij haar thuis geweest in Malibu.'

'Waarom?'

'Omdat Danny een paar keer wat aantekeningen over een script naar haar toe moest brengen en ik toch die kant op ging. Een andere keer had ze ons uitgenodigd voor een dinertje met Bart Green en zijn vrouw.'

'Waarom woont ze in Malibu?'

'Waarom woont wie dan ook in Malibu? Voor het strand? Voor de privacy?'

'Een beetje duur voor een screenwriter.'

Mars keek hem met een ondoorgrondelijke blik aan. 'Misschien heeft Lamb een andere bron van inkomsten. Dat hebben mensen soms, weet je. Mijn opa werkte samen met J.P. Morgan. En het geld van de familie van mijn moeder is afkomstig van U.S. Trust. Ik geef openlijk toe dat ik daar geen cent zelf van heb verdiend, maar ik heb het ook niet verbrast. Ik leef van de interest en kom niet aan de hoofdsom. En ik laat ook niet toe dat Danny eraan komt.'

'Kun je nog meer vertellen?' vroeg Archer.

'Danny brengt meer tijd met haar door dan ik. Misschien wil je met hem praten.'

'Bedankt. Kun jij me vertellen waar ik hem kan vinden?'

'Dat is eenvoudig: ga op zoek naar de meest ordinair uitziende vrouw met de grootste tieten en dan is hij de erg lange, kale man die genietend in haar decolleté kijkt.'

Callahan pakte zijn arm en zei: 'Kom mee, dan stel ik je aan hem voor.'

7

'Archer, wat ben je verdomme aan het doen?' zei Callahan zodra ze Gloria Mars hadden verlaten. 'Ellie wíl niet dat iemand met wie ze werkt weet dat ze een privédetective heeft ingehuurd. Ik durf te wedden dat Gloria nu meteen Bart Green belt om het hem te vertellen.'

'Waarom is Bart Green niet op dit feest als hij en Danny Mars zo goed bevriend zijn?'

'Hij vindt Danny aardig, dat wel, maar Bart Green gaat zuipen en feestvieren met figuren die veel belangrijker zijn dan de mensen hier. De enige reden dat Danny zoveel gasten naar dit feest heeft gekregen, is omdat het plaatsvindt in het penthouse van het Ambassador. Maar wat ik wil zeggen is dat Green het nu zeker te horen krijgt.'

'Daar reken ik op. En als iemand inderdáád probeert Lamb te vermoorden en daarin slaagt, komt iedereen het toch te weten. Maar als de dreiging van dichtbij komt, bedenken ze zich misschien als ze weten dat een privédetective aan het rondneuzen is.'

'Ik hoop dat je gelijk hebt.'

'Gloria Mars mag haar man niet echt.'

'En heeft dat je verbaasd? Ik dacht dat je ook echtscheidingszaken deed.'

'Misschien hoopte ik gewoon dat er in deze stad één gelukkig getrouwd stel was.'

'Niet in deze prijsklasse. Maar geef de hoop niet op.'

'Zie je Danny Mars ergens?' vroeg Archer.

'Ja. Hij is bijna twee meter lang en zo kaal als een biljartbal. Je kunt hem dus moeilijk over het hoofd zien. En Gloria had helemaal gelijk: hij staat daar, naast Miss D-cup 1952.'

'Is dat haar officiële naam of heeft haar moeder haar anders genoemd?'

'Ik noem ze zoals ik ze zie en ik zie daar twee heel erg grote.'

'Wil je proberen hem bij haar vandaan te lokken?'

Ze stootte hem aan met haar heup. 'Daar twijfel je toch zeker niet aan!'

Archer maakte een gebaar van overgave. 'Jij zou een bisschop kunnen verleiden.'

'Je had me moeten horen tijdens de biecht. Daar genoten de priesters veel meer van dan ik.'

Ze slenterde weg en nog geen halve minuut later gaf Danny Mars Archer een hand, terwijl hij met een loerende blik naar Callahan keek.

Mars was minstens vijftien jaar ouder dan zijn vrouw, had de nek van een stier en net zo'n gezicht. Zijn wenkbrauwen waren zo dik dat Archer er paperclips in had kunnen verstoppen. Mars was gekleed in een crèmekleurig pak van gladde stof met een geelblauw geruite halsdoek en een bijpassende pochet, een feloranje zijden overhemd met witte manchetten en vergulde manchetknopen, en bruine kalfsleren schoenen. Een man die zorg aan zijn uiterlijk besteedde, was Archers conclusie. Meestal vertrouwde hij dat soort mannen niet: ze waren te berekenend en hadden meestal veel te verbergen.

Callahan vertelde Mars waarom Archer belangstelling had voor Ellie Lamb.

'Weet je, ze gedraagt zich de laatste tijd inderdaad een beetje vreemd,' zei Mars.

'Hoezo?'

'Ze schrijft tegenwoordig thuis, niet op kantoor.'

'Waarom is ze naar Malibu verhuisd?'

'Misschien om de zeelucht en om op het strand te liggen.'

'Ze woont in een van de canyons,' zei Archer.

'Nou, dan zul je het haar zelf moeten vragen,' zei Mars, terwijl hij om zich heen keek.

'Wanneer is ze daar gaan wonen?' vroeg Archer.

'Paar jaar geleden, volgens mij. Blijf even staan, jongen.' Mars hield een van de obers tegen en pakte een glas champagne van het dienblad, terwijl hij tegelijkertijd een arm om Callahans middel sloeg. 'Weet je, deze dame gaat het nog ver schoppen. Zodra mijn nieuwe film uit is zal iedereen over haar praten.'

Toen zijn hand naar haar billen gleed en daar bleef rusten, zei Callahan: 'Alweer tijd om mijn neus te poederen. Archer, ik laat jullie even alleen.'

Archer wist dat jonge actrices hun neus heel vaak moesten poederen.

Mars vroeg snel aan Archer: 'Hoe is ze in bed? Geweldig zeker?'

'Ik zou het niet weten,' loog Archer. 'Wij zijn gewoon vrienden.'

Mars keek hem aandachtig aan. 'Jij bent toch geen mietje of zo?'

'Niet dat ik weet. Heeft Lamb je ooit verteld dat ze problemen had? Heb jij weleens een van de mannen ontmoet met wie ze een afspraakje had?'

'Ik wist niet dat ze ooit wat met een man had. Ik dacht dat ze op vrouwen viel.' Hij dronk zijn glas leeg en pakte een ander van een passerend dienblad. Hij keek de ober na toen deze doorliep. 'Ik begrijp niet waarom ze niet gewoon bij die donkere obers blijven. Die zijn betrouwbaar en kijken je niet zo gek aan, zoals de Jappen. Ik vertrouw deze Mexies gewoon niet; die smeren veel te veel gel in hun haar en zijn oneerlijk. Ik zal tegen Gloria zeggen dat ze het zilveren bestek moet natellen.'

'Ik vertrouw helemaal niemand, welke huidskleur ze ook hebben.'

Mars keek hem verbaasd aan. 'Aan wiens kant sta je eigenlijk?'

'Als jij me vertelt waarom we vechten, zal ik een kant kiezen.'

Mars dacht kennelijk dat Archer een grapje maakte. 'Ben je altijd zo lollig?'

'Komt door de drank. Je hebt dus geen idee met wie Lamb nu uitgaat?'

'Nee. En waar heeft ze een privédetective voor nodig?' snauwde hij.

'Heeft ze daar nooit met jou over gepraat?'

'Ik ben de regisseur. De koning bespreekt geen privézaken met het kamermeisje.'

'Je moet echt meer over geschiedenis lezen. Ik begrijp dat jij en Bart Green goede vrienden zijn,' zei Archer, waarmee hij het gesprek handig op het onderwerp bracht waar hij het over wilde hebben.

Mars zette zijn champagneflûte neer en stak een Pall Mall op. 'Ik zit al dertig jaar in Hollywood en ken Bart al negenentwintig jaar. Hij is niet veel ouder dan ik, maar toen ik hier kwam bevond hij zich al hoog in de voedselketen. Maar hij is heel goed voor me geweest en bezorgt me altijd wel een klus. Daarom werk ik nu met Ellie Lamb.' Hij zweeg even en keek naar zijn sigaret. 'We zijn net broers, hoewel hij veel hoger op de ladder staat dan ik. *C'est la vie.*'

'Maar dit is beter dan Oregon en koeienstront?'

Mars keek hem glimlachend aan, maar de glimlach bereikte zijn ogen niet. 'Gloria vindt het leuk om me daarmee te jennen. Ja, ik ben opgegroeid in the middle of nowhere en heb keihard gewerkt om weg te komen. Zij is opgegroeid op Fifth Avenue met een heleboel geld waar ze zelf geen cent van heeft verdiend, zat op een elitaire vrouwenuniversiteit en heeft nog nooit zelfs maar een dag hoeven werken. Dus wie heeft het recht over koeienstront te beginnen?'

'Ik ben een werkende man, net als jij.'

Deze keer was Mars' glimlach wel gemeend en hij hief zijn glas. 'Op alle werkende mannen!'

'Ik hoorde dat je de Bette Davis-film mag regisseren waar Lamb het script voor schrijft?'

Mars' opgewekte blik werd iets somberder. 'Tja, het definitieve besluit daarover is aan juffrouw Davis. Maar onze eerste bespreking ging prima en Ellies script schiet goed op.'

'Waar gaat het verhaal over?'

'Dat is officieel nog geheim.'

'Wanneer moet Lamb het af hebben?'

'Binnenkort. Ik hoop dat haar probleem geen roet in het eten gooit,' zei hij met een valse blik op Archer. 'Voor mij hangt er veel van af en deze film zou grotere en betere films tot gevolg kunnen hebben.'

'Ik hoorde dat jullie bij haar thuis zijn geweest in Malibu.'

'Leuk huis, hoog in de canyon, zoals je al zei.' Hij klopte op zijn borst. 'Had bijna moeite met ademhalen op die hoogte. Ik ben geschikter voor zeeniveau.'

'Ze heeft je dus nooit verteld waarom ze juist in Malibu is gaan wonen?'

Mars schudde zijn hoofd even, maar zei toen: 'Wacht eens. Ja, ik herinner me dat ze dat deed vanwege een vriend van haar die daar woonde. Ellie wilde daar dichterbij wonen.'

'Heeft die vriend een naam?'

Mars schudde opnieuw zijn hoofd. 'Ik ontmoet zoveel mensen en ik ben heel slecht in namen.' Hij keek naar Miss D-cup, die een hele rij mannen voor zich had staan die haar wilden vertellen hoe zij een ster van haar konden maken. 'Maar gezichten herken ik vrij goed.'

'Alleen gezichten?' vroeg Archer, die zag dat Mars naar de vrouw keek.

De man deed niet echt zijn best om geschokt te kijken, zodat het natuurlijk ook mislukte. 'Ik ben een getrouwde man, Archer.'

Archer dronk zijn White Russian op. 'Op alle getrouwde mannen!'

8

Archer zat op het bed in Callahans logeerkamer naar zijn schoenen te staren. Het huis was met een onconventionele flair ingericht, echt iets voor Callahan, wist hij. Ze hield niet van theemutsen, patchworkspreien en stoffige snuisterijen. Deze vrouw had de jaren vijftig omarmd met gekleurde muren, minimalistische meubels van chroom en hout en grote keramische schalen zoals in Laguna Beach werden gemaakt aan de muren. De keuken was voorzien van alle mogelijke apparaten, zoals een vaatwasser, een voedselvermaler in de gootsteen, een elektrisch fornuis en zelfs een diepvriezer die zo groot was dat er wel een eland in paste. Op de salontafel lagen recente kranten, zoals de *Daily Variety* en *The Hollywood Reporter*. Hij had een kaart met adressen van filmsterren bij zich en gedaan alsof hij haar nieuwe huis daarop had gevonden. Haar lach was de vijftig cent die hij voor de kaart had betaald helemaal waard geweest.

Er hingen ook schilderijen die nooit en te nimmer in het huis van een oma te zien zouden zijn. In zijn kamer hing het schilderij van een naakte vrouw. Ze was overdreven groot, had idioot grote borsten, gezwollen dijen en een bolle buik, en ze had iets wat Archer subtiel een doormidden gebroken komkommer zou noemen in de hand. Callahan zei dat het een avant-gardeschilderij was. Toen hij haar vroeg wat zij erin zag, had ze met een kokette blik geantwoord: 'Het leven, Archer, alleen vanuit het perspectief van een vrouw.'

Hij en Callahan hadden elkaar om twaalf uur in het penthouse van het Ambassador gekust. Daarna waren ze er net als bijna iedereen snel vandoor gegaan, ook hun gastheer. Toen Archer in de rij op zijn auto stond te wachten, had hij Danny Mars met Miss D-cup zien wegrijden in een zilverkleurige Rolls. Hij wist niet waar Gloria naartoe was gegaan. Misschien was ze nog steeds in het penthouse met een van de Mexicaanse obers, maar dan zonder respectievelijk jurk met split en goudkleurige muiltjes, en wit smokingjasje en lange broek. Misschien lagen ze op hun rug op de eettafel naar de plafondspiegel te kijken en te mijmeren over de vooruitzichten van een wild 1953.

Hij bleef op het logeerbed zitten tot hij zag dat het licht in Callahans slaapkamer uit was. Hij wachtte nog tien minuten, liep naar de kamer ernaast, pakte het telefoonboek en keek op zijn horloge. Het was vijf over twee. Hij zocht Eleanor Lambs nummer in Malibu op en belde haar. Als ze thuis was zou hij ophangen. Misschien was ze meer dan alleen een workaholic die niets ingewikkelders in haar leven had dan stapels papier, een berg Corona-typemachinelinten en dromen over het creëren van comeback-scripts voor ouder wordende sterren. Als dat zo was wilde hij haar begrijpen en misschien helpen.

Nadat de telefoon drie keer over was gegaan nam iemand op. 'Hallo?' Het was een mannenstem.

Nee, dit was niet het begin dat hij had gewenst.

Archer zei met een hoog stemmetje: 'Kan ik met Eleanor Lamb spreken?'

'Weet u wel hoe laat het is?'

'Dat weet ik inderdaad. Waarom bent ú nog wakker?'

De man antwoordde niet.

'Kan ik haar even spreken?'

'Wie ben je in vredesnaam?'

'Haar broer. Ik wilde haar gelukkig nieuwjaar wensen.'

'Ze heeft geen broer!'

De verbinding werd verbroken.

Langzaam legde Archer de hoorn op de haak. Hij kon de LA County Police bellen. Maar wat moest hij zeggen als de telefonist vroeg wat er mis was? Dat een man om twee uur 's nachts de telefoon van een ongetrouwde vrouw had opgenomen en vervolgens de verbinding had verbroken? Ze zouden gewoon zeggen dat Eleanor Lamb geluk had op oudejaarsavond. Als Archer bleef aandringen, zou dat voor hém een snelle rit naar de cel betekenen wegens verspilling van politietijd.

Hij liet een briefje achter voor Callahan, voor het geval hij nog niet terug was als zij wakker werd. Ze had verteld dat ze vandaag niet naar de set hoefde en dat betekende dat ze tot ruim na twaalven zou slapen.

Hij haalde zijn wegenkaart uit het handschoenenvakje van de Delahaye, vond de Las Flores Canyon Road en vertrok.

9

Het was kil buiten en het leek weer te gaan regenen, zodat hij de kap omhoog had gedaan. Verder had hij zijn Smith & Wesson .38 uit het handschoenenvak gehaald en in zijn schouderholster gestopt. Sinds de Tweede Wereldoorlog vond hij het niet prettig om een wapen te dragen, maar doodgaan vond hij nog minder prettig.

Hij reed door buurten waar de oude palmbomen hun glans kwijtraakten en de oudere huizen hun ongereptheid. Veel van deze panden werden nu verhuurd als toeristenval. Wanneer er geen water uit de kraan kwam of de verwarming niet werkte, hingen de eigenaren die in de kelder of boven de garage woonden een zielig verhaal op over gestolen pensioenen en onbetaalde ziekenhuisrekeningen. Daarna reed Archer door de gevarieerde wijk Skid Row die de industriële ontwikkeling van LA tegenhield, als een lang verwaarloosde ziekte die inmiddels onbeheersbaar was.

Nadat hij de stadsgrens van LA voorbij was en naar het westen reed, leek de Stille Oceaan in het donker een lange zwarte streep, met daarvoor de brandingsgolven die wit en scherp afstaken tegen het goudkleurige zand. Hij kwam door het welvarende Santa Monica en vervolgens langs Pacific Palisades, waar mensen die niet genoeg geld hadden om in Malibu te wonen zich konden vestigen. In de verte zag hij op het water één enkel lichtje; waarschijnlijk een vrachtschip dat in- of uitvoer. Hij bleef naar het licht kijken tot het in de zeemist verdween.

Algauw reed Archer vlak langs de oceaan en kon hij het gebulder van de golven horen. Het was fascinerend om naar de brandingsgolven te kijken, hoewel ze altijd op dezelfde manier verdwenen. Vlak bij het Sea Lion Restaurant verliet hij de kustweg. Het pand was ooit gebouwd voor reizigers en stond toen nog aan het einde van de openbare weg in Malibu. Het was nog niet eens zo lang geleden dat de stranden van Malibu waren opengesteld voor het publiek.

Aan de overkant zag Archer het heldere licht van het Albatross Hotel. Archer dacht dat hij een paar feestgangers die het nieuwe jaar hadden ingeluid in het zwembad hoorde spelen. Dat hotel was een cashcow voor iedere privédetective, zelfs als hij maar een heel klein beetje talent bezat. Hij had zelf een stuk of zes echtscheidingszaken behandeld, waarbij hij zijn vrouwelijke cliënten met de foto's, opnamen en andere bijzonderheden die hij in het Albatross had verzameld middelen had verschaft om hun overspelige echtgenoot financieel uit te kleden. Het had hem steeds opnieuw verbaasd dat zoveel mannen zich niet hadden gerealiseerd dat de afstand tussen LA en Malibu te gering was om aan de vindingrijkheid en woede van hun echtgenote te kunnen ontsnappen.

'Het is vijftig kilometer, vriend,' had een stomverbaasde echtgenoot tegen Archer gezegd toen ze in de hal van de rechtbank van LA zaten. Zijn Albatross-minnares zat buiten in zijn Bentley te wachten op haar pas gescheiden man. Misschien wel iets minder gretig dan eerst, aangezien zijn ex-vrouw zijn vermogen had gehalveerd. 'Vijftig kilometer, verdomme!'

'Nooit gehoord waar een afgewezen vrouw toe in staat is?' had Archer gevraagd.

De man veegde het zweet van zijn voorhoofd. 'Dat hoef ik niet te horen, vriend. Ik heb het ondervónden.'

'Als je met die knappe meid in je auto gaat trouwen en haar vervolgens hetzelfde flikt, kun je dat beter in een ander land doen. Zó ver is Tijuana's nu ook weer niet, maar wel meer dan vijftig kilometer.'

'Wees maar niet bang. Er komt geen volgende keer.'

'Dan ben je eindelijk volwassen geworden, vriend,' had Archer gezegd, waarna hij was vertrokken.

Hij sloeg rechts af de Las Flores Canyon Road in. De buitenlamp van een huis in de canyon boven de mist wenkte hem. Las Flores, een van de zeventien canyons in Malibu, werd algauw heel steil. De duisternis, die al bijna volkomen was, werd helemaal pikdonker door de wanden van de canyon.

Archer reed langzaam om te voorkomen dat hij ergens tegenaan botste, maar ook omdat hij bang was dat hij Lambs huis voorbijreed. Dat gebeurde inderdaad, zodat hij moest keren. Na een tijdje zag hij in het licht van zijn koplampen een vuilbruine brievenbus met het juiste huisnummer erop. Aan de overkant van de weg stond een donkerblauwe vierdeurs Ford. Daar had ze dus de waarheid over verteld.

Archer reed langs een bocht van de weg, doofde het licht en zette daarna de motor uit. Nadat hij was uitgestapt liep hij een stukje terug met een zaklamp klaar voor gebruik in de hand.

Hij ging op zijn hurken zitten en keek naar de Ford. Binnen zag hij geen enkele beweging, zelfs geen schaduw die probeerde zich niet te verroeren en te doen alsof hij er niet was. Met zijn pistool in de hand sloop hij naar de achterkant van de auto, terwijl hij probeerde onzichtbaar te zijn in de autospiegels.

Hij keek door de achterruit naar binnen. De achterbank was leeg. De voorbank ook. Hij opende de kofferbak, die niet afgesloten bleek te zijn. Er zat niets in. Hij keek naar de registratie van de auto en zag in het licht van zijn zaklamp dat de eigenaar ene Cedric Bender was met een adres in Anaheim. Hij pakte zijn schrijfblok en potlood, en noteerde het adres en het kenteken.

Archer deed de kofferbak dicht en liep naar Lambs huis. Hij richtte het licht van zijn zaklamp op het zigzaggende tuinpad, zodat hij de tuintegels die in het gras lagen kon zien. Het was een groot huis, in Spaanse stijl gebouwd, met gestuukte muren, een rood pannendak en kleine ramen in Moorse stijl met ruitjes in honingraatmotief met zilveren stijlen en groengeverfde kozijnen. Hij rook dat ergens een houtvuur brandde en zelfs hier kon hij de brandingsgolven nog horen.

Onder de carport naast het huis stond de ranke zilverkleurige tweedeurs cabriolet. Hij voelde aan de motorkap, maar die was koud. Hij probeerde de portieren, maar die zaten op slot. Hij bleef even staan om het kenteken te noteren. Als dit Lambs auto was, zou hij dat later wel zien. Hij had liever dat ze hem dat zelf vertelde, al zou ze woedend worden omdat hij haar en degene met wie ze in bed lag wakker maakte.

Hij besloot de voordeur te negeren en liep via een trap met kleurrijke Mexicaanse tegels omhoog naar de achtertuin. De geur van eucalyptus was zo overheersend dat hij het gevoel had dat iemand een royale hoeveelheid ervan in zijn neusgaten had gespoten. De droge stekelige struiken trokken aan zijn broekspijpen. De klei waaruit de canyons waren gevormd was geologisch instabiel, zodat daar tijdens de vele periodes met zware regenval opeens modderstromen konden ontstaan. Bovendien ontstonden door het dichte struikgewas en de droge Santa Ana-winden vaak branden, waarvan de eucalyptus de voornaamste oorzaak was. Ondanks de vele overstromingen en branden kwamen hier toch steeds nieuwe mensen naartoe. Misschien kon een zwerm sprinkhanen ervoor zorgen dat de aannemers en huizenkopers afhaakten, maar dat betwijfelde hij.

In de verte hoorde Archer een vos krijsen en een andere antwoordde meteen. Misschien vierden ook zij het nieuwe jaar. Even later viel een coyote in.

Hij kwam bij een betonnen terras met een paar stevige teakhouten stoelen, een tafel met een decoratief blad van blauwe en goudkleurige tegels en een ingeklapte beige parasol met franje aan de randen. Een kleine hoekfontein in de vorm van een urn op een paar ruwe stenen gorgelde als een stervende man met een doorgesneden keel. Een cipressenhaag scheidde de achtertuin van de dwergeiken die zich wanhopig vastklampten aan de steile wand van de canyon. Hanglobelia's die hier spontaan groeiden klampten zich vast aan de gevel en voegden wat kleur toe. En er was een ovaal zwembad. Archer kon de chloor die opsteeg uit het water ruiken. Hij stak zijn hand in het water en verbaasde zich erover dat het verwarmd was. Dat was niet goedkoop.

De achterdeur zat op slot. Op de eerste verdieping was een omsloten veranda die bereikbaar was via een metalen wenteltrap. Dus liep Archer ernaartoe en ging naar boven. De beige deur met ruitjes was niet afgesloten, dus ging hij naar binnen.

In het licht van zijn zaklamp zag Archer dat dit een slaapkamer was. Het bed was opgemaakt en hij zag geen kleren die iemand had uitgetrokken. Hij bleef midden in de kamer staan en luisterde. Het huis was even stil als alle mortuaria waar hij ooit was geweest. Toch was er niets engs aan een mortuarium, want behalve de lijkschouwer was iedereen dood, maar een pikdonker huis waar misschien allerlei dodelijke verrassingen op hem wachtten was iets totaal anders.

Hij keek in de en suite-badkamer. Blauwe en witte tegels, een blauwe badkuip, en in een inbouwkast met handdoeken met een geborduurde L erop. Geen lijken achter het douchegordijn of in de linnenkast. Met een washandje opende hij het medicijnkastje en zag de gebruikelijke zaken, zoals poeder, een doos Tampax, vochtinbrengende crèmes, medicinale drankjes en andere medicijnen. Hij vond ook een fles bruine haarverf en een stijltang. De vrouw had dus níét van nature bruin steil haar. Waarom had ze daarover gelogen?

Hij doorzocht de andere kamers op de bovenverdieping. Eén was zonder twijfel een logeerkamer die spartaans was ingericht, met een badkamer die half zo groot was als die van haar. Maar misschien wilde Lamb haar gasten niet aanmoedigen om te blijven slapen en had ze deze kamer daarom zo onaantrekkelijk gemaakt. Hij kon zich goed voorstellen dat ze zo introvert was.

Een ander vertrek was duidelijk Lambs kantoor of schrijfkamer. Op een bureau met een stoel ervoor stond een draagbare Smith Corona-typemachine in de geopende koffer. Ernaast lagen stapels schrijfblokken en losse vellen papier vol aantekeningen en krabbels. Ze leken allemaal betrekking te hebben op de scripts waar ze aan werkte.

Aan de andere kant van de typemachine lag een script met de titel FILM BETTE DAVIS. Archer nam niet de moeite het script open te slaan, want als hij die film ooit zou zien wilde hij verrast worden.

Ernaast lagen scripts met het woord CONCEPT erop van een paar andere projecten voor andere studio's. Lamb was een drukbezette screenwriter. Naast de telefoon stond een Wheeldex. Hij bladerde door de kaartjes en zag de namen van een paar beroemdheden en onbekenden. Hij had zin het hele ding mee te nemen, maar besloot dat niet te doen, dus bleef de Wheeldex waar hij was.

Hij keek in de laden en vond een chequeboek. Er stond geen banksaldo bij, maar haar cheques leken te zijn uitgeschreven voor de gebruikelijke mensen. Hij noteerde dat ze bankierde bij de Second National Bank of Malibu. Hij vroeg zich af of de First National Bank of Malibu nog steeds bestond en zo ja, waarom dit kleine stadje een reserve nodig had.

Voor een van de muren stonden een kleine leren bank met pluizige kussens met afbeeldingen van poezen en honden erop en een salontafel waar stapels boeken op lagen. Op boekenplanken lagen nog meer boeken en scripts. Het enige raam bood uitzicht op de canyon. Archer zag dat Lamb er als ze werkte met de rug naartoe zat; ze wilde zich kennelijk kunnen concentreren.

Naast de bank stond een grote globe. Toen Archer hem opende, zag hij een bar met flessen en glazen in ronde openingen.

Hij sloop de trap af en liep op de begane grond naar rechts. Hij struikelde, kwam keihard op de vloer terecht en kreunde. Zijn zaklamp was uit zijn linkerhand gevlogen en zijn pistool was door de val uit zijn rechterhand geslagen. Meteen daarna kreeg hij een klap op zijn achterhoofd met iets wat hard genoeg was om een 'stomp voorwerp' te worden genoemd. Even zag hij sterretjes, maar daarna doofden de vlammen en werd het zwart.

Toen hij langzaam bijkwam, wreef hij over zijn nek en bewoog zijn kaak heen en weer. Vage sterretjes fonkelden tegen een donkere achtergrond. Hij keek op zijn horloge. Het was net vier uur geweest. Hij wreef over zijn achterhoofd en voelde dat er al een enorme bult zat. Zijn vingers zaten daarna onder het bloed. Hij tastte om zich heen op zoek naar zijn zaklamp en zijn pistool. Die vond hij allebei en hij deed de zaklamp aan, zodat hij kon zien waar hij over was gestruikeld.

Het was een mens, maar dood, dat was zeker. De pupillen waren onbeweeglijk en reageerden niet op Archers zaklamp. Het was echter niet Eleanor Lamb. Het was een man.

Iemand had de man het nieuwe jaar 1953 in gejaagd met een kogel precies tussen de ogen.

10

Archer ging allereerst op zoek naar een badkamer op de begane grond, waar hij alles wat hij op oudejaarsavond had gegeten en gedronken uitkotste. Vooral de White Russian brandde in zijn keel toen die weer naar buiten kwam. Daarna pakte hij een washandje, stopte er ijsblokjes uit de vriezer in en drukte het tegen de bloederige bult op zijn achterhoofd. Hij had al vaker een hersenschudding opgelopen en wist dat dit nu ook weer het geval was.

Hij ging op de onderste traptree zitten en keek versuft naar de dode.

De man was in de vijftig, had dunner wordend grijs haar en een blozend gezicht dat met de minuut bleker werd. Archer schatte hem op 1 meter 77 en ongeveer negentig kilo. De kogelwond in zijn gezicht was zwart en de huid eromheen zat vol opgedroogd bloed. Daardoor wist Archer dat degene die hem had doodgeschoten heel dicht bij hem had gestaan.

De man droeg een uitgezakt grijs tweedelig confectiepak dat zoals elk goedkoop pak net niet goed paste. Zijn rode stropdas was te kort en kwam amper tot aan de bovenkant van zijn buik, die nu slap was.

Archer keek aandachtiger naar zijn gezicht. Er zaten blauwe plekken op zijn wangen en kaak en eentje in zijn hals. Zijn neus leek dik en gezwollen. Archer voelde in de zakken van de dode man. Op het label stond dat het pak afkomstig was van het warenhuis Sears, Roebuck & Company. Als dit de eigenaar van de Ford was, kon Archer kijken of de naam overeenkwam, alleen had de man geen identiteitsbewijs en geen portefeuille bij zich. En geen autosleutels. Ook geen visitekaartje of andere aanwijzing waaruit Archer zijn naam snel kon afleiden. Iemand had hem dus gefouilleerd en alles afgepakt wat kon vertellen wie hij was. Op die verdomde auto na.

Dus is dit Cedric Bender?

Dat leek logisch, want de auto was buiten en de dode man was binnen. Maar Archer moest het zeker weten. Hij keek weer naar het lijk. Archer had geen idee hoe de man zijn leven had geleid, maar aan dat leven was nu een einde gekomen. Een harteloos en triest einde, hoe je het ook bekeek.

Archer drukte het ijs weer tegen zijn achterhoofd en nam even de tijd om te beslissen wat hij moest doen. Hij besloot de rest van het huis te doorzoeken om er zeker van te kunnen zijn dat Lamb niet ook ergens met een gat in haar hoofd lag.

Lambs lichaam vond hij niet, en ook geen andere doden. Hij zag muren en balkenplafonds die allemaal wit waren geverfd. In de ombouw van de open haard in de woonkamer waren muzieknoten gegraveerd en op de schoorsteenmantel stonden filmprijzen. Ergens hing een koekoeksklok en er stonden een witte vitrinekast en een ingebouwd dressoir.

De keuken was voorzien van alle moderne apparatuur, marmeren werkbladen, een eiland met barkrukken, een grote koelkast waar vrijwel niets in zat en een elektrische kookplaat. Er was een bibliotheek vol boeken die eruitzagen alsof ze daadwerkelijk waren gelezen en er was een deur die naar een buitendouche met houten wanden leidde. In de kleine eetkamer stond een rechthoekige tafel met zes stoelen. Dit was ongetwijfeld de kamer waar de Marses en de Greens tijdens hun bezoek hadden gegeten. Ook waren hier comfortabele banken, stoelen, vloerkleden, een verrijdbare chromen bar, een paar schilderijen, interessante lampen en heel veel grote en kleine ramen.

Verder waren hier alleen nog een dode man en een levende privédetective met een bult op zijn achterhoofd en een gekwetst ego omdat iemand hem zo gemakkelijk had kunnen uitschakelen.

Hij liep terug naar Lambs kantoor boven en bladerde weer in

de Wheeldex. Hij haalde er twee kaartjes uit die veelbelovend leken omdat er, anders dan op alle andere, een grote X onder de naam stond.

Bij twijfel geeft X de locatie aan. Dat moet wel in het een of andere privédetectivecursusboek staan.

Archer noteerde de gegevens en stopte de kaartjes terug. Hij gaf de politie graag een eerlijke kans, ook al was dat andersom niet altijd het geval.

Hij vertrok zoals hij was gekomen en veegde onderweg zijn vingerafdrukken weg. Zijn wens om de politie een eerlijke kans te geven had zijn grenzen. Archer wilde geen enkel bewijs achterlaten waardoor hij naar San Quentin kon worden gestuurd om cyanidegas in te ademen.

Archer liep terug naar zijn auto en reed weg, eerst omhoog en daarna naar beneden. Hij stopte bij een telefooncel langs de snelweg, deed melding van een dode in het huis van Eleanor Lamb en gaf het adres op. Hij hield zijn mond over zijn naam, beroep en het nummer van zijn vergunning, ook al wilde de telefonist alles van hem weten. Daar kon hij namelijk last door krijgen, maar datzelfde gold als hij vrijwillig zijn nek uitstak.

Hij had geen zin om politieauto's tegen te komen terwijl hij naar het oosten reed, want op dit tijdstip en in deze opvallende auto zou hij worden aangehouden en moeilijke vragen moeten beantwoorden. Daarom reed hij langs de Sea Lion en het Albatross naar het westen. Toen hij ver genoeg bij Las Flores vandaan was en een deel van Malibu had bereikt dat minder dichtbebouwd was, zette hij de auto aan de kant van het strand achter een paar struiken, gewoon voor het geval de politie besloot op zoek te gaan naar degene die hen had gebeld of naar de moordenaar van de dode man in het huis.

Archer stapte uit, trok zijn schoenen en sokken uit en zette ze op zijn stoel. Daarna rolde hij zijn broekspijpen op en wandelde over het strand. Het was eb en de koelte van het zand steeg door zijn lichaam omhoog naar zijn gewonde hoofd. Hij vond een droog plekje waar hij kon zitten en keek naar de oceaan die zich terugtrok richting San Diego en Tijuana. Tegenwoordig kwamen er 's zomers groepen surfers naar deze stranden. Hij had gezien dat surfers voor de in zwempak gehulde vrouwen over hun gewaagde capriolen zongen, terwijl ze zichzelf vaak begeleidden met een ukelele. Archer had veel jonge vrouwen gezien die met grote ogen naar deze oppervlakkige onzin luisterden, maar wist dat dit meestal eindigde met een grote teleurstelling of een ongewenste zwangerschap.

Hij keek naar het water en zag een wit licht. Dat was misschien afkomstig van het vrachtschip dat hij eerder ook al had gezien, maar misschien ook niet. Dat was al zo lang geleden dat dat schip waarschijnlijk allang niet meer te zien was. En dit licht was veel dichterbij. Dat schip was vermoedelijk onderweg naar een haven ergens aan de kust.

Malibu was een smal uitsteeksel op de romp van Californië en Archer zat op een deel van het strand van Malibu dat ook scherpe verticale uitsteeksels had om de kracht van de zee te breken. Bij vloed zouden enkele van de oude grotten vollopen met water. Er werden soms gouden dubloenen gevonden uit Spaanse schepen die waren vergaan tijdens de beruchte stormen, die ervoor hadden gezorgd dat dit deel van de kust vroeger een nachtmerrie was voor zeelieden.

Een paar minuten later hoorde hij in de verte de politieauto's van de LA County Sheriff die over de kustweg aan kwamen scheuren. Het geloei van de sirenes was zo hoog dat ze vermoedelijk zelfs boven in de canyons konden worden gehoord. Archer was te ver weg om ze te kunnen zien, maar hij kon zich wel voorstellen dat de zwaailichten goed opvielen in het donker. Hij luisterde naar de kakofonie tot de canyon het geluid opslokte. Toen pas stond hij met trillende benen op en wilde hij teruglopen naar zijn auto.

Maar hij liet zich bijna meteen op het zand vallen, want toen hij even achteromkeek naar het water had hij datzelfde licht weer gezien. Dat was inmiddels van richting veranderd en kwam snel dichterbij. Boven het geluid van de brekende golven uit hoorde hij de motor die hoge toeren maakte. Archer ging op zijn knieën zitten en zijn hartslag versnelde toen de inmiddels zichtbare boot over de brandingsgolven schoot en stil bleef liggen. Er sprongen mannen uit.

Archer lag op zijn buik te kijken en zag dat een van de mannen de omgeving afzocht met een zaklamp. De lichtstraal gleed net over de scherpe rand van Archers hoed en zwaaide toen terug.

In het maanlicht zag hij dat de andere mannen grote kratten uit de boot laadden. Ze deden natuurlijk iets wat illegaal was, want bonafide bedrijven deden hun werk niet ver voor zonsopgang op de eerste dag van het nieuwe jaar op een verlaten strand.

Archer kroop achteruit over het strand toen de mannen de kratten naar het droge gedeelte van het strand brachten.

Boven het geluid van de brandingsgolven uit ving hij een paar woorden op. Eerst Spaans, toen Engels.

Archer kroop schuin achteruit omdat de mannen gevaarlijk dicht langs hem heen liepen. Hij slaagde erin een plek te bereiken die ver genoeg verwijderd leek om aan een snellere aftocht te beginnen. Hij draaide zich om, stond half op en ging ervandoor, terwijl hij moeizaam met zijn blote voeten door het losse zand ploegde en zijn gewonde hoofd vreselijk begon te bonzen.

Hij had achteromgekeken om te controleren of niemand hem had gezien toen hij opeens tegen iets hards botste. Hij en de andere man vielen, hun armen en benen een wirwar. Archer kon het gezicht van de man niet zien, doordat het donker was en doordat ze hevig vochten en wild over het zand rolden. Hij moest zijn ogen sluiten omdat het zand door hun bewegingen in het rond vloog. Toen voelde Archer een hand die hem bij de keel greep. Hij drukte de palm van zijn hand tegen het gezicht van zijn tegenstander en duwde diens nek zo ver naar achteren dat de man naar adem hapte en zijn greep verslapte.

Meteen daarna zag Archer de schittering van een mes. Het lemmet schoot naar zijn keel, maar voordat het mes hem kon raken, greep hij de pols van de man vast. Archer was gelukkig sterker dan zijn tegenstander, zodat hij het mes bij zich vandaan kon houden. De adem van de man rook naar knoflook en tabak, en hij voelde stinkend speeksel op zijn gezicht, terwijl ze worstelden en vochten om het wapen in bezit te krijgen.

Toen, omdat hij hier een einde aan moest maken voordat de andere mannen op het strand zagen wat er gebeurde, sloot Archer zijn ogen, hij klemde zijn kiezen op elkaar en ramde de bovenkant van zijn hoofd tegen de linkerkant van de kaak van zijn tegenstander. De man gilde het uit en liet het mes vallen. Archer vloerde hem met een keiharde *right cross*, waarna de man roerloos op het zand bleef liggen met zijn gezicht van hem afgewend.

Archer stond op en ging er, vechtend tegen de verblindende pijn in zijn hoofd, als een haas vandoor. Hoe verder hij kwam, hoe steviger het zand werd. Hij rende steeds sneller, maar nog steeds met wankele en onzekere tred. Hij hoorde een pistoolschot en voelde dat een kogel vlak langs hem heen vloog en vervolgens insloeg in het hout van een hek dat was geplaatst om de erosie tegen te houden. Dit kon niet de man zijn met wie hij had gevochten, dus was het een van de mannen van de boot en dat betekende dat ze hem hadden gezien.

Hij verdubbelde zijn inspanningen en rende zo hard hij kon. Hij ademde onregelmatig en zijn hart sloeg zo snel dat hij geen idee had welk orgaan het als eerste zou opgeven, zijn longen of zijn hart.

Er volgden nog meer schoten en tegelijk hoorde hij rennende voetstappen achter zich en de kreten van de mannen die op hem schoten en hem achtervolgden. Toen hij de weg bijna had bereikt, zag hij vanuit zijn ooghoek zo'n honderd meter verderop een vrachtwagen die aan de rand van het strand stond. Hij bereikte zijn auto, die achter de struiken verborgen stond, glipte achter het stuur, draaide de sleutel om en ramde met zijn vuist op de startknop, waarna het Franse monster brullend tot leven kwam. Hij stuurde de Delahaye in de richting van de kustweg en trapte met zijn blote voet het gaspedaal diep in.

Op de weg aangekomen gaf hij nog meer gas en reed algauw honderdzestig kilometer per uur. Hij schoot om de eerste bocht en verdween achter een steile wand van de canyon, zodat hij buiten de zichtlijn en het bereik van de vuurwapens was. Hij bleef nog zeker anderhalve kilometer snel rijden, maar omdat hij zich bewust was van het feit dat misschien nog meer agenten onderweg waren naar de plaats van de moord reed hij in een rustig tempo terug naar Callahans huis.

Toen hij daar aankwam, zette de melkboer net drie flessen melk op haar voorveranda. Archer liet zijn gezicht op het stuur rusten en dankte God en ieder ander die hij kon bedenken omdat hij vannacht in leven was gebleven.

11

Callahan had hem de vorige avond een sleutel gegeven, voor het geval hij in de toekomst bij haar moest logeren. Hij wankelde naar binnen en zette de melk in de witte Frigidaire-koelkast. Daarna liep hij naar zijn badkamer, waar hij zijn hoofd schoonmaakte met peroxide uit een flesje dat hij onder de wastafel had gevonden. Het prikte zo verschrikkelijk dat hij bijna weer overgaf. Hij haalde wat ijs en drukte dat tegen de groter wordende bult op de bovenkant van zijn hoofd, die hij in het gezicht van de man had geramd. De meeste schade zat gelukkig onder zijn haar.

Hij keek in de spiegel en zag iemand die nu echt ouder leek dan dertig. Het jaar 1953 had hem tot nu toe geen goed gedaan. In één nacht was hij over een lijk gestruikeld, bewusteloos geslagen, smokkelaars op het strand tegengekomen en bijna vermoord. Misschien moest hij ergens een doosje konijnenpootjes kopen om zijn geluk af te dwingen, maar ach... hij had het allemaal overleefd.

Je bent dus echt een enorme geluksvogel.

Daarna dacht hij weer aan de vermoorde man in Lambs huis. Dát was zijn zaak. De smokkelaars waren het probleem van iemand anders.

Hoewel een klein vrouwtje als Lamb hem misschien niet zo hard had kunnen slaan, was ze zeker sterk genoeg om een trekker over te halen. Dus sloot hij haar niet uit voor de moord. Was deze dode man dezelfde die de telefoon had opgenomen?

Helaas kon Archer zijn stem niet meer controleren. Dus als die man de telefoon niet had opgenomen, wie was hij dan? Archer wist bijna zeker dat de Ford van deze man was, aangezien een dode niet in zijn auto kon stappen en de zonsondergang tegemoet kon rijden. En als dat waar was, stond de verwanten van Cedric Bender een grote schok te wachten.

Dus wie had Archer neergeslagen? Dezelfde persoon die de man had vermoord? De schutter had de zakken van de man leeggehaald, waarschijnlijk om te voorkomen dat deze geïdentificeerd kon worden, maar hij had Benders auto tegenover Lambs huis laten staan. Dat was toch niet logisch? Maar als Bender wel de schutter was, waarom stond zijn auto er dan nog? Nadat je iemand had vermoord, wilde je meestal ontsnappen, en snel ook.

En de belangrijkste vraag: waar was Eleanor Lamb? Schuldig of onschuldig? Dood of levend?

Hij trok al zijn kleren uit, behalve zijn ondergoed, deed het raam open en klopte zijn kleren uit om het meeste zand kwijt te raken. Hij hing ze in de kast, liet zich op het bed vallen en sloot precies om twintig over zes zijn ogen. Enige tijd later opende hij ze weer toen Callahan op zijn deur klopte.

'Archer, ben je daar? Wat betekent dat briefje? Ben je vannacht nog ergens naartoe gegaan?'

Hij ging rechtop zitten en kreunde. Dat briefje was hij helemaal vergeten. 'Negeer dat maar. Dat is niet helemaal duidelijk.'

'Mag ik binnenkomen?'

'Natuurlijk.'

'Ben je aangekleed?'

'Sinds wanneer vind je dat verdomme belangrijk?'

Ze kwam binnen, gekleed in een witte nylon kamerjas. Eronder droeg ze een lichtblauwe nachtpon met wat franje op het lijfje en pluizige platte slippers. Ze leek zo fris als een hoentje en klaar voor vertrek, alsof ze de vorige nacht helemaal niet veel had gedronken en laat naar bed was gegaan. Door de kieren van de luxaflex scheen de zon naar binnen, wat Archers hoofdpijn nog verergerde.

Hij ging rechtop zitten en keek haar aan.

'Ik kan alleen maar zeggen dat je er vreselijk uitziet, Archer.'

'Nou, zo voel ik me ook.'

Callahan ging naast hem op het bed zitten en haar adem stokte toen ze zijn verwondingen zag. 'Wat is er in vredesnaam met je hoofd gebeurd?'

'Zet je koffie voor me als ik je dat vertel?' vroeg hij slaperig.

'Ik zal koffie voor je kopen en een ontbijt.'

Hij keek op zijn horloge. Het was al twaalf uur geweest. 'Verdomme, hoe kán dat?'

'Ja, Archer, de kleine wijzer van de klok draait maar rond en rond, zelfs als je een klap op je hoofd krijgt. Maar om de hoek is een tentje waar ze altijd ontbijt serveren als ik dat bestel, omdat de eigenaar me mag. Vertel, wat is er gebeurd?'

'Ik ben vannacht naar Lambs huis in Malibu gegaan.'

'Wat! Ben je daar op je hoofd geslagen?'

Hij vertelde haar alles, dat hij naar Lambs huis had gebeld, de dode man had gevonden en een klap op zijn hoofd had gekregen, maar ook dat hij op het strand had gevochten en bijna was gedood.

Callahan keek steeds geschokter en haar handen trilden. 'O mijn god, Archer, het is een wonder dat je nog leeft.'

Hij leunde achterover tegen de kussens en zei niets.

'Je weet dat je geluk een keer op is,' zei ze waarschuwend met een soort angstige berusting.

'Dit was niet alleen maar geluk.'

Ze keek naar zijn hoofd. 'Dat heb je niet heel goed verbonden. Het is beter als ik het nog een keer schoonmaak en verbind. En ik heb aspirine in mijn badkamer.'

'Een half potje is wel genoeg.'

'Weet je of Ellie iets is overkomen?'

'Heeft ze een zilverkleurige tweedeurs Chevrolet cabriolet?'

'Ja.'

'Die zat op slot en ik kon niet naar binnen kijken, dus het kan zijn dat haar lichaam daar ligt.'

'Jezus! Je zei dat de politie ernaartoe ging nadat je hen had gebeld?'

Hij knikte. 'Ik ga me douchen en scheren en het laatste beetje zand uit mijn kleren kloppen, dan kunnen we daarna ergens wat gaan eten. Dan bel ik het LA County Sheriff's Department. Een vriend van me werkt daar en misschien kom ik iets te weten.'

'Vertel niet dat je daar was. Straks arresteren ze je nog, Archer.'

'Zou niet de eerste keer zijn. Agenten vinden het echt leuk om privédetectives op te pakken.' Hij keek haar met een scheve glimlach aan, maar daardoor deed zijn hoofd zelfs nog meer pijn. 'Ze zullen wel jaloers zijn omdat wij zoveel geld verdienen.'

Ze gaf hem een kusje op de wang. 'In dat geval, Rockefeller, kun je míj trakteren op ontbijt.'

12

Na een voedzame maaltijd, met een gladgeschoren gezicht, schone kleren, verbonden hoofd en een aspirine, belde Archer Connie Morrison in het kantoor van Willie Dash in Bay Town. Hij vertelde haar wat er was gebeurd en vroeg of ze zo veel mogelijk informatie over Cedric Bender wilde verzamelen. Hij vertelde haar ook wat hij op het strand had gezien en over zijn vechtpartij met de man daar.

'Moet ik dat aan Willie vertellen?' vroeg Morrison.

'Dat doe je toch, zelfs als ik nee zeg.'

'Je hebt de afgelopen drie jaar veel geleerd, Archer.'

Daarna belde hij het kantoor van Green & Ransome, maar niemand nam op.

Vervolgens belde hij het LA County Sheriff's Department. Zijn contactpersoon daar, Barry Drews, wist alles al over de dode man in Las Flores Canyon. Archer zweeg over de boot en de mannen op het strand, omdat hij niet betrokken wilde raken bij een zaak die daar niets mee te maken had. Daar mocht iemand anders zich gelukkig mee bezighouden.

'Hoe weet je dat zo snel, van die dode man?' vroeg Drews.

'Van een vriend van een vriend. Wie leidt dat onderzoek?'

'Phil Oldham.'

'Ik ken Phil. Is het een probleem, denk je, als ik daarnaartoe ga?'

'Waarom? Wat heb jij daarmee te maken?'

'De eigenaresse van dat huis is een cliënte van me.'

Drews zei: 'Enig idee waar ze is? Want Phil en zijn mannen kunnen haar niet vinden.'

'Misschien kan ik daarmee helpen. Wil je ze bellen om te zeggen dat ik eraan kom?'

'Dat weet ik niet, Archer.'

'Kom op, Barry. We staan allebei aan dezelfde kant.'

'Maar jij houdt allerlei dingen onder de pet.'

'Als ik dat niet deed, kon ik dit werk niet doen. Mijn cliënten verwachten vertrouwelijkheid. Dus, ga je bellen?'

Hij hoorde hem zuchten. 'Vertel me dan alsjeblieft wat je ontdekt.'

'Ik doe mijn best.'

'Ga je er algauw naartoe?'

'Meteen na ons telefoontje.'

Archer legde de telefoon neer en keek Callahan aan, die tegenover hem zat.

'Moet je dit wel doen?' vroeg ze bezorgd.

'Daar kom ik wel achter.'

'Maar Ellie heeft je nog niet eens betaald, dus is ze niet echt je cliënte.'

'Een man is dood en Lamb lijkt verdwenen. Bovendien heeft iemand geprobeerd mijn hersens in te slaan. Dat zakelijke gedeelte zoek ik later wel uit.'

'Je bent veel aardiger dan je wilt toegeven.'

Voorzichtig zette hij zijn hoed op. 'Dat kan deze stad wel gebruiken, meer aardige mensen.'

'Wees alsjeblieft voorzichtig, goed?'

'Voorzichtiger dan ik vannacht was.'

Ze kuste hem, niet op zijn wang, maar op zijn mond.

'Waarom deed je dat?' Hij keek haar vragend aan.

'Voor geluk. Je hoeft geen genie te zijn om te zien dat je dat wel kunt gebruiken.' Ze zei dit alsof ze een grapje maakte, maar zo bedoelde ze het niet.

13

Het was nieuwjaarsdag en het was rustig op de weg, zodat Archer lekker opschoot toen hij terugreed naar Malibu. Het stadje was genoemd naar een dorp van de Chumash, Humaliwo, waarvan de eerste lettergreep niet werd uitgesproken. In het Chumash betekende dit 'waar de golven veel lawaai maken', iets wat niet ontkend kon worden.

Nu het licht was zag de Las Flores Canyon Road er totaal anders uit. Wat de vorige nacht donker en dreigend had geleken, was nu interessant en mooi om te zien. Archer stopte voor Lambs huis en zag meteen dat de donkerblauwe Ford er niet meer stond.

Goed, daar kunnen twee redenen voor zijn. De politie heeft de auto in beslag genomen, of iemand anders heeft hem vannacht weggehaald. Misschien de eigenaar, Cedric Bender.

Archer baalde van zichzelf omdat hij zich niet kon herinneren of de Ford er nog stond toen hij het huis verliet. Zijn hoofd had zo'n pijn gedaan dan hij daar helemaal niet op had gelet.

Hij stapte uit de Delahaye en keek naar de zwarte lijkwagen die achter de cabriolet op de oprit stond. Daar weer achter stond een personenauto met het bordje LIJKSCHOUWER achter de voorruit. Langs de straat stond een oude Plymouth en vlak daarachter een politieauto.

Het verbaasde Archer dat ze de dode nog niet hadden weggehaald. Hij vertelde zijn naam aan de geüniformeerde agent en mocht snel naar binnen.

Nu moet je heel goed op je woorden passen, Archer.

***

Phil Oldham was moordrechercheur. Hij had een mollig gezicht en droeg een Harris Tweed-colbert en een gekreukelde grijze broek die bijna dezelfde kleur had als zijn huid. Hij stond bekend als een goede agent die meestal eerlijk was. Daardoor was hij bijna even zeldzaam als een niet-corrupte politicus.

Oldham en twee andere rechercheurs in burger stonden vlak bij het lijk, dat door iemand met een groezelig wit laken was afgedekt. Het puntje van een onaangestoken dunne sigaar stak uit Oldhams rechtermondhoek. 'Hallo, Archer,' zei hij met een knikje. 'Ik kreeg via de radio een berichtje van Barry. Hij zei dat je eraan kwam. Je bent het meeste misgelopen. We hebben de foto's al gemaakt en de krijtstrepen getrokken. De zaak is al bijna opgelost.'

'Blij dat te horen.'

'Vertel eens.' Hij haalde de sigaar uit zijn mond en keek ernaar alsof hij zich afvroeg hoe die in zijn mond was beland. 'Willie Dash doet goede zaken in het noorden en ik heb gehoord dat je goed werk voor hem doet. Dus waarom ben je hier aan het werk?'

'Deze zaak kwam toevallig op mijn pad,' zei Archer.

'Hoorde dat ze een cliënte van je is. Ik bedoel de eigenaresse van dit huis.'

'Klopt. Zij zei dat ze dacht dat iemand probeerde haar te vermoorden.'

'Nou, helaas voor deze kerel wilde iemand inderdáád iemand vermoorden en was hij de klos. Maar misschien heeft iemand zich vergist, wie weet?' Hij tilde het laken op.

Archer deed alsof hij verbaasd was, maar in het daglicht zag hij dingen die hij die nacht niet had gezien. Dat was dus precies de reden waarom hij hiernaartoe was gekomen. 'Is hij al geïdentificeerd?'

'Nee. Geen portefeuille in zijn zakken. Weet niet hoe hij hier is gekomen. Ook geen auto.'

'Is dat zo?' Archer keek nog eens goed. 'Geen bloed.'

'Klopt. Alleen een beetje op de dode. Kogel zit er nog in.'

Archer bukte zich. 'Als je van zo dichtbij iemand doodschiet, zit alles onder het bloed. De vloer, de trapleuning, de stootborden.' Hij keek Oldham aan. 'Hij is ergens anders doodgeschoten.'

Oldham beaamde noch ontkende dit, maar Archer wist dat de man deze conclusie ook al had getrokken.

Hij zag dat Oldham naar een plek op zijn hoofd keek en trok zijn hoed snel naar beneden zodat de blauwe plek op zijn voorhoofd niet te zien was. Oldham zei niets en Archer vertelde niets. Agenten luisterden naar alles wat je zei en gebruikten dat om je in een kooi te stoppen.

'Iemand heeft hem behoorlijk afgetuigd. Ik vraag me af waarom.'

Oldham haalde zijn schouders op. 'Om te weten te komen wat hij deed en wat hij wist, waarom anders? En hoe kom je aan die blauwe plek op jóúw knikker?'

Goed, let op je woorden, Archer.

'Ik probeerde met mijn zatte kop te dansen.' Archer ging rechtop staan. 'Zo te zien waren ze niet tevreden over zijn antwoorden.'

'Als hij al antwoorden gaf. Waar is jouw cliënte eigenlijk?'

'Ik heb haar kantoor vanochtend gebeld, maar er werd niet opgenomen.'

'Nieuwjaarsdag. LA grijpt elke gelegenheid aan om niet te hoeven werken. Maar dat geldt niet voor ons van de County Police.'

'Zet Bill Parker, de nieuwe baas van de LAPD, jullie onder druk? Zo te horen willen ze in de City of Angels met een schone lei beginnen.'

Oldham snoof. 'Ja, alle rotte appels die Parker heeft ontslagen, hebben bij de county gesolliciteerd, maar we zeiden dat ze de pot op konden.'

'Echt waar?' Archer besloot hem er niet op wijzen dat enkele agenten van de County Police waren omgekocht om een beschermend schild te vormen rondom de Clover Club, de mooiste goktent in het zuiden van Californië en net buiten de stadsgrenzen van LA. Deze groep agenten had gangster Mickey Cohen heel duidelijk gemaakt dat hij de Clover met rust moest laten. Cohen had hierop gereageerd met het openbaar maken van een opname waarop de hooggeplaatste agent te zien was. Het schandaal dat hierdoor was ontstaan had een paar hoge pieten van de county en stedelijke politie de kop gekost.

Oldham begon zich op te winden. 'Ja, echt waar. Ik heb de pest aan corrupte agenten, altijd al gehad. Ik had natuurlijk heel gemakkelijk de andere kant op kunnen kijken en wat extra geld in mijn zak kunnen stoppen, en een mooiere auto kunnen kopen of mijn vrouw mee uit eten kunnen nemen in een leuke tent. Maar ik hou van mijn Plymouth en van de kookkunst van mijn vrouw.' Hij keek Archer met een harde en onverzettelijke blik aan. 'En LA is LA, Archer. Het maakt niet uit wie ze aannemen om schoon schip te maken, of dat nu die Parker is of iemand anders, uiteindelijk komt de stank weer bovendrijven. Dat is altijd zo. City of Angels? Ja hoor, geweldige naam. Noem me één hoge piet in deze stad die niet te koop is.'

'Maar de LAPD heeft Mickey Cohen wél opgepakt.'

Oldham brulde: 'Niet waar, dat was de FBI! Senator Kefauver heeft hem te pakken genomen, wegens belastingontduiking! Verdomme, dat telt niet.'

Archer was klaar met deze professionele kletspraatjes. 'Is het tijdstip van overlijden al bekend?'

Oldham keek hem verbaasd aan. 'Waarom moet jij dat weten?'

'Gewoon uit professionele nieuwsgierigheid.'

'Dat heeft de lijkschouwer me wel verteld, maar ik ben het verdomme gewoon vergeten.'

Archer keek naar de andere rechercheurs, die hem onvriendelijk aankeken. Misschien was Oldham toch niet zo'n eerlijke agent, dacht hij. Of misschien was hij, Archer, echt te lang gebleven. 'Hebben jullie een wapen gevonden?'

'Nee. Aan het gat in zijn gezicht te zien, denk ik aan een .38 of groter.' Hij keek van opzij naar Archer. 'Misschien dacht je cliënte dat hij een inbreker was. Ze schoot eerst, zag wat ze had gedaan, werd bang en ging ervandoor. Dat doen vrouwen soms, weet je.'

'Hoe kan hier dan geen bloed liggen?'

'Ze heeft hem buiten doodgeschoten en daarna naar binnen gesleept.'

'Als ze dacht dat hij een inbreker was, waarom zou ze dan al die moeite doen? Ze had er alle recht toe. Als ze de politie had gebeld, was er niets aan de hand geweest.'

'Maar misschien kende ze deze man. Misschien wílde ze hem wel doden.'

'Dat zijn wel heel veel veronderstellingen, Phil. Laat ik er nog een aan toevoegen. Misschien heeft iemand Lamb vermoord en haar meegenomen en deze dode achtergelaten om de zaak te compliceren. En even over jouw theorie, ik heb Lamb ontmoet. Ze is niet half zo groot als deze man, dus kán ze hem nergens naartoe hebben gesleept.'

'Misschien had ze hulp.'

'Hebben jullie buiten bloed gezien?'

'Zijn nog steeds aan het zoeken.'

'Je zei ook dat ze ervandoor kan zijn gegaan. Maar onder de carport staat een Chevy cabriolet en die is van Lamb. Ik hoop dat ze daar niet dood in ligt.'

'We zullen het slot openbreken en gaan kijken.'

'Maar als ze er inderdáád vandoor is, wilde ze dat vast niet in haar eigen auto doen,' zei Archer. 'Heb je al contact gehad met de taxibedrijven? Misschien heeft ze een taxi genomen naar het trein- of busstation of naar het vliegveld.'

'Zijn we al mee bezig. Maar eerst moeten we dit lijk identificeren, hoe eerder hoe beter. Waar heb je haar eigenlijk ontmoet?'

'Gisteravond, bij Chasen's. Ik dineerde daar met een vriendin van haar. Ze kwam naar ons toe en zodra ze hoorde wat ik voor werk deed, vertelde ze me haar verhaal.'

'Chasen's?' Hij haalde zijn sigaar uit zijn mond en keek naar zijn collega's. 'Zijn jullie ooit naar Chasen's geweest?'

Ze schudden hun hoofd.

'Ik ook niet. Kan ik niet betalen. Wist niet dat je je in zulke hoge kringen begaf, Archer. Neem je soms steekpenningen aan of zo?'

'Wat hebben privédetectives te bieden?' vroeg Archer.

‘Heb je die fraaie auto nog altijd? Die met het stuur aan de verkeerde kant?’

‘Ja, maar die heb ik gewonnen toen ik in Reno aan het gokken was.’

‘Heb je zoveel geluk?’

‘Die avond wel.’

Oldham krabde langzaam aan zijn kin. ‘Ze dacht dus dat iemand haar wilde vermoorden?’

‘Ja. Ik zou vanochtend naar haar kantoor gaan om met haar te praten.’

‘Waarom heb je dat dan niet gedaan?’ vroeg Oldham scherp, nu echt in de aanval. ‘En hoe wist je verdomme dat je Barry over deze zaak moest bellen? Kom op, detective, vertel. Ik heb geen tijd om jou of wie dan ook langdurig te ondervragen.’

‘Hoorde dat telefoontje over een dode in Lambs huis op de politieradio.’

Oldham werd laaiend en stapte naar Archer toe. ‘Dat telefoontje kwam ver voor zonsopgang binnen. Jij belde Barry vanmiddag en zei dat je het had gehoord van een vriend van een vriend. Weet je zeker dat jíj die melding niet hebt gedaan?’

Archer was hierop voorbereid. ‘Ik was niet eens in de buurt. Wat ik bedoelde was dat een collega van me hier in LA dat telefoontje opving, maar daar geen aandacht aan besteedde omdat hij niet wist dat Lamb mij had ingehuurd. Ik had vanochtend inderdaad een afspraak met Lamb in haar kantoor. Ik belde daarnaartoe, zoals ik al zei, gewoon om te controleren of de afspraak nog stond. Toen niemand de telefoon opnam, werd ik ongerust. Ik nam contact op met mijn collega en toen hoorde ik het. Daarna belde ik Barry.’

‘Hoe heet die collega van je in LA?’

‘Als ik dat soort vragen beantwoord, kan ik net zo goed mijn vergunning inleveren, Phil.’

Oldham leek niet overtuigd, maar hij had zo te zien ook geen zin om nog langer aan te dringen. Hij stopte de sigaar weer in zijn mond en klemde hem tussen zijn kiezen.

'Hebben de buren iets gehoord?' vroeg Archer.

'Oude dame die Danforth heet niet. Zei dat ze lag te slapen. Ze lijkt wel honderd, dus ik geloof haar wel. De buren aan de andere kant zijn het land uit, volgens Danforth zijn ze in Frankrijk.' Oldham stopte de sigaar in de zak van zijn colbert, haalde de wikkel van een stuk kauwgum en stopte dat in zijn mond. 'Ik was ooit in Frankrijk, maar toen was daar een oorlog.'

'Ja, ik ook. Dat was echt geweldig.'

Op dat moment kwam een man binnen. Hij was klein, had grijs haar, droeg een donker driedelig pak, een overhemd met een vieze kraag en een rechte zwarte stropdas. Hij zag er moe en ongeinteresseerd uit. 'Goed, Phil, we kunnen het lijk nu wel weghalen.'

Een brancard had tegen de muur gestaan en twee mannen in burger wilden het lijk erop tillen toen Archer zich bukte om te helpen. 'Ik pak hem wel aan deze kant, mannen.'

Het lijk werd op de brancard gelegd en door de beide mannen naar buiten gedragen.

De lijkschouwer zei tegen Oldham: 'Vanmiddag doe ik de autopsie, maar ik neem alvast een voorschot en zeg dat hij is gedood door een kogel in het hoofd.'

Archer keek de lijkschouwer na. De rigor mortis was volledig en Archer schatte dat de man de vorige middag rond twee of drie uur al dood was geweest, dus zo'n vijf uur voordat Lamb in Chasen's naar hen toe was gekomen.

Hij keek op en zag dat Oldham hem strak aankeek. De moordrechercheur keek nadrukkelijk in de richting waarin de brancard was verdwenen en daarna naar Archers handen. 'Denk dat je je antwoord hebt op wanneer hij is doodgeschoten, Archer.'

'Ga je Lamb als vermist opgeven?'

'Is niet aan mij.'

Archer draaide zich om en wilde vertrekken.

'O, en Archer?'

'Ja?'

'Gelukkig nieuwjaar, stomme lul!'

14

Archer verliet het huis, stak buiten een Lucky op en liep naar de lijkschouwer, die naast de lijkauto stond waar Oldhams mannen luid vloekend het lijk in schoven. Voor hen was hij geen dode man, alleen maar een lijk.

'Verdomd jammer,' zei Archer.

'Wat bedoelt u?' vroeg de lijkschouwer.

'Dat die man is vermóórd,' zei Archer, terwijl hij even naar de man keek.

'Verdomme, als ze dat niet deden had ik geen werk. Moord is hier een bloeiend bedrijf.'

Dankzij deze man wist Archer weer waarom hij niet graag met lijkschouwers omging. 'Begrijp dat het misschien een .38 was of een groter kaliber.'

De man haalde een dikke sigaar uit zijn jaszak, stak hem op en nam een paar trekjes. Daarna hoestte hij misschien wat restjes tabak uit zijn longen en spuugde die op het grind van de oprit. 'Lijkt er wel op. Ik haal hem er wel uit. Hé, werkt u samen met Phil aan deze zaak?'

'Mijn cliënte is de eigenaresse van dit huis. Phil en ik proberen haar te vinden.'

'Privédetective dus?'

'Die vrij regelmatig samenwerkt met de politie, inderdaad,' zei Archer vaag, omdat hij ook informatie nodig had. 'Volgens mij is die man al zeker vierentwintig uur dood, of niet?'

'Lijkt te kloppen, iets meer, iets minder. Altijd moeilijk te zeggen. De maag vertelt me meestal een heleboel. We zijn wat we eten, levend of dood.'

‘Hebben jullie een auto meegenomen?’ Archer vroeg dit omdat hij, ook al had Oldham gezegd dat er geen auto had gestaan, niemand geloofde zonder dat het door een ander was bevestigd.

‘Auto? Nee, zeker niet. Alleen het lijk.’ De man tikte de as in het gras. Zijn vingers waren zo dik dat Archer zich afvroeg hoe hij een scalpel kon hanteren, laat staan dat hij die kon gebruiken om er secuur mee door menselijk weefsel te snijden. Maar misschien was hij niet erg precies.

‘Hier zitten coyotes en zelfs beren, weet u.’ De lijkschouwer schraapte zijn keel en wiegde met zijn brede hoofd, inclusief zijn beide onderkinnen. ‘Was niet fraai geweest als dat lichaam buiten had gelegen, nee meneer.’

‘Binnen was het ook niet fraai,’ zei Archer kortaf.

Even later reed de lijkwagen weg met een van Oldhams mannen achter het stuur en de andere achterin, gevolgd door de donkere auto van de lijkschouwer.

Archer trapte zijn sigaret uit, keek weer naar het huis en liep de weg op. Hij rekte zich uit, haalde zijn pakje Lucky's uit zijn zak en liet het meteen vallen. Dat deed hij opzettelijk, omdat hij wist dat Oldhams agent misschien naar hem keek. Hij bukte zich om het pakje op te rapen en de olievlek op het asfalt goed te bekijken. Die olievlek was vrij vers, wat nogal logisch was omdat die daar de vorige nacht was gemaakt.

Aan weerszijden van Lambs huis, maar met ongeveer honderd meter tussenruimte, stonden de huizen van de buren, Danforth en Bonham. Archer wist niet wie wie was, dus ging hij eerst naar het huis aan de rechterkant.

Het was een groot huis in koloniale revival-stijl, wist Archer, want hier stonden veel van dat soort huizen. Het hoofdhuis had twee vleugels, waarvan één een stenen schoorsteen had. Aan de achterkant was ook een schoorsteen. Aan de voorkant zaten een paar dakkapellen. De overdekte veranda had een houten balustrade. In de tuin, die vooral uit stenen en woestijngrond bestond, stonden een paar knoestige struiken.

Archer klopte aan en klopte opnieuw. Binnen bleef het stil.

Hij liep naar de garage die door een korte, overdekte passage met het huis verbonden was. Het koperen dak was verweerd. Er groeiden bloeiende klimplanten door het latwerk aan weerszijden van de passage. De massief houten garagedeur had geen ramen en zat op slot. Archer liep naar de zijdeur van de garage onder de passage, maar die zat ook op slot. Hij keek door het raam naar binnen. Hij kon niet veel zien, maar er leek geen auto in te staan.

Hij keek om zich heen, haalde zijn zakmes tevoorschijn, stak het lemmet tussen het slot en het kozijn, en maakte het slot open. Hij duwde de deur open en ging naar binnen. Archer drukte op de wandschakelaar, waarna een kale gloeilamp de kleine ruimte zwak verlichtte. Het rook naar olie, vet, gas, mottenballen en schimmel. Er stond geen auto, maar er was wel iets interessants te zien.

Archer bukte zich en bekeek de olievlek op de vloer. Hij wist natuurlijk niet of die afkomstig was van de blauwe Ford, maar dat zou kunnen. Hij nam aan dat er in de meeste garages olievlekken op de vloer zaten, maar deze leek vrij vers. En als de Bonhams al een tijdje in Frankrijk waren, kon deze vlek niet door hun auto zijn gemaakt.

Was de Ford hierin gezet nádat Archer was aangevallen? Dan had hij later weggehaald kunnen zijn. Of misschien had deze olievlek niets te maken met de olievlek buiten op de weg. Cedric Bender was misschien gezond en wel in Anaheim, tenzij hij nu onderweg was naar een koelcel in het mortuarium van LA County.

Archer zag allerlei gereedschap, olieblikken met een lange tuit en allerlei andere zaken die meestal in een garage te vinden waren. Hij bladerde door een paar tijdschriften uit een doos. Hij keek naar de adresetiketten en zag dat ze op naam stonden van Peter en Bernadette Bonham op dit adres in Malibu. Hij stopte de tijdschriften weer in de doos en liep naar buiten.

Hij opende een laag houten hek en liep de achtertuin in. Deze was vlakker en groter dan die van Lamb. Er was een klein gazon met eromheen bloembedden en struiken die goed verzorgd leken en besproeid waren, hoewel de tuin door de hoge wanden van de canyon waarschijnlijk weinig zon kreeg. Hier was geen zwembad, zoals in Lambs tuin. Maar misschien hielden de Bonhams daar niet van.

Een stukje van het gazon was echter ongelijk en hobbelig.

Mollen, dacht Archer. Die konden veel schade aan het oppervlak toebrengen, allemaal zonder dat iemand ze zag. *Net als criminelen.*

Hij liep naar de achterdeur en klopte aan. Hij besloot het slot niet open te breken. Bij een garage kon dat nog, maar bij een huis was dat een volkomen andere zaak. En als Oldham hem betrapte, dacht Archer, zou een beschuldiging van inbraak hem nog lang kunnen achtervolgen.

Hij besloot iets anders te gaan doen, iets waarvan hij hoopte maar niet verwachtte dat het iets zou opleveren, want dat was nu eenmaal het lot van een privédetective die zich de benen uit het lijf liep naar nergens.

15

Archer liep naar het andere huis, waarvan hij nu wist dat mevrouw Danforth daar woonde. Het was kleiner dan dat van de Bonhams, maar groter dan het huis van Lamb, en ouder. Links van de voordeur was een grote erker met een spionnetje erin. Hij klopte aan en zag even later een hoofd achter het glas verschijnen.

De deur ging niet verder open dan de koperen ketting toeliet. Twee grote ogen keken ongerust door de opening. 'Ja?'

'Ik ben Archer.' Hij liet zijn vergunning zien en vroeg of hij binnen mocht komen.

'Gaat dit over hiernaast?' vroeg de vrouw. Ze had dunne lippen en diepliggende waterige ogen.

'Inderdaad. Ik werk samen met de politie.' *Vergeef me, God, omdat ik heb gelogen.* 'U bent mevrouw Danforth?'

'Ja, Sylvia Danforth.'

'Ik wil u graag een paar vragen stellen, als dat mag.'

Ze maakte de ketting los, zodat hij haar helemaal kon zien. Ze was klein en verschrompeld, droeg een grijze pruik met krullen, valse wimpers, een duidelijk zichtbaar korset om haar lichaam in dezelfde vorm te houden als vroeger en genoeg make-up voor zo ongeveer elk toneelstuk. Hij dacht even dat ze verleidelijk knipperde, maar hij wist het niet zeker. Het licht kon bedrieglijk zijn, net als zij misschien.

Ze nam hem mee naar een kleine voorkamer vol meubels en poezen. Hij had geen bezwaar tegen de meubels en geen echt bezwaar tegen de poezen, zelfs niet toen er drie meteen om zijn enkels draaiden en eentje op zijn schoot sprong zodra hij was gaan zitten. Maar toen een vijfde kat op zijn schouder sprong, tilde hij hem eraf en zette hem op een bank. Op verschillende plaatsen zag hij roze, door zonlicht broos geworden schelpen, poefen met franje, heel veel speldenkussens en ingelijste foto's met stoffige kanten kleedjes eronder. Tegen een muur stond een vooroorlogse platenspeler op een tafel met een hele stapel platen ernaast. Aan de andere kant stond een groot televisiemeubel.

Ze ging tegenover hem zitten. Ze keek verdrietig en haar dunne, broze lippen trilden. 'Een politieagent kwam langs om vragen te stellen. Hij zei dat er in het huis van die lieve Ellie Lamb een dode man was gevonden. Ik kan het niet geloven! Is zij in orde? Dat heeft hij niet gezegd.'

'Dat weten we niet. We kunnen haar niet vinden. Wanneer hebt u haar voor het laatst gezien?'

'Gisteren.'

'Weet u nog hoe laat het was?' vroeg Archer, terwijl hij de poes van zijn schoot tilde omdat deze haar klauwen in zijn kruis zette.

Danforth tikte met haar duim tegen haar lippen. 'Hoe laat? Dat is heel moeilijk, weet u.'

Archer pakte zijn schrijfblok en potlood en kauwde op het gummetje. 'Misschien kan ik u een beetje helpen. Was het overdag of avond? Laten we daarmee beginnen en dan verder kijken.'

'O, het was overdag. De zon scheen nog.'

'Hoe lang schijnt de zon in deze tijd van het jaar in de canyon?'

'Niet zo lang. Tot drie of vier uur 's middags, zeker niet langer.'

'Goed, ging de zon al onder toen u haar zag?'

'O, ik snap wat u doet. Heel slim.'

'Ja mevrouw, ik doe mijn best.'

'Volgens mij ging de zon onder. Ja, het begon echt donker te worden.'

'Liep ze? Reed ze in haar auto? Kwam ze bij u op bezoek?'

'Ze reed voorbij in haar auto, die kleine zilverkleurige.'

'Hebt u haar daarna nog gezien?'

'Nee.'

'Hebt u hier gisteren nog iemand anders gezien?'

'Nee, de Bonhams zijn in Frankrijk. Dat heb ik die aardige agent ook verteld.'

'Maar er wonen nog meer mensen aan deze weg.'

'Ja, maar deze drie huizen zijn de enige op dit stuk. De andere staan veel verder naar boven of naar beneden, achter lange bochten.'

'Goed. Hebt u ooit een donkerblauwe vierdeurs Ford tegenover Lambs huis zien staan?'

Ze keek onzeker. 'Nee, volgens mij niet.'

'Hebben de Bonhams een auto?'

'Ja, maar daarmee zijn ze naar het vliegveld gereden voordat ze naar Frankrijk vlogen.'

'Wanneer was dat?'

'Ze zijn ongeveer een maand geleden vertrokken. Ze brengen daar graag veel tijd door. Zij is Française.'

'Vliegen ze vanaf LA International?'

'Inderdaad.' Enthousiast voegde ze eraan toe: 'Ik ben in 1921 naar Europa geweest, samen met mijn man Oliver. We gingen met een oceaanboot en voeren van New York naar Southampton. We maakten ons mooi en dansten elke avond. Dat was heel romantisch.'

'Dat geloof ik graag.'

'O, ik vergeet helemaal u iets aan te bieden! Wilt u iets drinken? Ik heb koffie, sinaasappelsap of Schotse whisky.'

Archer was een beetje verbaasd dat er zoveel keus was. 'Eh, dat weet ik niet. Wat drinkt u meestal?'

'Ik wil u niet beïnvloeden, jongeman. Maar ik hou niet van koffie of sinaasappelsap, terwijl ik gek ben op Schotse whisky.'

Archer keek naar een staande klok in de hoek om te zien hoe laat het was. 'Een bodempje whisky is prima, denk ik.'

Ze klapte in haar kleine handen. 'Wat fijn! Ik hoopte al dat ik vandaag bezoek zou krijgen zodat ik de fles open kon maken. Ik drink liever niet alleen en de poezen tellen niet mee. En die aardige politieagent had dienst en mocht niets drinken.' Ze verliet de kamer en kwam terug met twee grote glazen whisky.

Archer zag dat zijn bodempje was veranderd in een plas. Hij nam een slokje, terwijl zij de voorkeur bleek te geven aan een grote teug.

'Laten de Bonhams hun huis gewoon leegstaan?'

'O nee! Ze hebben een tuinman die regelmatig langskomt en alles op orde houdt. Ik let ook op, maar we hebben nooit problemen gehad.' Ze nam nog een slok van haar whisky en veegde haar mond af met een zakdoek die ze uit haar mouw had gehaald. 'Tot nu, natuurlijk. Denkt u dat dit het werk is van bendes?'

Hij trok zijn wenkbrauwen op. 'Hebben jullie hier bendes?'

'Dat weet ik niet.' Ze keek naar de televisie. 'Ik kijk wel naar *Dragnet*. Daar schijnen ze een heleboel zware criminelen te hebben.'

'Hebben de Bonhams kinderen?'

'Nee hoor. Daarom kunnen ze gewoon vertrekken en maanden in Frankrijk blijven.'

'Wat kunt u me over Eleanor Lamb vertellen?'

'Ze helpt me met mijn poezen en doet boodschappen voor me. Ik rij geen auto meer.'

'En uw man?'

'Oliver is in 1943 overleden. Hij ging naar buiten om de planten water te geven en viel dood neer in een bloembed.'

'Wat erg voor u. Hebt u nog andere familie?'

'Ja, mijn dochter en mijn kleinkinderen, maar die komen nooit op bezoek. Ze wonen in Hartford. Haar man is directeur van een verzekeringsmaatschappij. Zulke mensen moeten kennelijk in Connecticut wonen.'

'Wat weet u nog meer over Lamb?'

'Ze was screenwriter.'

'Verleden tijd?' vroeg Archer.

Haar adem stokte en ze keek gegeneerd. 'Dat bedoelde ik niet. Maar er is zoveel slechts op de wereld. Als je hoort dat een jonge vrouw wordt vermist, denk je het ergste. Ze hebben de moord op Black Dahlia nooit opgelost, weet u. Iemand heeft die arme vrouw doormidden gehakt en al haar bloed laten weglopen.' Ze zei dit vol afschuw, maar leek ook geïntrigeerd. 'Hoe gek moet je dan zijn?'

'Behoorlijk gek. Krijgt ze weleens bezoek? Vriendjes? Vriendinnen? Eleanor Lamb bedoel ik, niet Black Dahlia.'

'Ik heb nooit iemand gezien. Ze leidt een heel rustig leven.'

'Heeft ze ooit met u over eventuele problemen gepraat?'

'Zoals?'

'Wat dan ook. Ik hoorde dat ze niet meer naar kantoor gaat en tegenwoordig thuis schrijft.'

'Dat wist ik niet.'

'Ik hoorde ook dat ze hiernaartoe is verhuisd om dichter bij een vriend te zijn.'

Danforth leek oprecht verbaasd dit te horen. 'Ik kende haar niet voordat ze hier kwam wonen, en dat was ongeveer twee jaar geleden. Volgens mij kende ze de Bonhams toen ook nog niet. Ze heeft het nooit over iemand anders gehad.'

'Heeft ze veranderingen aangebracht aan het huis?'

'Jazeker. Ik ben er een keer naartoe gelopen toen ze aan het werk waren. Ik kende de Hendersons, die daar eerst woonden. Ellie heeft het zwembad laten aanleggen, de keuken en badkamers laten renoveren en nou ja, alles eigenlijk laten opknappen.'

'Wat kunt u me over de Bonhams vertellen?'

'O, Bernadette en Peter zijn geweldige mensen. Ze hebben een tweede huis in Parijs.'

'In Parijs? Dan zullen ze wel veel geld hebben.'

'Inderdaad. Peter is heel succesvol in zijn werk.'

'Wat voor werk?'

'Ik heb gehoord dat hij in het buitenland werkte, maar daar werd niet over gepraat. Misschien was hij een spion. Dát zou opwindend zijn. Toen kwam hij terug en nou ja, ik neem aan dat hij rijk werd op de manier waarop mannen meestal rijk worden.'

'Hoe oud zijn ze?'

'Peter is over de vijftig en Bernadette nog maar veertig.'

'Tweede vrouw?'

'O nee, zijn eerste.'

'U zei dat u niet meer rijdt, maar hebt u wel een auto?'

'Ja, die staat in de garage. Hij was van mijn man, een Buick Roadmaster. Oliver had hem nog maar twee jaar voordat hij stierf. Ik ben al zo oud dat ik me nog kan herinneren dat er helemaal geen auto's waren. Ik kom oorspronkelijk uit Oklahoma. Ik ben hier als jong meisje komen wonen, omdat mijn moeder dacht dat zeelucht goed voor haar zou zijn.'

'En uw vader?'

'Dat was de andere reden dat mijn moeder hiernaartoe verhuisde. Om bij hem vandaan te zijn.'

'Mag ik de auto even bekijken?'

'Ga uw gang.'

'U hebt Lamb na een uur of drie dus niet meer gezien? Maar hebt u wel een taxi of een andere auto gezien nadat ze was thuisgekomen?'

'O ja, dat is waar ook! Ik zag inderdáád een taxi, zo'n gele, gisteravond om een uur of zes. Ik zat voor de tv te eten en keek toevallig naar buiten. Ik liep naar de voordeur om te kijken waar hij naartoe ging en hij reed haar oprit in. Ze zal hem wel gebeld hebben. Ik neem aan dat ze wegging om het nieuwe jaar in te luiden. Ik bleef gewoon thuis met mijn poezen en heb om halfnegen een glas champagne gedronken. Ik kan niet meer tot middernacht opblijven, daar ben ik te oud voor. Bovendien heb ik al meer dan tachtig keer oud en nieuw gevierd. Daarna is het lang niet meer zo leuk.'

Archer wist dat de taxi Lamb vermoedelijk naar Chasen's had gebracht. De enige vraag was of ze ooit terug was gekomen. Voor zover hij wist was ze niet naar het feest van de Marses gegaan, maar dat zou hij moeten navragen. Dus waar was ze geweest na Chasen's en voordat hij in haar huis een klap op zijn hoofd had gekregen?

'En omdat u sliep, hebt u natuurlijk niet gezien dat een taxi haar weer thuisbracht?'

'Als dat na halfnegen was niet.'

'Hoe laat bent u vanochtend opgestaan?'

‘Om een uur of halfacht. Heb heerlijk geslapen.’

Archer wreef over zijn achterhoofd. ‘Ja, ik ook.’ Hij stond op en gaf haar een van zijn visitekaartjes. ‘Als u zich nog iets anders herinnert, kunt u me op dit nummer bereiken. Het is een nummer in Bay Town.’

Ze nam het kaartje met trillende vingers aan. ‘Denkt u... dat er iets is gebeurd met die lieve schat van een Ellie?’

‘Ik zou willen dat ik uw vraag kon beantwoorden, mevrouw Danforth. Dat ga ik in elk geval proberen.’

16

Archer keek verbaasd naar de vierdeurs Buick Roadmaster cabriolet. Honderden kilo's metaal en chroom met een grille en een bumper die op de bek van een jagende sabeltandtijger leek. Het interieur was groot genoeg voor een peloton soldaten. In die tijd wisten ze in Detroit wel hoe ze auto's moesten maken.

Hij keek onder de auto om te zien of daar een olievlek was. Die was er niet. De banden leken volkomen uitgedroogd en in de auto rook het alsof daar sinds meneer Danforth dood tussen de bloemen was gevallen nooit meer iemand in had gezeten. Archer wist bijna zeker dat het ding niet eens zou starten en omdat er een paar autosleutels aan een haakje hingen besloot hij zijn theorie te testen.

Morsdood. Hij kon de sleutel niet eens omdraaien.

Hij verliet het perceel van de Danforths, liep terug naar zijn auto en reed naar beneden.

Hij stopte bij een benzinestation, zocht het telefoonnummer op en belde opnieuw naar Green & Ransome.

'Ja?' zei iemand.

Archer schrok, omdat hij even dacht dat het Eleanor Lamb was. 'Met wie spreek ik?'

'Met wie spreek ík?' vroeg de vrouw.

Nu wist Archer zeker dat het Lamb niet was. Hij vertelde wie hij was en waarom hij belde.

'O mijn god!' zei de vrouw. 'Ik kan het niet geloven!'

'En u bent?'

'Wat? O, ik ben Cecily Ransome.'

'Ik heb al eerder gebeld, maar niemand nam op. Hebt u geen telefoonservice?'

'We zitten in een overgangsfase en hebben op dit moment helaas niemand. Maar we dachten dat het geen probleem was tijdens de feestdagen.'

'Luister, bent u daar nog even? Ik wil graag langskomen om u een paar vragen te stellen.'

'Jazeker, ik ben hier.'

'Heeft de politie al contact met u opgenomen?'

'Nee. Denkt u dat ze dat gaan doen?'

'De countypolitie is erg grondig. Ik kan over ongeveer een uur bij u zijn, want ik wil graag met u praten voordat zij dat doen.'

'Prima, meneer Archer. Tot straks dan. Ik zal in de lobby op u wachten en u binnenlaten. Officieel is het gebouw nu natuurlijk gesloten.'

De Delahaye zweefde als een adelaar over de weg en vijfenvijftig minuten later was Archer in Beverly Hills. De kantoren van het productiebedrijf waren gevestigd in een slank modern gebouw van glas en chroom van vijf verdiepingen dat geld en prestige uitstraalde. Hij parkeerde voor de ingang en liep snel naar de rij glazen deuren in metalen kozijnen. Een van de deuren werd geopend en toen zag hij Cecily Ransome, nam hij aan.

Ze was ongeveer even oud als Archer en even groot als Callahan, maar daar hielden alle overeenkomsten op. Haar haar was pikzwart en hing steil tot op haar schouders. Ze had de slanke heupen van een tienerjongen en de brede schouders van een man. Ze droeg een donkere lange broek en een wit jasje met canvas tennisschoenen, en haar enkels waren bloot. Ze droeg een zijden blouse, zo te zien zonder een beha eronder.

Hij wist niet of dit haar gewone werkkleding was of haar speciale nieuwjaarsoutfit en of ze na middernacht eigenlijk wel thuis was geweest. Ze had een aantrekkelijk maar eclectisch gezicht en droeg geen make-up, zelfs geen eyeliner of rouge. Haar donkergroene ogen waren zo groot dat ze best zonder konden en haar blik raakte hem, hoewel hij niet wist waarom precies.

'Meneer Archer?'

'Dat ben ik,' zei hij, terwijl hij zijn vergunning liet zien.

'Ik ben Cecily Ransome. Kom binnen, alstublieft.'

Ze gingen met een automatische lift naar de bovenste verdieping. Archer had gezien dat de lobby al even chic en minimalistisch was als de buitenkant, maar toch was duidelijk te zien dat alles veel geld had gekost. De markies voor de lobby stond vol namen van geslaagd klinkende bedrijven. En gezien de huren die hier, zo wist Archer, werden gevraagd kon dat niet allemaal bluf zijn. Deze bedrijven hádden succes.

Ze nam hem mee door een gang met zachte vloerbedekking en deed een zware deur met fraaie lijsten open en nodigde hem vervolgens uit in het filmische koninkrijk van Green & Ransome Productions.

'Niet verkeerd,' zei Archer, terwijl hij het zeer verzorgde vertrek in zich opnam. Het deed hem denken aan een scheepshut: heel veel roestvrij staal, marmer, hout en geen rommel. Potplanten stonden in de middagzon die door de hoge ramen van vloer tot plafond naar binnen viel. Hij zag een receptiebalie en planken aan de muren die vol stonden met in leer gebonden scripts en een heleboel filmprijzen. En foto's van een aantal hedendaagse beroemdheden – allemaal gesigneerd, zag hij.

'Dit is een heerlijke plek om creatief te zijn, omdat de filmindustrie verder zo hectisch is. En hier zitten we er middenin. Alles is hier binnen handbereik, tenzij we naar de Valley moeten of weg op locatie.'

'Met veel filmprojecten bezig?'

'Misschien wel met te veel. Sinds het einde van de oorlog verlangen de mensen naar amusement, een heleboel zelfs.'

'Ik hoorde dat de televisie echt in opkomst is.'

'Dat is zo. Daar zijn we ook bij betrokken. Hebt u al eens gehoord over *situation comedies*?'

'Nee, maar ik hou dan ook vooral van radio.'

'Zelf vind ik ze nogal banaal, maar mensen willen graag lachen.'

'Ik werk vooral in het land van verdriet en tranen.'

'We kunnen wel naar mijn kantoor gaan.'

Ze nam hem mee door een andere gang, deed een deur open en knipte het licht aan.

Hij liep naar binnen en keek om zich heen. Het was een ruim vertrek van ongeveer zes bij zes meter. Op het bureau van licht mahoniehout zag hij een luxe Smith Corona-typemachine, heel veel pennen en potloden in een ronde houder, een paar schrijfblokken met aantekeningen in een keurig schuin handschrift, een dictafoon en een gewone telefoon met ernaast een zware metalen Wheeldex waar, daar was Archer van overtuigd, kaartjes in zaten van de kopstukken van Hollywood. Een houten stoel met beklede rug en zitting stond achter het bureau. Verder stonden er een kleine bank en twee stoelen rondom een lage houten salontafel. Aan de muren hingen ingelijste filmposters. Archer zag dat Ransome op elke poster werd genoemd als screenwriter en filmregisseur. Hij herkende er een paar, maar had er niet een van gezien omdat hij na zijn oorlogservaringen geen enkele belangstelling meer had voor films. Voor de ramen hingen donkere rolgordijnen. Op de ingebouwde boekenplanken lagen stapels filmscripts en boeken.

'Wilt u misschien koffie? We hebben een pot in de keuken.'

'Graag. Zwart alstublieft.'

'Ik drink heel veel koffie. De meeste auteurs, volgens mij.'

Ze ging weg en kwam terug met koffie in twee witte bekers.

Archer, die haar kantoor ondertussen beter had bekeken, zat alweer op de bank toen ze terugkwam.

Terwijl ze hun koffie opdronken, zei Archer: 'Ik hoop dat u het niet erg vindt dat ik het zeg, maar u lijkt me nogal jong om partner te zijn van een man als Green. Ze hebben me verteld dat hij al heel lang een zeer belangrijke man is in deze stad.'

'Inderdaad, en ik heb geluk. Maar ik voeg de inbreng van een andere generatie toe aan deze industrie. De dingen waarmee mensen nog maar tien jaar geleden konden worden geamuseerd kunnen dat niet meer. We moeten bijblijven.'

'Juist. Wanneer was de laatste keer dat u iets van Lamb hebt gehoord?'

'Gisteren werkte ze thuis. Ze belde hier gisterochtend naartoe met een paar vragen over een project.'

Dus voordat die man dood was.

'Ik heb begrepen dat ze de laatste tijd thuiswerkte en niet meer naar kantoor kwam.'

'Klopt. Maar dat is niet ongebruikelijk. Ik doe dat soms ook. Zolang het werk wordt gedaan maakt het ons niet uit waar mensen schrijven. Schrijvers hebben vaak de behoefte zich terug te trekken.'

'Klonk ze in orde?'

'Ja, helemaal in orde. Luister, hebben ze echt een lijk in haar huis gevonden?'

Archer verbaasde zich een beetje over haar onhandige overgang. 'Ja, écht. Daarom ben ik hier.'

Ze leunde naar achteren en keek hem met een koele en onderzoekende blik aan.

Archer kon gewoon voelen dat ze haar vriendelijke laagje van zich af liet glijden. Hij vond dat zelfs prettiger, omdat dit hem tijd zou besparen. Hij moest de echte Ransome zien, niet een karikatuur die ze ter wille van hem presenteerde.

Ze schudde een sigaret uit een pakje Camel en stak hem op. 'Ik schrijf en regisseer films over de donkere kant van het leven, meneer Archer, maar heb die kant zelf nog nooit ervaren. U moet me mijn naïviteit maar vergeven.'

'Ik ben bijzonder vergevingsgezind, altijd al geweest.'

'U zou een goede bron voor me kunnen zijn.'

'Zou kunnen. Zei ze tijdens jullie telefoongesprek dat ze gistermiddag ergens naartoe zou gaan?'

'Nee.'

'Ik heb haar gisteravond gezien. Ze kent de actrice met wie ik aan het dineren was. Toen ze hoorde dat ik privédetective ben, zei ze dat ze me wilde inhuren. Ik zou haar hier vandaag bezoeken om de laatste details te bespreken en daarna zouden we naar Malibu rijden. Toen lag dat lijk in haar huis en is zij verdwenen.'

'Wie was die actrice?'

'Waarom vraagt u dat?'

'Uit professionele nieuwsgierigheid.'

'Liberty Callahan.'

'Goed, volgens mij heb ik haar naam weleens gehoord.' Maar door de manier waarop ze dat zei, dacht Archer dat ze gewoon beleefd was. 'Waarom zou Ellie een detective nodig hebben?'

'Ze zei dat ze dacht dat iemand haar probeerde te vermoorden. Heeft ze ooit tegen u gezegd dat ze daar bang voor was?'

Ransome keek oprecht verbaasd. 'Nee, nooit.'

'Ze was uitgenodigd voor het feest van Danny Mars, maar volgens mij is ze daar niet geweest. Ik hoorde dat u en Bart Green naar een ander feest waren.'

'Naar verschillende feesten zelfs. Je moet je gezicht laten zien. Ik heb me stierlijk verveeld, maar ze hadden bijna overal goede drank en dat compenseerde het gebrek aan interessante gesprekken.'

'Welke gesprekken vindt u interessant?'

Ze keek naar hem. 'Wist u dat we in november boven een atol in de Stille Oceaan een waterstofbom hebben laten ontploffen? En dat de Sovjets zo snel mogelijk precies datzelfde willen doen? Dat is belachelijk. En mensen zijn niet perfect.'

'Wat betekent dat ze fouten maken,' zei Archer.

'Als je een fout maakt met een waterstofbom, kun je een miljoen mensen doden. En wat nog erger is, dan maak je misschien niet eens een fout, maar doe je dat bovendien opzettelijk. Omdat sommige mensen niet alleen niet perfect zijn, maar wreed, en het leuk vinden om andere mensen kwaad te doen.'

'Ik kan goed begrijpen dat u heel populair bent tijdens nieuwjaarsfeesten.'

Archer bedoelde dat niet beledigend en zo leek ze het ook niet op te vatten.

'Ik maak mijn films vanuit een bepaalde visie, met een boodschap die hopelijk overkomt op de mensen die ernaar kijken. Toch vraag ik me weleens af of ik eigenlijk wel een verschil maak.'

'Ik wil natuurlijk geen waterstofbom op mijn hoofd krijgen,

maar ik maak me op dit moment alleen zorgen over de veiligheid van één iemand, Eleanor Lamb.'

'Neem me niet kwalijk, meneer Archer. Ik vertel altijd aan iedereen waar ik me druk over maak. Dat vormt een existentiële bedreiging voor mijn blijvende relevantie in de filmwereld.'

'Dat geloof ik graag. Hoe laat ging u vannacht naar huis?'

Ze nam een trekje van haar sigaret. 'Waarom is dat belangrijk?'

'Wij detectives stellen heel veel vragen en sommige lijken nergens op te slaan.'

'Ja, dat is zo. Ik kwam om een uur of twee thuis.'

'Woont u in de buurt?'

'Mijn huis staat in de buurt van het Beverly Hills Hotel, of het Pink Palace, zoals sommigen het tegenwoordig noemen.'

'Leuk, niet ver van uw werk dus.'

'Leuk genoeg.'

'Mag ik haar kantoor zien?'

'Waarom?'

'Wij detectives zijn ook altijd op zoek naar aanwijzingen. Misschien zie ik die daar.' Archer leunde naar voren. 'En laten we niet vergeten dat er een dode man in Lambs huis lag, haar auto nog steeds onder de carport staat, haar kleren nog in haar kast hangen, zij nergens te vinden is en niemand na een uur of halfacht gisteravond nog iets van haar heeft gehoord. Dit is mijn werk en ik kan u wel vertellen dat dit een bijzonder ernstige zaak is, als u het tenminste belangrijk vindt dat ze wordt gevonden.'

'Dat vind ik heel belangrijk!' snauwde Ransome.

Hij stond op. 'Haar kantoor?'

17

Lambs kantoor was twee deuren verder dan dat van Ransome en ongeveer half zo groot. Anders dan dat van Ransome was het rommelig en claustrofobisch.

'Zal ik u maar alleen laten?' vroeg Ransome. 'Ik weet dat de timing vreselijk is, maar ik moet een paar dingen afmaken. Daarom was ik hier vandaag.'

'Ik kom wel even langs als ik hier klaar ben.'

Ransome vertrok en Archer begon aan zijn zoektocht. Lamb was met veel filmprojecten tegelijk bezig. Toch vond hij niet veel nuttigs, tot hij de afgesloten onderste bureaulade had opengebroken. Hij pakte een van de zes luciferboekjes uit de la, allemaal van hetzelfde bedrijf, de Jade Lion Bar in Chinatown.

Hij keek in zijn schrijfblok, waarin hij de twee namen had opgeschreven van de kaartjes met een X erop uit Lambs Wheeldex. Op het ene kaartje stond de naam Jonathan Brewster met daaronder Jade Lion Bar, Chinatown. Op het andere kaartje stond de naam Alice Jacoby, samen met een telefoonnummer. Hij pakte de hoorn van de telefoon op Lambs bureau en draaide het nummer.

Nadat de telefoon twee keer was overgegaan nam iemand op.

'Spreek ik met Alice Jacoby?'

'Ja, wie is dit?'

Archer vertelde haar wie hij was en waarom hij belde.

'Lieve help! Ik... heb Ellie al meer dan een week niet gezien. Ik hoop dat ze in orde is.'

'Mag ik straks bij u langskomen?' vroeg Archer. 'Hoe eerder we haar vinden, hoe beter.'

'Ja natuurlijk! Mijn huis staat in Bel Air, vlak bij de countryclub.'

Bel Air? dacht Archer. En vlak bij de countryclub... 'Over een kleine drie kwartier? Ik ben bijna klaar met een andere fase van het onderzoek.'

Ze gaf hem haar adres.

Archer noteerde het en hing op.

Nadat hij nog een keer om zich heen had gekeken, verliet hij Lambs kantoor en liep naar Ransomes kantoor. Hij klopte niet meteen aan omdat hij haar hoorde praten. Ze had kennelijk iemand aan de telefoon, want hij hoorde alleen haar stem. Even later hoorde hij dat ze twee keer zijn naam noemde, nogal dringend. Toen hij zijn oor dichter naar de deur bracht hoorde hij Ransome duidelijk zeggen: 'Ik kan je vanavond wel ontmoeten, om een uur of zeven in de Boleros.'

Archer kende de Boleros, een kroeg in West Hollywood.

Nadat ze het gesprek had afgerond liep hij geluidloos een stukje terug en naderde daarna met luide voetstappen haar kantoor. Hij klopte aan. 'Juffrouw Ransome?'

'Binnen.' Ze zat aan haar bureau en keek op. 'Hebt u iets nuttigs ontdekt?'

'Afwachten. Vertel eens, hebt u een nauwe band met Lamb? Of is ze gewoon een werkneemster?'

Langzaam zei ze: 'We werken samen. Ik waardeer haar talent. We kunnen goed met elkaar opschieten.'

Hij keek haar aan. 'Volgens mij waardeert zij u ook.'

'Zei ze dat?' vroeg Ransome.

Ze klonk vreemd gespannen, maar misschien ook niet, dacht Archer. 'Dat was niet nodig.' Hij gaf haar zijn kaartje. 'Voor het geval u zich nog iets herinnert.'

'Wat gaat u nu doen?' vroeg ze.

'Blijven graven.' Hij maakte aanstalten om te vertrekken. 'Zo gaat dat met onderzoeken.'

'Wacht even, meneer Archer. U zei dat u hier vandaag met Ellie had afgesproken en dat zij u een cheque zou geven?'

'Voor mijn voorschot, inderdaad.'

'Hoeveel?'

'Tweehonderd als voorschot. Ik reken vijftig per dag plus onkosten. Officieel ben ik nu een uur of twaalf bezig.' Hij was niet van plan het fiasco van die nacht in rekening te brengen, uit een soort trots en ook omdat hij zelf zo stom was geweest.

Ransome opende een la en haalde er een chequeboek uit. 'Zal ik u een cheque voor vijfhonderd dollar geven?'

'Dat is te veel en bovendien bent u mijn cliënte niet.'

'Als u het bedrag niet helemaal gebruikt, kunt u me terugbetalen. En wat die cliënte betreft, ik wil dat u haar vindt, akkoord? En ik weet zeker dat zij dat ook wil.'

'Goed. Schrijf de cheque maar uit op naam van Willie Dash, Very Private Investigations.' Archer haalde een paar papieren uit zijn binnenzak. 'En u moet dit contract ondertekenen. Mijn baas is heel precies wat afspraken betreft. Ik had dit door Lamb willen laten ondertekenen, maar...'

'Natuurlijk.' Ze schreef de cheque uit en gaf die aan hem.

Daarna vulde hij het contract met haar pen in. Hij liet het door haar ondertekenen, gaf haar een kopie en stopte zijn eigen exemplaar plus de cheque in zijn zak. 'U geeft echt om haar, lijkt het.'

'Zorg dat u haar vindt, meneer Archer.'

Hij lichtte zijn hoed even op, maar hield hem voor het verband op zijn hoofd, en vertrok.

Archer had dus een nieuwe cliënte. Nu moest hij alleen zijn oude cliënte nog zien te vinden.

18

Bel Air was in de jaren twintig gesticht door een oliemiljonair die kennelijk afstand wilde scheppen tot de mensen zonder bakken met geld, en deze locatie was perfect. Het lag achter Sunset Boulevard en op steenworp afstand van de campus van de UCLA.

Zodra Archer de enorme Spaanse hekken voorbij was, bevond hij zich in het land van de vermogende en hoogstaande mensen. De anticorruptie-eenheid van de LAPD had het druk in Bel Air, wist hij, vanwege de oplichters die hiernaartoe kwamen om oude weduwen van het vermogen af te helpen dat hun echtgenoot hun had nagelaten. Diezelfde overleden mannen hadden een heleboel teleurgestelde maîtresses achtergelaten met niet meer dan gebroken beloftes en herinneringen aan afspraakjes laat op de avond in hotelkamers en, als ze geluk hadden en de echtgenotes op familiebezoek waren, af en toe een uitstapje met een privévliegtuig naar Acapulco.

De oprijlaan van het huis van Alice Jacoby was bijna even lang als een startbaan. Archer floot toen hij de laatste bocht voorbij was en het huis voor zich zag. Hij had gedurende zijn carrière een heleboel rijkdom en vrij veel armoede gezien, maar nooit zoveel daar tussenin.

Het herenhuis straalde een rustige, verfijnde elegantie uit en was de perfecte mix van functionaliteit en klassieke Europese en Amerikaanse architectuur. Archer dacht dat deze mensen weleens een uitzondering konden zijn: rijk maar met een goede smaak. Hij vond dat mensen met te veel geld meestal eerder voor opzichtigheid kozen dan voor klasse.

Hij stopte voor de ronde zuilengang en stapte uit. Voordat hij zelfs maar kon aankloppen werd een van de drie meter hoge halfronde dubbele deuren met enorme knoppen geopend, waarna een oude man in het uniform van een butler met een kromme rug stijf als een standbeeld voor hem stond.

Archer keek hem aan en wachtte tot het standbeeld iets zou zeggen.

De man keek naar hem alsof hij dacht dat Archer de bediendeningang had gemist.

Archer stelde zich voor en zei toen: 'De vrouw des huizes verwacht me.'

Het standbeeld maakte een ongemakkelijke buiging. 'Ja, meneer Archer. Dat klopt. Deze kant op.'

En dus ging Archer deze kant op. Ze kwamen langs vertrekken waar twee geüniformeerde dienstmeisjes bezig waren met afstoffen en stofzuigen en alles leken voor te bereiden voor de avond.

Archer werd naar een kamer gebracht die bijna zo groot was als de kathedraal van een paus, maar wel iets gezelliger. Er brandde vuur in de open haard, die zo groot was dat hij erin kon staan. Het meubilair was duur en elegant, maar niet té. Hij had het gevoel dat hij hier kon ademen, anders dan in het huis van mevrouw Danforth, en dat kwam niet alleen door de katten. Tegen een muur stond een roestvrijstalen cocktailbar met borrelglaasjes, tumblers, cocktailshakers, een fles spuitwater en een ijsemmer met een vers laagje condens erop. Geluidloos sprak hij de merknamen uit van de verschillende soorten whiskey, gin en cognac. Detectivewerk was dorst opwekkend.

'Meneer Archer?'

Hij draaide zich om en keek naar de vrouw die in de gewelfde deuropening was verschenen.

Ze was een jaar of veertig, ongeveer 1 meter 72, gespierd en leek goed gevoed. Ze had een breed gezicht, een hoog glad voorhoofd en een intelligente blik in haar vriendelijke blauwe ogen. Haar bruine haar zat in een ingewikkelde Franse vlecht die over een van haar schouders hing. Haar jurk accentueerde haar prachtige heupen en haar transparante kousen deden haar gespierde kuiten en slanke enkels goed uitkomen. Ze was een aantrekkelijke vrouw die kalmte en zelfverzekerdheid uitstraalde, hoewel ze volgens Archer wel een beetje nerveus leek. Maar dat kon door zijn beroep komen. Hij zag niet zo vaak gelukkige mensen, want gelukkige mensen hadden nooit behoefte aan zijn diensten.

'Ja. Mevrouw Jacoby?'

Ze gaven elkaar een hand, waarna ze de magische woorden uitsprak. 'Wilt u misschien iets drinken?'

'Als u zelf ook iets neemt, dan graag whiskey met water, zonder ijs. Ik kan het zelf wel klaarmaken.'

Ze liep met twee glazen en een roerstaafje naar de bar. Archer maakte zijn eigen drankje klaar en liet het meeste water achterwege. Zij nam cognac met spuitwater, ijs en een schijfje citroen. Hij zag dat ze haar drankje behendig klaarmaakte en dacht dat deze bar veel werd gebruikt. Sommige mensen hielden gewoon erg van alcohol en hadden desondanks een gelukkig huwelijk. Zij waren in de minderheid, was zijn ervaring.

Ze gingen bij het vuur zitten op stoelen met een hoge rugleuning.

'Vertel me nu alstublieft wat er met Ellie is gebeurd.'

Archer gaf haar een vrij gedetailleerd verslag en verzweeg alleen het feit dat hij over de dode man was gestruikeld. Dat wilde hij meenemen naar zijn graf, tenzij de countypolitie dat voor die tijd uit hem sloeg. 'Hoe hebben jullie elkaar leren kennen?'

'We gingen samen naar college in Boston. Daarna verhuisde ik hierheen en zij kwam later. Zij ging schrijven en ik ontwierp decors. Ik werk bij Warner Brothers.'

Archer keek om zich heen. 'Dat verklaart dit alles. Het is kunstzinnig ingericht.'

'Zelf zou ik me natuurlijk nooit een huis als dit kunnen veroorloven. Mijn man zit in het geldwezen en komt uit een rijke familie. Dit was het huis van zijn ouders. Simons onderneming stelt zich garant voor een groot aantal filmproducties. Hij is bij de filmindustrie betrokken geraakt door zijn vader, een zeer geslaagd producer. Hij had ze voor het uitkiezen, ziet u.'

'Dat zie ik zeker. De zaken gaan goed, neem ik aan?'

'Hollywood draait uitzonderlijk goed, zoals mijn man graag zegt.'

'Kinderen?'

'Drie. De oudste is net twaalf geworden.'

'Leuk. U zei dat u en Lamb aan de oostkust op college zaten?'

'Ja, op Wellesley. Ik studeerde kunst en Ellie was een Agora.'

Archer zette zijn glas neer. 'Ik weet wat kunst is, maar wat is een Agora? Dat klinkt als de naam van een eiland in het Caribisch gebied.'

Jacoby glimlachte even. 'Zij studeerde geschiedenis en politieke wetenschappen, en was lid van de Agora Society. Op Wellesley hebben ze geen sociëteit voor studentes, meneer Archer, dus werden dergelijke clubs voor ons een soort sociëteit. Voordat Ellie hiernaartoe verhuisde werkte ze in Washington D.C., als stagiaire of assistente. Ze is heel slim, heel... ontwikkeld kun je het misschien wel noemen, heel anders dan ik. Haar vader zat in het corps diplomatique, waardoor ze veel heeft gereisd en twee of drie vreemde talen spreekt. Daarom is ze volgens mij zo in trek als auteur. De studio's houden van haar renaissancekwaliteiten, van haar *je ne sais quoi*, als je het zo wilt noemen.'

'Die uitdrukking hoor je niet elke dag. Ik heb al met Cecily Ransome gepraat. Zij maakt zich grote zorgen over Lamb en heeft me zelfs ingehuurd om haar te zoeken.'

Jacoby staarde even in de vlammen, met een afstandelijke en ondoorgrondelijke blik. 'Cecily heeft Hollywood stormenderhand veroverd. Ze kwam op een goed moment: de oorlog was afgelopen en de gevoeligheden en verwachtingen veranderden. Na die vreselijke tijd werd ons land positiever, maar ook nuchterder.' Ze liet haar brede schouders zakken.

Archer zei: 'Toen ik terugkwam van de oorlog ben ik een heel jaar niet nuchter geweest.'

Ze glimlachte even. 'Maar volgens mij willen mensen iets wat nieuw is, iets wat anders is.'

'En Ransome kan daarvoor zorgen?'

'Ze heeft al meer dan twaalf films gemaakt, vooral voor de belangrijkste studio's, en elke film is gedurfder en uitdagender dan de vorige. De studio's schrikken soms van hoe ver ze gaat en willen haar dan niet betalen of ze verbieden hun sterren eraan mee te werken. Maar dan wendt ze zich tot de kleinere studio's, cast prima acteurs en krijgt haar films toch geproduceerd. Ze verdienen er allemaal geld aan, omdat ze een toegewijde en groeiende aanhang heeft en ze veel media-aandacht krijgen. De studio's zijn gek op gratis publiciteit. Ze regisseert ook en dat is heel zeldzaam.'

'Hebt u ooit een set voor haar ontworpen?'

Jacoby grinnikte, hoewel ze niet vrolijk keek. 'Onze smaken en gevoeligheden komen niet overeen, meneer Archer. De essentie van mijn werk is heel eenvoudig: ik ontwerp indrukwekkende balzalen, zwembaden en overdadige slaapkamers. In het begin van mijn carrière beet ik mijn tanden stuk op comedy's met Ginger Rogers en Fred Astaire, en met Carole Lombard en William Powell.' Ze glimlachte. 'Ik noemde ze *gowns and good golly*-films. Het effect op film was onbegrensde rijkdom, maar dan in de vorm van een comedy. Ik bedoel, in werkelijkheid leeft niemand zo.'

Archer keek nadrukkelijk om zich heen en zei: 'Dat zou je niet denken.'

Ze bloosde, maar zei glimlachend: 'Touché.'

'Hé, leven en laten leven. En als u voor Warners werkt, weet ik dat u hard werkt.'

'Het is geweldig om de sets te ontwerpen. Ik heb elke fantasie die ik ooit heb gehad kunnen uitleven.' Ze keek hem aan en zei toen: 'Het zal u misschien verbazen dat ik ben opgegroeid in een stadje in West Virginia. Mijn vader was mijnwerker en we woonden in een hutje in de *hollers*, het dal.'

Archer trok zijn wenkbrauwen op. 'Dan hebt u het vanuit dat dal ver geschopt. En ik hoor helemaal geen accent.'

'Ik heb veel geld uitgegeven om daarvanaf te komen. Dat doet iedereen hier, weet u.'

'Wat doet iedereen?'

'Zichzelf opnieuw uitvinden. Toen ik nog jong was ging ik naar het enige winkeltje in ons stadje om in de mode- en filmtijdschriften te bladeren, en dan droomde ik over... iets beters...' Haar stem ebde weg en ze keek in haar glas, alsof ze daar misschien nog andere dromen kon vinden.

Archer liet haar even met rust. Hij was blij met de achtergrondinformatie die ze hem net had gegeven zonder dat hij ook maar één vraag had hoeven stellen. Hij had ervaren dat stilte soms het beste hulpje van een privédetective was. En hoe meer hij te weten kwam over de vrienden van Lamb, hoe meer hij uiteindelijk over haar te weten kwam.

Hij meende ook dat hij nu al iets over Jacoby te weten was gekomen en door haar voornaam dacht hij opeens aan Alice in Wonderland: *Ze kruipt elk konijnenhol in op zoek naar iets wat zij niet heeft. En dat zal ze de rest van haar leven blijven doen.*

'Hoe is het werk van Cecily Ransome?' vroeg hij na een tijdje.

'Haar verhalen zijn moedig en, om het maar ronduit te zeggen, ontdaan van alle versiering. Zij is een acteursregisseur, waarmee ik bedoel dat het verhaal volledig geconcentreerd is op hun handelingen en de dialoog, niet op de omgeving die ik normaal gesproken creëer.' Ze wendde haar blik even af, alsof ze dingen zag die ze liever niet wilde zien. 'Zij vertegenwoordigt een nieuw tijdperk, in elk geval voor vrouwen. Volgens mij is de kans groot dat zij uiteindelijk een van de belangrijkste figuren zal blijken te zijn.'

'En haar partner, Bart Green?'

Archer zag dat ze rood werd en snel een slokje van haar cognac nam voordat ze zijn vraag beantwoordde. 'Ik werk al bijna twintig jaar in deze stad, meneer Archer, en de Greens zijn in de filmwereld een van de vreemdste stellen die ik ooit heb gezien. Begrijp me niet verkeerd, Bart Green heeft enorm veel succes gehad. Maar laat ik het erop houden dat zijn werk al tientallen jaren in Hollywood te zien is: absoluut niet gedurfd en niets wat een oma zou schokken. En daar heeft hij enorm veel geld mee verdiend.'

'Maar hij heeft niet het *je ne sais quoi* van Cecily Ransome?'

'Nee, zeker niet, vandaar dat ik hen een vreemd stel noem.'

'Waarom zijn ze dan toch zakenpartners geworden, volgens u?'

'Bart Green heeft misschien een basisidee van wat films kunnen en zouden moeten zijn, maar hij is ook heel slim en heeft een neus voor talent. Ik denk dat hij weet dat het soort films waar hij de middelen voor heeft in de zeer nabije toekomst niet meer populair zal zijn. En hij weet ook dat Cecily's films niet alleen het nieuwe publiek dat de bioscopen bezoekt zullen bevallen, maar ook prijzen zullen winnen en de tand des tijds zullen doorstaan. In deze stad is een Oscar puur goud waard, in meer opzichten dan u zich kunt voorstellen. Wist dat u dat de uitreiking van de Academy Awards dit jaar voor het eerst op de televisie zal worden uitgezonden?'

'Nee, dat wist ik niet, maar ik werk dan ook niet in de filmindustrie.'

Verdrietig zei ze: 'Bart heeft al het geld dat hij nodig heeft. Nu wil hij gewoon iets goeds nalaten, volgens mij tenminste. Daarom heeft hij Cecily erbij gehaald en zij mag alles doen wat ze wil.'

'Weet u dit allemaal van haar of van Lamb?' vroeg Archer.

'Het meeste van Ellie en een paar anderen, maar Cecily en ik zijn ook goede kennissen. Ik hoop tenminste dat ze mij zo ziet.'

Archer hield zijn hoofd scheef. Hij kende de filmwereld niet echt, maar had er vaak genoeg in verkeerd om een paar dingen te weten. Bovendien kon hij mensen beter doorzien dan veel anderen. 'Proef ik een verlangen om ooit uitgeklede sets te creëren, die heel onopvallend zijn zodat acteurs theatraal en emotioneel kunnen acteren, voor een onconventionele Cecily Ransome-film?'

Ze glimlachte ondeugend en hief haar glas. 'Ongelofelijk! Ik ben al meer dan dertien jaar getrouwd en mijn lieve man zou niet weten waar u het over hebt.'

'U zei dat u Lamb al ruim een week niet hebt gezíén, maar hebt u haar in die tijd nog wel gesproken?'

'Ja, een paar keer. We zouden morgen zelfs met elkaar lunchen, in de kantine van Warners.'

'Klonk ze in orde?'

'Ja, niets bijzonders. Niets wat zou verklaren wat er is gebeurd.'

Archer haalde het luciferboekje uit zijn zak. 'Bent u ooit samen met haar naar de Jade Lion Bar geweest?'

Ze knipperde snel. 'De Jade Lion Bar? Waar is dat?'

'In Chinatown.'

'Ik ga niet naar Chinatown, meneer Archer, en ik ken niemand die daar wel naartoe gaat. Volgens mij is het daar niet veilig voor mensen zoals ik.'

'Nou ja, namens alle mensen zoals ik, ik ben er geweest en zo erg is het niet. En er lagen een stuk of zes van deze boekjes in de bureaula van uw vriendin.'

'Ik zou niet weten hoe ze daaraan komt.'

'Goed, kent u Jonathan Brewster?' vroeg hij.

'Jonathan Brewster? Nee, nooit van gehoord.'

'Hebt u misschien een recente foto van Lamb?'

'Waarom?' vroeg ze op scherpe toon.

'Omdat het, nu ze wordt vermist, handig kan zijn om een foto van haar te hebben als ik mensen vraag of ze haar hebben gezien.' Hij had Ransome een foto willen vragen, maar dat was hij vergeten en hij had geen enkele foto van Ellie Lamb gezien toen hij in haar huis was, wat op zich al vreemd was.

'O, natuurlijk. Wacht even.'

Terwijl zij weg was, liep Archer naar de muur naast de open haard en keek naar de ingelijste foto die daar hing. Het bijschrift luidde: WELLESLEY 1934.

Hij bestudeerde de rijen glimlachende vrouwen. Hij zag een jongere en slankere Alice Jacoby die stralend keek en eruitzag alsof al haar dromen zouden uitkomen. Links van haar, maar een rij lager, stond Eleanor Lamb. Ze was blond en had zo te zien natuurlijke krullen. En zij glimlachte niet.

Jacoby kwam terug en gaf hem een foto. Zij en Lamb stonden gearmd met de Stille Oceaan op de achtergrond en zand onder hun voeten. Allebei droegen ze een spijkerbroek en een identieke witte kabeltrui. 'Deze is van januari.'

'Malibu?' vroeg Archer.

Ze keek hem verbaasd aan. 'Ja, inderdaad. Hoe weet u dat?'

'Gewoon een gok. Bedankt. Misschien kom ik nog een keer bij u met meer vragen, als u dat goedvindt.'

'Jazeker, ik wil alles doen om te helpen.' Ze haalde een visitekaartje uit de zak van haar jurk. 'Dit is mijn telefoonnummer bij Warners. Daar ben ik door de week meestal te vinden.'

Archer vertrok zonder dat de butler hem de weg hoefde te wijzen. Hij stapte in de Delahaye en bekeek de foto nog een keer. Jacoby straalde alweer. Daar was ze heel goed in, vond hij. Maar Eleanor Lamb keek alsof ze iemand wilde vermoorden.

Waardoor Archer zich afvroeg of de mondaine screenwriter met een graad van Wellesley dat inderdaad had gedaan.

19

Archer reed terug naar het huis van Callahan. Binnen lag een briefje met de mededeling dat ze even boodschappen deed en tegen halfzeven terug was, en vroeg of hij al plannen had voor het avondeten.

Hij belde het kantoor van Willie Dash, die deze keer zelf opnam. 'Willie, met Archer.'

'Ik hoopte al dat jij het was. Goed, ik wil alles horen wat je Connie hebt verteld, plus alles wat je na je gesprek met haar te weten bent gekomen. Ik denk niet dat je hebt zitten niksen, want meestal ga je zelfs te snel.'

Archer vertelde alles, tot en met zijn gesprek met Alice Jacoby.

'Malibu, Bel Air en Beverly Hills dus? Je beweegt je in nogal hoge kringen, Archer, en sommige daarvan zijn zelfs gevaarlijk.'

'Dat was niet mijn keus.'

'Het was wél je keus om in LA te werken en deze zaak aan te nemen.'

'Dat is zo.'

'Ik ken Phil Oldham. Hij lijkt een aardige vent, tot vlak voordat hij je te pakken neemt en je voor helemaal niets in een cel stopt. Kijk goed uit wat je doet bij hem en zijn mannen.'

'Zal ik doen.'

'Connie vertelde me over de mannen die je op het strand zag.'

'Ja. Ik was gewoon op het verkeerde moment op de verkeerde plek. Waren vast smokkelaars, denk je ook niet?'

'Jaren geleden waren er wapen- en dranksmokkelaars in Malibu, vooral tijdens de drooglegging. Verdomme, Ramirez Canyon werd Whiskey Gulch genoemd. Die zaak moet je zelf maar uitzoeken. De hele kust daar was een paradijs voor smokkelaars. Portuguese Bend, Rancho Palos Verdes. Het grote schip blijft ver uit de kust en dan brengen ze het spul en heel veel mankracht met de kleine snelle boten naar de kust. Snel heen en weer.'

'Klopt precies met wat ik gisteravond zag.'

'Je hebt geluk gehad, Archer. De volgende keer heb je misschien minder geluk.'

'Ik zit niet achter smokkelaars aan. Ik ben alleen op zoek naar een vermiste screenwriter.'

'Goed, de Jade Lion Bar.'

'Ken je die?' vroeg Archer.

'Die hoef ik niet te kennen. Ik heb niets tegen Chinezen, maar je kunt daar niet naartoe gaan in de veronderstelling dat de gewone regels gelden, want dat is niet zo. Dertig of veertig jaar geleden had je opiumholen en gokhuizen en hoerenkasten en overal Tong-oorlogen. Daar is een einde aan gekomen sinds ze het oude Chinatown hebben gesloopt om Union Station te bouwen, maar toen zijn ze allemaal anderhalve kilometer verderop gegaan naar wat vroeger Little Italy was. Nu zijn daar leuke winkels en restaurants, en werken en wonen daar aardige mensen, net als in andere wijken. Maar net als in andere wijken zijn er goede, niet zo goede en ronduit slechte plaatsen. En in die ronduit slechte plaatsen gaat het er precies hetzelfde aan toe.'

'Hoe dan?'

'Hun nevenactiviteiten bestaan uit de verkoop van één bepaald artikel: drank, eten, medicijnen... Maar hun voornaamste activiteit is altijd de verkoop van iets anders en met dat andere overtreden ze een heleboel wetten.'

'Nou ja, misschien was Lamb een regelmatige bezoekster.'

'Ik begrijp waarom het je interesseert.'

'Heb je iets ontdekt over Cedric Bender?'

'Hij doet hetzelfde als wij, Archer.'

'Bedoel je dat hij privédetective is?'

'Kennelijk ook een gerespecteerde. Ik heb zijn signalement

voor je.' Archer hoorde geritsel van papier. 'Zwaargebouwd, 1 meter 77, dunner wordend grijs haar en in de vijftig.'

'Zo zag die dode man eruit. En zijn auto is ook weg.'

'Dan is hij dus vermoord en is het de vraag door wie en waarom. En wat hebben ze met zijn auto gedaan?'

'Er moet een link tussen hem en Lamb zijn geweest.'

'Waarom?'

'Omdat ik hem in haar huis heb gevonden!'

'Die conclusie mag je niet trekken. Iemand kan zijn lijk daar hebben gedumpt om haar verdacht te maken.'

'Dat zei ik ook tegen Oldham, maar hij hapte niet.'

'En de man die de telefoon opnam kan Bender niet zijn geweest, omdat hij toen al dood was.'

'Misschien was het de man die hem heeft vermoord.'

'Normaal gesproken nemen moordenaars de telefoon niet op. En aangezien het erop lijkt dat hij ergens anders is vermoord, kan het zijn dat er een reden was dat ze hem daar hebben gedumpt. En dat die reden niet goed is voor Lamb, aangezien de countypolitie daardoor naar haar huis is gegaan. Misschien is ze op de vlucht geslagen. En misschien vlucht ze niet alleen voor lieden als Phil Oldham.'

'Of ze is dood. En dan is er nog de kwestie van wie mij bewusteloos heeft geslagen.'

'Dat kan de man zijn geweest die de telefoon opnam. Of Lamb. Met genoeg lef en motivatie kan zelfs een vrouw je buiten westen slaan, Archer.'

'Dan vraag ik me af waarom ze me niet hebben gedood.'

'Daar kan een eenvoudige verklaring voor zijn. Ze hadden al een lijk waar ze iets mee moesten en hadden geen behoefte aan eentje erbij.'

'Jij denkt dus dat degene die Bender heeft vermoord probeert Lamb als schuldige aan te wijzen?'

'Gezien het feit dat de moordenaar Bender in de grootste oceaan ter wereld had kunnen dumpen maar toch Lambs huis heeft gebruikt, is dat heel plausibel. Wat ga je nu doen?'

'Ik heb nog een aanwijzing die ik kan natrekken, en vanavond ga ik naar de Jade Lion Bar om te zien wat er gebeurt.'

'Wil je dat ik naar je toe kom?'

'Ik red me wel, voorlopig. Als dat niet lukt, ben jij de eerste die het weet.'

'Hoe gaat het met Liberty?'

'Ze is zelfs nóg knapper, als dat al mogelijk is.'

'Arme Archer, je hebt het wel zwaar, jongen.'

20

Archer legde de hoorn op de haak en keek op zijn horloge. Het was bijna zes uur. Hij schreef een boodschap voor Callahan, ging weer naar buiten, stapte in de Delahaye en reed naar de Boleros. Hij parkeerde de auto uit het zicht in een zijstraat, omdat Ransome de Delahaye al had gezien. Hij liep langs concurrerende billboards voor de televisieserie *The Roy Rogers Show* en het programma van Gene Autry. Beide mannen stonden in vol ornaat op de foto: Rogers met een revolver met paarlemoeren kolf en Autry met een prachtige gitaar. Er zat geen stofje of vuiltje op hun kleurrijke cowboy-outfit. Hun glimlach was stralend wit, zelfs in de avondschemering. Daardoor dacht Archer aan Jacoby's opmerking dat het land misschien positiever en nuchterder werd. Archer vond dat dat allang had moeten gebeuren.

Hij stapte de Boleros binnen en keek om zich heen. Het zag eruit als zo ongeveer elke andere kroeg waar hij ooit was geweest. Houten krukken versleten door de billen van dronkaards, een gehavende glanzende bar waar een heleboel namen in waren gekrast met een mes of met de lange nagels van aangeschoten gasten, een paar gammele tafels, een aantal meer besloten zitjes en wolken sigarettenrook aan het plafond. Het enige wat misplaatst leek was de verweerde en stoffige zwarte piano met een nepgouden rand bij het raam en de pianist, een broodmagere oude man in een smoking uit begin jaren veertig met een opzichtige witte anjer in zijn knoopsgat. Tussen zijn spierwitte lippen hing een tandenstoker en hij had de oude bolhoed op zijn bijna kale hoofd naar achteren geduwd. Hij speelde de melodie van een lied van de Andrews Sisters die niemand echt imponeerde, zelfs hemzelf niet. Toen iemand een dollar in de neon-jukebox stopte en Eddie Fisher 'Tell Me Why' begon te zingen, stond de broodmagere man op en verdween in het herentoilet.

Het was nog niet druk in de bar, maar Archer wist dat dat zou veranderen, vooral op een feestdag. LA hield van drank en van een plek waar je kon zitten en kon drinken die niet je eigen huis was, vooral als je getrouwd was en je vrouw je niet begreep.

Hij koos het zitje waar hij met zijn rug naar de deur kon zitten, maar met zijn gezicht naar de spiegel boven de bar zodat hij iedereen kon zien die binnenkwam. De vrouw die hem naar het zitje bracht vroeg wat hij wilde drinken. Ze was tenger, begin twintig, had bruin haar en smalle heupen en leek opvliegend.

'Doe eerst maar een kop zwarte koffie, dan zien we daarna wel verder. En zorg dat-ie vers is.'

'O, u bent mijn droomklant!'

Hij gaf de vrouw vijf dollar, waarna ze haar mond hield en wegliep om zijn koffie te halen.

Archer zette zijn hoed niet af, zodat niemand het verband kon zien. Hij kreeg zijn koffie, die lekker was en heet. Buiten begon het te regenen, zag hij, en de koude druppels tikten als vloeibare kogels tegen de ruiten.

Archer herinnerde zich opeens dat hij niets meer had gegeten na zijn ontbijt rond het middaguur. 'Wat kan ik hier eten?' vroeg hij aan de serveerster.

Ze boog zich met een ontevreden blik naar hem toe en zei: 'Sandwiches met friet en een dikke zoetzure augurk.'

'Lekker?'

Ze zette haar ellebogen op de tafel. 'Weet je wat, schatje, voor nog eens vijf dollar rooster ik het brood en maak het zelf met veel liefde en een kus klaar. We hebben échte Russische dressing.'

'Verkocht, maar hou je een beetje in met die Russische dressing.'

'Waarom?'

'Heb je het dan niet gehoord? We zitten midden in een Koude Oorlog.'

Hij at terwijl het bleef regenen. De Reuben Sandwich was warm en verrukkelijk, en Archer at snel. Hij kauwde net op zijn laatste patatje toen ze binnenkwam, precies om zeven uur.

Cecily Ransome had zich niet omgekleed nadat hij haar had ontmoet, alleen droeg ze nu een zwarte herengleufhoed en een donkere duffel met een witte sjaal, omdat de temperatuur door de regen was gedaald. Met de jas en haar haar onder de hoed kon ze gemakkelijk voor een man worden aangezien. Ze klapte haar paraplu dicht, keek rond en liep naar een hoekzitje aan de andere kant van de bar.

De jukebox was even stil, maar de broodmagere man was terug na een langdurig bezoek aan de wc en speelde nu een melodie van Irving Berlin, heel slecht. Het groeiende aantal klanten aan de bar, jonge en oude mensen, keek af en toe naar hem terwijl ze zich vermoedelijk afvroegen wat hij daar in vredesnaam deed.

Toen hield de broodmagere man op met spelen. Tot Archers verbazing liep hij naar Ransome toe en ging tegenover haar zitten. Ze begonnen meteen tegen elkaar te fluisteren.

Toen de serveerster langsliep vroeg Archer: 'Wie is die pianist?'

Ze volgde zijn blik. 'We hebben geen pianist. Niet meer, tenminste. De laatste heeft maanden geleden al ontslag genomen. Ze betalen hier slecht en de fooien zijn miserabel. Bovendien hebben we nu een jukebox. Ze willen gewoon niet betalen om de piano weg te laten halen, dat is alles.'

'En die man dan?'

'Hij kwam vanavond gewoon binnen en begon te spelen.'

'En niemand vroeg hem waarom?'

'Hé, dat is mijn probleem niet. Als die man wil spelen, is dat toch niet erg?'

'Is hij een vaste klant?'

'Wat gaat jou dat aan?'

'Vergeet niet, schatje, dat ik je net tien dollar heb gegeven voor een maaltijd van één dollar vijftig en een kop koffie van dertig cent. Kan ik op z'n minst een acceptabel rendement op mijn investering krijgen?'

‘Goed dan. Ik heb hem nooit eerder gezien.’

‘Dat is beter. Ken je die vrouw?’

‘Ze is hier een paar keer eerder geweest.’

‘Alleen of samen met iemand?’

‘Alleen. Hé, hoe was je sandwich?’

‘Veel beter dan die augurk.’

Ze gaf hem een kushandje. ‘Dat zeggen ze allemaal, schatje. Dat komt doordat ik die augurken niet zelf maak.’

Even later leunde Ransome over de tafel heen. Ze omhelsde de broodmagere man, kuste hem vluchtig op de wang en vertrok.

Toen de oude man even later verdween liep Archer achter hem aan naar buiten.

21

Ransome was met de auto naar de Boleros gereden of ze had een taxi genomen, want Archer zag haar nergens. Het regende nog steeds, zodat hij de kraag van zijn jas omhoogzette en zijn hoed verder naar beneden duwde.

De broodmagere man liep voor hem en leek geen haast te hebben om aan het gure weer te ontsnappen.

Archer vroeg zich af waarom niet. Hij vroeg zich ook af waar de man en Ransome over hadden gepraat. Het was duidelijk dat zij met hem had afgesproken tijdens het telefoongesprek dat hij in haar kantoor had opgevangen en waarin Archers naam expliciet was genoemd. Daarom vermoedde hij dat deze achtervolging niet zinloos was. Maar de omhelzing en de kus op het laatst verbaasden hem wél. Hij wist niet goed wat hij daarvan moest denken.

De broodmagere man verbaasde hem opnieuw toen hij zich opeens omdraaide en recht op Archer afliep.

'U moet meneer Archer zijn. Ik ben Sam Malloy.' Hij stak een bleke geaderde hand uit die Archer schudde. 'Er is een klein café om de hoek. Ik weet dat u in de Boleros al koffie hebt gehad, maar ik kan wel wat gebruiken. Op mijn leeftijd gaat de kou in je botten zitten. Ik hou niet van LA met dit weer. Ik hou alleen van LA met het weer zoals in de folders staat, met elke dag de hele dag zon.'

Archer liep met hem mee de hoek om en ze kregen een tafeltje bijna achterin.

Malloy zette zijn hoed af en legde die op de stoel naast hem, terwijl Archer hem aandachtig bekeek. Fijne lijntjes waren in zijn gezicht geëtst; ze waren zo fijn dat een cartograaf er trots op zou zijn. Hij had geen haar op zijn gezicht, ook geen wenkbrauwen. Zijn ogen waren bijna doorzichtig blauw, waardoor zijn huid nog bleker leek. Hij bewoog zich opvallend energiek en had een intelligente blik in zijn ogen. Archer zag in die blik echter ook pijn, een beetje angst en, ten slotte, berusting. Dat was veelgevraagd van een paar ogen wist hij, maar toch straalden ze dat uit.

Ze bestelden koffie en wachtten zwijgend tot die werd gebracht. Buiten ging het harder regenen en ze zagen dat mensen sneller gingen lopen om er zo vlug mogelijk uit te zijn.

'Waarom die smoking?' vroeg Archer toen de serveerster die hun koffie had gebracht was verdwenen.

'Ik vind het prettig me mooi te kleden als ik uitga, hoewel ik dat niet meer zo vaak doe.'

'En het pianospelen?'

'Dat gaf me een kans naar u te kijken zonder dat u dacht dat ik een bedreiging vormde of zat te wachten tot iemand als Cecily binnenkwam. Bovendien kon ik vroeger heel goed pianospelen, hoewel dat door de artritis veel minder is geworden.'

'Dan hebt u uw rol goed gespeeld, want u had me wel tuk.'

'Rookt u?' vroeg Malloy aan Archer.

Archer knikte en haalde zijn pakje tevoorschijn. Hij bood Malloy een sigaret aan, maar deze schudde zijn hoofd.

'Mijn gezondheid, of wat daarvan over is, laat dat niet meer toe. Maar ik vind het prettig om een man te zien roken. En te zien drinken, want dat kan ik ook niet meer doen. Wat het leven daarna nog te bieden heeft, weet ik niet zeker.'

'U hebt gezondheidsproblemen?'

'Iedere man van mijn leeftijd zonder gezondheidsproblemen is dood, meneer Archer.'

Archer stak zijn sigaret op en zei: 'Zeg maar Archer, Sam. Kun je me vertellen hoe je wist wie ik was? Ransome heeft me niet gezien, dat weet ik zeker.'

'Ik kom graag vroeg naar een afspraak. Cecily heeft veel oog voor detail en zij had me verteld over jouw opvallende auto. Ik zag hem toen je me passeerde en ik zag jou toen je de hoek om reed en daarna naar de bar liep.'

'Heb je haar verteld dat ik er was?'

'Nee. Cecily heeft al genoeg aan haar hoofd.'

'Hoe ken je haar?'

'Ze is mijn achternicht.'

'Aha.'

'En ik zit, of zat natuurlijk, bij de LAPD. Ik ben daar begonnen... nou ja, langer geleden dan ik me wil herinneren. Uiteindelijk werd ik rechercheur en bleef dat tot ik met pensioen ging. En ik kan heel oprecht en met trots zeggen dat ik een van de eerlijke agenten was. In die tijd waren we met heel weinig. Ik had mijn hele carrière kunnen besteden aan het arresteren van mensen die dezelfde badge droegen als ik.'

Archer tikte zijn as in de glazen asbak op de tafel. 'Dat geloof ik wel. Ze heeft je dus gebeld om een afspraak met je te maken nadat ik met haar had gepraat.'

'En jij hebt dat gesprek kennelijk gehoord.'

'Zoiets ja.'

'Ik heb telefonisch navraag naar je gedaan, Archer. Je werkt voor Willie Dash in Bay Town, klopt dat?'

'Waarom vraag je dat als je het toch al weet?'

'Dat is de rechercheur in me. Hij en jij hebben een uitstekende naam.'

'Willie is een fantastische privédetective en heeft mij alles geleerd. Maar waarom belde Ransome jou?'

'Begrijp je dat dan niet? Ze maakt zich zorgen om Eleanor Lamb. Ik ben de enige die zij kent met banden met de politie. Ze wilde mijn advies.'

'En wat heb je haar verteld?'

Malloy nam een slokje koffie en vroeg: 'Hoe lang kom je al in Los Angeles?'

'Een jaar of drie, maar soms lijken het er wel dertig.'

Malloy knikte en zette zijn kopje neer. 'Ik ben hier al mijn hele leven en snap nog altijd niet waarom deze stad zo bijzonder is.

Oppervlakkig gezien is dat duidelijk, vanwege geld, macht en roem. Wat dat betreft lijkt het veel op elke andere grote stad. Maar LA heeft ook de toegevoegde waarde van Hollywood. Daardoor is het uniek, met een crimineel element dat vastbesloten is om iedereen uit de filmwereld zo veel mogelijk uit te buiten, om ontelbare redenen. Daarom, hoewel de ziekte gemakkelijk te diagnosticeren is, zijn de mutaties minder gemakkelijk te onderkennen, doordat ze zo snel veranderen. En is een behandeling bijna onmogelijk.'

Archer zei geamuseerd: 'Ik heb het gevoel dat ik weer in de collegebanken zit en de professor de expert uithangt. Maar na die colleges vroeg ik me meestal af wat ze verdomme echt betekenden, dus misschien wil je het eenvoudiger verwoorden? Het is maar een vraag, ik kan je niet dwingen.'

Malloy zette zijn ellebogen op de tafel. 'Dan kunnen we maar beter ter zake komen. Ik heb een paar mannen van de countypolitie gesproken en die hebben me verteld dat de man die dood in Eleanor Lambs huis is gevonden een privédetective was, Cedric Bender uit Anaheim.'

Archer deed niet alsof hij verbaasd was, omdat Malloy er niet uitzag alsof hij dat had geloofd. 'Hoe hebben ze hem geïdentificeerd?'

'Dat was niet nodig. Iemand van de county herkende hem toen ze hem naar het mortuarium brachten.'

'Goed, wat schieten we daarmee op?'

'Bender had een goede reputatie. Hij was voorzichtig. Het feit dat hem dit is overkomen, betekent dat we niet met het gebruikelijke jonge tuig te maken hebben dat de stoere bink uithangt.'

Archer wreef over zijn achterhoofd. 'Ja, dat had ik ook bedacht, al geloofde ik dat niet echt.'

'Privédetectives, zoals jij natuurlijk als geen ander weet, neuzen normaal gesproken niet rond bij of in het huis van hun opdrachtgever, zodat het twijfelachtig is of hij voor Lamb werkte.'

'Gezien het feit dat ze mij wilde inhuren, moet ik het daar wel mee eens zijn. De meeste mensen hebben maar één detective nodig en klagen al wanneer ze één rekening moeten betalen, laat staan twee. Maar stel dat hij elders is vermoord en daar werd gedumpt als een soort waarschuwing voor haar?'

Malloy vroeg geïntrigeerd: 'Denk je dat dat het geval is?'

'Ik weet dat je me hebt verteld wie je bent, maar heb je een legitimatiebewijs of zo waaruit blijkt dat je vroeger agent was?'

Malloy haalde zijn portefeuille uit zijn zak en liet Archer zijn legitimatie zien. 'Deze heb ik gehouden toen ik met pensioen ging. Ik moest mijn badge natuurlijk inleveren.'

Archer bekeek de legitimatie en gaf hem toen terug. 'Goed. Lamb vertelde me dat ze een blauwe Ford in haar straat had zien staan. Ze was bang dat iemand haar in de gaten hield. Ik heb die auto gezien en het kenteken nagetrokken. Hij was van Bender.'

'En als zij Bender had ingehuurd, zou ze dan weten dat het zijn auto was?'

'Dat lijkt me wel,' zei Archer.

'Jij denkt dus dat het feit dat ze zijn lichaam in haar huis hebben gedumpt inderdáád een waarschuwing voor haar was?'

'Een lijk in huis jaagt iedereen de stuipen op het lijf.'

'Maar waar was Lamb dan bij betrokken waardoor ze op zo'n extreme manier moest worden gewaarschuwd?' vroeg Malloy peinzend.

'Als ik dat wist zou deze zaak zichzelf bijna oplossen. Jij zei dat Ransome je achternicht is en dat je al je hele leven in LA woont. Maar zij is hier nog maar kort?'

'Haar moeder is de dochter van mijn broer. Zij wonen in het oosten. Na college kwam Cecily hiernaartoe om films te maken. Dat doet ze heel goed.'

'Dat heb ik gehoord.' Archer leunde naar voren. 'Mag ik je een brutale vraag stellen?'

'Wat voor vragen zou een privédetective anders moeten stellen?'

'Wat kapsel en kleding betreft is Lamb, hoewel ze kleiner is, een kopie van Ransome, excentriek zeg maar. Twee humeurige vrouwen met steil donker haar in de blonde Hollywood-vijver. Is er nog meer wat ik moet weten?'

'In welk opzicht?'

'In élk opzicht.'

Even klemde Malloy zijn bleke lippen op elkaar. 'Hoewel mijn generatie geen goedkeuring kan hechten aan mensen die op mensen van hun eigen sekse vallen, stikt het ervan in deze stad. Ik kan dus niet bevestigen of ontkennen wat jij zo duidelijk denkt, Archer.'

'Zou je er een probleem mee hebben als Cecily niet conventioneel blijkt te zijn?'

'Cecily is nooit conventioneel geweest. Daardoor is ze juist zo succesvol. Voor het geval je je afvraagt waar ik aan hecht, kan ik je vertellen dat ik ontzettend trots op haar ben. En hoewel ik moet toegeven dat ik liever zou zien dat ze op liefdesgebied een meer traditionele voorkeur zou hebben, heb ik genoeg van het leven gezien om te weten dat mijn medemensen in alle soorten en maten voorkomen. Mijn lieve vrouw zou gruwen als ze me dat hoorde zeggen, zodat ik dat ook nooit tegen haar zeg.'

'Wat heb je je achternicht nog meer verteld?'

'Zij vertelde me dat ze jou had ingehuurd om Lamb te zoeken, en nadat ik navraag naar je had gedaan, kon ik haar vertellen dat ze in goede handen is.'

'Dat hadden jullie ook telefonisch kunnen doen.'

'Ja, maar ik wilde haar zien. Ze heeft het erg druk, zoals veel jonge mensen, terwijl ik niets anders te doen heb dan wachten tot mijn leven eindigt. Door de telefoon kan ik haar gezicht niet zien, en dat wilde ik graag.'

Archer knikte. 'En bedankt voor je goedkeuring.'

'Wat ga je nu doen?'

'Naar de Jade Lion Bar in Chinatown. Lamb schijnt daar een geregelde bezoeker te zijn geweest.'

'Ik ben in de jaren twintig bijna gedood tijdens twee invallen op Tong-bendes in Old Chinatown. Ze doden je zodra ze je zien.'

'Het nieuwe Chinatown heeft ook gevaarlijke delen, onder de Hollywood-façade.'

'Mensen zijn mensen, het maakt dus niet uit of het oud is of nieuw, want sommigen voelen zich op hun gemak aan de verkeerde kant van de wet en dat zal altijd zo blijven.' Hij tikte met zijn magere vinger op de tafel. 'Je hebt dus geen idee waar Lamb bij betrokken is waardoor ze kan denken dat haar leven gevaar loopt?'

'Nog niet. Heb jij haar ooit ontmoet?' vroeg Archer.

'Twee keer. Een keer op een feest waar Cecily mijn vrouw en mij voor had uitgenodigd en een andere keer tijdens een filmpremière, waar ik haar film geweldig vond ook al begreep ik helemaal niets van een deel ervan.'

'Wat was je indruk van Eleanor Lamb?'

De lichtblauwe ogen begonnen opeens te vlammen, als levende, pulserende gasbranders. 'Als je het echt wilt weten, Archer, ik mocht haar niet. Ik zou haar nooit vertrouwen. En volgens mij moet jij dat ook niet doen.'

22

Het was tien uur 's avonds en de kille regen viel nog steeds toen Archer door de West Gate in Hill Street Chinatown binnenliep.

Vlak bij hem schoot een bliksemflits naar beneden en die werd gevolgd door een hol klinkende donderslag. Het nieuwe jaar leek al meteen problemen te willen veroorzaken.

Zoals Willie Dash al had verteld, was het huidige Chinatown ontstaan nadat het oorspronkelijke Chinatown was platgewalst om ruimte te maken voor Union Station. Filmproducenten en setdesigners hadden meegeholpen met het creëren van het nieuwe Chinatown. Zodoende kwam Archer langs gebouwen die eruitzagen als Chinese gebouwen op Hollywood-foto's. Hij vond dat deze wijk hierdoor geen eigen identiteit bezat. Hij zag draken op muren, overal graffiti in de vorm van Chinese karakters en gesloten rolluiken voor winkels, omdat hier net als overal elders diefstal en roofovervallen plaatsvonden. De straten waren bijna leeg, hij zag een paar fietsers en een auto die links afsloeg en waarvan de remlichten in de regen op vuur leken. Hij kwam alleen Chinezen tegen die verbaasd naar zijn witte gezicht keken en daarna snel doorliepen.

De Jade Lion Bar was een massief bakstenen gebouw van vier verdiepingen en het stond op een hoekperceel bij een kruising die niet groot of belangrijk was. De groene leeuw waar de bar naar vernoemd was, stond op wacht voor de opzichtige rood verlichte voorgevel. Het dier leek zowel kwaad als geduldig, alsof hij wachtte tot een voorbijganger een fout maakte en hij kon toeslaan.

Een witte man in een grijs pak stond onder de smalle overdekte ingang van de bar een sigaret te roken. Doordat Archer hem alleen en profil zag, kon hij hem niet nauwkeurig opnemen. Hij zag wel dat de Chinese man die naast hem stond een kleurrijk kostuum droeg met een met bont afgezette pet, en aan zijn riem hing een lege meshouder die van brons gemaakt leek te zijn. Archer vroeg zich af waar het mes was gebleven.

Toen Archer dichterbij kwam draaide de man in het pak zich om, liep de trap op en ging snel naar binnen.

De Chinese man zette een stap naar voren zodat Archer stil moest blijven staan. Hij was zwaargebouwd en had geen nek, maar wel een snor met lange slierten langs zijn mond. 'Ja?'

'Ik wil hier wat drinken.'

'Naam?'

'Hoezo? Is dat vereist om hier een whiskey-soda te krijgen?'

'Naam?'

'John Smith,' antwoordde Archer.

'Veel mannen die hier komen heten zo.'

'Snap ik.' Archer haalde het luciferboekje uit zijn zak. 'Ik heb dit en wil het teruggeven aan een vriend. Misschien is hij binnen.'

Toen de man het luciferboekje zag, keek hij opeens geïnteresseerd. 'Wie is je vriend?'

'Dat vertel ik liever niet.'

'Ben je politie?'

'Nee.'

'Je hebt geen pistool, wel?'

'Nee, ik heb geen pistool,' zei Archer.

De man fouilleerde hem geroutineerd, van zijn borst tot zijn heupen, draaide zich om en deed de deur voor Archer open.

Archer vroeg: 'Als ik deze lucifers en die naam niet bij me had, maar wél een pistool, had je me dan binnengelaten?'

De man glimlachte zonder zijn tanden te laten zien. 'Geniet van je tijd hier, "meneer Smith".'

Archer haalde de foto van Lamb tevoorschijn en liet hem aan de man zien. 'Heb je haar hier weleens gezien?'

'Mijn geheugen is niet goed. Ik ben jóú al vergeten zodra je binnen bent.'

Archer zei: 'Is dat voor het geval de politie me hier komt zoeken en je kunt ontkennen dat je me hebt gezien?'

De man liet de deur los, draaide zich weer om en keek naar de regen.

Binnen hing een zware wierookgeur en van alle kanten kwam een zee van intrigerende geluiden op hem af. Archer stond in een kleine hal en zag veel deuren met kralengordijnen die naar andere gangen leidden. Hij vond dat de Jade Lion op een konijnenhol in een doolhof leek, waarvan de gangen waren aangegeven met voor hem onleesbare Chinese tekens.

Archer had al eerder in Chinatown aan zaken gewerkt en ondervonden dat de mensen hier niet gemakkelijk geheimen vertelden, en meestal zelfs helemaal niet. Niet omdat ze van nature onvriendelijker waren dan andere mensen, maar omdat ze gewoon te vaak waren bedrogen door mensen die op Archer leken. En als iemand je niet als een mens behandelt, is vertrouwen of betrokkenheid onmogelijk.

Maar goed, Archer was een privédetective die bezig was met een zaak en dus moest hij het wel proberen.

Uit een andere deuropening kwam een vrouw van begin twintig. Haar zwarte haar was kortgeknipt en omlijstte haar ovale opgemaakte gezichtje. Ze droeg een strakke gele jurk met op de voorkant een rode geborduurde draak en rode pumps zonder kousen. 'Iets drinken, mister?'

Hij keek om zich heen. 'Ja, maar is er een bar? Of heb ik het verkeerd gelezen op het bord buiten?'

Ze wees naar de deuropening links van hem. 'Die kant op, schatje.'

'Hebben ze hier lekkere drankjes?'

'Die kant op, schatje.'

Archer liet de foto zien, wees Lamb aan en vroeg: 'Heb je haar hier weleens gezien?'

'Die kant op, schatje.'

Archer borg de foto weer op en keek glimlachend naar haar kleine gezicht met de grote donkere ogen met valse wimpers die zo lang waren dat het leek alsof iemand spinnen op haar oogleden had geplakt. Hij wees naar de deuropening. 'Even voor de zekerheid: die kant op, schatje?'

Ze glimlachte en liep wiegend met haar volle heupen een andere gang in. Op haar gespierde linkerkuit zat een tattoo van een mes met een lang lemmet waar druppels bloed op zaten.

Heel charmant, dacht hij, terwijl hij de andere gang in liep op zoek naar de bar.

En naar Eleanor Lamb, levend of dood.

23

Hij liep door een korte gang en kwam in de bar. Deze leek op geen enkele andere bar die Archer ooit had gezien, zeker niet op de superchique Cocoanut Grove en niet eens op de vervallen Boleros. De ruimte was klein, donker en groezelig en had een plakkerige houten vloer. Maar er was ook veel kleur, in de vorm van de kappen van de wandlampen, de grote ballen die aan het plafond hingen en de ingelijste, Chinees aandoende maskers achter de bar. Met zorg geklede serveersters met geverfde gezichten brachten op ronde dienbladen drankjes naar de dorstige klanten. Er waren geen spiegels, geen rijen flessen, geen jukebox, geen vleugel. Ook geen tafels of barkrukken. De klanten stonden aan de kleine houten bar of verspreid door de bar in groepjes van twee of drie zacht met elkaar te praten. Hij zag al snel dat hij hier de enige witte man was. De leeftijd en de omvang van de andere klanten verschilden, net als hun kleding, die varieerde van een driedelig krijtstreeppak tot een lang geborduurd gewaad. De glazen die ze in hun hand hadden waren niet groot. Sterker nog, die waren zo klein als een vingerhoedje.

Ze draaiden zich allemaal om en keken naar hem toen hij hun kleine territorium betrad.

Hij liep naar de bar, vond een plekje tussen een grote slanke man in een donkerrood geborduurd gewaad en een mollige man in een tweedelig pak en overhemd met donkere kraag.

De mollige man had hangwangen en probeerde zijn snor te laten staan, wat echter mislukte. Hij glimlachte, waardoor hij zoveel gouden vullingen en kronen liet zien dat Archer met pensioen had kunnen gaan als hij een manier kon bedenken ze te trekken.

De lange man in het gewaad nam slokjes van zijn drankje en keek niet naar Archer, maar boog zich over zijn glas heen alsof hij een gebed uitsprak. Als dat zo was, hoopte Archer dat de man niet voor hem bad.

De barkeeper, een reus in een lang beige gewaad die grote kans had te winnen tijdens een worstelwedstrijd met een neushoorn, kwam langzaam naar Archer toe terwijl hij met een doek een glas opwreef. Hij keek Archer aan, maar zei niets.

'Kan ik drie vingers whiskey krijgen met een beetje spuitwater, vriend?' vroeg Archer.

De barkeeper keek hem taxerend aan en liep vervolgens weg om iets te bespreken met een andere man die hem kennelijk beter beviel.

De man in het pak naast Archer zei: 'Ze hebben hier geen whiskey, makker.'

'Gin dan?'

De man schudde zijn hoofd en liet zijn goud weer zien.

'Rum? Cognac? Wodka?'

De man bleef zijn hoofd schudden. 'Nee, niets van dat alles.'

'Ik dacht dat dit een bar was! Schenken ze iets waar alcohol in zit of moet ik om melk vragen?'

'Zeg maar tegen hem dat je dit wilt.' Hij liet zijn borrelglaasje zien.

'Wat is dat?'

'*Baijiu*. Dat drinken we allemaal.'

Archer keek naar de man in het gewaad die in zijn lege glas staarde alsof hij zich afvroeg waar zijn baijiu was gebleven.

De man in het pak wenkte de barkeeper, die terugkwam maar niet naar Archer keek. De man in het pak zei: 'Hij wil het gebruikelijke.'

De reus liep weg, pakte een fles van onder de bar en schonk wat vloeistof in een borrelgaasje. Hij liep ermee terug naar Archer en zei iets in het Chinees.

Archer keek naar de man in het pak.

'Hij wil geld, makker. Twee Amerikaanse dollars.'

'Dáárvoor?' vroeg Archer, met een blik op het miniglaasje.

'Jullie Yanks zeggen altijd: kwaliteit, geen kwantiteit.'

Archer gaf twee dollar aan de reus, die vervolgens wegslenterde.

De man in het pak hief zijn eigen glas en zei: 'Op je gezondheid.'

'Hoe drink je dit, snel of langzaam?'

De man glimlachte zijn goud weer bloot. 'Wij drinken het als een *shot*, zoals jullie Yanks zeggen. Maar ik denk dat jij het beter langzaamaan kunt doen, makker.' Waarna hij zijn eigen glas in één teug leegdronk.

Archer rook aan de drank en het verbaasde hem dat hij de geur niet herkende, hoewel die heel sterk was. De drank was ook helderder dan al het water dat hij ooit had gezien.

De man in het pak veegde zijn mond af en zei: 'In China wordt baijiu volgens een eeuwenoud proces gemaakt. Heel arbeidsintensief. Amerikanen kunnen het niet maken. De fermentatie is het moeilijke deel en kent allerlei variëteiten die je herkent aan de geur: licht, medicinaal, kruidig, sesamachtig, extra sterk. We hebben geluk dat de Jade wat krijgt. Daarom komen we hiernaartoe.'

Archer nam een slokje en had onmiddellijk het gevoel dat hij vloeibaar vuur had ingeslikt. Terwijl het door zijn keel gleed en als een inferno in zijn maag belandde, veranderde het vuur in iets anders en hij dacht dat hij onpasselijk werd. Hij legde een hand op de bar en sloot zijn ogen, en dwong zichzelf niet te kotsen of het bewustzijn te verliezen.

Ongeveer tien seconden later waren beide symptomen verdwenen. Hij keek de man in het pak aan en zei schor: 'Indrukwekkend dat jij dit achterover kunt slaan, vriend.'

Dat was niet gewoon indrukwekkend, dacht hij, maar een verdomd wonder. Terwijl hij om zich heen keek naar de andere klanten, jong en oud, die nadat ze hun drankje achterover hadden geslagen gewoon doorgingen met hun gesprek alsof ze niet zojuist een brandend zwaard hadden opgedronken, verwierp Archer zijn idee dat Amerikanen de hardste mensen ter wereld waren.

'Je moet het leren drinken. Deze versie is vijfenveertig procent alcohol.'

'Zeg alsjeblieft dat dit de extra sterke versie is, want nog één slokje en ik ben stomdronken.'

De man schudde zijn hoofd. 'Deze is vrij zacht, eerlijk gezegd. Wij Chinezen doen zaken met een drankje, meestal met baijiu, waardoor je volgens ons je ware ik laat zien. En we weten graag met wie we écht zakendoen. Haha!'

Archer hoestte en schraapte zijn keel. 'Over zaken gesproken.' Hij haalde de foto tevoorschijn, wees naar Lamb en vroeg: 'Heb je deze vrouw hier ooit gezien?'

De man keek naar de foto en glimlachte zijn goud weer bloot. 'Nee, makker. Wie is dat?'

'Een vriendin naar wie ik op zoek ben.'

'Ik kan je niet helpen.'

'Goed.' Archer liet de foto aan alle anderen zien, die hem geen antwoord gaven, maar hem alleen met een nietsziende blik aankeken. Hij wist niet of dat door de baijiu kwam of door hem. Hij maakte aanstalten om te vertrekken.

De man in het pak vroeg: 'Drink je je baijiu niet op? Dat is onbeleefd.'

'Beter voor me als ik dat niet doe.'

'Verlaat je de Jade?'

'Ja, ik verlaat de Jade,' loog Archer.

Hij verliet het bargedeelte en liep terug naar de voorkamer. De vrouw die hij daar eerder had gezien, was niet teruggekomen. Hij keek naar buiten en zag dat de Chinese man het achterportier van een slanke zilverkleurige Rolls-Royce opende. Er stapte een vrouw met platinablond haar uit. Haar gezicht was deels bedekt door een donkere bril, hoed en bontstola. Maar toen ze haar bril even liet zakken, herkende hij haar. Ze was een beroemde actrice, hoewel hij zich haar naam niet kon herinneren.

Ze liep de trap op en Archer keek vlug om zich heen. In een

hoek stond een driedelig leren kamerscherm dat hij al eerder had zien staan. Hij stapte er snel achter en struikelde bijna over een paar kratten die daar stonden. Archer ging zo staan dat hij door een van de smalle openingen tussen de panelen kon kijken.

De actrice werd bij binnenkomst meteen begroet door dezelfde vrouw in de gele jurk. De vrouw was zo snel verschenen dat ze wel bij een raam had moeten staan en daardoor ook had gezien dat de actrice eraan kwam.

Ze stuurde de actrice niet naar de bar, maar nam haar jas, hoed en bril in ontvangst en nam haar mee een andere gang in. De actrice hield haar blik neergeslagen en zag eruit alsof ze hier helemaal niet wilde zijn, zodat Archer zich afvroeg waarom ze er dan wel was.

Hij wachtte even om te zien of de vrouw in de gele jurk terugkwam. Dat was zo, maar ze verdween in een andere gang. Dit gebouw was echt een doolhof, dacht hij. Als hier ooit brand uitbrak, ging iedereen dood.

Archer wilde net achter het scherm vandaan komen toen zijn voet weggleed. Hij bukte zich om te zien wat het was en zag kleine korreltjes. Zand.

Hij keek nog een keer naar de kratten. Ze kwamen hem bekend voor, maar dit soort kratten zag je overal in de stad. Hij voelde eraan en in een paar naden zat ook zand en daarvan was dus iets op de vloer beland. Hij tilde het deksel van een van de kratten op, maar er zat niets in, zodat hij het deksel teruglegde. Daarna keek hij eerst of er niemand was en toen pas stapte hij achter het scherm vandaan. Hij liep dezelfde gang in als de actrice. Na een bocht naar rechts kwam hij in een lange gang met aan beide kanten deuren. Op elke deur zat een koperen houder met een stukje papier erin waar een nummer op stond. Voorzichtig voelde hij aan de deur waar NUMMER 1 op stond. Die zat op slot. En iemand binnen riep: 'Deze is bezet. Rot op!'

Hij deed het nog vier keer tot hij bij een deur kwam die niet op slot zat.

Toen hij de deur voorzichtig opende, hoorde hij dat er iemand aankwam. Hij dook naar binnen en deed de deur dicht. Even later hoorde hij snelle voetstappen in de gang.

Ze zijn op zoek naar iemand, en volgens mij ben ik dat.

Hij had zijn zaklamp niet bij zich en wilde niet het risico nemen een lamp aan te doen. De kamer had geen ramen, zodat het enige licht afkomstig was van de smalle kier onder de deur.

Hij liet zijn ogen aan het donker wennen en keek om zich heen. Er stonden een bed, een nachtkastje en een grote kast waar Chinese tekens in gegraveerd waren. Aan alle muren hingen spiegels en toen hij omhoogkeek, zag hij een vage reflectie van zichzelf en de kamer, omdat daar ook spiegels hingen. Het enige plekje waar geen spiegels hingen, was op het stuk waar een zware kroonluchter was bevestigd.

Narcissus zou dit geweldig hebben gevonden.

Archer opende de kastdeur en zag de meest opzichtige lingerie die hij ooit had gezien, terwijl hij, vooral in zijn jongere en dommere jaren, heel veel had gezien. Hij zag ook handboeien, riemen, touwen, allerlei soorten banden en een lange zwarte zweep. Hij had daar zelf geen ervaring mee, maar wist ook dat het in deze stad stikte van de mensen die daar geen genoeg van konden krijgen.

Precies op dat moment hoorde Archer verderop in de gang een geluid dat klonk als het klappen van een zweep gevolgd door een kreet.

Hij deed de kast dicht en keek nog eens rond. Het bed leek zacht en was opgemaakt met kwalitatief goed beddengoed en een sprei met een ingewikkeld borduursel. Hij keek er aandachtig naar, maar kon niet zien wat het voorstelde. Hij knipte de lamp op het nachtkastje aan en zag dat het borduursel leek op vlammen die zo kleurrijk en levensecht waren dat de stof bijna in brand leek te staan. Nu het licht toch aan was, doorzocht hij de kamer beter en keek zelfs onder het bed.

Daar lag een injectieflaconnetje dat leeg was. Hoewel, dat was niet helemaal waar. Er zat nog iets in, een paar witte korreltjes. Hij rook eraan en stopte het in zijn zak.

Op de delen van de muren waar geen spiegels aan hingen zat behang met een patroon dat op paarse lotusbloemen leek. Hij bleef om zich heen kijken en keek ten slotte naar het plafond.

De kroonluchter had zes lampen, die allemaal naar beneden wezen. Maar in slechts vijf zat een gloeilamp. Hij ging op het bed staan en keek nog eens beter.

Verdomme!

Hij moest zich wel heel erg vergissen als er geen camera in de fitting zat en hij hoopte van harte dat niemand naar hem zat te kijken.

Archer klom van het bed, deed het licht uit en liep naar de deur. Hij hoorde naderende voetstappen, en stemmen. Een man zei iets, heel luid, maar Archer kon het niet goed verstaan. Hij liep snel door de kamer en dook onder het bed. Een paar seconden later werd de deur opengegooid. Hij verwachtte dat ze onder het bed zouden kijken, maar de deur werd weer gesloten en de voetstappen verwijderden zich.

Archer wachtte een paar minuten voordat hij de gang weer in stapte. Hij liep verder en niet terug naar waar hij vandaan kwam. Achter een van de deuren hoorde hij muziek van Beethoven en zacht gekreun, en even later een vrouw die het uitgilde van de pijn. Zijn hand gleed naar de deurknop. Die zat op slot. Hij haalde een *lockpick* uit zijn portefeuille en stak die zo geluidloos mogelijk in het slot. Nadat hij een paar seconden bezig was geweest, terwijl het geluid ervan werd overstemd door Beethoven, sprong het slot open en deed Archer de deur heel langzaam een paar centimeter open.

De actrice die hij had zien binnenkomen droeg nu zwarte lingerie. Haar handen waren geboeid aan de bedstijl. Op een tafel stond een platenspeler en de klassieke muziek was afkomstig van een plaat die daarop draaide. Een man met grijs haar en gekleed in een lang gewaad had een riem in de hand en sloeg hiermee op haar billen, waardoor ze een gil slaakte en op haar in kousen gestoken tenen ging staan. Archer keek naar haar afwezige blik en haar slappe trekken. Ze was duidelijk high.

'Je bent slecht geweest,' zei de man. 'Je moet gestraft worden.'

'Ja,' zei ze schor. 'Ik bén slecht.'

Archer keek omhoog naar de kroonluchter en het verbaasde hem niet te zien dat ook daar een gloeilamp ontbrak. Hij wist zeker dat elke kamer op dezelfde manier was ingericht. Hij had zin om naar binnen te gaan en de man door de muur te rammen, maar de vrouw was hier vrijwillig. Toch stond hij op het punt in te grijpen, maar toen werd dat besluit hem uit handen genomen. Want hij hoorde opeens weer voetstappen en stemmen, zodat hij de deur zacht sloot en zich snel door de gang uit de voeten maakte.

24

Archer rende een andere gang in toen de voetstappen achter hem versnelden. Hij wist bijna zeker dat hij als ze hem nu ontdekten de zon niet zou zien opkomen. LA had een heleboel verlaten wegen, ondiepe rivieren en lege betonnen aquaducten waar een lijk kon worden gedumpt. Dat was zelfs een bloeiende bedrijfstak die veel banen creëerde, maar hij wilde liever geen bijdrage leveren aan die specifieke economie.

Hij bleef staan om te luisteren en stelde zich voor dat hij weer als militaire verkenner in Europa was. Het enige probleem was dat dit lang geleden was en een smalle gang bood lang niet zoveel ruimte om je te verbergen als een heel continent. Archer wist daardoor niet zeker of hij nog steeds tegen die taak was opgewassen nu het al bijna acht jaar geleden was dat hij het leger had verlaten.

Hij keek snel om zich heen en zag een deur met op ooghoogte een rond raampje. Archer rende ernaartoe, glipte naar binnen en had de deur nog maar net gesloten toen hij door het raam een man in de gang zag. Archer bleek in een bergruimte te zitten en verstopte zich achter een paar kratten. Hij bleef daar zeker een halfuur wachten, terwijl hij wanhopig wenste dat hij zijn pistool bij zich had.

Daarna keek hij de gang in en zag een andere deur die misschien een uitweg bood. Hij liep ernaartoe, zag erachter een trappenhuis en wilde net naar beneden gaan toen iemand de trap op kwam. Hij draaide zich om liep naar boven. Op de bovenste verdieping opende hij de deur. Hij liep naar binnen en keek snel om zich heen. Hij zag allemaal dozen, oude spreien en bedden, meubels en metalen apparatuur, en door de geur van schimmel en verrotting begreep hij dat dit alles niet meer werd gebruikt. Hij kon zich hier niet verbergen, maar zag wel een uitweg: een raam. Hij liep ernaartoe en zag eindelijk iets positiefs. Het kostte veel moeite om het raam omhoog te schuiven, maar het lukte.

Hij glipte naar buiten, bleef staan op de gietijzeren brandtrap en keek naar beneden. Volgens hem zag hij de steeg aan de achterkant van het gebouw. Hij klom naar beneden via de verschillende brandtrappen en platforms, en toen hij de laatste had bereikt trok hij de ladder naar beneden, liet zich op de grond vallen en keek omhoog. Hij zag nog net een man die vanuit het bovenste raam naar hem keek. Even later werd een vuurwapen op hem gericht. Een seconde daarna werd er op hem geschoten, maar toen was Archer de hoek al om en rende hij naar de voorkant van het gebouw.

Hij hoorde van alle kanten kreten en wist dat zijn kans op ontsnapping bijna nihil was en zijn laatste rustplaats een gat in Chinatown kon zijn of de modderige bodem van de Stille Oceaan. Geen van beide opties vond hij aanlokkelijk.

Even later botste Archer keihard tegen iemand op en hij voelde dat iemand hem bij de keel greep. Dit leek wel een herhaling van het gevecht op het strand, hoewel zijn tegenstander deze keer de portier was. Zijn lege foedraal was kennelijk niet echt leeg geweest, want de man had het gebogen mes nu zijn hand.

Archer wilde geen seconde verspillen, omdat hij geen seconde kón verspillen. Hij greep de hand met het mes vast en hield het van zich af. Daarna ramde hij zijn elleboog in het gezicht van de man, zodat diens neus brak. Vervolgens haalde hij uit met zijn voet en boog de knie van de man de verkeerde kant op. De man viel gillend van de pijn op de grond, waarna Archer hem met een vernietigende kaakslag bewusteloos sloeg. Hij was het leger eeuwig dankbaar omdat hij daar had geleerd zo goed te vechten, en te winnen, en in leven te blijven zodat hij opnieuw kon vechten. Hij rende weg, keek naar zijn hand en zag dat die nat was.

Het mes van de man had dus niet helemaal gemist, want Archer had een vijf centimeter lange snee in de palm van zijn linkerhand. Hij pakte zijn zakdoek, bond die om zijn hand en bleef rennen.

Net toen hij de voorkant van de bar had bereikt stopte de zilverkleurige Rolls en liep dezelfde actrice wankelend de trap af en stapte in. Archer glipte meteen na haar in de auto, schoof haar naar de andere kant van de achterbank en trok het portier dicht. De Rolls scheurde weg. De chauffeur had kennelijk helemaal niet door dat hij een extra passagier had.

Archer keek door het raam en zag nog net dat de man in het grijze pak de voordeur uit kwam en om zich heen keek. Hij had kennelijk niet gezien dat Archer in de Rolls was gestapt.

Maar nu kon Archer hem goed zien. De man was in de veertig, in goede conditie en gespierd, en ongeveer 1 meter 77. Hij had niets wat echt opvallend was, op de lelijke gekruiste littekens op zijn gezicht na. Archer had die littekens niet kunnen zien toen hij naar de ingang liep, omdat de man te snel was verdwenen.

Toen de Rolls de hoek omsloeg en nog sneller ging rijden keek Archer naar de vrouw die naast hem zat. Hij wist niet zeker of zij wel doorhad dat hij daar was tot ze hem aankeek en vroeg: 'Wie ben jij eigenlijk?' Ze klonk niet boos of angstig, alleen nieuwsgierig.

'Ik lift gewoon even mee tot waar ik mijn auto heb staan, als je daar geen bezwaar tegen hebt. Vind je de Jade leuk?'

'Ik ga ernaartoe voor de kick.'

'Dat geloof ik graag. Je bent filmster, hè?'

Ze schrok, haar knappe gezicht vertrok, en ze ging rechtop zitten. 'Je bent toch niet zo'n smerige journalist, hè? O mijn god, je werkt toch niet voor de...' Ze probeerde hem te slaan, maar hij greep haar pols toen haar hand nog maar een paar centimeter van zijn gezicht was.

Archer keek naar de chauffeur, maar die was oud en misschien een beetje slechthorend, of gewend aan discussies op de achterbank van zijn auto. Wat de reden ook was, hij bleef gewoon voor zich uit kijken en reed door, terwijl op de autoradio Nat King Cole te horen was.

'Rustig maar, dame, ik werk voor geen enkel roddelblad. Ik was in de Jade voor mijn eigen zaken.'

'Wat voor zaken?' snauwde ze.

Archer kon wel zien waarom ze een ster was. De camera zou weg zijn van haar gezicht, van de manier waarop haar ogen groot werden en daarna fonkelden als edelstenen, waarna ze weer doofden tot een zachte gloed die zelfs nóg interessanter was, waardoor haar ogen misschien lieten zien wat ze dacht en een mogelijke kwetsbaarheid verrieden. En van de manier waarop haar volle lippen trilden.

'Ik ben een privédetective.'

'Wat deed je daar dan?'

'Detecteren.'

'Dat zeg jij. Ik geloof er geen woord van.'

'Nee, zou ik vermoedelijk ook niet doen als ik jou was.' Hij keek naar buiten om te zien waar ze waren. 'Hé, schatje, bij de tweede kruising in de volgende straat kun je me afzetten.'

De oude man keek hem via de spiegel aan, zich er opeens van bewust dat hij hier was. 'Juffrouw...'

'Het is wel goed, Alan, doe maar gewoon wat hij zegt.' Ze keek naar Archer en toen naar zijn hand. 'O mijn god, je bloedt!'

'Stelt niets voor. Ben daar op een mes gevallen dat een man vasthield.'

'Wat is er met hem gebeurd?'

'Als hij wakker wordt, probeert hij dat vast te ontdekken.'

'Heb jíj daar iets ontdekt, meneer de detective?' vroeg ze.

'Ja, bijvoorbeeld dat de Jade geen goede plek is als je vragen stelt of iets wilt drinken wat je keel niet verbrandt. Hoe lang ga je daar al naartoe voor een kick?'

'Sinds ik beroemd ben. Verdomme, wist je dat niet?'

'Nee, dat wist ik niet. Wat de vraag oproept waarom je nu zo'n plek nodig hebt.'

Hij hoefde geen antwoord op die vraag. Ze móést teruggaan

omdat ze niet níét terug kon gaan. Maar ze kon haar kick overal krijgen, ook in haar eigen studio, dus wat was de aantrekkingskracht van de Jade?

Ze leek te weten wat hij dacht, wendde haar blik af en nestelde zich in haar bontstola. 'Laat me alsjeblieft met rust.' Haar stem klonk niet langer schor, maar gewoon, en van slag.

'Het gaat geweldig goed met je carrière, dus waarom verpest je dat dan?'

Ze keek hem weer aan. 'Had ik maar een keus.'

'En je hebt geen keus?'

'Wie in deze stad heeft echt een keus, meneer de detective?'

Archer wilde net een kernachtig en enigszins bestraffend antwoord geven, maar toen dacht hij aan Callahan en de casting-bank. Als iemand als Liberty al... 'Ik snap wat je bedoelt.'

Ze keek hem aan en haar mond viel aangenaam verrast open. 'Echt waar?'

'Ik heb vrienden in de filmwereld, met zijn openbare kant met foto's van knappe mensen die prachtige dingen doen, van alle glamour, het geld, de huizen, de jachten. Maar er is ook die andere kant, die ongeveer negentig procent uitmaakt, net als het deel van de ijsberg dat niemand ziet tot het te laat is. Dat deel is helemaal niet mooi. Maar dat weet jij beter dan ik ooit zal doen. Dat is een hoge prijs, maar mensen betalen die. Heel veel mensen.'

Ze knikte al voordat hij uitgesproken was. 'Je bent leuk. En slimmer dan je lijkt.'

'Leuke mannen zijn dat wel vaker.'

'Heb je me daar toevallig gezien?'

Zijn glimlach verdween. 'Waar?'

'Je weet waar. Want waarom zou je me adviseren niet meer naar die tent te gaan als je niets hebt gezien?'

'Ik heb meer gezien dan ik misschien wilde zien, maar ik hou het voor me. Dat beloof ik.'

'Verdomme, elke minuut van elke dag beloven mensen van alles en nog wat zonder dat ze van plan zijn zich eraan te houden.'

Ze wendde haar blik af. 'Ik kom uit een stadje in Minnesota. Ik wil niet dat iemand het weet van... de Jade.'

'Ik zal het aan niemand vertellen. Bij welke studio ben je eigenlijk onder contract?'

'Bij MGM. Hoezo?'

'Ze hebben daar een vrij goede *fixer group*. Ik ken daar iemand. Je zou dit niet alleen hoeven doen. Waar zijn zij in jouw geval?'

'Nergens, omdat ze het niet weten.'

'En vind je dat slim?'

'Ik ben er eerlijk gezegd blij om. Als de studio het wist, zouden ze me dwingen een nieuw contract te ondertekenen en dan zou ik naar bed moeten met de man die de leiding heeft, alwéér. Dat wil ik niet. Daar heb ik het helemaal mee gehad. Bovendien is hij oud en getrouwd.'

'Wie is die clown?'

'Niet belangrijk. Er zijn honderden zoals hij, dus wat maakt het uit?'

'Wil je dat ik namens jou met hem praat? Hem duidelijk maak hoe hij zich moet gedragen?'

Ze lachte. 'Wat ben je, een padvinder, een koorknaap of allebei?'

'Ik heb mijn goede momenten. Maar nu ik je toch spreek...' Hij haalde de foto van Lamb tevoorschijn. 'Heb je haar ooit in de Jade gezien?'

Ze keek naar de foto. 'Ja hoor, een paar keer.'

Archer keek verbaasd. Hij tikte op Lambs gezicht. 'Weet je het zeker? Kijk nog eens goed.'

'Zij niet, maar die andere.'

Archer keek naar de stralende Alice Jacoby. 'Zij? Weet je het zeker?'

'Dat zei ik toch net?'

De auto reed langzamer en Alan vroeg: 'Hier, meneer?'

Archer keek naar buiten en zag de Delahaye staan. 'Dit is prima, bedankt, vriend.' Hij opende het portier, maar keek de actrice nog een keer aan. 'Als je nooit teruggaat naar de Jade, is dat het beste wat je ooit kunt doen. Volgens mij dan.'

'Voor mijn carrière?' vroeg ze met haar mooie wenkbrauwen opgetrokken. In het schemerige licht van de auto gloeide haar platinablonde haar als het licht van de ondergaande zon op kabbelend water.

'Nee, voor je leven.'

Ze leunde naar hem toe, wreef met haar neus over zijn hals en kuste hem op zijn mond, terwijl ze met haar zachte hand zijn kaak streelde. 'Er is nooit eerder een man in mijn auto gesprongen. Dat bevalt me eigenlijk wel.'

'Dan moet ik het vaker doen.'

'Misschien kruisen onze wegen elkaar ooit weer.' Ze klonk alsof dit een tekst was uit een matig script, maar ze geloofde elk woord. Omdat hij haar drugskick niet wilde verstoren, maakte Archer een einde aan deze slechte scène met een kusje op haar wang en de woorden: 'Jij mag mijn weg altijd kruisen, dame.' Hij stapte uit, waarna de Rolls doorreed.

Archer wist dat als de vrouw geluk had haar carrière nog een jaar zou voortduren. Als ze pech had, was ze voor het einde van de maand dood. En ze zouden probleemloos honderden andere vrouwen vinden, even mooi en gretig, om haar te vervangen. Het Midwesten van de VS alleen al produceerde deze vrouwen zoals General Motors auto's.

Archer verliet Chinatown met heel veel om over na te denken en te doorgronden. Hij had behoefte aan meer peroxide en verband en, het allerbelangrijkst, een borrel, een echte. En Archer wist precies met welke vrouw hij die borrel wilde drinken.

25

'In een van mijn volgende films moet ik maar een verpleegster spelen, Archer. Ik bedoel, moet je zien hoeveel ervaring ik krijg met jou.'

Callahan had de snijwond op Archers handpalm schoongemaakt, er zoveel peroxide op gedept dat zijn nekharen overeind waren gaan staan, er vervolgens zalf op gesmeerd, de wond afgedekt, en ze wikkelde nu het verband om zijn pols en maakte het vast.

Hij had haar iets verteld van wat hij die avond had meegemaakt en ze had haar hoofd geschud en waarschuwend gezegd dat hij er de volgende keer misschien niet zo gemakkelijk van afkwam. Haar blik was echter veel ongeruster dan haar woorden. 'Ik vond het deze keer helemaal niet gemakkelijk,' zei hij.

'Wie was die actrice? Ik vraag me namelijk af of die lippenstift op je kraag van haar is.'

'Ze was inderdaad vrij gul met haar liefkozingen. Kwam door de drugs. Ik weet haar naam niet. Ze is platinablond en weelderig en heeft een prachtige hese stem.'

'Ja hoor, dat beperkt de keus tot zo ongeveer iedereen. Kun je je echt geen film herinneren waar ze in meespeelde of zo?'

'Ik ga bijna nooit naar de film. Vind ik tijdverspilling.'

'Bedankt, Archer, heel erg bedankt.'

'Zo bedoelde ik het niet. Hoe dan ook, ze zei dat ze bij MGM zit. De fixer daar weet niets van de Jade, dat denkt ze tenminste. Ze zei ook dat de studio, als ze het daar wel wisten, dit zou gebruiken om haar te dwingen een nieuw contract te ondertekenen en dat ze weer met de baas van de studio naar bed moest.'

'En verbaast je dat?'

'Maar als ze daarnaartoe blijft gaan, is haar carrière ook voorbij, want dat betekent haar dood.'

'Misschien wil ze dat.'

'Ze had een bontmantel en een Rolls met chauffeur en ze was van onze leeftijd.'

'Eerst gaat het om het geld en de roem, en dat is geweldig. Maar daarna is dat allemaal minder belangrijk, omdat ze dan verdomme allemáál een bontmantel en een Rolls met chauffeur hebben. Dat geeft heel veel druk, Archer. Sommigen bereiken de top en realiseren zich dan opeens dat ze daar helemaal niet willen zijn. Ze willen niet verplicht zijn om te blijven doen wat nodig is om daar te blijven. Misschien zoekt ze gewoon een uitweg. Ik hoop alleen dat ze nog leeft als ze die vindt.'

Hij bewoog zijn gewonde hand en schonk vervolgens een whiskey met spuitwater voor zichzelf in en een gin-tonic voor Callahan. Hij gaf haar haar glas en zei: 'Haar enige uitweg zou weleens een graf kunnen zijn.'

Callahan zat in een stoel met haar ene lange been elegant over het andere geslagen en nam een slokje. 'Ze zou niet de eerste zijn en ze zal niet de laatste zijn.'

'Dat is verdomd heftig,' zei hij na een tijdje.

'Ik weet het. Maar ik ben geen ster, Archer. Niemand probeert me aan de drugs of dat sm-gedoe te krijgen. Daar ben ik niet waardevol genoeg voor.'

'En als je ooit wél zo waardevol wordt?'

'Dan zal ik daarmee moeten dealen. Maar dat is nog een lange weg te gaan, voor mij tenminste.'

'En iemand maakt foto's van haar. Ik heb de camera gezien.'

Callahan dacht even na en zei toen: 'Misschien blijft ze daarom terugkomen.'

'Dus de Jade chanteert haar?'

'Dit is LA, Archer. Iemand chanteert altijd iemand anders.'

Hij keek naar zijn glas en schudde zijn hoofd. 'Deze stad is door en door rot.'

'Toch kom jij ook steeds terug. En niet alleen om mij te zien.'

'Ik geef toe dat LA iets bedwelmends heeft. Bovendien zijn de zaken hier... origineler.'

'Dus je krijgt niet diezelfde kick in Bay Town? Want in zekere zin ben jij ook verslaafd.'

'Gewoon doorpraten, Liberty, ik ben nog niet depressief genoeg.'

'Alice Jacoby gaat dus naar de Jade? Maar ze zei tegen jou dat ze daar nog nooit van had gehoord.'

'De actrice van vanavond was high van de drugs. Misschien vergiste ze zich, hoewel ze vrij zeker leek van haar zaak. Als het waar is, heeft Jacoby tegen me gelogen.'

'Waarom zou Jacoby naar de Jade gaan?'

'Ze leek me nogal bekrompen, maar soms zijn juist die mensen het wildst.' Hij haalde de kleine injectieflacon tevoorschijn die hij in een van de kamers had gevonden. 'Ik weet bijna zeker wat hierin zit.'

Callahan keek ernaar. 'Wat dan?'

'Heroïne. Die komt hier meestal vanuit Mexico naartoe.'

'Wat ga je nu doen?'

'Slapen. Ik heb de afgelopen dagen weinig geslapen. Hé, kun je iets voor me doen? Die jonge vrouw die de gasten op het feest van de Marses ontving...'

'Donna, wat is er met haar?'

'Kun je haar vragen of Lamb ook is gekomen? Dat moet ik heel zeker weten.'

'Natuurlijk, dat kan ik wel doen.' Callahan stond op en ging op de armleuning van zijn stoel zitten. Ze streelde zacht over zijn hoofd, maar niet daar waar het verband zat. 'Is het dat echt waard, Archer? Ik bedoel, zoals je al zei verdien je maar een fractie van wat ik verdien als ik voor een camera andermans tekst opzeg. En niemand probeert mij te vermoorden als ik dat doe. Lijkt niet bepaald eerlijk.'

'Ik ben een vrij goede privédetective, ik hou van het werk en ik hoop dat ik iets goeds doe.' Toen hij zichzelf dat hoorde zeggen, vroeg Archer zich af of daar enige waarheid in school.

Ze hield op zijn hoofd te strelen. 'En als je wordt vermoord?'

'Dan mag je me missen.'

Ze fronste. 'Dat is niet grappig! Jij bent mijn enige echte vriend.'

'Dan moet je er meer op uit trekken.' Hij stond op. 'Ga slapen, je moet morgen naar de set. Ik heb ook slaap nodig. Morgen zal alles er beter uitzien.'

Ze stond op en keek hem aan. 'Hoe was haar kus?'

'Ik heb betere gehad.'

'Echt waar? Van wie?'

'Ben je het al vergeten?'

'Ik ben het niet vergeten, Archer. Ik ben zelfs van plan die herinnering nog heel lang levend te houden.' Ze kuste hem op de wang, verliet de kamer en deed de deur achter zich dicht.

Archer liep naar het raam en keek naar buiten.

Wás het de moeite waard?

Hij had daar geen antwoord op, wat op zich misschien al een antwoord was.

Archer sliep niet veel. Elke droom die hij had liep niet goed af voor hem.

26

De volgende ochtend om halfzeven hoorde Archer een klopje op zijn deur.

Callahan riep: 'Ik ga naar de studio voor mijn vroege dienst, Archer. Eieren en worst vind je in de koelkast en brood in de trommel, en ik heb liters koffie. Ik vraag Donna naar Ellie en ik laat een briefje achter bij de bewaker voor als je later naar de set wilt komen.'

'Dat zal hij geweldig vinden, tenminste, als je je toga draagt,' riep hij terug.

Een uur later rolde Archer uit bed. Hij douchte, schoor zich en kleedde zich aan, at twee gebakken eieren, een stuk worst en twee geroosterde boterhammen met boter en dronk een halve pot koffie. Daarna had hij nog steeds weinig energie, maar dat kwam misschien doordat hij twee nachten achter elkaar bijna was vermoord.

Hij had zijn kleren zo goed mogelijk met een vochtige doek afgenomen, maar zou toch een keer naar Bay Town moeten rijden om schone kleren te halen. Dan kon hij meteen verslag uitbrengen bij Willie.

Precies om negen uur belde hij Green & Ransome. De telefoon werd opgenomen door een efficiënt klinkende vrouw. Hij vroeg naar Cecily Ransome. Ze was er niet, kreeg hij te horen. Nadat hij haar had verteld dat Ransome hem had ingehuurd om Lamb te vinden, zei ze dat hij moest wachten. Even later kwam ze weer aan de lijn en zei: 'Mevrouw Green wil graag met u praten.'

'Bedoelt u de vrouw van Bart Green?' vroeg Archer.

'Een andere is er toch niet?'

Hij werd doorverbonden, waarna een andere vrouw zich meldde. Ze sprak beschaafd met soms een felle klank, hoorde Archer.

'Ik ben Mallory Green, meneer Archer. Cecily belde me vanochtend vroeg vanuit haar huis en vertelde me over haar gesprek met u en wat u onderzoekt. Ze is héél ongerust. En ik heb ook veel belangstelling voor deze zaak, heel veel belangstelling. Ellie is een goede vriendin van me geworden.'

'Juist.'

'Ik zou u graag willen ontmoeten. Volgens mij zou u ook met mijn man moeten praten.'

'Prima. Is hij in de stad?'

'Nee, in Vegas. Maar als u wilt, kan ik u vandaag door onze piloot met ons vliegtuig naar hem toe laten brengen.'

Onze piloot, ons vliegtuig, dacht Archer. Dan begon je je toch echt af te vragen wat sommige mensen normaal vonden.

'Laten wij eerst maar met elkaar praten. Waar wilt u afspreken?'

'Bij mij thuis. Ik ben even op kantoor om een paar dingen te controleren, maar ik vertrek nu.'

'Geef me het adres maar.'

Hij schreef het op. Het was in Beverly Hills vlak bij de Santa Monica Boulevard, klonk duur en was dat ongetwijfeld ook.

Hij gaf haar de tijd om thuis te komen, stapte toen in zijn auto en reed naar haar huis.

Het regende niet meer en dit was de eerste dag van 1953 waarop de zon stralend scheen, dwars door de dichte smog die veroorzaakt werd door de rook uit de schoorstenen en uitlaten.

Archer had het verband van zijn hoofd gehaald en zijn haar over de wond heen gekamd, maar het verband op zijn hand alleen verschoond. Als hij in dit tempo doorging, zou hij binnenkort op een mummie lijken.

Het landgoed van de Greens lag achter een hoge gevangenisachtige muur en op de gietijzeren hekken stond een grote G zodat niemand zich kon vergissen. Bij het hek hing een telefoon waarmee het huis kon worden gebeld.

Archer belde gehoorzaam, waarna de hekken krakend opengingen. Het was een herenhuis dat karakteristiek was voor Beverly Hills. Indrukwekkend qua grote en kleine details, met veel terrasgewijs aangelegde gazons, strakke bloembedden en struiken gesnoeid door sterke ervaren handen, waarvan niet een van de eigenaren was. Dat was geen wilde gok van Archer, want hij zag een stuk of zes gespierde Mexicanen. Ze liepen rond met kruiwagens vol afval, spitten de aarde om, zetten grote struiken in gaten en maakten dit Beverly Hills-paleis perfect.

De gevel van het huis werd gerenoveerd in Griekse revival-stijl en de ronde zuilen leken zwaar genoeg om het gebouw van het ministerie van Financiën te kunnen dragen. Het aantal ramen en het formaat ervan waren echter typisch LA en indrukwekkend. Ze lieten het felle zonlicht naar binnen filteren, waardoor het interieur nog grootser leek in de ogen van de bezoekers. Het herenhuis had het gebruikelijke middendeel en de twee vleugels stonden in een hoek ten opzichte van het hoofdgebouw. Archer had het gevoel dat dit imponerende gebouw hem wilde omhelzen, wat hij wel een beetje intimiderend vond.

Hij reed naar de ronde met keitjes verharde voorplaats voor het huis, waar het gras perfect tussen de stenen groeide, en stopte naast een grijs met witte Bentley. Hij stapte uit en voelde aan de motorkap van de andere auto. Die was warm. Mevrouw Green was gearriveerd, in stijl. Hij vroeg zich af of ze de auto zelf had bestuurd. Dat betwijfelde hij, maar misschien zou de vrouw hem verrassen.

Hij klopte op de voordeur en bleef staan wachten, terwijl hij met zijn hoed speelde. Hij werd binnengelaten, niet door een butler, maar door een jonge vrouw in een donkerblauwe kokerrok, een witte blouse met lange mouwen, witte pumps en een dunne parelketting om haar slanke hals vol sproeten. Ze stelde zich voor als Sally Dennison, mevrouw Greens *personal assistant*.

Tjonge, dat was een hele vooruitgang vergeleken met het ouderwetse in livrei gestoken standbeeld in het huis van Alice Jacoby, dacht Archer. Misschien luidden de jaren vijftig echt een nieuw, verlicht tijdperk in, met persoonlijke slaafjes op goedkope pumps en met nepparels.

Mallory Green wachtte op hem in een groot vertrek dat eigenlijk van alles kon zijn, dacht Archer, als het maar duur leek.

Ze was achter in de vijftig, 1 meter 65, en mager op een manier die leek te wijzen op niet genuttigde maaltijden. Haar broodmagere heksachtige gezicht deed hem denken aan het blad van een bijl, maar de ogen leken iets subtielers uit te stralen. Haar gezicht, ondanks het feit dat het zo mager was, was even aantrekkelijk als interessant. Haar lippen waren stevige rechte lijnen, als twee dunne latten. Ze had een alerte blik en haar blauwe ogen leken te flitsen zodra het licht van een lamp of van buiten erop viel, als blootliggende stroomdraden die elkaar raakten. Ze had haar haar opgestoken, op een paar strengen na die langs haar kleine mooie oren hingen. Ze had haar grijze haar niet geverfd, een zelfverzekerde vrouw die mooi ouder werd.

Ze droeg een felblauwe jurk die de kleur van haar ogen accentueerde, ook al was dat absoluut niet nodig. De jurk was gerend, zodat haar smalle jongensachtige heupen breder leken. De zoom eindigde net boven haar magere knieën, die in dunne kousen waren gestoken. Het met diamanten afgezette Cartier-horloge om haar dunne pols leek wel een gigantische ring.

Gezien het tijdstip, halftien 's ochtends, was deze vrouw al bijzonder smaakvol gekleed en leek ze klaar voor de strijd.

Archer haalde diep adem en wachtte.

27

Mallory Green stelde zich voor en bood hem koffie aan. Archer accepteerde dit, omdat het effect van de halve pot die hij al ophad begon af te nemen. De nijvere Sally vertrok om de bestelling door te geven.

Een dienstmeisje in een echt dienstmeisjesuniform bracht hem zijn koffie en gaf hem een kop-en-schotel met een filigraanpatroon.

Archer dronk zijn koffie zonder te slurpen, alleen om te laten zien dat hij om halftien 's ochtends ook enige beschaving bezat, al droeg hij een pak dat hij weliswaar snel met een vochtige doek had afgenomen maar waar nog steeds wat zand op zat.

'U hebt dus niets van Lamb gehoord?' vroeg hij zodra het dienstmeisje was vertrokken.

'Nee niets, en Cecily ook niet. We maken ons grote zorgen.'

'Misschien wilt u haar als vermist opgeven.'

'Mijn god, zijn ze dan nog niet naar haar op zoek?'

'Niet echt. Ze is een volwassen vrouw die kan gaan en staan waar ze wil. Ik heb de politie al voorgesteld om haar als vermist te beschouwen, maar het kan geen kwaad als u aangifte van vermissing doet.'

'Ja, natuurlijk. Dat ga ik doen.'

'De politie is dus nog niet geweest om met u over haar te praten?'

'Niet dat ik weet.'

Archer wist niet wat hij daarvan moest denken. 'Heeft ze familie in de buurt die op de hoogte moet worden gebracht?'

'Nee, maar volgens mij heeft ze wel familie aan de oostkust.'

‘Hoe lang werkt Lamb al voor het bedrijf van uw man?’

Het blad van de bijl haalde uit naar Archer en schaafde een laagje van zijn huid. ‘Het is óns bedrijf, meneer Archer. Ik ben zelf producer, hoewel mijn documentaires over belangrijke onderwerpen gaan. Ik heb twee Academy Awards voor mijn werk ontvangen, wat betekent dat Bart er twee mínder heeft dan ik,’ zei ze vrij nuchter.

‘Neem me niet kwalijk, dat wist ik niet.’

‘Het is al goed. Niemand denkt ooit dat de vrouwen in deze stad meer te doen hebben dan zich mooi kleden, slank blijven, niet knoeien met het weinige voedsel dat ze eten en nooit maar dan ook nooit evenveel drinken als hun echtgenoot, in elk geval niet in het openbaar. En om uw vraag te beantwoorden, Ellie werkt nu een jaar of zes voor ons.’

‘Ik kan me voorstellen dat u alles kunt doen wat u wilt, mevrouw Green, gezien uw talenten.’ Hij wilde eraan toevoegen: zoals af en toe een echte maaltijd nuttigen.

‘Met documentaires, of je daar nu wel of niet een Academy Award mee wint, verdien je weinig, meneer Archer. Hoewel het vrij duur is om ze te maken. Terwijl Bart met zijn eenvoudige films goudgeld verdient. Zodoende moeten bepaalde compromissen worden gesloten.’

Archer was klaar met praten over de zakelijke afspraken van de Greens, wat net zo goed een etterend huwelijk kon worden genoemd. ‘U wilde me dus spreken?’

‘Ja.’

‘Waarover?’

‘Ik wil natuurlijk een verslag van de stand van zaken van uw onderzoek.’

‘Dat is meestal voorbehouden aan de cliënt. Op dit moment is dat Cecily Ransome.’

Ze leek van slag. ‘Maar Ellie is mijn medewerkster. En ik wil graag weten wat er met haar gebeurt.’

‘Dat begrijp ik. Juist, aangezien ik hier nu toch ben: kunt u een reden bedenken waarom iemand Lamb kwaad wil doen?’

‘Nee, geen enkele.’

‘Er is een dode man in haar huis gevonden. Iemand heeft hem in zijn hoofd geschoten.’

‘Ja, dat vertelde Cecily al. Weet de politie wie hij is?’

‘Een privédetective uit Anaheim, Cedric Bender.’

Als Archer een ratelslang uit zijn zak had gehaald en naar haar toe had gegooid, had dat geen groter effect op Mallory Green kunnen hebben.

Ze knipperde snel en daarna draaiden haar ogen weg. Archer dacht dat ze zou flauwvallen. Ze zakte inderdaad opzij, haalde moeizaam adem en leek volkomen ontdaan, met haar handen tegen haar borst gedrukt.

‘Gaat het?’ vroeg hij snel.

Ze knikte, maar leek nog steeds zwak en ontzet.

Hij liep snel naar de bar, schonk wat cognac in een geslepen kristallen glas en bracht dat naar haar toe. ‘Drink dit op. Dan zult u zich beter voelen.’

Green nam een slok cognac en keek naar hem, waarna ze eindelijk gegeneerd glimlachte. ‘U zult wel denken dat ik gek ben of zo.’

‘Nee, ik denk alleen dat u schrok toen u hoorde dat een privédetective die Cedric Bender heet dood is. Wilt u me vertellen waarom?’

Ze vertrok haar gezicht en zette het glas neer. ‘Ik weet niet goed wat me overkwam. Ik ken hem niet of zo, maar ik voel me de laatste tijd niet goed. Misschien krijg ik griep, die gaat rond op dit moment.’

‘Het is geen griep.’

Ze keek hem scherp aan. ‘Ik zeg u dat het dat wel is. Ik voel me de hele week al niet goed.’

‘U blijft bij dat verhaal?’

‘Dat is de waarheid!’

Archer zette zijn hoed op. ‘Goed, dan vertrek ik nu.’

Ze keek hem met een energieke blik in haar blauwe ogen aan. ‘Wat! Waarom? U bent er net.’

'Ik ben ingehuurd om Eleanor Lamb te vinden, bij voorkeur levend. Ik kan geen tijd verspillen aan mensen die tegen me liegen. Zelfs ik reken daar te veel geld voor.'

Ze sloeg haar blik neer. 'Hoe dúrft u te beweren dat ik lieg...'

Archer viel haar in de rede. 'Dat is niet zo moeilijk in uw geval. De meeste mensen vallen niet bijna flauw en liegen vervolgens zo slecht dat ze hun blik moeten neerslaan omdat ze zich te veel generen om de arme man aan te kijken die ze voor de gek proberen te houden. Dus Bender is uw meisjesnaam en Cedric uw geliefde broer of andere naaste bloedverwant, zodat u natuurlijk van slag bent nu hij is vermoord. Of u hebt privédetective Bender ingehuurd om een klus voor u te doen, en iemand heeft hem terwijl hij daarmee bezig was vermoord. Ik vertelde u dat hij dood was. Het was duidelijk dat u dat niet wist en dat het een enorme schok voor u was. Zeg het maar als ik me vergis, maar zeg dat dan wel tegen me terwijl u me echt aankijkt!'

Archer wist niet wat ze zou doen: huilen, hem aanvliegen of hem eruit laten smijten door de sterke Mexicaanse hoveniers.

Maar ze verraste hem. 'U bent duidelijk erg goed in uw werk, meneer Archer.'

'En ik heb in mijn werk ook iets wat trots heet en een paar waarden en normen. En een daarvan is de waarheid vertellen. Ik weet dat dat in deze stad niet in de mode is, maar ik blijf het proberen. Dus, waarom had u Bender ingehuurd?'

Ze keek hem aan met een van woede vertrokken mond. 'Om onderzoek te doen naar mijn man. Ik weet zéker dat die rottige klootzak me bedriegt. Alweer.'

28

Green schonk nog een glas cognac in en Archer keek naar haar terwijl ze haar glas gulzig leegdronk. Ze zette het glas neer, perste haar lippen op elkaar en keek naar hem alsof ze zin had een robbertje te vechten en hij toevallig de enige binnen handbereik was. 'U wilt me vast een heleboel vragen stellen,' zei ze kil.

'Als Bender de ontrouw van uw man onderzocht, waarom was hij dan in Las Flores Canyon? Denkt u dat hij een affaire had met Lamb?'

'Natuurlijk niet! Bart kickt alleen op jong en beeldschoon, en Ellie is geen van beide.'

'Dat sluit ook haar buurvrouw uit, mevrouw Danforth, want die is een jaar of tachtig.' Toen Green niets zei, deed Archer dat maar. 'Dan komen we dus bij die Française, Bernadette Bonham. Maar zij is ongeveer even oud als Lamb en samen met haar man in Frankrijk.'

'Is dat zo?'

'Dat is me verteld, maar dat heb ik niet nagetrokken.'

'Dan moet u dat misschien maar doen.'

'Ik werk niet aan uw echtscheidingszaak, mevrouw Green. Dat was Benders werk.'

'Ik wil niet scheiden.'

'Wat wilt u dan?'

'Dat is mijn zaak. Zoals u net zei, is dat niet uw werk.'

Archer schudde een sigaret uit zijn pakje en hield hem omhoog. 'Bezwaar?'

'Nee, daar ligt de aansteker.'

Archer pakte de aansteker, even groot en bijna even zwaar als een kanonskogel, en stak zijn Lucky op. Hij blies kringetjes naar de plafondfresco van baby's die tussen wolken door zweefden. 'Wanneer hebt u Bender ingehuurd? En waarom hem?'

'Ik heb meneer Bender eerder gebruikt, toen Bart zich met andere aantrekkelijke vrouwen vermaakte.'

'Hoe had u over hem gehoord? Hij zat helemaal in Anaheim.'

'Andere vrouwen in Los Angeles die ik ken hadden hem ingehuurd toen hun echtgenoot...'

'Ja, ik begrijp het. Vertel verder.'

'Een van hen gaf hoog van hem op en ik wilde niet iemand uit deze waardeloze stad. Zij praten met elkaar en ik wilde niet uitgelachen worden. Niet meer dan toch al gebeurt,' voegde ze er nijdig aan toe.

'Goed, dat begrijp ik. En ik lach u niet uit. Ik wil alleen weten hoe de zaak in elkaar steekt.'

Ze keek hem afwachtend aan.

'Vermoedde u dat uw man met Bernadette Bonham omging?'

'Ik weet niet of zij het is. Volgens mij trok Bender ook een paar andere aanwijzingen na.'

'Zijn auto is gezien voor Eleanor Lambs huis.'

'Door wie?'

'Door Eleanor Lamb. En door mij. De auto wordt nu vermist. Maar ik denk dat Bender Bonhams huis in de gaten hield, niet dat van Lamb. Stuurde hij u regelmatig verslagen?'

'Waarom vraagt u dat?'

'Als dat zo is, wil ik ze graag lezen.'

'Waarom?' vroeg ze, nog scherper.

'Omdat hij dood in Lambs huis lag. Het verband spreekt voor zich.'

'Ik... Ja, hij stuurde me verslagen. Ze liggen in mijn werkkamer.'

'Ik kan kopieën laten maken en u de originelen teruggeven.'

Green maakte een zorgeloos gebaar. 'O, prima.' Ze stond op en liet hem alleen. Een minuut later kwam ze terug met een gele dossiermap en gaf die aan hem.

'Was dit het enige contact dat u met Bender had? Sprak u hem ook, via de telefoon of hier of ergens anders?'

'We spraken elkaar via de telefoon.'

'Goed, wat vertelde hij u?'

'Dat Bart zijn sporen goed wiste. Dat hij naar bepaalde locaties gaat en die via een andere deur verlaat. Dat Bart er altijd op let dat hij nooit in het openbaar met andere vrouwen wordt gezien. Dat hij dat allemaal doet zodat hij kan omgaan met andere vrouwen dan met mij.'

'U zei dat hij dit eerder heeft gedaan?'

Ze stond op en schonk zichzelf nog wat in. Deze keer was het whiskey. In dit tempo is ze voor de lunch stomdronken, dacht Archer.

Ze nam een slok en ging weer zitten. 'Twee keer. Eén keer met de "ster" van een van zijn films die jong genoeg was om zijn dochter te zijn. Zij acteert niet meer en is teruggegaan naar Wisconsin, of waar ze verdomme ook maar vandaan kwam.'

'Ze kon dus niet acteren?'

Green keek hem geamuseerd aan. 'Je hoeft niet te kunnen acteren, meneer Archer, om een ster te worden in Hollywood. Maar je moet een gewetenloos vuur in je buik hebben, omdat de concurrentie moordend is. Ook moet je bereid zijn een groot stuk van je ziel te verkopen, of misschien zelfs je hele ziel.'

Archer dacht even aan Callahan. 'En de tweede keer?'

'Een secretaresse op zijn kantoor. Daar heeft Bart me mee verbaasd.'

'Hoezo?'

'Hij houdt van vrouwen met grote borsten. Zij was zo plat als een pannenkoek, maar ik neem aan dat ze andere verleidelijke kwaliteiten had.'

Archer keek naar haar slanke lichaam.

Ze zag zijn blik en glimlachte. 'Bart en ik zijn ruim dertig jaar getrouwd en hebben vier kinderen. We leerden elkaar kennen toen Bart anders was, en ik anders was.'

'U kunt altijd scheiden.'

'Voor sommige mensen is het huwelijk een wedstrijd en kent een scheiding een winnaar en een verliezer. Tegenwoordig zijn de mannen als ze die finish kunnen bereiken de winnaar. Als ik Bart nu laat gaan, kan hij openlijk op stap gaan en iedereen krijgen die hij maar hebben wil, terwijl ik dat niet zou kunnen. Ook zou ik worden afgewezen in deze stad, omdat alle studiobazen hitsige mannen zijn net als hij. Dus als hij overspel wil plegen, wil ik gewoon dat hij meer zijn best moet doen. Dat is echt mijn enige mogelijkheid.'

'Even terug naar Bender. Wanneer was de laatste keer dat u hem sprak?'

'Op de ochtend van oudejaarsdag. We zouden morgen met elkaar lunchen en dan zou hij me bijpraten.'

'Gaf hij u tijdens dat telefoongesprek al een paar aanwijzingen?'

'Nee, hij zei dat hij dat persoonlijk wilde doen.'

'Tja, dat gaat nu niet meer gebeuren.'

'U denkt toch niet dat Ellie hem heeft vermoord? Waarom zou ze?'

'Dat weet ik niet. Heeft Bender ooit gezegd dat hij dacht dat iemand hem schaduwde?'

'Nee, nooit,' zei ze snel.

Misschien iets té snel, volgens Archer.

'Ik neem aan dat u niet naar Las Vegas wilt vliegen om mijn man te ondervragen?'

'Vandaag niet, nee. Wanneer komt hij terug?'

'Hij had het over morgen of overmorgen. Hij was nogal vaag.'

'Hebt u een foto van uw man?'

Ze stond weer op, zocht in een lade en haalde er een ingelijste foto uit. Ze haalde de foto uit de lijst en gaf die aan hem. Ze beantwoordde zijn vragende blik met een gespannen: 'Waarom zou ik naar hem willen kijken?'

Archer bekeek de foto. Green stond naast zijn vrouw. Hij was kleiner en veel dikker dan zij, had een hard gezicht, een kale kop, diepliggende ogen, dikke lippen en een dun snorretje. Hij had een slappe kin en rode wangen, en keek desondanks ongelofelijk arrogant de wereld in.

'Lijkt op een perzik,' zei Archer.

'Gevuld met cyanide.'

Hij stond op. 'U krijgt Benders originele rapporten zo snel mogelijk van me terug.'

'Dat heeft geen haast. Wat moet ik daar verdomme mee doen?'

Archer vertrok, terwijl Green nog een drankje inschonk.

Hij had in zeer korte tijd een aantal opmerkelijke en aparte vrouwen ontmoet. Archer had een redelijk goede indruk gekregen van Gloria Mars, de warrior. En van Alice Jacoby, de dromer die altijd op zoek was naar groener gras. De andere drie kon hij minder goed doorzien, maar een paar indrukken begonnen vorm te krijgen.

Cecily Ransome was volgens iedereen dé filmregisseur van de volgende generatie. Een vleugje frisse, eerlijke lucht in een stad vol benauwde mist en saaie versleten ideeën. Hij had haar interessant en zelfverzekerd gevonden, hoewel ze de wereld waarin ze als screenwriter en filmregisseur wilde leven misschien niet helemaal begreep.

Mallory Green, de tweevoudig Oscar-winnares, was ouderwets, maar ook hard en verbitterd door haar oneerlijke lot. Hij begreep dat wel, omdat hij heel goed wist dat er met twee maten werd gemeten bij de mannen en vrouwen in deze stad – verdomd, in deze wéreld. Maar ze leek ook meedogenloos in haar benadering van het leven en het huwelijk. Ze zou haar man wel laten lijden voor zijn ontrouw, maar niet scheiden omdat haar eigen carrière dan een duidelijke, hoewel oneerlijke, klap zou krijgen.

En dan was er Eleanor Lamb. Ze was verdwenen, vreesde voor haar leven, was een uitzonderlijke screenwriter en een vrouw die, in elk geval volgens Ransomes oudoom Sam Malloy, niet kon worden vertrouwd.

Daar zal ik ooit zelf een oordeel over moeten vellen. Als ik haar ooit vind.

29

Archer zat in de Delahaye voor het herenhuis van de Greens en las de paar pagina's van Benders getypte verslagen. De vermoorde privédetective had niet aangegeven dat hij een duidelijke theorie had en had ook niet met zekerheid de vrouw geïdentificeerd met wie Bart Green kennelijk omging, om Mallory Greens woord te gebruiken.

Archer dacht dat deze vrouw Bernadette Bonham moest zijn. Wie anders? Maar Bonham scheen in Frankrijk te zijn.

Toen dacht Archer aan iets wat Sylvia Danforth hem had verteld. Hij zette de auto in de versnelling en vertrok naar Malibu.

De politie was al vertrokken uit de Las Flores Canyon. Archer parkeerde aan de overkant, met zijn ogen halfdicht tegen de zon, liep naar Lambs huis en ging haar achtertuin in. Hij nam dezelfde trap naar de veranda boven en ging via dezelfde deur naar binnen. De agenten hadden niet eens de moeite genomen die op slot te doen, als het hun al was opgevallen dat die niet op slot zat.

Het lijk was weg, wist hij. Het krijt was er nog wel, een armzalige kopie van een beëindigd leven, dacht hij. Meer dan dat kreeg je nooit van de mannen van Moordzaken. De lijkschouwer zou Bender al hebben opengesneden. Archer vroeg zich af of de kogel in Benders hersens voldoende intact was gebleven om te kunnen worden geïdentificeerd en al was vergeleken met het pistool waarmee hij was doodgeschoten, als ze dat ooit vonden. Hij vroeg zich ook af of de autopsie nog iets anders aan het licht had gebracht. Maar hij kon eindeloos doorgaan met zich dit allemaal af te vragen, want Phil Oldham zou vermoedelijk eerst een kogel in zijn eigen hoofd schieten voordat hij informatie over de zaak aan lieden als Archer zou doorgeven.

Jij ook een gelukkig 1953, klootzak.

Archer keek in Lambs bureaula en pakte haar chequeboek. Hij ging aan het bureau zitten en keek naar haar handschrift en haar handtekening op de kopieën. Hij pakte een vel papier uit een la en een pen van het bureau, legde een vel carbonpapier onder het papier dat zo dun was dat hij er de lijnen van haar handschrift en handtekening doorheen kon zien. Steeds opnieuw trok hij ze over, tot hij het gevoel had dat hij het in het echt kon doen. Hij schreef een cheque van tweehonderd dollar uit op naam van Willie Dash, Very Private Investigations en ondertekende die met Eleanor Lambs precieze handschrift. Hij scheurde de cheque eruit en stopte hem in zijn zak.

Hij vertrok op dezelfde manier als hij was binnengekomen en liep naar het huis van de Bonhams. Hij maakte de garagedeur net zo open als de vorige keer, liep naar binnen en trok de deur achter zich dicht. Danforth had hem verteld dat de Bonhams toen ze naar Frankrijk vertrokken met hun auto naar het vliegveld waren gegaan. Hij pakte zijn schrijfblok en keek na wat ze precies had gezegd.

Ze zijn ongeveer een maand geleden vertrokken.

Archer knielde weer en keek naar de olievlek op de vloer. Hij had al eerder gedacht dat deze afkomstig kon zijn van de blauwe Ford van Bender die hier was verstopt, maar waarom eigenlijk? Zou je het risico willen nemen dat de politie een kijkje in je garage nam en daar de auto van een dode man zou zien staan met als gevolg een heleboel ongemakkelijke vragen? Toch betekende dit dat deze olievlek afkomstig kon zijn van de auto van de Bonhams en zoals hij al eerder gehad gedacht was de vlek echt géén maand oud.

Archer vertrok en stapte weer in de Delahaye. Terwijl de zon opkwam en al zijn warmte en al zijn licht op de canyon uitstrooide, keek hij naar Lambs huis. Bender was hier ergens vermoord, tenzij hij met een auto was verplaatst. Maar volgens Archer was dat niet gebeurd. Benders auto had op straat gestaan. Op een bepaald moment, maar vóór drie uur 's middags op oudejaarsdag, had iemand hem te pakken genomen, hem bewusteloos geslagen en daarna een kogel in zijn hoofd geschoten, gewoon om er zeker van te zijn dat hij niemand zou vertellen wat er was gebeurd. Daarna had de moordenaar zijn lijk naar Lambs huis gebracht.

Het probleem daarmee was: hoe had hij zeker kunnen weten dat Lamb op dat moment niet thuis was? Had hij het huis in de gaten gehouden of zeker geweten dat ze op oudejaarsavond op stap was? Maar als ze wel thuis was geweest, had de moordenaar nog iemand het zwijgen moeten opleggen en dus nog een lijk moeten dumpen. Waarom zou iemand het zichzelf zo moeilijk maken? Tenzij Lamb hierbij betrokken was. Maar waarom? Was Bender gewoon bezig geweest met een onderzoek naar een overspelige echtgenoot en toen per ongeluk in een veel ernstiger zaak verzeild geraakt?

Verkeerde plaats, verkeerd tijdstip, net als ik op het strand. Alleen had ik geluk en Bender niet.

Archer reed weg en zag mevrouw Danforth, die in haar voortuin zo te zien onkruid wiedde, gekleed in een lila kamerjas en op witte slippers. Haar eigen haar, dofgrijs, hing los op haar schouders. Vanaf deze afstand leek ze geen dag ouder dan vijfenzeventig. Twee poezen hielden haar goed in de gaten.

Archer wachtte niet tot ze hem zag, want hij had vandaag nog meer te doen. Het eerste was een bezoek aan de Second National Bank of Malibu.

30

Archer wist niet hoe de eerste National Bank of Malibu eruitzag, maar de tweede leek op een In-N-Out Burger Restaurant, inclusief de rood-wit gestreepte markiezen aan drie kanten. De bank was echter veel groter dan de In-N-Out die Archer in het Baldwin Park had bezocht toen hij in Californië aan een zaak werkte. Het eten was niet slecht en het was goedkoop.

Hij stopte voor het gebouw en zag door de glazen voorpui vier vrouwen aan bureaus zitten die als nijvere bijen aan het werk waren. Aan de linkerkant van het gebouw was een drive-through-geldautomaat en binnen zag hij er nog twee. Er stonden drie auto's in de rij voor de drive-thru, vier auto's op de parkeerplaats en vijf mensen binnen die voor de geldautomaten stonden te wachten om hun bankzaken te kunnen afhandelen. De bank deed zo te zien goede zaken.

Achter een glazen wand in een hoek stond een groot bureau waar een enorme man aan zat. Hij droeg een pak van donkerrode kunstzijde dat er toch vaal uitzag, was in de veertig, leek weldoorvoed en goedverzorgd. Archer wist echter niet zeker of het haar van de man zijn eigen haar was of dat hij het van de bank leende tegen een concurrerend rentepercentage. Naast het bureau stond een koperen kwispedoor die er niet alleen voor de versiering leek te staan. Het was nota bene 1953 en toch spuugden mensen hun tabak uit in plaats van de rook ervan te inhaleren zodat die in hun longen terechtkwam.

Archer wist niet waar de kluis was, maar elke bank had er een, wat dus de reden was dat er nog altijd bankovervallen plaatsvonden.

Toen Archer de deur opende rinkelde er een belletje.

De vrouwen keken allemaal op met een identieke glimlach, kennelijk volgens de strenge voorschriften van de bank. De grote man keek alleen even zijn kant op en ging daarna door met het kritisch doornemen van de *Wall Street Journal*, alsof zijn persoonlijke geluk daarin verstopt zat.

Archer liep naar een van de vrouwen toe, haalde de cheque tevoorschijn en liet hem aan haar zien. 'Ik heb een vraag over iets wat hiermee te maken heeft.'

De vrouw was achter in de twintig, had bruin haar en een serieuze en alerte blik in haar reebruine ogen, alsof ze ooit de plaats van de grote man wilde innemen. De vrouw naast haar was een koele blondine met een heldere blik en heel eigen ambities, hoewel het minuscule inkijkje in haar decolleté, waar haar rits toevállig een beetje naar beneden was gegleden, erop wees dat zij op een volkomen andere manier dan haar collega naar een beter leven streefde.

De vrouw met de reebruine ogen vroeg: 'Wat is het probleem dan? Was het saldo onvoldoende om deze cheque te dekken?'

'Nee, ik heb eerlijk gezegd nog niet geprobeerd hem te incasseren. Weet u, juffrouw Lamb had me al betaald, maar deze cheque kwam per post en ik wilde hem aan haar teruggeven.'

De vrouw keek naar het adres op de cheque en leek er nog minder van te begrijpen. 'Maar ze woont hier vlakbij, in Las Flores Canyon.'

'Ja, dat weet ik. Daar ben ik geweest, maar ze was daar niet en de politie wilde me niet binnenlaten.'

'De politie!'

'Ja, er is kennelijk een lijk in haar huis gevonden.'

De grote man had dit blijkbaar gehoord, want hij legde zijn krant neer, stond op, trok zijn manchetten recht, streek over de knoop van zijn stropdas en kwam zwaarwichtig naar hen toe. 'Kan ik u helpen?' vroeg hij met een gladde stem waar Archer onmiddellijk de pest aan had. Als tiener had hij ooit een auto gekocht van een man die net zo praatte. En de versnellingsbak ging kapot nadat de dikkere olie die deze man in de bak had gegooid om het mankement te verhullen alles liet vastlopen. Toen Archer terugging om zijn geld terug te krijgen, had de man ontkend dat hij de auto en Archer ooit had gezien en beweerd dat ze nooit zaken met elkaar hadden gedaan.

'Dat hoop ik,' zei Archer. Hij glimlachte omdat hem dat nu nodig leek. Hij vertelde alles opnieuw.

'Een lijk?' vroeg de man, die zichzelf had voorgesteld als Horace Mincer, de filiaalmanager. 'Daar heb ik niets over in de krant gelezen.'

'Het is nog maar net gebeurd en ze willen vermoedelijk niet dat de journalisten gaan rondsnuffelen. Kent u juffrouw Lamb?'

'Jazeker. Ik bedoel, aangezien ze een cliënte van de bank is.' Hij keek naar de cheque. 'Waar had juffrouw Lamb eigenlijk een detectivebureau voor nodig?'

'Dat is, vrees ik, vertrouwelijke informatie.'

Mincer keek hem aan. 'Maar wat wilt u dat wij hiermee doen?'

'Ik vroeg me af of jullie een ander adres van haar hebben waar ik deze cheque kan afgeven of naartoe kan sturen.'

'Volgens mij heeft ze een kantoor ergens in LA. Ze is een secretaresse of zoiets van een grote filmbaas.'

'Daar ben ik al geweest. Ze hebben niets van haar gehoord en beginnen zich een beetje zorgen te maken. En ze is geen secretaresse, maar een bijzonder getalenteerde screenwriter.'

De man keek Archer aan alsof deze probeerde hem iets onmogelijks wijs te maken. 'Is dat zo?'

'Lieve help,' zei de vrouw. 'Wordt ze vermist?'

Mincer keek haar scherp aan, alsof hij probeerde te bepalen vanaf welke planeet ze in zijn bank was gevallen. 'Juist. Deze kant op, meneer...?'

'Archer.'

'Juist. We kunnen dit beter onder vier ogen bespreken.'

'Dat is altijd zo.'

De man keek hem alweer dom aan, zodat Archer zich afvroeg of de man eigenlijk wel kon rekenen, laat staan nuttige informatie verstrekken.

Ze gingen achter de glazen wand zitten. De man haalde een sigaar uit zijn bureaula, sneed de punt eraf met een klein mesje, hield er een lucifer bij en trok eraan, waarbij zijn wangen op een blaasbalg leken, om hem aan te krijgen.

Archer keek naar hem terwijl hij dit deed. Zijn conclusie was dat de man in de ruim veertig jaar dat hij al leefde waarschijnlijk op zijn twaalfde was opgehouden volwassener te worden.

Mincer legde zijn in veterschoenen gestoken voeten op zijn bureau, blies de rook uit en keek Archer met een domme grijns aan. 'Nu de meisjes ons niet meer kunnen horen, moet je me alles maar eens vertellen, vriend.'

'Pardon?'

De man hield de cheque omhoog en liet hem toen op zijn bureau vallen. 'Als je goed bij je hoofd bent, geef je toch zeker geen gratis geld weg? Je zegt dat de dame je twee keer heeft betaald? Goed, dan hou je het geld en moet ze zelf maar vragen of je het te veel betaalde teruggeeft. Wat voor gek doet dat vrijwillig?'

Archer deed alsof hij zich beledigd voelde, pakte de cheque van het bureau en stopte die in zijn zak. 'Déze idioot. Bovendien, hoe lang zou ik nog opdrachten krijgen als bekend wordt dat ik mijn cliënten bedrieg?'

'Goed dan, niet kwaad worden. Het interesseert me niet.'

'Wat kun je me over Lamb vertellen?'

'Hoezo?' vroeg Mincer.

'Ze wordt vermist, zoals ik al zei. Ik wil haar graag vinden.'

'Wat wil je weten?'

'Is ze een goede klant?' vroeg Archer.

'Voor zover ik weet is er geen enkel probleem.'

'Ze kocht een fraai huis in de canyon en liet dat grootscheeps renoveren en een zwembad aanleggen en zo. Heeft ze bij jullie een hypotheek afgesloten?'

Mincer zette zijn voeten op de vloer en keek Archer aan met de blik van een man die zélf zaken wil doen. 'Officiéél mogen we dit soort zaken niet met derden bespreken.' Hij trok zijn wenkbrauwen op als een soort stilzwijgende mededeling.

'Dan vraag ik u, namens geïnteresseerde derden, hoeveel het kost om de officiële richtlijnen hier te omzeilen,' zei Archer, terwijl hij zijn hand in de zak van zijn colbert stak om zijn portefeuille te pakken.

Mincer keek naar de vier vrouwen, van wie een paar af en toe naar hen keken. 'Niet hier. Laten we een stukje gaan lopen.'

'Frisse lucht, goed idee!'

31

Ze staken de straat over en liepen over het stevige zand van het strand. De zon stond hoog aan de hemel, waardoor het warm was voor januari, en de zee was rustig. Toch zou het geluid van de brandingsgolven in de verte hun gesprek overstemmen, wist Archer. Daarom was Mincer hier vermoedelijk naartoe gegaan, wat betekende dat de man niet helemaal dom was.

'De hypotheek?' vroeg Archer.

'Heeft ze niet.'

Archers mond viel open. 'Ik weet dat ze goed verdient met haar werk, maar dat huis moet tien keer zoveel hebben gekost als haar hele jaarsalaris.'

'Misschien wel meer, na alle verbeteringen die ze heeft aangebracht.'

'Zo te horen weet je er meer van dan je net liet blijken.'

'Laat me je geld zien.'

'Goed, maar vergeet niet dat ik een detective ben, vriend, geen Rockefeller.'

'Kun je duizend betalen?'

Archers mond viel zelfs nog verder open. 'Maar natuurlijk, als Lamb veilig en wel uit de oceaan komt wandelen zodra ik jou dat geld heb gegeven.'

'Honderd dan? Ik neem een enorm risico, vriend.'

'Het is zelfs riskant om elke dag opnieuw je bed uit te komen. Luister, vertel het me eerst, dan bepaal ik daarna of het honderd waard is of niet.'

Mincer bleef staan en trok heftig aan zijn sigaar. 'Zie ik er zo stom uit, vriend? Ik ben verdomme filiaalmanager.' Hij tilde een voet op. ‘Ik draag verdomme Florsheims.’

‘Goed, vijftig dan. Ik betaal je de helft omdat je zegt dat je je belofte waarmaakt en de andere helft krijg je als je klaar bent. Akkoord?’

‘Ik denk het wel.’

‘Dat is niet wat ik wilde horen.’

‘Goed dan. Ja, akkoord.’

Archer gaf hem het geld.

Ze liepen verder.

‘Lamb is hier ongeveer twee jaar geleden komen wonen. Toen opende ze een rekening bij ons. Ze zei dat ze het huis van de Hendersons kocht. Daar hadden we wél een hypotheek op verstrekt. Toen vroeg ik haar dus of ze wilde dat wij haar het geld leenden om het huis te kopen en te renoveren, omdat ze me had verteld wat ze ermee van plan was. We hadden alle informatie immers al, zodat we de gegevens alleen hoefden te actualiseren. Het enige wat ze nodig had was een mannelijke medeondertekenaar.’

‘Wát zeg je?’ vroeg Archer scherp.

‘Een ongetrouwde vrouw kan geen hypotheek krijgen zonder dat een geschikte man samen met haar tekent,’ zei Mincer. ‘Wist je dat niet, vriend?’

‘Nee, dat wist ik niet. Waarom willen banken geen lening verstrekken aan ongetrouwde vrouwen?’

‘Doe niet zo stom! Banken willen dat een man meetekent om zich veilig te voelen. Maar ook om de dames te beschermen. Vrouwen hebben geen verstand van geldzaken en zo. Ze worden niet bedrogen als er een slimme man bij is. Bleek niet nodig te zijn voor Lamb. Ze vertelde me dat ze het huis en de geplande renovaties contant zou betalen en dus geen hypotheek nodig had. En volgens mij is er geen wet die het verbiedt dat een vrouw een huis koopt met haar eigen geld, al zou die er vermoedelijk wel moeten zijn. Zoals ik al zei hebben vrouwen geen verstand van geld en zakendoen. Mijn stomme vrouw zou niet weten wat het verschil is tussen een spaarrekening en een spaarvarken.’

'Over hoeveel contant geld hebben we het dan?'

Mincer keek hem veelbetekenend aan. 'Een totaal van tweeënzeventigduizend vijfhonderd dollar.'

Archer floot, want hij was behoorlijk onder de indruk van dat bedrag. 'Hoe weet je dat eigenlijk?'

'Ik ken de makelaar die de verkoop deed. Hij heeft me mijn huis verkocht. En de aannemer die de renovatie heeft gedaan is mijn zwager. Zij hebben me dat verteld.'

'Het is prettig om te praten met een man die dat allemaal weet. En zij had dat allemaal contant. Zei ze waar het vandaan kwam?'

'Nee, en ik had het recht niet het haar te vragen. Maar ik was verdomd nieuwsgierig.'

'Kun je me misschien vertellen wat haar saldo is bij je bank?'

Archer had in haar chequeboekje gezien dat er ongeveer vijftienhonderd dollar op stond.

'Ze heeft een spaarrekening en een betaalrekening. Zonder specifiek te worden, kan ik je vertellen dat het niet in de buurt ligt van het bedrag dat ze in dat huis heeft gestopt.'

'Ze bewaart het dus misschien onder haar matras?'

Mincer nam een trekje van zijn sigaar. 'Verdomme, ik dacht dat ze een erfgename was of zo, of een rijke vent had, hoewel ze daar het type niet voor leek. Ik bedoel, ze is niet knap of zo. Als een man zoveel geld wil ophoesten, moet je eruitzien als die Zweedse, die Anita Ekberg. Ik bedoel, verdomme! Heb je haar borsten gezien?'

'Nee, vandaag niet. Heeft Lamb ooit gezegd dat ze hier is gaan wonen omdat ze een vriend had die hier al woonde?'

Mincer tikte de as op het zand, terwijl Archer naar de oceaan keek die al langzaam dichterbij kwam.

'Ik herinner me dat ik haar tijdens ons eerste gesprek vroeg waarom ze naar Malibu verhuisde. Ik bedoel, natuurlijk kopen een heleboel mensen hier een huis, maar die zijn beroemd of rijk of allebei. Maar zij zei dat iemand deze locatie had aanbevolen en dat ze dáárna pas had gehoord dat iemand die ze van vroeger kende hier woonde. Ze wilde de relatie nieuw leven inblazen.'

'Noemde ze een naam?'

Mincer liet de sigaar op het strand vallen en gebruikte zijn schoen om die met zand te bedekken. 'Nee.'

'Man of vrouw?'

'Weet ik niet. Ik bedoel, ik had het kunnen vragen, maar het interesseerde me niet echt. Ze opende alleen maar een rekening. En ik zou haar geen hypotheek verkopen, dus streek ik ook geen commissie op. En ik ging ook niet met haar uit of zo.'

'En je bent getrouwd,' zei Archer met zijn blik op de trouwring van de man.

Mincer glimlachte en gaf Archer een knipoog. 'Wanneer heeft dat ooit een hitsige man tegengehouden? En mijn vrouw is oud genoeg om écht mijn vrouw te zijn. Juist, daar lag dus een lijk. Weet je wie het is?'

'Nog niet,' loog Archer. 'Het is een man.'

'En je zei dat Lamb wordt vermist?'

Archer knikte. 'Geen idee of dat vrijwillig is of niet.'

'Verdomme. Maar goed, waar is de rest van mijn geld?'

Archer gaf de man met tegenzin het geld mét zijn visitekaartje. 'Bel dat nummer als je nog iets te binnen schiet, dan kun je een bericht achterlaten.'

'Goed, maar weet wel dat het je dan meer gaat kosten, vriend.'

Archer lichtte zijn hoed even. Daarna draaide hij zich om en zei: 'Verdomme, dat had ik nooit verwacht.'

32

Archer reed vervolgens naar LA International, dat ten westen van Inglewood lag en zich in hoog tempo uitbreidde. Wat ooit een bonenakker was geweest, was nu een van de drukste vliegvelden van het land. Vierentwintig uur per dag stegen hier vliegtuigen op vanuit de open vlakte naar de omarming van de meest voorkomende wind.

Terwijl hij parkeerde zag hij een viermotorige Continental die landde en iets verderop op de landingsbaan tot stilstand kwam. Hij vroeg zich af of dit de thuishaven was van het vliegtuig van de Greens of dat ze de Lockheed Air Terminal gebruikten. Of misschien hadden ze hun eigen landingsbaan achter hun herenhuis in Beverly Hills. De rijken leken alles anders te doen.

Nadat hij een paar mensen had aangesproken vond hij de man met wie hij wilde praten, de man die toezicht hield op het parkeren.

Hij was van gemiddelde lengte, had grijs haar en droeg een grijze panamahoed. Zijn geaderde neus en bijzonder rode wangen lieten zien dat hij wel van een glaasje hield. Hij stond in de deuropening van een gebouwtje dat zo klein was dat hij er amper in kon staan. Hij bekeek Archer kritisch toen deze zijn vraag stelde.

'De Bonhams, zeg je?'

'Ja, ze wonen in Malibu. Ze zijn ongeveer een maand geleden naar Frankrijk gevlogen en hebben hun auto hier laten staan.'

'Wat wil je dan weten?'

'Of de auto hier nog steeds staat.'

'Wat heb jij daarmee te maken?'

Archer liet zijn vergunning en een bankbiljet zien.

De man keek niet naar de vergunning, maar wel naar het biljet van vijf dollar waarmee hij, zoals Archer heel goed wist, een borrel kon kopen.

'Ik ben gewoon nieuwsgierig.'

'Je zegt dat ze een maand geleden vertrokken zijn?'

'Dat klopt,' antwoordde Archer.

'Nou, dan zijn ze niet hiernaartoe gereden.'

'Hoezo niet?'

'Omdat het vliegveld niet wil dat mensen hun auto hier zo lang laten staan. Daar hebben ze de ruimte niet voor en ze willen geen problemen als er iets met een auto gebeurt. Er zijn dieven in deze stad, weet je.'

'Ja, dat heb ik gehoord. Maar ze hebben mij verteld dat ze hiernaartoe zijn gereden.'

'Dat kan wel zo zijn, maar ik zeg dat ze hun auto hier niet zo lang hebben laten staan.' Hij grijnsde opeens, waardoor hij al zijn al dan niet eigen tanden liet zien. 'Maar in de buurt zijn meer dan genoeg plaatsen waar je je auto wel zo lang kunt laten staan. Ga daar maar naartoe met je vragen.'

'Kom op, was dit echt vijf dollar waard?' vroeg Archer fronsend.

De man vouwde het biljet demonstratief op en stopte het in zijn zak. 'Voor mij wel.'

'Waar kan ik navragen of de Bonhams echt naar Frankrijk zijn gegaan?'

'Bij de informatiebalie in de terminal kunnen ze je wel helpen.'

'Bedankt. En als ik terugkom met nog meer vragen, zijn die vijf dollar dan nog steeds voldoende?'

'Dat moeten we afwachten, nietwaar?'

Archer grijnsde en keek naar de ruimte zo groot als een douchecabine waarin de man zijn kantoor had. 'Ik kan wel zien waarom je die indrukwekkende functie en dat fraaie kantoor hebt.'

'Veel mensen laten zich gemakkelijk voor de gek houden, vriend.'

'Ja, dat is zo. Neem me niet kwalijk dat ik daar niet bij hoor.'

Archer kreeg te horen dat de Bonhams inderdaad met tussenstops van LA naar Idlewild Airport in New York waren gevlogen. En daarvandaan met een Super Constellation van Air France naar Parijs, via Canada en Ierland. Het trans-Atlantische deel van de route had achttien uur in beslag genomen en ze waren op 2 december in Parijs geland.

Daarna hoorde Archer het sensationele nieuws dat hem de adem benam. 'En ze zijn op 13 december teruggekomen,' zei de opgewekte, efficiënte vrouw achter de balie.

'Teruggekomen?' vroeg Archer. 'Peter en Bernadette Bonham zijn op de dertiende teruggekomen?'

De vrouw keek in haar papieren. 'Nee, hier staat dat Peter Bonham alleen is teruggekomen met een vlucht van Pan American Airways van Parijs naar New York en van daaruit met een toestel van United naar hier.' Ze keek weer even naar haar papieren. 'O, maar dat is toevallig!'

'Wat dan?' vroeg Archer, die nog steeds niet had verwerkt wat ze hem al had verteld.

'U staat me hier deze vragen te stellen en mevrouw Bonham arriveert vandaag. Haar toestel vanuit New York landt over ongeveer een uur.'

Archer vroeg en kreeg het vluchtnummer. Hij lichtte zijn hoed even en gaf de vrouw een biljet van vijf dollar, waar zij veel meer recht op had dan de man van de parkeerplaats. Daarna liep hij naar de bar om iets te drinken terwijl hij wachtte tot de Stratocruiser landde in het land van glitter en vuiligheid.

33

Archer nam zijn glas pure cognac mee naar een munttelefoon en belde Universal Studios. Daar liet hij een berichtje achter voor Callahan met het verzoek hem terug te bellen.

Dat deed ze tien minuten later, tijdens een pauze in de opnamen, vertelde ze hem. 'Ik bel heel blij te horen dat je nog leeft, Archer.'

'Juich niet te vroeg. Hoewel ik niet van plan ben om voor morgen de pijp uit te gaan. Luister, heb je al met die Donna kunnen praten?'

'Ja, inderdaad. Lamb is niet op het feest van de Marses verschenen.'

'Aha, dat dacht ik al, maar het is goed dat ik het nu zeker weet.'

'Waar ben je?'

'Ik wacht op een dame die zo meteen met het vliegtuig uit het losbandige Parijs arriveert.'

'Wat ben jij een opschepper!' Haar woorden klonken als een grapje, maar de toon waarop ze werden gezegd niet.

'Gewoon werk. Zullen we vanavond samen eten? Ik trakteer, dus kies een goedkope tent uit.'

'Verwen je alle vrouwen zo, Archer?'

'Niet een van hen zo erg als jou, schatje.'

'We zijn hier om acht uur klaar. Dan kun je me wel ophalen. Ik zal een tafeltje in de beste burgertent in Skid Row reserveren.'

Hij hing de hoorn aan de haak, dronk zijn glas leeg en keek op zijn horloge.

Even later volgde een mededeling via de luidspreker dat de vlucht uit New York al snel zou landen.

Twee minuten later zag Archer de Boeing Stratocruiser, een

dubbeldekker, uit het dikke wolkendek opdoemen. Het toestel daalde, landde soepel op de landingsbaan en taxiede naar de terminal. De grondcrew reed de mobiele trappen naar het toestel en even later begonnen de passagiers uit te stappen.

Op dat moment realiseerde Archer zich dat hij geen idee had hoe Bernadette Bonham eruitzag. Danforth had haar beschreven als veertig en mooi en Frans, maar hij zag minstens tien vrouwen die aan die beschrijving voldeden uit het vliegtuig komen, dus daar had hij niks aan.

Hij keek naar hen terwijl ze naar het terminalgebouw liepen en binnenkwamen. Hij liep met de groep mee naar de bagagebalie, waar ongeveer twintig minuten later een kruier met een enorme stapel bagage naartoe kwam. De mensen riepen en wezen naar hun koffers en tassen, en ze gaven hem allemaal een fooi voor het voorrecht dat ze hun eigen bagage terugkregen.

Terwijl de passagiers in groepjes naar buiten liepen, beende Archer naar een gratis telefoon en vroeg de vrouw die opnam iemand om te roepen.

Dat gebeurde een paar seconden later. 'Mevrouw Bernadette Bonham, bel alstublieft naar de informatiebalie. Mevrouw Bernadette Bonham, bel alstublieft naar de informatiebalie voor een boodschap. Dank u wel.'

Archer zag dat een vrouw verbaasd om zich heen keek. Ze was slank, van gemiddelde lengte, had bruin haar en droeg een blauwe nertsstola met daaronder een zwarte rok en een zwart jasje, een lichtgroene blouse en een legergroen hoedje met een voile. Ze liep snel met haar koffer naar een klantentelefoon.

Archer liep naar haar toe. 'Mevrouw Bonham?'

Ze draaide zich vlug om en bekeek hem van top tot teen, terwijl hij dat ook bij haar deed.

Ze had een bijna perfect gezicht, zag Archer. Scherpe, rechte neus, stralende groene ogen, sterke kin, rechte kaak, prachtige jukbeenderen en zo'n doordringende blik dat hij het bijna een beetje intimiderend vond. Maar dat kwam misschien doordat ze Française was.

'Ja? En u bent?' Ze had een heel licht accent.

Archer liet haar zijn vergunning zien en vertelde wie hij was en waarvoor hij was ingehuurd.

Haar mond viel open toen ze dit hoorde. 'Eleanor Lamb wordt vermist en er lag een dode man in haar huis? U bedoelt, in het huis naast het onze?'

'Inderdaad. Kunnen we ergens een paar minuten met elkaar praten?'

'Ik moet echt naar huis,' zei ze, terwijl ze om zich heen keek.

'Haalt iemand u hier op?'

'Nee, ik... Ik wil een taxi nemen.'

'Lange taxirit naar Malibu. Wacht uw man daar op u?'

Ze keek hem aan, volgens Archer een beetje bang. 'Wat? Peter?'

'Ja, ik heb gehoord dat hij op 13 december is teruggekomen.'

'Nee, ik bedoel, dat klopt wel. Toen kwam hij terug. En nu kom ik achter hem aan.'

'Ik heb maar een paar vragen. Misschien kunnen we in de lounge gaan zitten en een kop koffie drinken? Ik weet dat het een lange vlucht was vanaf de oostkust.'

'Ja, heel vermoeiend.'

'Ik hoop dat u een paar nachten in New York bent gebleven na uw terugvlucht vanuit Frankrijk.'

Ze knipperde zo snel dat Archer dacht dat ze misschien onder invloed was. 'Eén nacht, inderdaad. In het Waldorf.'

'Leuk.'

Hij droeg haar leren koffer, waarvan de banden met gouden biesjes waren afgezet, en zij liet hem voorgaan naar de lounge, waar hij twee koppen zwarte koffie bestelde. Ze legde haar stola op een stoel en haalde een pakje sigaretten tevoorschijn.

Archer glimlachte.

Ze zag dit en vroeg: 'Ja? Kent u deze?'

'Gauloises Bleu zonder filter. Een paar Franse makkers van me rookten die tijdens de oorlog. Heb er eentje geprobeerd. De sterkste tabak die ik ooit heb geproefd.'

Ze leek blij met zijn woorden. 'Ja, ze zijn écht heel sterk. Daar houden wij Fransen van, net als van sterke koffie. Wilt u er een?'

Hij haalde zijn eigen Lucky's tevoorschijn en schudde zijn hoofd. 'Deze hebben me door de oorlog heen geholpen. En ik heb kortgeleden een Chinese borrel gedronken die me bijna heeft gedood, dus ik blijf maar bij de dingen die ik ken. Dan leef ik misschien langer.' Hij gaf haar vuur en stak zijn eigen sigaret ook aan.

De koffie die werd gebracht was heet en bitter en sterk.

'Dus u hebt Eleanor leren kennen toen ze in Malibu kwam wonen?'

Tot zijn verbazing schudde Bonham haar hoofd. 'Nee, onze families kenden elkaar al toen we nog veel jonger waren. Haar vader, Charles Lamb, zat in het corps diplomatique van dit land. En mijn vader, Matthieu, deed hetzelfde voor Frankrijk. Hij was gedetacheerd bij de Franse ambassade in Washington. Eleanor en ik zaten daar op dezelfde school. Toen ging zij naar de universiteit, en ik ook, maar dan in Parijs. Na onze studie kwamen we allebei terug naar Washington en woonden weer een tijdje thuis. Toen verhuisde ons gezin terug naar Frankrijk en ik ging met hen mee.'

Archer herinnerde zich dat de bankier hem had verteld dat Lamb naar Malibu was verhuisd om dichter bij iemand te wonen die ze van vroeger kende. En Danny Mars had zo ongeveer hetzelfde verteld. Bernadette Bonham bevestigde dat nu.

'En na al die jaren verhuisde ze naar Malibu, waar u en uw man woonden. U vond het vast heerlijk uw oude vriendin te zien.'

Bonham nam een trekje van haar Gauloise en antwoordde niet. Ze keek door het raam naar een DC-6 die over de startbaan taxiede. 'Frankrijk is niet erg veranderd na de oorlog. We gaan er de afgelopen drie jaar steeds naartoe. Er is nog altijd zoveel dat vernietigd is. Weg, komt nooit meer terug. Dat is heel triest. Zoveel schoonheid... in één klap verdwenen. Ik vond het niet prettig. Het is niet hetzelfde.'

Die opmerking schoot de veteraan Archer in het verkeerde keelgat. 'Nou ja, jullie spreken tenminste geen Duits. Dát is de winst.'

Ze keek hem ontwapenend aan met haar groene ogen. 'U hebt gelijk.' Ze zette haar hoedje af en legde het op de tafel. Ze tikte haar as in de asbak en zei een beetje bedachtzaam, alsof ze zich afvroeg of het wel klopte: 'Eleanor en ik waren niet bepaald... goede vriendinnen, al konden onze vaders het uitstekend met elkaar vinden. Wij... waren heel verschillend.'

'Ik begrijp dat wel, nadat ik haar en nu ook u heb ontmoet. Maar soms is dat juist goed.'

Ze keek hem aan. 'En soms ook niet. Ze was altijd heel intens. Je kon je, hoe zal ik het zeggen, nooit echt ontspannen in haar gezelschap.'

'Het was dus niet prettig dat ze naast u kwam wonen?'

Bonham haalde haar schouders op en zei ongeïnteresseerd: 'Mij maakte het niet echt uit.' Ze wees met haar Gauloise naar hem en voegde eraan toe: 'Maar dit kan ik u wel vertellen: mijn man mocht haar niet.'

'Waarom niet?'

'Dat weet ik niet. Ze konden gewoon niet met elkaar opschieten.'

'Kunt u daar een voorbeeld van geven?'

Ze fronste. Archer kon zien dat ze zijn verzoek in gedachten vertaalde en een goed voorbeeld uitkoos. 'We gaven een keer een feest bij ons thuis, ongeveer een jaar geleden. We hadden mensen uit Malibu uitgenodigd, een leuke interessante groep mensen.'

'Jullie hadden Lamb ook uitgenodigd?'

'Natuurlijk. Ik bedoel, ze woonde naast ons en ik kende haar van vroeger, zoals ik al zei. Het zou onbeleefd zijn geweest dat niet te doen. We hebben zelfs die oude vrouw uitgenodigd, ook al kwam ze niet.'

'Mevrouw Danforth?'

'Ja. Maar Eleanor kwam wél. Ik begroette haar en we kletsten over onze tijd in Washington. Ze leek... ik weet het niet... ontspannener dan anders. Ze leek zich echt te vermaken. Maar later zag ik dat zij en Peter... ruziemaakten.'

'Hebt u iets gehoord van wat ze zeiden?'

'Nee. Ik zag alleen dat Peter heel kwaad was en Eleanor juist heel koel en rustig. Net als haar vader. Hij was een bijzonder goede diplomaat, zei mijn vader altijd. Toen ze zagen dat ik naar hen keek glimlachten ze en gingen uiteen.'

'Hebt u hem later gevraagd wat er was gebeurd?'

'Ja. Hij zei dat ze van mening verschilden over de perceelgrens.'

'Geloofde u hem?'

Ze drukte haar sigaret uit. 'Zie ik eruit als een stomkop, meneer Archer?'

'Integendeel. Maar denkt u dat ze een affaire hadden?'

'Bent ú soms een stomkop?' riep ze. 'U ziet mij. En u zegt dat u Eleanor hebt gezien. Denkt u, als man, dat het moeilijk is om tussen ons te kiezen?'

'Ik neem aan van niet.'

'*Précisément*,' zei ze, terwijl ze hem vol ongeloof aankeek.

'Wat gebeurde er daarna op dat feest?' vroeg Archer.

'Niet lang daarna vertrok Eleanor. Ze bedankte me zelfs omdat ze had genoten. Ze komt altijd weer op haar pootjes terecht. En volgens mij had zij haar zin gekregen tijdens hun discussie.' Ze zweeg even en zei toen: 'Ik hoor dat ze een heel goede screenwriter is.'

'Van wie hebt u dat gehoord, van Bart Green?' vroeg Archer.

'Waarom begint u over hem?'

'Omdat Lamb voor zijn productiebedrijf werkt.' Archer zei niet: *en omdat Barts vrouw denkt dat je met haar man naar bed gaat.*

'O ja, dat wist ik inderdaad.'

'U kent de Greens dus?'

'Ja. Peter heeft me een tijdje terug aan hen voorgesteld. Bart Green is een bijzonder succesvolle filmproducent, nietwaar?'

'Inderdaad. Hoe hebben uw man en Bart Green elkaar leren kennen?'

'Door een paar zakendeals. Mijn man heeft veel interesses.'

'Waar hebt u uw man leren kennen?'

Enthousiaster zei ze: 'Zoals ik al zei, ging ons gezin voor de oorlog terug naar Frankrijk. En daarna moesten we naar Canada vluchten. We wisten dat het slechts een kwestie van tijd was voordat die afschuwelijke nazi's ons land zouden innemen. Mijn vader was fel anti-Hitler. We moesten vluchten, omdat we anders waren gedood! We keerden na de oorlog echter terug naar Frankrijk en gingen in Parijs wonen. Niet lang daarna heb ik Peter daar leren kennen en we trouwden in Nice. Daarna kwamen we hiernaartoe. Peter had het huis in Malibu al, weet u. Hij kocht het toen hij niet meer getrouwd was. Hij was een...'

'Vrijgezel?'

'Précisément.'

'Wacht even. Hij is dus eerder getrouwd geweest?' Dat kwam niet overeen met wat Danforth hem had verteld.

'Ja, maar hij praat niet over die periode van zijn leven. Zijn eerste vrouw is overleden. Meer weet ik daar niet van en meer hoef ik er ook niet van te weten.'

'Hij komt dus uit Californië?'

'Ik... Dat weet ik niet zeker. Maar hij heeft hier bedrijven.'

'Dat zei u al. Wat voor bedrijven? Samen met Bart Green?'

'O, een heleboel. Maar hij is veel ouder dan ik. Hij is al over de vijftig, maar nog steeds erg knap. En hij is erg ontwikkeld en weet hoe hij een Franse vrouw moet behandelen en dat is niet gemakkelijk, *n'est-ce pas*?'

'Ja. Dat heb ik tijdens de oorlog een paar keer geprobeerd, wat dus mislukte.'

Haar grote groene ogen werden zelfs nog groter. Ze leek geïntrigeerd en beloonde hem zelfs met een geamuseerde glimlach. 'Ja? Dat hebt u gedaan?'

'O ja, maar heel slecht, en dat lieten de dames me weten ook. Goed, heel veel bedrijven dus. Zoals?'

'Van alles en nog wat. Ik heb daar geen verstand van en geen belangstelling voor. Het zorgt er wel voor dat we een heerlijk leven leiden. Dát interesseert me,' zei ze eerlijk.

Hij keek naar haar kostbare kleren. 'Dat geloof ik meteen.'

'Dus, dank u voor de koffie, maar nu moet ik...'

Hij viel haar in de rede, besloot in de aanval te gaan. 'Luister, ik kan u naar uw huis brengen en dan kan ik met uw man praten. Misschien heeft hij een idee waar Lamb is.'

Ze schrok zichtbaar van zijn voorstel. 'Dat lijkt me niet waarschijnlijk. Zoals ik al zei mag hij haar niet.'

'Toch kan hij iets hebben gezien. Ik bedoel, hij was misschien gewoon thuis toen dat allemaal gebeurde met die dode man en Lamb vermist raakte.' Hij keek naar haar, zoals ze daar zat in haar mooie kleren met haar intrigerende Franse accent, en hij vroeg zich af of ze het leuk had gevonden hem voor de gek te houden. Tot hij zijn aanval had ingezet.

Ze leek snel na te denken, misschien zelfs iets té snel. 'Ik... Volgens mij was hij die avond niet thuis.'

Ze maakte het hem veel te gemakkelijk om haar knock-out te slaan.

'Volgens mij heb ik niet verteld op wélke avond het gebeurde.'

Ze nam even een momentje om een nieuwe Gauloise op te steken en zichzelf tijd te geven om na te denken over een antwoord, wist Archer. 'Ik... ga eerlijk gezegd niet meteen naar huis, dus ik heb uw hulp niet nodig. Maar dank u wel.'

'Ik probeer gewoon behulpzaam te zijn.'

'Ja, u bent erg aardig, meneer Archer,' zei ze kortaf.

'U moet wel weten dat de countypolitie vermoedelijk langskomt om met u en uw man te praten, nu jullie allebei terug zijn.'

Ze keek alweer geschrokken. 'Maar waaróm?'

'Bij de buren is een moord gepleegd. Ze hebben al met mevrouw Danforth gepraat. Ze zijn bij uw huis geweest, maar er was niemand thuis. Ik denk dat uw man in de oudejaarsnacht ergens anders heeft geslapen, want toen ze de volgende dag langskwamen deed hij niet open.'

'Ja, dat zal wel,' zei ze snel.

'Weet u waar hij kan zijn geweest?'

'Nee, in een hotel, neem ik aan.'

'Maar u hebt zo'n prachtig huis in Malibu.'

'Misschien moest hij zaken afhandelen.'

'Waren zaken de reden dat hij terugkwam en oudejaarsnacht

niet samen met u in Parijs heeft gevierd? Het is daar vermoedelijk veel romantischer dan in Malibu.'

Ze keek hem aan, maar haar vriendelijke blik was helemaal verdwenen. 'U stelt wel heel veel vragen, meneer Archer.'

'Dat weet ik. Dat hoort bij mijn werk en ik doe mijn werk graag goed.'

'Ik denk dat ik nu maar vertrek.'

'Dat dacht ik al.'

'Ik moet mijn neus poederen.'

'Ik pas wel op uw tas.'

Toen ze terugkwam, had ze haar neus niet gepoederd. Dat was gewoon een smoesje geweest en ze was nogal slordig met dit soort zaken. Archer vroeg zich af wie ze had gebeld toen ze weg was.

Hij droeg haar koffer terwijl hij met haar meeliep naar de taxistandplaats. Hij liet haar daar achter, nadat hij haar zijn visitekaartje had gegeven met het verzoek of ze haar man wilde zeggen dat hij een berichtje moest achterlaten op dat nummer.

'Zodra ik hem zie, zal ik hem vertellen dat we met elkaar hebben gepraat,' beloofde ze.

Dat geloof ik meteen, dacht Archer.

Toen zij in haar taxi stapte, zat hij al in de Delahaye en begon aan de achtervolging.

De taxi reed niet naar Malibu, maar naar Chinatown. Om precies te zijn, naar de Jade Lion.

Dat verbaasde Archer helemaal niet. Als Chinatown ergens bij betrokken raakte, bleef het dat meestal ook.

34

Bonham betaalde de taxi en liep de trap op naar de ingang. Archer parkeerde iets verderop. Het was nog zo vroeg dat de Jade nog niet officieel open kon zijn, wist hij. De portier met wie hij had gevochten, was nergens te zien. Als Archer veel geluk had, lag de man in een ziekenhuis.

Maar een andere man was er wel. Archer zag hem toen hij naar buiten kwam om Bonham te begroeten. Het was de man in grijs pak met die littekens, hoewel hij nu een donkerblauw krijtstreeppak droeg met een lichtblauwe pochet. Nu wist Archer wie Bonham op het vliegveld had gebeld.

Archer opende het handschoenenvak, haalde zijn Kodak-camera eruit en maakte een paar foto's. Bonham en de man praatten een paar minuten met elkaar en gingen daarna naar binnen. Zelfs met zijn raampje naar beneden kon Archer er geen woord van verstaan, maar hij ging ervan uit dat hij en zijn vragen de belangrijkste gesprekonderwerpen waren.

Hij reed weg om naar Green & Ransome te gaan. Het werd tijd dat hij verslag uitbracht aan zijn cliënte. Onderweg stopte hij bij een fotowinkel, leverde het filmrolletje in en betaalde voor een snelle afhandeling.

Toen hij het kantoor in liep werd hij opgevangen door Audrey, de receptioniste. Ze was in de vijftig en had een potlood in haar knotje gestoken. Archer wilde het potlood eruit trekken, alsof het koning Arthurs zwaard was dat vastzat in de steen en hij door het zwaard eruit te trekken alle antwoorden zou krijgen die hij nodig had. Maar het was maar een potlood dat in haar haar was gestoken en het zou moeite kosten de antwoorden te krijgen.

'Aangezien juffrouw Ransome vandaag bij Warners aan het filmen is, zei ze tegen me dat ik u als u langskwam moest vertellen dat ze uw naam bij het hek op de bezoekerslijst heeft gezet, meneer Archer.'

'Bedankt. Dan ga ik daar nu naartoe. Ik hoorde dat Bart Green in Vegas is?'

Nu keek ze hem wantrouwig aan. 'Ik heb geen idee waar hij is.'

'Zijn vrouw vertelde me dat hij daar was.'

Audrey knipperde en zweeg.

'Is de politie al langs geweest met vragen over Eleanor Lamb?'

Ze schudde haar hoofd, maar zei niets.

'Ik hoorde dat Green in zijn eigen vliegtuig met zijn eigen piloot naar Vegas vliegt. Lijkt me erg plezierig.'

Ze knipperde vier keer heel snel.

'Gaat hij vaak naar Vegas? Hij houdt van gokken, neem ik aan?'

Audrey knipperde vijf keer. Daarna pakte ze de hoorn van de haak en vroeg: 'Kan ik u nog ergens mee helpen?'

'Nee, maar ik moet u complimenteren met uw antwoorden. Dat waren een paar van de beste die ik nooit heb gehoord.'

Nu glimlachte ze, maar zonder woorden en zonder te knipperen.

Archer reed in noordelijke richting naar Warner Brothers in de zuidoostpunt van de San Fernando Valley in Burbank. De zon scheen nog wel, maar er was kans op zwaar onweer zodra hij daar was – afhankelijk van hoe het gesprek met zijn cliënte verliep.

Archer reed door de voorsteden van Burbank, waar de wijken voor middeninkomens eruitzagen alsof ze uit machines kwamen met als doel een saaie uniformiteit te bereiken waar zelfs de Sovjets niet aan konden tippen. Maar misschien was dat wel goed. Een huis was om in te wonen, niet om je leven in te leiden zoals al die rijkelui in Bel Air en Beverly Hills.

Hij vond een parkeerplaats iets voorbij de studio, wat op zich een wonder was. De bewaker bij de poort vond zijn naam op de lijst en wees hem de weg naar een van de opnamestudio's.

Archer wachtte tot het rode licht uitging en drukte toen op de bel op de deur. Hij gaf zijn naam aan de vrouw die opendeed en vroeg of hij Ransome kon spreken zodra ze even tijd had.

Tien minuten later opende Ransome de deur en kwam ze naar buiten. 'Kom mee, Archer,' zei ze op zo'n bevelende toon dat Archer dacht dat zij het idee had dat ze nog op haar regisseursstoel zat. Ze beende weg en hij moest snel doorlopen om haar bij te houden.

Ransome droeg een herenpak, maar wel voor haar op maat gemaakt. In plaats van een stropdas had ze een kleurrijke sjaal om haar hals. Ze droeg een lavendelkleurige baret en haar haar danste op haar schouders. Archer dacht dat ze er in Parijs *très chic* zou uitzien.

Ze nam hem mee naar een paar kleine bungalows in Spaanse stijl en deed de deur van een daarvan van het slot.

Ze gingen naar binnen en Archer zag een comfortabele kantoorruimte, een zithoek en een bar. Aan de muren hingen ingelijste filmposters van oude Warner Brothers-films.

Ze maakte voor zichzelf een club soda met citroen klaar en vroeg hem wat hij wilde drinken.

'Hetzelfde, maar liever limoen in plaats van citroen. Ik ben aan het werk,' voegde hij er glimlachend aan toe.

Ze gingen tegenover elkaar zitten in leren clubfauteuils.

'Leuk huis,' zei hij. 'Van u?'

'Zolang je geld voor ze verdient, geeft de studio je bijna alles wat je wilt.'

Archer vroeg zich af wat dat alles inhield. 'Welke film regisseert u nu?'

'Laten we het maar *Moby Dick* noemen, maar dan vanuit het standpunt van de walvis.'

'Wordt vast een groot succes.'

Ze keek opvallend op haar horloge. 'Wat hebt u ontdekt?'

'Houdt u van de Boleros?' Hij vroeg dat om te zien of Sam Malloy zijn achternicht over hun gesprek had verteld. Aan haar blik te zien had de oude agent besloten Archer zijn ding te laten doen.

'Ja hoor. Waarom vraagt u dat?'

Hij vertelde wat er was gebeurd nadat ze de Boleros had verlaten.

'Sam Malloy is een geweldige man. Hij is heel trots op u.'

'En ik op mijn beurt vind hém geweldig.'

'Hij heeft me alles verteld. U hebt hem om advies gevraagd. Dat was een goede zet.'

'En hij zei dat ik bij u in goede handen was.' Ze keek naar zijn verbonden hand. 'Wat is er gebeurd?'

'Ik liep tegen een mes op dat werd vastgehouden door een man in Chinatown.'

Ze leunde naar achteren, sloeg haar benen over elkaar op de minst vrouwelijke manier die Archer een vrouw ooit had zien doen. Hij was bijzonder onder de indruk. 'Waarom Chinatown?'

Hij besloot het luciferboekje tevoorschijn te halen dat hij ook aan Alice Jacoby had laten zien.

'De Jade Lion?' Ransome las de naam hardop voor.

'Ik vond een heleboel van deze boekjes in Lambs bureaula.'

'En wat hebt u daar ontdekt, behalve die man met dat mes?'

'Ik vond een borrel van puur vuur in een glas, en daarna ben ik gaan rondneuzen.'

'En hebt u iets gevonden dat Ellie in verband bracht met de Jade?'

'Niet rechtstreeks, maar ik heb heel veel andere dingen ontdekt.'

'Zoals?'

'Die hou ik voorlopig voor mezelf. Dat is misschien veiliger voor u.'

'Is het zo erg?'

'Mensen zijn tot vreselijke dingen in staat om geld te verdienen, laat ik het daar maar bij laten. Kent u Alice Jacoby?'

'Inderdaad, vaag. Zij werkt bij Warners als setdesigner. Goede reputatie.'

'Uw smaak is niet erg in trek. Volgens haar tenminste.'

'Dwalen we niet heel ver af? Hebt u énige vorderingen gemaakt?'

'Heeft de countypolitie met u gepraat?'

'Nee.'

Archer leunde verbaasd naar achteren. 'Goed, hebben ze iemand anders van het bedrijf ondervraagd?'

'Dat heeft niemand me verteld.'

'Aha. Kent u Peter en of Bernadette Bonham?'

'Nee. Wie zijn dat?'

'De buren van Lamb. Ik heb vandaag op het vliegveld met mevrouw Bonham gesproken. Zij was in Frankrijk en is dat nu niet meer. Datzelfde geldt voor haar man.'

Ransome wreef langzaam over haar wang, maar keek hem aandachtig aan. 'Waarom is dat belangrijk?'

'Ik vertelde haar dat Lamb vermist werd en dat er een lijk in haar huis had gelegen. Ze leek verbaasd. Ik zeg léék, want ik weet het niet zeker. Raad eens waar ze vanaf het vliegveld naartoe ging?'

'Ik hou niet van spelletjes, Archer.'

'Naar de Jade Lion. En ze sprak daar met een man die daar werkt en...' Archer zweeg opeens omdat hij op een van de filmposters een man zag die hem bekend voorkwam. Hij keek er zo aandachtig naar dat Ransome zich uiteindelijk omdraaide om te kijken.

'Wat is er?'

'Die poster. Die stoere man met die littekens op zijn gezicht.'

'Dat is Raymond Massey. Dat is de filmposter van *Arsenic and Old Lace* met Cary Grant. Hoezo?'

'Hij doet me denken aan de man met wie Bonham vandaag sprak.'

Ze draaide zich weer om en keek hem met opgetrokken wenkbrauwen aan. 'Ik betwijfel ten zeerste dat Raymond Massey in een bar in Chinatown werkt.'

Archer dacht ergens aan. 'Wat was de naam van Masseys personage in die film?'

Ze dacht even na. 'Mortimer. Nee, dat was Cary Grants personage. Jonathan, Jonathan Brewster was Masseys personage.'

'Ja, ik dacht al dat u dat zou zeggen.'

'Waarom is dat van belang?'

'Welke rol speelde Massey in die film?'

'Een maniakale moordenaar op de vlucht voor de politie. Hoewel de film een belachelijke comedy was. Grant speelde heel onbeholpen, hij overdreef en zo, wat hij zelf ook toegeeft. Maar de film heeft veel geld opgeleverd. De film was gebaseerd op een Broadway-toneelstuk met dezelfde titel. In het toneelstuk speelde Boris Karloff Jonathan Brewster, en Massey baseerde zijn personage en zijn gezicht op Karloff.'

'En de littekens?'

'De arts met wie hij op reis was, gespeeld door Peter Lorre in de film, had Masseys personage geopereerd om zijn uiterlijk te veranderen. Lorres personage was een dronkaard. Het resultaat was een monstrueus gezicht vol littekens.'

'Nou zeg, kunst is echt een kopie van het echte leven.'

'Hoe heette de man met die littekens met wie mevrouw Bonham praatte?'

'Dat moet ik nog uitzoeken. Maar weet u, de naam Jonathan Brewster stond in de Wheeldex van Lamb in haar huis in Malibu. Eronder stond Jade Lion.'

Ransome begreep meteen waar hij op doelde. 'Jonathan Brewster was dus haar codenaam voor deze heer met littekens van de Jade? Zodat iedereen die haar Wheeldex bekeek...?'

'Ze zouden niet weten wie ze bedoelde, tenzij ze de meeste films kenden. En van wat ik heb gezien, zou het overdreven vriendelijk zijn hem een heer te noemen.'

'U denkt dus echt dat Ellie daar is geweest?'

'Ja, dat denk ik echt. Ik denk ook dat ze die man met die littekens kent, op welke manier dan ook. En als haar buren, de Bonhams, hem ook kennen...'

'Denkt u dat dit iets met haar verdwijning te maken kan hebben?'

'Op dit moment denk ik dat dat zou kunnen. Ik moet alleen nog uitzoeken op welke manier.' Hij nam een slokje van zijn club soda met limoen. 'Eerder vandaag heb ik Mallory Green gesproken. Ze zei dat Bart in Vegas is. Voor zaken?'

Ze haalde haar schouders op. 'Dat weet ik niet. Hij vertelt me niets over zijn agenda of plannen.'

'Houdt hij van gokken?'

'Waarom vraagt u dat?'

'Waarom zou iemand anders naar Vegas gaan?'

'Ik weet niet of hij wel of niet gokt. Onze relatie houdt bijna alleen verband met films maken.'

'Hij heeft zijn eigen vliegtuig en piloot?' vroeg Archer.

'Ja.'

'Ooit mee geweest?'

'Nee, ik hou niet echt van vliegen. Weet u, meneer Archer, ik kan niet zeggen dat ik erg onder de indruk ben van wat u tot nu toe hebt ontdekt.'

'Zelf ben ik ook niet echt onder de indruk. Maar moet u horen: Lamb heeft bijna drieënzeventigduizend dollar betaald voor haar huis en de renovatie ervan in Malibu.'

'Dat is heel veel geld.'

'En ze had geen hypotheek nodig. Ze heeft alles contant betaald. Enig idee waar dat geld vandaan is gekomen?'

Ransome leek oprecht verbaasd. 'Nee. We betalen goed, maar zó goed nu ook weer niet.'

'Als jullie dat wel deden, zou ik bij Green & Ransome solliciteren. Bedankt voor uw tijd en het non-alcoholische drankje. Ik zou er bijna aan kunnen wennen. Bijna.' Hij stond op.

Zij niet. 'Wat gaat u nu doen?' vroeg ze.

'Zodra ik dat heb besloten, bent u de tweede die het weet.'

35

Archer haalde de afgedrukte foto's en de negatieven op, en gebruikte de munttelefoon in een Rexall-drogisterij om Jake Nichols te bellen. Wat deze man niet wist over Chinatown zou amper een baijiuglaasje kunnen vullen.

Nichols was een voormalige privédetective die tegenwoordig barkeeper was. Vijf jaar geleden was hij beschoten door de politie – per ongeluk, zeiden ze – toen hij onderzoek deed naar een door de maffia gesteunde gokbende uit Chinatown. Uiteindelijk bleek dat de agenten die de trekker hadden overgehaald, plus hun onmiddellijke bazen, onder één hoedje speelden met de maffia. Nadat dit onomstotelijk was bewezen had Nichols een groot bedrag van de gemeente gekregen. Dat bedrag was hoog genoeg geweest om zijn eigen bar te kopen, maar niet hoog genoeg om als compensatie te dienen voor het feit dat hij nooit meer kon lopen als hij dat wilde.

De bar heette Jake's, hoe kon het ook anders, en zat op de begane grond van een drie verdiepingen hoog gebouw ten westen van Central Avenue vlak bij Little Tokyo. De bar was niet te groot en niet te klein; Archer vond het precies goed. Op het dak van het gebouw stond een groot billboard voor de RCA Company. Archer had Nichols leren kennen via Willie Dash. Beide mannen hadden voordat ze als privédetective begonnen als agent gewerkt bij het Bureau of Investigation, dat nu bekendstond als de FBI.

Archer parkeerde voor het gebouw, liep naar binnen en werd meteen begroet door een bekende stem.

'Archer, dit kan niet waar zijn! Willie kan nog geen borrelglaasje van zijn favoriete cognac kwijt in die koeienwei die jullie je thuis noemen, en hij stuurt jou helemaal hiernaartoe om er eentje van mij te krijgen.'

Archer keek glimlachend naar Nichols, die in zijn rolstoel om de bar heen reed.

Nichols was een gedrongen man van een jaar of zestig met grijs kortgeschoren haar en nog bijna helemaal zwarte bakkebaarden, waardoor zijn gezicht er interessant en als in tweeën verdeeld uitzag. De huid van zijn gezicht was verweerd en leerachtig, zelfs in januari, en zijn onderarmen, die zwaar gespierd waren doordat hij zichzelf al vijf jaar in de rolstoel verplaatste, waren zichtbaar omdat hij zijn mouwen had opgerold.

Zijn verlamde benen waren bedekt met een donkere deken. In een hoek van zijn smalle mond zat een lange dunne sigaar. Ondanks zijn glimlach en goedgehumeurde opmerking leek het alsof hij pijn had, wat ook zo was. Eén kogel zat nog altijd vlak bij zijn ruggenwervel, en die zou hij meenemen in zijn graf.

De bar zag er niet uit als een typische bar. Het leek meer op een drinkgelegenheid zoals je die in Marokko kon vinden en zeker in afgelegen Italiaanse dorpjes, die Archer allemaal had bezocht toen hij nog in het leger zat. Jake's zat altijd bomvol als het echt tijd was voor drank, wat volgens Archer over een uur of zo het geval zou zijn. De clientèle was al even divers als de stad, wat niet gebruikelijk was. En geen enkele gast was bezig met een kroegentocht, want als je naar Jake's ging bleef je daar en dronk je daar.

'Hij zegt dat hij nooit zulke goede drank kan vinden als wat jij hier hebt.'

'Dat gaat ook nooit gebeuren, want ik ben echt niet van plan mijn bronnen aan die ouwe vent te verklappen.' Nichols reed met zijn rolstoel naar een lege tafel. 'Wat kan ik voor je doen?' vroeg Nichols toen Archer tegenover hem ging zitten.

Archer antwoordde door de foto's uit zijn zak te halen en naar Nichols toe te schuiven. 'Man bij de Jade. Weet je wie dat is?'

Nichols werd meteen ernstig, bestudeerde de foto's en keek Archer aan. 'Wie is die vrouw?'

'Bernadette Bonham. Woont samen met haar man Peter in de

canyons van Malibu. Ze kwam net met het vliegtuig uit Parijs. Nadat we een interessant gesprek hadden over een zaak waar ik aan werk, zei tegen me dat ze naar huis ging. In plaats daarvan ging ze naar de Jade.'

Nichols schoof de foto's terug naar Archer. 'Wat weet je van de Jade?'

Archer stopte de foto's weer in zijn zak en zei: 'Ze serveren maar één soort drank en daar ga je zo ongeveer aan dood, tenzij je een Chinees bent. En ze hebben camera's in de slaapkamers die foto's maken van beroemde mensen die niet zulke fraaie dingen doen. En er staan kratten waar zand aan zit en waar ooit misschien heroïne in heeft gezeten. En het scheelde weinig of ik had daar vannacht mijn laatste adem uitgeblazen.'

Nichols dacht over dit alles na en stak zijn sigaartje weer aan. Heel zacht zei hij: 'Er zijn ongelofelijk veel bars en kroegen in en rond Chinatown, Archer. Niet zoveel als er in Old Chinatown waren, maar veel scheelt het niet. Verdomme, mijn bar staat er niet eens zo ver vandaan. Maar de Jade is uniek, en dat bedoel ik niet als een compliment.'

Archer knikte. 'Ik heb dat zelf gezien.'

'Om je vraag te beantwoorden, de man op de foto heet Darren Paley en hij is slecht nieuws. Levensgevaarlijk. Heeft gezeten voor gruwelijke misdaden en is veel te vroeg vrijgelaten, vermoedelijk door omkoping, en nu doet hij zelfs nog ergere dingen. Ze zeggen dat hij meer mensen heeft vermoord dan het aantal vingers aan zijn beide handen.'

'En de politie kijkt gewoon een andere kant op? Ik dacht dat de LAPD met een zuivering bezig was.'

'Dat is ook zo, maar ze moeten wel kiezen wie ze aanpakken en laaghangend fruit levert sneller krantenkoppen op. Paley is een cobra met een pantser. Als de politie achter hem aan gaat, moeten ze bereid zijn om oorlog te voeren. Bovendien heeft hij banden met de maffia en dat compliceert de zaak, dat is altijd zo.'

Archer vertelde Nichols over de actrice en wat hij daar had gezien.

Nichols knikte al voordat Archer uitgesproken was. 'Perfecte chantage. Tenzij ze andere "beroemde vrienden" overhaalt in het aas te happen, wordt dit over haar bekendgemaakt. Dat is al eerder gedaan en het werkt geweldig.'

'En als dat over al die mensen bekend wordt gemaakt?'

'Dan krijgt niet alleen de filmwereld een tik, maar ook de stad en de LAPD. Zodat het logisch is dat ze met hun handen van de Jade afblijven. Bovendien vinden ze dat je, als je zo stom bent om jezelf zo in de problemen te brengen, jezelf maar moet redden en geen redding via de officiële kanalen hoeft te verwachten.'

'Zo te horen weet je hier veel van,' zei Archer.

'O, heb ik dat niet gezegd? Weet je wie de man is van die door de maffia gesteunde gokbende die ik natrok en die er de oorzaak van is dat ik de rest van mijn leven in deze rolstoel zit?'

'Darren Paley?' zei Archer stomverbaasd.

'Ik kon indertijd niets bewijzen en hij ging vrijuit. En al die corrupte agenten dekten hem. Maar het was Paley, echt waar.'

'Hoe komt hij aan al die littekens?'

'Paley heeft een wilde jeugd gehad in Chicago en daardoor is hij zo hard als maar kan. Hij heeft onder andere in Joliet in de gevangenis gezeten voor moord, maar dat vonnis werd ingetrokken zodat hij na een jaar al werd vrijgelaten. Hij was nog maar achttien. Die man heeft geen hart en er stroomt ijs door zijn aderen. Het ene moment vermoordt hij iemand en het volgende is hij dat alweer vergeten. Hij was een oorlogsheld. Schoot een stuk of twintig vliegtuigen van de Luftwaffe uit de lucht toen hij bij het Army Air Corps zat. Toen hij dat niet opwindend genoeg vond, liet hij zich overplaatsen naar het gewone leger. Ze zeiden dat ze hem van de moffen af moesten trekken nadat hij ze al had gedood, omdat hij ze bleef slaan, op ze bleef schieten en met een mes bleef toetakelen. Hij werd in 1944 oneervol uit het leger ontslagen, omdat hij wapens en munitie had gestolen en verkocht. De legerleiding sleepte hem niet voor de krijgsraad, omdat hij tijdens de gevechten zo'n "held" was geweest en ze geen slechte pers wilde. Toen dook hij meteen in bed met de maffia. Dat was in Vegas. Hij leidde de gokoperatie namens de maffia in Vegas, die geen zin had om alle illegale dollars aan de plaatselijke jongens over te laten. Later ging hij hier fulltime werken en nu leidt hij de Jade. Draai die man nooit je rug toe, want dan steekt hij daar een heel groot mes in.'

'Wat heeft hij voor de maffia in Vegas gedaan, behalve die gokbende leiden?'

'Beulswerk voor Lansky, Siegel, Cohen en dat soort jongens. En hij was heel goed in zijn werk. Hij kwam snel hogerop. Ze vonden het vermoedelijk jammer dat hij vertrok. Maar volgens mij werken ze nog altijd nauw samen. Dat was mijn verhaal over Paley. Vertel me nu over jouw zaak.'

Archer begon te vertellen over Lambs verdwijning en de vondst van de dode Cedric Bender in haar huis.

'Ik heb Bender een paar keer ontmoet,' zei Nichols. 'Ik wist niet dat-ie dood was. Hij was een goeie vent. Eerlijk als goud.'

'De countypolitie schijnt het stil te houden. En ze zijn ook nog niet naar Lambs kantoor geweest.'

'Zo te horen hebben ze opdracht de zaak niet te overhaasten. Heb je nog andere invalshoeken om te onderzoeken, Archer?'

'Een paar. Hopelijk leidt een daarvan tot succes. Kun je me nog meer vertellen over Paley?'

'Hij heeft een heleboel jongens onder zich. Genoeg voor echte actie.'

'Het is dus mogelijk dat hij partners heeft in al die toestanden in de Jade?'

'Lijkt me wel,' antwoordde Nichols.

'Hij stond te praten met die vrouw uit Malibu. Ze kenden elkaar, dat was duidelijk. Ze vertelde me dat haar man heel veel bedrijven bezit.'

'Misschien is de Jade er daar een van,' zei Nichols.

'Nou ja, ze betalen de elektriciteitsrekening en de bediening niet van één soort drank.'

'Chantage, de verkoop van drugs en seksfilms leveren flink wat geld op. Wat ga je nu doen?'

Archer keek op zijn horloge. 'Dineren met de knapste vrouw in de stad, en ik mag niet te laat komen.'

36

Precies om acht uur stapte Callahan voor de hekken van Universal bij Archer in de auto. Ze droeg een zwarte lange broek, witte blouse met kraag, zwarte regenjas en rode naaldhakken. Zij zag er fantastisch uit, terwijl Archer nog steeds zand aan zijn broek had. Toch vóélde hij zich een Rockefeller zodra ze naast hem zat.

Ze vertelde hem hoe hij naar West Sunset Boulevard moest rijden en vervolgens naar een drive-in die Tiny Naylor's heette. Hollywood High School stond er precies tegenover.

Archer reed naar het enige vrije parkeervak, want het was er inderdaad bomvol. 'Je maakte geen grapje toen je over deze hamburgertent vertelde,' zei hij.

'Zeggen dat Tiny Naylor's een hamburgertent is, is hetzelfde als de Mona Lisa een schets noemen. Dit restaurant heeft klasse, Archer. En je hoeft geen hamburger of milkshake te nemen. Je kunt ook kiezen voor een ribeye, gebakken aardappels, mais aan de kolf en nog veel meer, en dat wordt allemaal naar je auto gebracht. Bovendien hebben ze een beroemde clientèle, omdat ze niet uit hun auto hoeven te stappen en hun gezicht moeten laten zien.'

Archer keek naar een oude Packard naast hen. 'Die lui met die milkshakes komen me bekend voor.'

Callahan volgde Archers blik en hapte naar adem toen ze zag wie het waren. 'Jeetje, Archer, ik vraag me af waarom! Dat zijn Kate Hepburn en Spencer Tracy maar.'

Archer wilde uit het raam leunen om hen beter te kunnen zien.

Callahan zei: 'Doe niet zo raar! Laat ze met rust! Lieden zoals jij zijn de reden dat ze naar dit soort tenten gaan, zodat mensen niet doordraaien.'

Hij keek haar bevreemd aan. 'Maar willen filmsterren dat dan niet? Dáárom doen ze toch alles om beroemd te worden?'

'Het is ingewikkeld,' zei Callahan langzaam. 'Ja, ze willen een ster worden omdat films dat voor je kunnen doen. En nee, ze willen niet worden bekeken als dieren in een dierentuin.'

'Nou, ik zie niet hoe je dat moet combineren.'

'Dat klopt, Archer, jij ziet dat niet. En dat is dus precies de reden dat die twee grote sterren hier in een oude Packard zitten, mét een zonnebril op, ook al is het avond. En natuurlijk is er nóg een reden voor: Tracy is getrouwd én katholiek.'

'Klinkt niet als een gelukkig huwelijk.'

Terwijl ze hun bestelling opgaven aan de serveerster, sjokte er een reusachtige man over de parkeerplaats.

'Wie is dat?' vroeg Archer. 'Vier spelers van een Americanfootballteam samengesmolten tot één man?'

De serveerster keek naar waar Archer naar wees. 'Nee hoor, dat is "Tiny" Naylor, de eigenaar.'

Callahan zei met een minachtend lachje: 'En jij noemt jezelf een detective.'

Terwijl ze in de auto zaten te eten, vertelde Archer Callahan alles wat hij had ontdekt.

Ze rilde toen hij haar vertelde wat hij over Darren Paley te weten was gekomen. 'O mijn god, Archer, die man klinkt verschrikkelijk!'

'Ja, inderdaad,' zei Archer zacht, terwijl hij een stukje van zijn biefstuk sneed.

'Word je nooit bang?'

Hij keek naar haar en zag dat ze ongerust naar hem keek. 'Iedereen wordt bang, Liberty. Ik ben geen uitzondering en ook geen held die altijd wint. Die bedenken ze in jouw werk, niet in het mijne. Ik ben gewoon een man die de straat op gaat en probeert het ene uiteinde van een voetzoeker vast te pakken en kijkt waar dat toe leidt voordat die in zijn hand ontploft.'

'Dat is een fraaie volzin, Archer. Misschien zou je filmscripts moeten schrijven.'

‘Op dit moment wil ik alleen Eleanor Lamb vinden en te weten komen wie Bender heeft vermoord. Dat is al meer dan genoeg.’

Nadat Callahan een hap aardappelpuree had doorgeslikt vroeg ze: ‘Denk je dat er nog meer doden zullen vallen?’

‘Dat zou zomaar kunnen.’

‘Ellie ook?’

‘Ik zal open tegen je zijn. Ze is al zo lang weg dat de kans dat ik haar lijk vind volgens mij groter is dan dat ik haar levend vind.’

Callahan legde langzaam haar vork neer, keek hem aan en pakte zijn hand. ‘Archer, wat vind je ervan als ik een screentest voor je regel met Jack Webb voor *Dragnet*? Zou je dan gaan?’

Hij keek haar geamuseerd aan. ‘Hoe zou je dat precies willen doen?’

‘Een kennis van me kent een man die Webb kent. Zo werkt het in deze stad. Met jouw uiterlijk en ervaring en uitstraling, Archer, kun je in een mum van tijd een ster zijn.’

‘Je bedoelt door een zogenaamde politieagent te spelen die zogenaamde misdaden oplost en teksten opzegt die iemand anders voor me heeft geschreven?’

‘Maar dan zou je veel meer geld verdienen en zou niemand je in het echt proberen te vermoorden.’

‘Zeg je dit daarom? Omdat je bang bent dat mij iets overkomt?’

‘Er is je al vaker iets overkomen, Archer!’ zei ze snibbig. ‘Je bent bijna vermoord, in de afgelopen dagen al twee of drie keer. Ik ben de tel even kwijt.’

Archer leunde naar achteren en dronk zijn koffie op. ‘We moeten een prijs betalen voor alles wat we doen in het leven, Liberty.’

‘Maar in jouw soort werk is de prijs die je betaalt verdomd hoog in verhouding tot wat je ervoor terugkrijgt.’

‘Ik bagatelliseer niet wat jij voor de kost doet. Ik ben trots op je. Jij bent heel goed in wat je doet en je werkt hard. Je moet dit niet verkeerd opvatten, maar je speelt gekleed in een lang gewaad in een Romeinse film met een heleboel namaakleeuwen, maar wat schiet wie dan ook daarmee op? John Wayne die een soldaat speelt die nazi’s doodt, schakelt de échte criminelen niet uit.’

'Maar het geeft mensen hoop. Ik bedoel, daarom maken ze al die oorlogsfilms waarin wij winnen.'

Archers blik versomberde. 'Dat is zo. Maar de échte soldaten hebben de oorlog gewonnen. En het gaat niet over hoop. Deze hele stad is gebaseerd op fantasie en de enige reden voor dit alles is geld. Maar als iemand in mijn werk sterft, is het bloed niet nep en ze staan niet meer op zodra de regisseur "*cut*" roept. Zij blijven dood. Dus als ik kan voorkomen dat zoiets één iemand overkomt, dan vind ik mijn beloning meer dan goed. De volgende dag maak ik mijn lunch klaar, neem mijn pistool mee en probeer het gewoon opnieuw te doen. Dus als dat betekent dat ik het moet opnemen tegen lui als Darren Paley, dan doe ik dat. Ik wil niet John Wayne zijn die er stoer uitziet, maar dat absoluut niet is. Bovendien heb ik verdomme nooit leren paardrijden.' Hij stak een Lucky op en blies de rook door het geopende raam naar buiten.

'Dat heb je al een hele tijd willen zeggen, hè?' vroeg ze, terwijl ze hem van opzij opnam.

'Misschien wel.' Toen hij naar haar keek, zag hij dat zijn woorden een vernietigend effect op haar hadden. 'En nu ga ik iets van alles wat ik net zei terugnemen.'

'Wat dan?'

'Weet je nog dat we door de bergen naar Bay Town reden?'

Haar ogen werden groot. 'Hoe zou ik dat ooit kunnen vergeten, gezien wat er toen gebeurde!'

'Je zei dat talent niet genoeg was om het te maken in Hollywood. Je zei dat je nog iets moest hebben...'

'De *it*-factor, ja. De camera moet iets in je zien, iets waarvan je niet eens wist dat je het had.'

'Nou, jij hebt *it*, wat dat *it* ook maar is. Plus het talent en al het andere dat een ster moet bezitten. Jij verlicht elke kamer waar jij binnenkomt als een vreugdevuur. Iedereen kijkt naar je. Jij kunt een politieagent overhalen je niet te arresteren, want dat heb ik je zien doen. Je liep de Midnight Moods binnen en nam de tent over. Ik weet dat Monroe weergaloos is, maar jij kunt groter worden dan zij ooit kan zijn.' Hij knikte in de richting van de Packard. 'Zelfs legendarischer dan Hepburn.'

'Kom op, Archer. Ik ben...'

'Ik meen het, Liberty! Dus luister naar me.'

Waarop ze haar mond sloot.

'Jij kunt deze stad volledig inpalmen, áls je dat wilt.' Opeens pakte hij haar hand vast. 'Maar ik zag dat ze die vrouw in de Jade het gevoel gaven dat ze niets waard was. En ze was écht een ster, Liberty. Een van de beste. En zij kauwden op haar en spuugden haar uit.'

Haar grote ogen werden nog groter en leken helemaal in Archers ziel te kunnen kijken. 'Jij vraagt je dus af waarom ik zo hard werk om dáár te komen?'

Hij bleef haar zo lang aankijken dat hij bijna vergat antwoord te geven. 'Ja, inderdaad.'

Ze keek naar de oude Packard, waar de beide Hollywood-legendes stijf tegen elkaar aan zaten. 'Iedereen moet een punt bereiken waarop hij in de spiegel kijkt en zich afvraagt: "Is het echt de moeite waard?"'

'Weet jij wat jóúw antwoord zal zijn?' vroeg Archer.

'Ik denk dat dat een van de dingen is waarop je het antwoord niet zult weten tot je er niet meer onderuit kunt en het jezelf wel af móét vragen.' Ze keek hem aan. 'Maar wat je net zei, maakt elk antwoord dat ik moet geven... iets gemakkelijker.'

Ze bleven elkaars hand vasthouden, terwijl ze naar de lucht keken die steeds donkerder werd.

37

Archer zette Callahan bij haar huis af, reed door en was voor elf uur in Bay Town. Hij had vlak bij zijn kantoor een tweekamerappartement in een verwaarloosd gebouw, maar de huur was dan ook heel laag. Hij sliep acht hele uren, douchte en schoor zich en trok schone kleren aan. Hij nam mee wat hij nodig had en ontbeet in een eethuisje om de hoek. Toen hij daar vertrok, had hij een veel beter gevoel over alles.

Het was precies negen uur toen hij het kantoor binnenkwam van Willie Dash, Very Private Investigations.

Hij kende Connie Morrison nu drie jaar en in die tijd was ze geen spat veranderd. Ze was professioneel en efficiënt, en had een scherpe middenscheiding in haar blonde haar. Ze begroette Archer met een glimlach en zei: 'Hij zit op je te wachten.'

Archer hing zijn gleufhoed aan de haak aan de muur en liep door naar het kantoor van Willie Dash.

Dash zat op het opklapbed met zijn leesbril op de krant te lezen. Op de tafel naast hem stond een ongeopende fles Schotse whisky. Hij was midden vijftig, ongeveer 1 meter 70, stevig gebouwd met een dikke buik en bezat ondanks zijn onverzettelijke blik toch iets charmants. Hij was slimmer dan iedereen die Archer ooit had gekend en had een buitengewoon instinct om misdaden op te lossen. De eerste keer dat Archer hem had gezien, droeg Dash een zwart toupetje dat er ongelofelijk nep uitzag. Inmiddels vond hij het geen probleem meer te laten zien dat hij kaal was. Zijn onderkin werd elk jaar zwaarder, maar zijn geest was nog altijd scherp, net als zijn tong.

'Ga zitten, Archer,' zei hij zonder op te kijken. 'Lees net een paar verhalen over de misdaad in LA.' Hij zette zijn bril af en keek naar Archer, die zich op het puntje van een nepleren bank liet zakken. 'Jij schijnt daar middenin te zitten. En ik werd gisteravond laat gebeld door Jake Nichols. Hij zei dat je bij hem was geweest.'

'Klopt. Hij was erg behulpzaam.'

'Wat hij vooral deed was je informatie geven over de Jade en die rotzak van een Darren Paley.'

'Naar wie Jake onderzoek deed toen hij werd beschoten door een stel corrupte agenten.'

Dash legde de krant neer, trok zijn plastic bretels recht en legde de laatste hand aan zijn vlinderstrikje. 'Waardoor Jake wat jij aan het doen bent als een persoonlijke kwestie beschouwt. Net als ik. Hoe staat de zaak er nu voor?'

Archer haalde het door Ransome ondertekende contract en de cheque van vijfhonderd dollar uit zijn zak en gaf ze aan Dash, die naar de handtekening en het bedrag keek en ze toen teruggaf. 'Geef die maar aan Connie als je weggaat. Goed, vertel me nu alles wat je tot nu toe hebt ontdekt.'

Archer vertelde alles, punt voor punt, en sloot af met zijn gesprek met Nichols. Hij zei niet dat hij daarna nog wat had gegeten met Callahan.

'Kent deze Bernadette Bonham de Jade?' vroeg Dash. 'En Paley?'

'Lijkt er wel op. Ze ging er rechtstreeks naartoe nadat ze terugkwam uit Frankrijk.'

'Nee, ik denk dat ze er rechtstreeks naartoe ging nadat ze jóú had gesproken, Archer. Paley is inderdaad een moordenaar, maar hij is niet dom. Hij kan net als iedereen conclusies trekken. Hij weet dat je erbij betrokken bent. Hij zal hebben gepraat met die Chinese vrouw die de mensen in de Jade naar hun plaats brengt, met de portier met wie je hebt gevochten, met de barkeeper en met ieder ander die je die avond hebt gezien, en ze zullen tot in detail hebben verteld hoe je eruitziet. Dat signalement zal overeenkomen met wat Bonham hem heeft gegeven. Dus weet hij dat je aan het rondneuzen was en vermoedelijk dingen hebt gezien die je nooit had mogen zien. Bonham zal je naam toevoegen aan de stapel, omdat je haar hebt verteld wie je was. Zodoende zal Paley meer informatie over je inwinnen, wat hij ongetwijfeld al heeft gedaan. En meer informatie over míj, omdat je voor dit kantoor werkt. Goed, waar heb je gelogeerd in LA?'

'Bij Liberty.'

'Niet goed, Archer. Op dit moment moet je zo ver mogelijk bij haar uit de buurt blijven.'

'Ja, dat begrijp ik wel.'

'Nu moet je heel goed nadenken. Heb je iets gezien wat erop wees dat iemand je gisteravond volgde toen je Liberty ophaalde bij de studio, met haar naar die hamburgertent reed en daarna terug naar haar huis?'

'Nee. Dat check ik altijd. Niemand is me gevolgd.'

'Goed, tweede vraag. Heb je iemand iets over Liberty verteld? Dat jullie bevriend zijn? Dat je met haar omgaat? Behalve dat Lamb dat weet, natuurlijk.'

Archer dacht na. 'Volgens mij niet.'

'Dat is niet goed genoeg. Je moet beter nadenken.'

'Ik zei het tegen Cecily Ransome toen ze me vroeg met welke actrice ik zat te dineren toen Lamb naar ons toe kwam.'

'Juist. En je ging samen met haar naar een feest, klopt dat? Op oudejaarsavond. Mensen hebben jullie samen gezien.'

'Ja, maar ik denk niet dat iemand van die mensen hierbij betrokken is.'

'Nogmaals, dat is niet voldoende, omdat je onmogelijk kunt weten of dat waar is.'

'Je hebt gelijk. Wat moet ik nu doen?'

'Heb je Liberty vanochtend gebeld?'

'Nee.'

'Doe het nu.'

'Shit!' riep Archer. Met de telefoon op Dash' bureau belde hij haar nummer. Toen de telefoon bleef overgaan, vroeg Dash: 'Kan ze in de studio zijn?'

'Nee, ze vertelde me dat ze vanochtend vrij is. Ik... Hallo? Liberty, met Archer,' zei hij met een opgeluchte blik. 'Ja, ik ben in Bay Town bij Willie. Luister. Eh... tot ik deze zaak heb opgelost kan ik je niet meer zien. Wat? Nee, om jóú te beschermen. Dat klopt. De zaak heeft een moeilijke fase bereikt, Liberty. En eh... kun je een andere plek vinden om je even schuil te houden? Gewoon tot dit allemaal is opgelost? Inderdaad, ergens waar niemand weet dat je er bent. Ja, zoals een hotel. Maar niet onder je eigen naam. Klopt. Luister, het spijt me. Ik... Natuurlijk. Bel Connie en vertel haar waar je logeert. Ik? Nee, ik vind wel een andere plek. Goed, bedankt, heel erg bedankt. En wees alsjeblieft voorzichtig en zorg dat niemand je huis in de gaten houdt of je volgt, ook niet in de studio... Goed, zal ik doen. Bedankt.'

Archer legde de hoorn op de haak en keek Dash aan. 'Ze nam het goed op, gezien alles wat ik haar vroeg te doen.'

'Hoe lang ken je haar?'

'Dat weet je heel goed. Ruim drie jaar.'

'Toch snap je nog steeds niet hoe ze in elkaar zit?'

'Wat bedoel je daar verdomme mee?'

'Dat betekent dat ze zo ongeveer alles zal doen wat je haar vraagt, Archer. Ze geeft om je, net zoals jij om haar geeft.'

'Ze wil dat ik auditie doe voor *Dragnet*, zodat ik een politieagent kan spelen en mij niets overkomt.'

'Verbaast je dat?'

'Heeft Connie je, toen jullie nog getrouwd waren, ooit gevraagd om te stoppen met je werk als privédetective?'

'Nee, want als ik dat had gedaan waren we verhongerd, omdat zij hier ook werkte. Bovendien weet zij dat dit het enige is waar ik goed in ben. Wat zou ik moeten doen, verzekeringen verkopen? Ik schiet mezelf nog liever dood.'

'Goed, nu Liberty veilig is, ga ik onder een valse naam in LA een hotel of zo zoeken.'

'Maar laat de Delahaye hier. Die valt zelfs in LA op. Neem maar een huurauto. Dankzij dat voorschot van vijfhonderd dollar heb je daar genoeg geld voor.'

'Klopt.'

Dash pakte het contract en keek naar de handtekening. 'Wat is het verhaal van Ransome?'

'Zij werkt samen met Lamb en is ongerust.'

'En? Er moet meer zijn om jou die vijfhonderd dollar te geven.'

Archer had daar ook al een tijdje over nagedacht en besloten zijn theorie aan Dash voor te leggen. 'Lamb heeft van nature blond krullend haar. Maar ze zei tegen Liberty dat dat niet zo is, dat ze eigenlijk steil bruin haar heeft. Maar op haar collegefoto stond ze met blonde krullen. En ik vond spul in haar medicijnkastje dat bevestigt dat ze het bruin verft en steil maakt.'

'Dus het tegenovergestelde van wat de meeste vrouwen in die stad doen. Maar zij is screenwriter, geen actrice, dus waarom zou haar haar belangrijk zijn?'

'Juist, waarom doet ze dat allemaal?'

Dash had maar een paar seconden nodig om het te begrijpen. 'Laat me raden. Ransome heeft ook steil bruin haar, maar dan van nature. Dat betekent dat Lamb haar haar verandert om op Ransome te lijken. Denk je dat ze een stel zijn?'

'Ik weet het niet zeker, maar dat gevoel kreeg ik wel. En Ransomes oudoom vermoedt dat Ransome geen belangstelling heeft voor mannen, en volgens mij heeft hij daar een neus voor.'

'O ja, de ex-agent over wie je het had. Nou, zij zouden niet de eerste vrouwen zijn die op hun eigen sekse vallen. Maar je hebt nog altijd geen duidelijke aanwijzingen over Lamb.'

'Nee, dat klopt. Ik word steeds afgeleid door andere dingen.'

'Ik kan je daar wel mee helpen. Ga niet meteen terug naar LA, ik wil dat je naar Anaheim gaat.'

'Anaheim?'

'Cedric Bender. Ik heb zijn vrouw Anne gesproken en vertelde haar dat we met deze zaak bezig zijn. Zij vindt het goed dat je Benders kantoor doorzoekt. Hij werkte vanuit huis. De begrafenis is vandaag. Connie zal je het adres geven. Neem bloemen mee.'

'Goed, maar waar moet ik naar zoeken?'

'Aantekeningen over de zaak-Green of spullen die daar iets mee te maken hebben. Ik weet dat Mallory Green je de verslagen heeft laten zien, maar geen enkele privédetective die goed is in zijn werk zal alles in die verslagen zetten. En hij heeft misschien dingen ontdekt nádat hij zijn laatste verslag aan haar had gestuurd.'

'Denk je dat hij het overspel van Bart Green onderzocht en toen iets ontdekte wat daar niets mee te maken had? En dat hij daarom is vermoord? Als dat zo is, betwijfel ik of uit zijn verslag blijkt waar Lamb kan zijn.'

'Daar kunnen we niet zeker van zijn, omdat we niet genoeg weten. Jij moet dus meer te weten zien te komen dan je nu weet. Dus ga je nu naar Anaheim. Je belt me als je daar bent om me te vertellen wat je hebt ontdekt.'

'Wat ga jij ondertussen doen?'

'Nadenken en een paar dingen controleren, Archer.'

'Jij hebt andere zaken, Willie. Ik vind het prima om alleen aan deze zaak te werken.'

Dash schudde zijn hoofd en keek Archer aan met de blik van een man die een besluit heeft genomen en zich daar niet van zal laten afbrengen. 'Ik wacht al heel lang op een kans om Darren Paley erbij te lappen, Archer. En ik ben niet van plan die kans te laten lopen.'

'Ik weet dat jij en Nichols een nauwe band hebben.'

'Dat is het niet alleen. Jake heeft mijn leven gered, twee keer. De twééde keer was nadat hij in die verdomde rolstoel was beland. Iedere man die denkt dat zo'n schuld ooit kan worden terugbetaald, is geen echte man. Dat vind ik tenminste. Paley heeft nu dus twee problemen, jou én mij.'

38

Archer was één keer eerder in Anaheim geweest. Toen had hij vooral uitgestrekte sinaasappel- en walnootplantages met daartussenin een verscholen stadje gezien. Zijn mening was niet veranderd. Hij droeg nu een donker pak, wit overhemd en zwarte stropdas, had in Bay Town een groene tweedeurs Buick Riviera gehuurd en was naar het adres gereden dat Connie hem had gegeven. Zoals Dash hem had opgedragen, was hij onderweg gestopt bij een winkel om een klein boeket te kopen.

Anne Bender woonde een kleine kilometer van de stad in een eenvoudige cascowoning aan de rand van een sinaasappelplantage. Vanaf een grote afstand kon hij de sinaasappels al ruiken, net als de pesticiden op hun schil, als suiker en cyanide.

Hij stopte op de onverharde oprit en stapte uit.

Anne Bender opende de hordeur en kwam naar buiten. Ze leek een vrouwelijke versie van haar man: grijs, dik en afgetobd. Ze was helemaal in somber zwart gekleed.

Archer stelde zich voor.

Ze knikte langzaam en haar blik straalde verdriet, rouw, pijn, spanning en angst uit, alle emoties die gepaard gaan met het verlies van een belangrijke persoon in je leven. Ze droeg haar dunne grijze haar in zo'n strak knotje dat de rimpels op haar voorhoofd glad werden getrokken. Ze droeg een wijde zwarte jurk zonder enige versiering en schoenen met platte hakken die wel comfortabel leken, maar niet mooi waren.

Het contrast met alle vrouwen die Archer de laatste tijd had ontmoet, in hun herenhuizen en penthouses en gekleed in de allerbeste en duurste kleding, kon niet groter zijn. Toch had Archer de indruk dat Anne Bender, misschien in tegenstelling tot al die andere vrouwen, wel precies het leven leidde dat ze voor zichzelf had gekozen.

'Kom alstublieft binnen, meneer Archer,' zei ze nadat ze hem een stevige hand had gegeven en hem had bedankt voor de bloemen die hij haar had gegeven. 'Meneer Dash zei al dat u zou komen.'

'Het spijt me dat ik u op zo'n slecht moment kom bezoeken,' zei hij.

'Cedric zei altijd dat er met zijn beroep een kans was dat zoiets zou gebeuren. Maar vlak voor ons trouwen vocht hij mee in de Eerste Wereldoorlog en toen had hij ook gedood kunnen worden.' Ze keek Archer aan. 'U vindt het prettig dat u een detective bent, nietwaar?'

'Inderdaad. Je verdient er niet veel mee, maar krijgt er andere dingen voor terug.'

'O mijn god, ik weet er alles van, van dat geld. Maar we hebben drie kinderen grootgebracht en samen een goed leven gehad. Alleen minder lang dat ik had gehoopt.'

'Komen uw kinderen naar de begrafenis?'

'Mijn twee zoons zitten in het leger en kunnen geen verlof krijgen. Mijn dochter woont in Michigan, is zwanger van haar derde kind en kan elk moment bevallen, zodat zij niet kan reizen. Ik wil nadat de baby is geboren in de bus stappen om haar te bezoeken.' Ze keek om zich heen alsof ze net zo goed in een ander land kon zijn. 'Er is niets meer om me hier te houden.'

'Nogmaals, gecondoleerd. Ik kende uw man zelf niet, maar ik heb mensen gesproken die hem wel kenden en zij hadden allemaal een hoge dunk van hem.' Archer kon het niet opbrengen om haar te vertellen dat hij in Lambs huis over haar mans lijk was gestruikeld.

'Meneer Dash zei dat u me naar de kerk en het kerkhof zou brengen. Ik heb zelf geen auto.'

Daar schrok Archer even van, maar toen dacht hij: natuurlijk heb je geen auto. Jullie hadden alleen de Ford en niemand weet waar die nu is. ‘Ik zal u overal naartoe brengen waar u naartoe moet, mevrouw.’

‘Wilt u misschien koffie of limonade?’ Ze trok haar neus op en keek door het raam naar de plantage. ‘Ik heb geen sinaasappelsap.’

‘Ik hoef niets, dank u. Voordat we naar de kerk gaan wil ik alleen graag het kantoor van uw man bekijken.’

‘Uitstekend. We hoeven pas over een uur weg, het is niet ver.’

Ze nam hem mee door een korte gang. Terwijl Archer om zich heen keek, besefte hij dat dit hele huis in de kamer zou passen waar hij Mallory Green had ontmoet. Toch was Green met alles wat ze bezat niet gelukkiger dan de vrouw die nu langzaam voor hem uit liep. En Green had haar man niet verloren. In elk geval niet op dezelfde manier als Anne Bender haar man had verloren.

‘Hier is het, meneer Archer.’ Ze gaf hem een sleutel. ‘Cedric deed de deur altijd op slot. Hij hechtte erg aan geheimhouding.’

Archer nam de sleutel aan. ‘Dat kan ik me voorstellen.’ Hij deed de deur van het slot en liep de kamer in, terwijl hij hoorde dat ze langzaam terugliep door de gang om te doen wat mensen ook maar deden voordat ze naar de begrafenis van hun echtgenoot gingen: wachten, huilen, eindeloos herinneringen ophalen en nog meer huilen.

Hij deed de deur achter zich dicht en nam de kleine ruimte in zich op. Bureau, stoel, rij pennen en schrijfblokken, pak typemachinepapier, telefoon, vier metalen dossierkasten en een kleine rechthoekige stalen kluis. Geen raam, zodat er geen sinaasappel- of walnootplantage te zien was.

Hij doorzocht het bureau eerst en vond niet veel nuttige informatie. Er was geen agenda en hij vroeg zich af waarom niet, omdat iedere privédetective een agenda bijhield. Dat kon weinig of heel veel betekenen.

Daarna doorzocht hij systematisch de dossierkasten. De inhoud werd bewaard op alfabet en dat was heel handig, want zo kon hij meteen beginnen met de letter G van Green.

Daarna liep hij tegen een probleem op. Er was geen dossier van Mallory Green. Tussen de dossiermappen van Harold Gompers en Josephine Gustavo zat niets. Hij doorzocht de hele kast, gewoon voor het geval Bender de map verkeerd had opgeborgen. Geen Mallory Green. Hij doorzocht de andere dossierkasten. Ze leken allemaal in orde, maar er zat geen dossier in van Green. Toch had Mallory Green hem verteld dat ze Bender al eerder had ingeschakeld, nadat hij haar was aanbevolen door andere vrouwen met een ontrouwe echtgenoot. Zelfs dat oude dossier was niet aanwezig.

Archer ging aan het bureau zitten en bekeek de Wheeldex. Alle kaartjes waren beschreven met keurige hoofdletters, net zoals alle kopieën van de cliëntverslagen die Archer in de dossierkasten had gezien. Mallory Greens adres en telefoonnummer zaten hier ook niet in. Archer keek naar het vloeiblok om te kijken of daar nog zoiets was als een brief of aantekening die Bender had geschreven, maar zag niets wat relevant was.

Hij hurkte voor de kluis, die een combinatieslot had. Hij verliet het kantoor en vond Anne Bender in de voorkamer. Hij vroeg of zij de combinatie kende. Dat was niet zo. Hij vroeg ook of ze het huis sinds de dood van haar man had verlaten.

'Ja, ik moest een paar keer naar de stad. Een vriend heeft me erheen gebracht.' Ze begon te huilen. 'En ik moest naar de begrafenisonderneming om de kleren te brengen waar Cedric in begraven moet worden.'

'Hebt u alles afgesloten voordat u wegging?'

'Nee, de mensen hier doen hun deuren niet op slot, meneer Archer. Het is hier heel veilig, heb nooit problemen gehad.'

Tot nu dan, dacht Archer.

'De sleutel van het kantoor van uw man die u me hebt gegeven. Waar bewaart u die?'

'Cedric hing hem aan een haakje in de bijkeuken.'

'Is u iets ongebruikelijks opgevallen toen u die keren thuiskwam uit de stad of na uw bezoek aan de begrafenisonderneming?'

'Iets ongebruikelijks? Nee.'

Archer had al gezien dat er geen andere huizen in de buurt

stonden, zodat de kans klein was dat iemand had gezien dat iemand haar huis binnenging.

'Ging u 's avonds naar de begrafenisonderneming?'

'Ja, het was donker toen ze me belden en vroegen of ik wilde komen. Dat was wel vreemd.'

'Wat was vreemd?' vroeg Archer scherp.

'Weet u, toen ik daar aankwam wist niemand dat ik zou komen. Degene die me had gebeld was waarschijnlijk al naar huis.'

'Ja, dat denk ik ook.'

Juist, zo hebben ze het toen dus gedaan.

'Nog één ding. Heeft uw man ooit gezegd dat hij voor ene Mallory Green werkte?'

Ze schudde haar hoofd. 'Maar hij vertelde me nooit de naam van zijn cliënten, meneer Archer. Hij hechtte erg aan...'

'Geheimhouding, ja. Bedankt. Laatste vraag: hield uw man een agenda bij?'

'Jazeker, die moet op zijn bureau liggen.'

Dus iemand heeft zijn agenda meegenomen.

Archer vroeg zich af wat ze behalve de dossiers van Mallory Green nog meer hadden meegenomen.

Hij liep terug naar het kantoor en keek opnieuw rond. Tussen de achterkant van de kluis en de muur zat maar een paar centimeter ruimte. Hij probeerde de kluis op te tillen, maar die was aan de vloer geschroefd.

Archer zag krassen op de muur en daardoor dacht hij ergens aan. Hij stak zijn hand achter de kluis en voelde iets hards. Dat was de achterkant van de kluis. Toen hij het opnieuw aanraakte viel het tegen de muur. Iemand was erin geslaagd de metalen achterwand open te breken. Hij stak zijn hand in de smalle opening en tastte wat rond. Niets. Hij deed het opnieuw en voelde alleen de binnenbekleding van de kluis. Ze hadden dit ding vermoedelijk helemaal leeggehaald.

Hij vond een zaklamp in een bureaula en gebruikte die om de opening beter te bekijken. Helemaal onderin zag hij de rand van iets tussen de losse achterwand en de kluis zelf.

Hij pakte een metalen kleerhanger, boog die in de gewenste hoek en haalde daarmee een vel papier tevoorschijn. Het bleek een kopie van een factuur van een bedrijf op LA International voor vliegtuigbrandstof geadresseerd aan het kantoor van Green & Ransome in Beverly Hills. Archer keek of er nog meer nuttige informatie op stond. Het betreffende vliegtuig was een Beechcraft Model 18, eigendom van BMG Inc. Volgens Archer zouden deze letters weleens voor Bart en Mallory Green kunnen staan.

Ons vliegtuig, onze piloot.

Hij vouwde de factuur op en stak hem in zijn zak. Het leek logisch dat Bender belangstelling had voor Greens vliegtuig, want hiermee kon hij naar maîtresses buiten de stad vliegen en naar veiliger locaties om te feesten en seks te hebben. In de dossiers die waren meegenomen had Bender misschien de vliegtijden van het toestel, de namen van de passagiers en dergelijke genoteerd. En in de agenda zou staan welke afspraken Bender had gehad en met wie. Iemand had duidelijk niet gewild dat die informatie in zijn bezit bleef. Maar er was één belangrijke vraag: was ontrouw een motivatie voor moord? Green had zijn vrouw al eerder bedrogen. Zijn vrouw wilde geen scheiding, omdat haar ex daardoor alles kon doen waar hij zin in had, terwijl het voor haar juist professionele zelfmoord zou betekenen. Dus waarom zou het Bart Green iets kunnen schelen als de waarheid over zijn affaires bekend werd?

Er werd op de deur geklopt en Anne Bender keek even naar binnen. 'We moeten gaan. Hebt u iets nuttigs gevonden?'

'Ja, mevrouw Bender. Dat denk ik wel.'

Ze kwam binnen. 'Wilt u één ding voor me doen, meneer Archer?'

'Natuurlijk, zeg het maar.'

Even verdween haar masker van verdriet en ernst. Met een woedende en felle blik zei ze: 'Zorg dat u de klootzak vindt die mijn man heeft vermoord!'

39

Er waren niet veel mensen aanwezig tijdens de rouwdienst. Archer lette goed op of er iemand was die mevrouw Bender niet kende. Hij wist dat mensen die verantwoordelijk waren voor iemands dood soms naar de begrafenis kwamen om te zien of ze daar voordeel uit konden halen. Maar mevrouw Bender zei dat ze geen onbekenden zag.

Archer keek naar de man in de kist en zag dat de begrafenisondernemer Benders schotwond goed had gecamoufleerd, hoewel Cedric Bender eruitzag alsof hij was leeggelopen.

Later, bij het graf, zei de predikant alle religieuze woorden die vereist waren bij zo'n gelegenheid en nadat ze de kist in het graf hadden laten zakken vertrok iedereen, zoals iedereen altijd deed na een begrafenis, behalve de overledene.

Archer bracht mevrouw Bender weer naar huis en gaf haar honderd dollar van zijn eigen geld, waarbij hij beweerde dat dit bedrag was ingezameld door een groep privédetectives die haar man had gekend en gerespecteerd.

Hij reed achteruit de oprit af, terwijl zij in de hordeur stond en besefte dat ze de rest van haar leven alleen in de stank van sinaasappel- en walnootplantages moest leven. Een pistool werd afgevuurd en een leven volledig veranderd.

Zorg dat u de klootzak vindt die mijn man heeft vermoord!

Ja, mevrouw.

Archer reed terug naar LA en nam onder een valse naam een kamer in een goedkoop motel in Silver Lake, aan de noordkant van het centrum van Los Angeles. Zoals zoveel dingen in deze omgeving was de naam een fantasienaam. Er was geen natuurlijk zilveren meer, maar een stuwmeer dat was vernoemd naar de politicus die had meegeholpen dit aan te leggen. Archer liet zijn tas daar achter en reed meteen naar het vliegveld. Hij vroeg een paar mensen de weg tot hij wist waar hij naartoe moest. En zo te horen had hij misschien wel mazzel.

Hij liep naar een laag gebouwtje met brandstofpompen ervoor en zag daar een man van in de veertig in een overall en met een vettige klepmuts.

De man bekeek de factuur die Archer hem liet zien. 'O ja, de Beechcraft van de Greens. Fraai toestel. Zes stoelen plus twee piloten, maar ze hebben er maar een. Kent u meneer Green?'

'Ik ken zijn vrouw.'

'Is dat zo, vriend? Nou, het spijt me dat te horen.'

'Zo te horen vindt u Mallory Green niet aardig?'

De man wreef over zijn warrige snor. 'Laat ik zeggen dat ik meer heb met rustige vrouwen die doen wat ze wordt gezegd en die zich houden aan de regels van het huis waar de man de baas is. En zij is dat verdomme allemaal niet.'

'Ze zei dat ik met het vliegtuig naar Las Vegas mocht vliegen, maar misschien staat het toestel hier al, of komt het terug met meneer Green?'

'Nee, het toestel is hier.' Hij wees naar een gebouw verderop en zei: 'Daar stallen ze hem. De piloot heet Steve Everett. Goede vent, houdt van dat vliegtuig. Is er dol op, zou je kunnen zeggen.'

Archer bedankte hem en liep naar het gebouw toe.

Everett stond onder de romp van de Beechcraft en draaide met een sleutel een bout vast. Hij was klein en slank, midden dertig, met pikzwart haar met pommade erin en een niet-brandende sigaret tussen de lippen. Hij veegde zijn handen af aan een doek en gaf Archer een hand.

'Leuk toestel,' zei Archer, terwijl hij naar de tweemotorige Beechcraft met twee staartvlakken keek.

Everett glimlachte en klopte op het toestel. 'Heb tijdens de oorlog als trainer in zo'n toestel gevlogen. Army Air Force noemde het de C45.'

'Ik was infanterie, maar we vlogen er soms wel in. Kan niet zeggen dat ik het prettig vond.'

Everett grinnikte en stak zijn sigaret op. 'Beste plek voor mij is daar, in de wolken. Geen problemen, niets behalve jijzelf, je toestel en God.'

'Is Bart Green een goede man om voor te werken?'

'Zeer zeker. En het is een heerlijke baan. Hij vliegt meestal naar Vegas. Fluitje van een cent.'

'Is hij nu in Vegas?'

Opeens werd Everetts blik gesloten. 'Wie wil dat weten?'

'Mevrouw Green wilde dat ik daarnaartoe vloog om met hem te praten over een van zijn screenwriters die wordt vermist.'

'Wie dan?'

'Eleanor Lamb.'

'Bruin haar, klein, broodmager met een bril?'

'Ja. Ken je haar?'

'Ze is weleens met ons naar Vegas gevlogen.'

'Echt? Houdt ze van gokken?'

'Geen idee. Ik vlieg ze er alleen naartoe. Ik feest niet met ze. Ik ga naar een bar, drink een paar biertjes, trek aan de hendel van een paar gokautomaten en kijk naar de danseressen.'

'Is Green nog steeds in Vegas?'

'Ja. Zou vandaag terugkomen, maar ik kreeg een telefoontje dat het was uitgesteld.'

'Kun jij me daar nu naartoe brengen?'

'Daar moet ik toestemming voor vragen. Dit schatje kost geld als ze vliegt.'

'Bel je mevrouw Green dan even? Haar man kent me helemaal niet.'

'Goed, wacht maar even, dan doe ik dat. Het is een mooie dag om te vliegen, dus ik zou het niet erg vinden ernaartoe te gaan.'

Hij bleef een paar minuten weg en toen hij terugkwam zei hij: 'Ben over ongeveer een uur klaar voor vertrek. Mevrouw Green heeft haar fiat gegeven.'

'Gebruikt zij het toestel vaak?'

‘O ja. Maar ze vliegen nooit samen. Zoals ik al zei gaat meneer Green meestal naar Vegas en volgens mij heeft mevrouw Green niet echt iets met die stad.’

‘Overnacht hij daar altijd in hetzelfde hotel of zo?’

‘Vroeger in de Desert Inn en daarna in de Sahara, die is een maand of drie geleden geopend. Maar sinds twee weken is de Sands zijn favoriet. Is net in december geopend. Ze hebben daar de Copa Room en daar logeert hij nu ook. Meneer Green houdt van alles wat nieuw is, als u begrijpt wat ik bedoel.’

‘Gokt hij?’

‘O ja, hij is een zware gokker. Ik hoor dat hij veel meer verliest dan wint, maar die man drukt zijn eigen geld hier in deze stad, dus wie kan het iets schelen?’

Mij dus, dacht Archer.

40

Tijdens het opstijgen greep Archer de armleuningen van zijn stoel vast. Hij zat vlak achter Everett en kon door de voorruit kijken. De Beechcraft was verrassend groot, vooral nu er maar twee mensen aan boord waren. De stoelen waren comfortabel en er was een kleine lage kast met daarin, zoals Everett hem had verteld, glazen en een fles van Bart Greens favoriete Schotse whisky.

Terwijl ze naar hun kruishoogte vlogen keek Archer door het zijraam. Er was geen wolkje aan de hemel. De laatste keer dat hij in een vliegtuig had gezeten was tijdens de oorlog geweest, in een troepentransportvliegtuig. Een vrij korte vlucht, ongeveer twee uur, en ze zaten met een man of vijftig in volledige uitrusting in het toestel. Toen het vliegtuig daalde voor de landing, waren ze onverwacht beschoten door een paar Duitse gevechtsvliegtuigen. Archer had de kogels gezien die de romp hadden doorboord en vier van zijn kameraden hadden gedood, onder wie de man die naast hem zat. Het vliegtuig had vlak voor de landingsbaan een noodlanding gemaakt, die nog meer mannen het leven had gekost. Daarna hadden Archer en de andere overlevenden plichtsgetrouw het vliegtuig verlaten en waren meteen doorgegaan met oorlog voeren.

Daarna had hij vliegen niet meer echt prettig gevonden, maar dit was een eitje. Zelfs toen ze in op- en neerwaartse luchtstromen terechtkwamen en de Beechcraft een beetje bokte, zwaaide en schudde, bleef Archer naar buiten kijken en dacht hij aan andere dingen. Hij keek naar de thermometer aan het plafond en zag dat het al bijna nul graden was. Toen het vliegtuig de kruishoogte van negenduizend voet had bereikt en horizontaal vloog, vroeg Everett: 'Wil je voorin zitten? Prima snelheid en mooi uitzicht bij een snelheid van honderdzeventig knopen.'

Archer ging naast hem zitten en keek naar het instrumentenpaneel. 'Heb nooit begrepen hoe al deze toeters en bellen werken.'

Everett lachte. 'De belangrijkste dingen in dit toestel zijn ikzelf en deze hendel. Als een van beide het begeeft, zullen al die andere dingen je niet redden.'

'Wanneer was de laatste keer dat Lamb met Bart Green meevloog?'

'Weet ik niet zeker, maar dat zal wel op de passagierslijst staan. Die ligt in dat vakje daar.'

Archer opende het vak en haalde er een in leer gebonden boekwerk uit. Eerst bekeek hij de pagina's met de recentste vluchten en werkte vanaf daar terug. 'Morgen een maand geleden,' zei hij. 'De passagiers waren zij, Green en ene Tony Gleason.'

'O ja, Little Tony. Hij is de bodyguard van meneer Green.'

'Hoe klein is Tony eigenlijk?'

'Ongeveer tien centimeter langer dan jij en zeker vijftig kilo zwaarder, maar daar zit geen grammetje vet bij. Daarom heet hij dus *Little* Tony.'

'Waar heeft Green een bodyguard voor nodig?'

'De man is rijk. Dan ben je een doelwit.'

'Heeft hij ooit problemen gehad?'

'Niet dat ik weet, maar dat zegt niets.'

'Praat je weleens met Lamb?' vroeg Archer.

'Alleen om haar te begroeten. Ze lijkt me geen echte kletskous.'

'Praatte Green met haar toen ze met je meevloog?'

'Als de baas aan boord is probeer ik mijn werk als vliegende chauffeur te doen en niet te luisteren. En hij zit meestal scripts te lezen en zijn Schotse whisky te drinken.'

'Speelt er iets tussen Lamb en Green?' vroeg Archer.

Everett lachte. 'Volgens mij zijn ze elkaars type niet, als je begrijpt wat ik bedoel.'

'Neemt hij ooit iemand anders mee in het vliegtuig? Cecily Ransome van zijn kantoor, bijvoorbeeld?'

'Nee, ik ken haar niet.' Everett keek hem sluw aan. 'Maar hij neemt weleens andere meiden mee. Meiden met wie een man, getrouwd of niet, zich heel graag wil amuseren.'

Had Bender daarom belangstelling voor dit vliegtuig gehad? Omdat Green hierin zijn schatjes meenam naar Vegas?

Archer bladerde door de pagina's van het logboek, terwijl Everett zich concentreerde op het vliegen. Archer wilde het boek net neerleggen toen hij een naam zag die hij kende.

Simon Jacoby? Hij dacht na. *De man van Alice Jacoby. Hij financiert films, dus kan het wel kloppen dat hij bevriend is met Bart Green.*

'Vliegt Simon Jacoby weleens met Green mee?'

'Zeker wel. Zij zijn goed bevriend.'

'Is zijn vrouw ooit met hem meegevlogen?'

'Nee. Maar ik heb mevrouw Jacoby en mevrouw Mars en mevrouw Green wel een keer naar Lake Tahoe gebracht.'

'Even voor de zekerheid, Gloria Mars? Getrouwd met regisseur Danny Mars?'

'Inderdaad. Bart Green en Danny Mars zijn heel goede vrienden.'

Archer had er moeite mee om zich voor te stellen dat Gloria de warrior en Alice de dromer elkaar mochten, maar misschien was de oudere en meer cynische Mallory Green de lijm die hen allemaal bij elkaar hield.

'Wat is er bij Lake Tahoe? Ik ben er weleens langsgereden, maar dat is alles.'

'Heel veel water omringd door bergen. Deels Californië en deels Nevada. Vanuit de lucht heeft het meer de vorm van een hart. Een paar jaar geleden was het vrij leeg, maar nu is het veel voller, vooral aan de Californische kant.'

'Maar waarom zou je ernaartoe vliegen, bedoel ik.'

'O. De Greens hebben daar een groot huis, aan het water. Dat noem je een chalet of zo.'

'Gokt Simon Jacoby ook?'

'O ja. Ik heb hem en meneer Green horen praten over wat ze deze keer wilden gaan doen.'

'Wacht even, is Jacoby deze keer met Green naar Vegas gevlogen?'

'Ja. Hij zit ook in de Sands.' Everett keek naar Archer, die de laatste ingevulde bladzijde van het logboek bekeek. 'Hij gaat zo vaak met meneer Green mee dat ik zijn naam in het logboek inmiddels afkort tot SJ. Daarom is het je vermoedelijk niet opgevallen.'

'Hoe ziet hij eruit?'

'Ongeveer jouw lengte, begin veertig, bruin haar, grijs bij de slapen, begint dik te worden. Waarom vraag je dat?'

'Dat is een slechte gewoonte van me. En Danny Mars? Vliegt hij ook mee?'

'O ja, heel vaak. Hij en meneer Green zijn gezworen kameraden.'

'Dat geloof ik meteen. Gokken, drinken en vrouwen?'

'Ja wat gokken betreft, zij allebei. De drank en de vrouwen zijn meer iets voor Mars, wat ik heb gezien tenminste. Meneer Green houdt daar niet zo van. Heb die man nooit aangeschoten gezien. Maar Jacoby en Mars heb ik wel behoorlijk teut gezien.'

'Was Mars deze keer ook mee?'

'Nee, volgens mij is hij met een film bezig.'

Archer legde het logboek terug en keek naar buiten.

Toen ze even later vlak bij Vegas aan de daling begonnen, wees Everett naar links. 'Ongeveer honderd kilometer ten noorden van Vegas liggen de Nevada Proving Grounds.'

'Wie probeert wat te bewijzen?' vroeg Archer.

'Ken je kernbommen?'

'Niet persoonlijk, nee.'

'Nou, ze gooien die daar uit een vliegtuig of ze brengen ze ondergronds tot ontploffing. Je kunt de paddenstoelvormige rookwolk zelfs helemaal in Vegas zien. Mensen komen naar buiten om ernaar te kijken. Een fraai gezicht.'

'Ja, maar is het ook veilig?'

'De regering zegt dat je niet naar de ontploffing zelf moet kijken, maar dat is alles. Ik zag een keer vlak voor een landing dat er eentje tot ontploffing werd gebracht. Verbaasde me echt. Die paddenstoelwolk is bijzonder. Maar ik moest de hendel stevig vasthouden, want de Beechcraft schudde als een gek door de luchtstroom die het veroorzaakt. De eerste keer was ik doodsbang hierboven. Was blij dat ik toen geen passagiers aan boord had. Die zouden hebben gekotst en gegild. Ik had het gevoel dat het weer oorlog was en ik in een luchtgevecht met de nazi's verwikkeld was.'

'Dat geloof ik meteen,' zei Archer. Hij keek in het vliegtuig om zich heen en hoopte dat het toestel niet opeens uit elkaar zou vallen zodra er een paddenstoelwolk aan de horizon verscheen.

Toen ze na de soepele landing naar de terminal taxieden zei Everett: 'Korte vlucht.'

'Beter dan een autorit,' zei Archer. 'En je kunt wel stellen dat jij mijn vertrouwen in vliegen hebt hersteld.'

'Graag gedaan. Hé, moet ik je later terugbrengen? Dit vliegtuig kan ook 's nachts vliegen.'

'Weet het nog niet zeker. Is er een nummer waarop ik je kan bereiken?'

Everett schreef het achter op een kaartje en gaf dat aan Archer. 'Geef het maar door in de terminal. Maar ik kan hier vannacht niet blijven, want ik breng mevrouw Green morgen naar Lake Tahoe.'

Archer liep naar de terminal, hield een taxi aan en ging naar de Sands.

41

Archer had al vaker in Vegas aan zaken gewerkt. De stad leek wel oppervlakkig, maar was in werkelijkheid heel serieus als het erom ging geld te verdienen. De maffia had casino's, bars, lounges, prostitutiebendes en goksyndicaten in zijn criminele greep, en elke andere criminele en legale onderneming die geld verdiende aan de zwakte van andere mensen.

Archer wist dat iedereen, van de vakbond Teamsters Union tot en met de mormoonse bankiers, in de rijdende Vegas-trein was gesprongen en geld had geleend om nog meer goktenten te beginnen. De laatste golf – Desert Inn, Sahara en Sands – had bestaande casino's gedwongen nog meer vermaak te bieden. Archer had gezien dat de Last Frontier sinds zijn vorige bezoek de Silver Slipper was geworden, en het Eldorado was veranderd in het Binion's Horseshoe Casino.

Hij zat in de taxi en keek naar de twaalf meter hoge cowboy op het gebouw van de Pioneer Club. De cowboy, die Vegas Vic werd genoemd, kon knipogen, een sigaret aansteken met zijn mechanische handen en kringetjes rook omhoogblazen met gebruikmaking van dezelfde techniek. Vroeger riep hij ook: *Howdy, pardner!* Elk kwartier nota bene, tot zoveel mensen hadden geklaagd over het akelige lawaai dat Vic nu gelukkig zijn mond hield.

Zodra het donker was, sprongen overal prachtige neonlampen aan die iedereen moesten verleiden. Het logo van de Sands stond op een hekwerk met de tekst: A PLACE IN THE SUN.

Tja, dat krijg je als je in de woestijn bouwt, dacht Archer. Dat werd misschien wel gesymboliseerd doordat aan de overkant van de straat een hoop aarde lag.

In de ruime lobby liet Archer Bart Greens foto en een biljet van tien dollar aan de piccolo zien, waarna hij zeker wist dat Bart Green in dit hotel logeerde.

Archer checkte in, ging naar zijn kamer, trok zijn colbert uit en rolde zijn mouwen op. In een opwelling belde hij Dash en vertelde hem waar hij was en wat hij wilde gaan doen.

'Goed, Archer, maar Vegas kan op onverwachte manieren een bijzonder gevaarlijke plek zijn. Hou je omgeving in de gaten, voor en achter je.'

'Begrepen, Willie. Bedankt.'

Archer ontdekte de mollige Bart Green op een terras bij het zwembad in gezelschap van twee vrouwen, terwijl hij in een diep gesprek verwikkeld was met een jongeman in een seersucker pak. Er was niemand die op de beschrijving van Simon Jacoby leek. Benders bericht dat Green zich nooit in het openbaar met andere vrouwen vertoonde leek hier niet te kloppen.

Een man die alleen maar Little Tony kon zijn stond vlak bij zijn baas. Hij was gekleed in een beige linnen lange broek, een wit overhemd met een handbeschilderde stropdas en een bruingroen geruit colbert. Zijn blik schoot heen en weer tussen Green en iedereen in zijn buurt.

Archer ging aan een tafeltje bij het zwembad zitten, bestelde een club soda en rookte een sigaret, terwijl hij deed alsof hij een krant las die iemand had laten liggen. De zon ging al onder en doordat het overdag maar een graad of zestien was geweest, voelde Archer dat het snel veel kouder werd. Het was zo kil dat er niet veel mensen om het zwembad zaten en er waren maar twee dappere mensen aan het zwemmen.

Green droeg een panamahoed met een zwarte band en een donker T-shirt onder zijn witte overhemd met monogram. Verder een bruine broek en glimmende schoenen. Hij had een dikke buik waar hij trots op was of ziek van was, want hij wreef er constant overheen. Hij droeg een pilotenzonnebril met spiegelglazen, wat wel paste bij een man met een eigen vliegtuig. Het dunne snorretje dat Archer had gezien op de foto die Mallory Green hem had gegeven was verdwenen en hij was nu gladgeschoren. Op een tafel naast hem stond een groot glas met een koel drankje erin.

De vrouwen, een blondine en een brunette, waren begin twintig en droegen dezelfde felblauwe bikini met daaroverheen een openhangende badjas van badstof die net voorbij hun billen eindigde. Ze waren zongebruind en gespierd, namen slokjes uit hun glas met een parasolletje en leken zeer tevreden met hun leven tot nu toe. Een fles zonnebrandpoeder stond op de tafel tussen hen in.

De jongeman noteerde dingen in een schrijfblok die Green dicteerde. Naast hem op een lage tafel lag een opengeslagen filmscript. Archer kon niet horen wat Green zei, maar de jongeman nam zijn woorden kennelijk even serieus als Mozes de woorden Gods. Na een tijdje klapte de jongeman zijn schrijfblok dicht, pakte het script, salueerde onhandig voor zijn baas en liep weg.

Green zei iets tegen een van de jonge vrouwen, die als op commando begon te lachen. Little Tony glimlachte niet eens. Hij stond naar Archer te kijken alsof deze een potentiële dreiging vormde, doordat Archer was opgestaan en naar hen toe liep.

Little Tony versperde hem de weg, terwijl Green belangstellend toekeek. De beide jonge vrouwen keken aandachtig naar Archer, wierpen elkaar een veelzeggende blik toe en begonnen te giechelen.

'Doorlopen, vriend. Dit is privéterrein,' zei Little Tony, wiens stem heel vreemd, hoog en schril klonk. Misschien keek hij daarom wel zo nijdig, dacht Archer. Hij zweeg vermoedelijk liever en liet zijn indrukwekkende formaat het woord doen.

Archer liet zijn vergunning zien en zei zo luid dat Green het kon horen: 'De naam is Archer. Ik werk samen met de countypolitie van LA aan een vermissings- en een moordzaak.' Hij keek langs Little Tony naar Green. 'De vermiste persoon werkt voor u, meneer Green. Eleanor Lamb?'

Green keek hem aan en zei met een diepe stem die beter bij de reus Tony had gepast: 'Ga zitten, meneer Archer. Kies zelf maar naast welke schoonheid u wilt plaatsnemen. Maar pas op, ze bijten allebei.'

De jonge vrouwen giechelden nerveus, keken lief en knipperden verleidelijk.

Little Tony stapte met tegenzin opzij.

Archer koos de brunette die haar badjas open liet vallen en haar lange bruine benen onder haar fraaie in bikinislipje gehulde achterste vouwde, waardoor hij een klein randje verleidelijke lichte huid kon zien. Ze glimlachte, terwijl ze uitdagend haar kersenrode lippen om haar rietje vouwde en zoog. Ze had overdreven veel eyeliner gebruikt en haar wimpers waren zo lang dat ze er vliegen mee kon vangen. Ze leek Archer elk moment te kunnen bespringen. 'Hi,' zei ze. 'Ik ben Mitzi.'

'Archer, leuk je te ontmoeten.'

'En ik ben Gayle,' zei de andere vrouw. 'We zijn zussen.'

'Zozo, dat is handig,' zei Archer.

Ze giechelden allebei om zijn opmerking, tot Green zei dat ze naar hun kamer moesten gaan om zich op te tutten voor het diner.

Ze vertrokken met tegenzin en keken Archer verleidelijk aan, terwijl Little Tony naar hem loerde.

'Little Tony, jij kunt wel een meter verderop gaan staan. Ik denk niet dat Archer iets gevaarlijks van plan is.'

Little Tony liep net iets meer dan een meter bij hen vandaan, zag Archer. Hij vroeg aan Green: 'Hoe bevalt Vegas? Is het casino goed voor u?'

'Welk casino is ooit goed voor een gokker?'

'Ik heb gehoord dat ze Sinatra's schuldbrieven verscheuren zolang hij maar blijft zingen en zijn vrienden meeneemt.'

Green liet zijn zonnebril half zakken, zodat Archer zijn blauwe ogen, die diep in de kassen lagen, kon zien. 'Dat is waar. Maar ik kan niet zingen zoals Sinatra.'

'Ik zie dat u met een script bezig bent.'

'Waarom ook niet? Ik boek deze hele reis als bedrijfskosten.' Hij nam een grote slok uit zijn longdrinkglas en veegde daarna over zijn lippen met een papieren servet met het logo van Sands erop. 'Mag ik vragen hoe u wist dat ik hier was?'

'Vertrouwelijke bronnen, maar dat bleken de goede te zijn.' Archer was niet van plan hem te vertellen dat hij hier met Greens eigen vliegtuig was gekomen. Dan zou Little Tony hem misschien bewusteloos slaan en in het zwembad proberen te verdrinken. 'Lamb vertelde me dat iemand probeerde haar te vermoorden. Daarna is ze verdwenen. Ik ben door uw partner ingehuurd om haar te zoeken.'

'Cecily? Echt waar?' Green kon het kennelijk niet geloven. 'U hebt dus met haar gepraat?'

'Ik heb met veel mensen gepraat.'

'U had het over een móórd?'

'Man werd dood gevonden in Lambs huis. Iemand heeft hem gedood met een schot in zijn hoofd. Privédetective uit Anaheim, Cedric Bender.'

Archer verwachtte niet dat Green op dezelfde manier zou reageren als zijn vrouw, maar hoopte wel een reactie te krijgen. Dat gebeurde niet.

'Als Ellie al een privédetective had, waarom wilde zij u dan inhuren?'

'Ik denk niet dat Bender voor haar werkte.'

'Voor wie dan wel?'

'Hebt u geen vermoeden?'

'Waarom zou ik? Natuurlijk, Ellie werkt voor me, maar we zijn geen vrienden of zo.'

'U hebt dus geen idee waarom iemand haar zou willen vermoorden?'

Green nam zijn bril af en wreef in zijn ogen. 'Ze doet haar werk, ze is een goede screenwriter, maar dat is alles. Geen intriges, voor zover ik weet.'

'Ik hoorde dat ze hier weleens met u naartoe vloog.'

Green nam nog een slok en zette het glas neer. 'Voor iemand die mij niet kent, weet u verdomd veel over me. Waarom bevalt dat me niet, Archer? Vertel.'

'Dat zou ik ook niet prettig vinden. Maar daarvoor ben ik dus ingehuurd. Heeft ze de casino's genaaid? Heeft ze tegen Meyer Lansky gezegd dat hij moest oprotten?' vroeg Archer, verwijzend naar een van de belangrijkste maffiabazen in Vegas.

'Lansky zou geen enkele reden hebben om zelfs maar te weten wie Ellie Lamb is.'

'Er is dus geen enkele reden waarom iemand haar dood wil hebben?'

'Ik ben filmproducent, Archer, niet de maffia. Je zult ergens anders moeten rondneuzen.'

'Ik ben ervan overtuigd dat u Lamb veilig en wel terug wilt zien. Ze werkt aan een heleboel scripts voor u.'

'Er zijn een heleboel screenwriters in LA. Ross Chandler, die nijvere knul die je hier net zag zitten? Hij zou Lamb zo nodig kunnen vervangen. Hij kost wel een paar dollar meer, maar wat geeft dat? Daarvan heb je er dertien in een dozijn.'

'Hij is veel jonger dan Lamb. Waarom is hij duurder?'

Green keek hem aan alsof dat voor de hand lag. 'Lamb is een vrouw en Chandler is een man. *Comprende*?'

'Gaat diezelfde regel op voor Cecily Ransome?'

Green zei onrustig: 'Nee, niet voor haar. Zij heeft wat de meeste broodschrijvers in Hollywood niet hebben.'

'En dat is?'

Hij keek Archer scherp aan. 'Diepgang. Goed, is er verder nog iets?'

'Ik zag Bernadette Bonham gisteren. U doet zaken met haar man Peter?'

'Is dat zo?'

'Dat zei ze.'

'Hoe zou een vrouw moeten weten wat haar man doet, Archer? Ik bedoel, meen je dat?'

'Spreekt u uit ervaring?'

'Nee, dat niet. Mijn vrouw is de ongelukkige uitzondering op wat normaal een goede regel is.' Hij zweeg even en leek dwars door Archer heen te kijken. 'Wilt u vanavond iets met ons drinken? Negen uur, hier in de Copa Room. Ik zal uw naam op mijn reservering zetten. Ze geven een goede show weg. Goed, nu heb ik een zakelijke afspraak. Little Tony!'

De grote man kwam naar hen toe en voerde Archer weg. Toen Archer achteromkeek, zag hij dat Green hem met een onschuldige uitdrukking op zijn gezicht nakeek.

42

Later in zijn kamer belde Archer het nummer dat Steve Everett hem had gegeven en hij liet het bericht achter dat hij die avond niet terug zou vliegen. Hij douchte en trok zijn kleren weer aan, die hij had laten strijken. Toen hij naar buiten keek, zag hij dat Vegas zijn mooiste neonlicht voor de nacht had aangestoken: groene en paarse en oranje en rode kleuren in verschillende vormen en maten lichtten op in het donker als elektrische demonen op zoek naar slachtoffers. En dat waren ze ook, op een heel realistische manier; alleen had het bloed dat ze uit hun slachtoffers zogen de groene kleur van dollarbiljetten.

Archer liep de trap af naar de bar, bestelde een whisky-soda en iets te eten. Hij zag dat de gokkers zich klaarmaakten om hun zuurverdiende geld die avond door de wc te spoelen. Ze deden dat allemaal met een indrukwekkende glimlach, soms zelfs heel erg vrolijk, zag hij. Vreemde dieren, mensen.

Precies om negen uur liep hij de Copa Room binnen. De zaal was groot en chic, met achterin een podium. Archer had gehoord dat het een kopie was van de Copacabana in New York. Het hoge plafond was in een felle groenblauwe kleur geschilderd, op een oranje deel boven het podium na. De lampen waren verguld en de gloeilampen vormden een cirkel. De tafellakens waren wit en de stoelen bekleed met rode stof. Archer schatte dat er ongeveer vijfhonderd mensen aanwezig waren, allemaal piekfijn gekleed. De meeste mannen droegen een wit smokingjasje, waardoor het leek alsof alle obers die avond staakten, cocktails dronken en samen met de betalende klanten naar de show keken.

Op het podium zag hij de Copa Girls; dat had een van de valets hem verteld. Hun outfit had dezelfde rode kleur als de stoelen, maar die stond hen veel beter dan de stoelen. Ze dansten en zongen onder begeleiding van een orkest, en zo te zien vermaakte iedereen zich uitstekend.

Hij werd naar Greens tafel gebracht, die dicht genoeg bij het podium stond om de optredens goed te kunnen zien, maar er ook ver genoeg vanaf stond om met elkaar te kunnen praten. Aan de tafel zaten Green, de jonge screenwriter Ross Chandler en de twee giechelende zussen die nu een dunne lichtblauwe jurk droegen die meer op lingerie leek. Chandler droeg een wit smokingjasje, maar Green was informeler gekleed in een donker rayon colbert, een pantalon en een overhemd met open kraag. Hij had een cigarillo in een van zijn mollige handen.

Archer begroette iedereen en keek toen of hij Little Tony zag. Die stond vlakbij en keek naar Archer alsof deze zijn hele familie had uitgemoord. Archer ging zitten en bestelde een whisky-soda. Daarna haalde hij zijn pakje Lucky's uit zijn zak en stak er een op. Zijn drankje werd nog geen minuut later gebracht.

'Leuke efficiënte tent,' zei hij tegen Green, die hem met een starre blik aankeek.

'Ja, dat is waar,' zei Chandler, terwijl hij naar Mitzi keek, die naar Archer keek.

Gayle keek alleen maar in haar glas alsof ze daar haar spiegelbeeld kon zien en haar lippenstift controleerde.

Toen Gayle haar hoofd hief en naar hem keek, zag hij dat haar pupillen enorm groot waren, zodat hij zich afvroeg welke drug ze had gebruikt.

Archer wendde zijn blik af van Gayle en keek naar Chandler. 'Ik hoorde dat u als screenwriter voor meneer Green werkt?'

'Inderdaad. Nadat ik was afgestudeerd aan Columbia ben ik in een trein naar het westen gestapt. Als schrijver móét je tegenwoordig gewoon in LA zijn en daar filmscripts schrijven.'

'Hemingway is in Cuba,' zei Green. Hij nam een slokje van een vreemd gekleurde vloeistof. 'En Faulkner zit in Mississippi nadat hij heeft geprobeerd filmscripts te schrijven en dat maar niets vond. CBS heeft vorige maand een documentaire uitgezonden over zijn leven in Oxford. En hij heeft de Nobelprijs gewonnen. Dat zal Hemingway vermoedelijk ook gaan doen.'

Chandler leek zich even zorgen te maken, tot Green glimlachte. Toen zei hij opgelucht: 'Maar dat zijn romanschrijvers. Ik schrijf gewoon voor de films.' Hij keek naar Archer. 'Ik bedoel, weet u wel?'

'Nee, dat weet ik niet. Maar bevalt u dat?' vroeg Archer.

'Dat bevalt me.' Chandler keek naar de wulpse Mitzi. 'Heel erg zelfs.'

'Kent u Eleanor Lamb?' vroeg Archer.

'Zeker.'

'Archer,' zei Green. 'Niet nu. Als u de jongen wilt ondervragen, doet u dat maar in uw eigen tijd. En Ross, sta eens op en laat Archer op je stoel zitten. Ik wil dat hij dichter bij me zit.'

Chandler stond meteen op en leek verbaasd dat Archer er de tijd voor nam, eerst zijn sigaret uitdrukte en een slok nam, en toen pas opstond.

Archer ging naast Green zitten, terwijl Chandler meteen een gesprek begon met Mitzi.

Archer wees naar Greens glas. 'Wat zit daarin?'

'Een bijzondere likeur die ik lekker vind. Wilt u hem ook proberen?'

'Nee, ik ben hier tevreden mee.'

'Ik heb na uw vertrek informatie over u ingewonnen.'

'En?'

'En u hebt een goede reputatie.'

Archer keek naar het podium toen een van de Copa Girls, met een split in het voorpand van haar rok, een solo weggaf. Ze had goede stembanden en mooie benen, waardoor je in Vegas een ster kon worden. 'Fijn om te weten. Maar dat had ik u ook wel kunnen vertellen.'

'U hebt mijn vrouw ook ontmoet.'

'Dat had ik u eveneens kunnen vertellen.'

'Waarom deed u dat dan niet?' zei Green zo scherp dat Chandler, Mitzi en zelfs Gayle, die vreselijk high was, naar hen keken.

Archer pakte een handvol noten uit een kom en stopte er eentje in zijn mond. 'U hebt er niet naar gevraagd en ik vertel nooit vrijwillig iets als het niet moet.'

'Ook niet dat u hier met mijn vliegtuig naartoe bent gekomen?'

Archer keek hem even aan. Het was dus inderdaad zijn vliegtuig. 'Uw vrouw gaf daar toestemming voor, en mij is verteld dat zij daartoe gemachtigd was. Dat was de snelste manier hiernaartoe, zodat ik met u kon praten en u van mijn lijst kon schrappen.'

'Welke lijst?'

Archer at nog een nootje en leunde naar achteren. 'Was u op oudejaarsavond in LA?'

'Wat gaat u dat aan?'

'Toen is er een man vermoord en verdween Lamb.'

'Waarom zou ik een man vermoorden die ik niet ken of een van mijn eigen schrijvers laten verdwijnen?'

'Dat mag u me vertellen.'

'Goed, volgens mij zijn we klaar. Drink uw glas leeg en verdwijn.'

'Vindt u het prettig in de Jade Lion in Chinatown?'

'Nooit van gehoord.'

'Lamb vond het er kennelijk wel prettig. En de man die die tent leidt, Darren Paley? Ik hoorde dat hij banden heeft met de maffia in Vegas.'

'Ik zie dat er nog wat drank in uw glas zit. Ik vroeg u het leeg te drinken.'

Chandler leunde naar Archer toe en zei: 'U kunt maar beter doen wat hij zegt, vriend.'

Archer bleef Green strak aankijken. 'Ten eerste heet ik niet "vriend". De Jade schenkt een drankje dat je ingewanden verschroeit. De vaste klanten daar slaan het achterover alsof het niets is. Verbazingwekkend wat mensen kunnen bereiken als ze iets echt willen, en dan heb ik het niet alleen over sterkedrank.'

Green keek naar Little Tony en wenkte hem.

De reus kwam naar hen toe.

'U pakt dit helemaal verkeerd aan, Archer. Dat weet u toch, of niet soms?' zei Green.

'Misschien wel, maar u misschien ook.'

Green schudde zijn hoofd. 'U weet niet eens wat u niet weet.'

'Kent u het verhaal van de kikker en de schorpioen?'

'Dat is vermoedelijk de basis voor een kwart van alle films die ooit zijn gemaakt.'

'Nou, zoals ik het zie, bent u misschien de kikker. U bouwt iets goeds op en gaat rustig door, gewoon om naar de overkant te komen. En dan komt Paley, een vrije vogel. Hij ziet ook iets goeds. Hij maakt zichzelf onmisbaar voor u. Maar aan de andere kant, op een bepaald moment, bent u niet langer onmisbaar voor hem.' Toen Little Tony bij de tafel kwam, boog Archer voorover en vroeg: 'En waar kwam deze gorilla vandaan? Vriendelijk ter beschikking gesteld door de maffia en Darren Paley? Zo ja, wat gaat u daaraan doen?'

Toen reageerde Green wel.

Archer keek opzij, glimlachte naar Little Tony en zei: 'Dát is toevallig, Líttle Tony, ik wilde net vertrekken. Goedenavond, dames.'

Mitzi weigerde hem nu aan te kijken en keek angstig naar haar schoot. En Gayle was te high om iets anders te doen dan versuft te pruilen.

Archer vertrok, maar keek nog even achterom en zag dat Green fluisterend iets tegen Tony zei.

Dat was goed, dacht hij. Maar het was ook niet goed.

En dat was de privédetective-wereld in een notendop.

43

Archer zat op een kruk en keek in de spiegel om te zien of Little Tony hem misschien probeerde te besluipen. Hij wist dat hij heel agressief was geweest in de Copa Room en misschien een ongerechtvaardigde gedachtesprong had gemaakt. Maar het was nu eenmaal zo dat de kans dat Lamb levend opdook met de minuut kleiner werd, zodat hij geen zin had om nog langer in een kringetje rond te draaien. Bovendien was er een goede man dood en wilde zijn weduwe dat iemand daar verantwoording voor zou afleggen.

Net als ik.

Hij had geen idee of Bart Green iets te maken had met wat Darren Paley in de Jade deed. Daarom had hij Green met het verhaal van de kikker en de schorpioen duidelijk gemaakt dat die mogelijkheid bestond. Een schorpioen moet een rivier oversteken, maar kan niet zwemmen. Dus roept hij de hulp in van een kikker. Eerst wil de kikker dat niet, omdat hij bang is dat de schorpioen hem steekt. De schorpioen zegt tegen de kikker dat hij hem niet zal steken, omdat ze dan allebei doodgaan. Dus laat de kikker de schorpioen meeliften. Halverwege de oversteek steekt de schorpioen de kikker toch. Als de kikker dan stomverbaasd tegen de schorpioen zegt dat ze nu allebei doodgaan, geeft het giftige beest gewoon toe dat hij er niets aan kon doen omdat het gewoon zijn aard is.

Paley was dus zeker de schorpioen en Green zou de kikker kunnen zijn, waardoor zijn achternaam precies klopte. Maar ja, misschien zat Archer er helemaal naast en zocht hij in de verkeerde richting. Bij elke zaak waar hij aan werkte, was er een punt waarop hij enorm twijfelde aan de richting waarin hij moest zoeken en zelfs of hij de zaak ooit zou oplossen. Hij was nu op dat punt en daarom zat hij hier te drinken en na te denken over mogelijke antwoorden.

Tot zijn verbazing zag hij Ross Chandler binnenkomen.

De man ging naast hem zitten en zei: 'Wauw, dat was een felle discussie zonet.'

'U zou me moeten zien als ik echt op dreef ben.' Archer stak een Lucky op en nam een slok van zijn martini. 'Vertel me meer over Eleanor Lamb.'

'Wat wilt u weten?'

'Alles wat u weet.'

'Ze is een goede screenwriter, een van de beste.'

'Hebt u veel contact met haar?'

'Niet zoveel. Ik heb haar geholpen met het herschrijven van een script voor Paramount. Ellie is heel goed in vrouwenrollen. Cecily hielp toen ook mee. Ik was toen eigenlijk alleen de boodschappenjongen.'

'Kunnen Ransome en Lamb goed met elkaar opschieten?'

'Ze lijken zelfs goed bevriend. Lunchen en dineren samen. Werken lang door. Cecily gaat in het weekend vaak naar Malibu om met Ellie te werken.'

Archer tikte as in een glazen asbak en staarde in zijn glas.

Chandler zei opgewonden: 'Uw werk lijkt me erg leuk en gevaarlijk.'

'Dat is zo, maar nooit tegelijkertijd. Wanneer hebt u Lamb voor het laatst gezien?'

Chandler bestelde een whiskey en dacht na tot die werd gebracht. 'De dag voor oudejaarsdag was ze op kantoor.'

'Heeft ze ooit gezegd dat ze de banden met een vriend in Malibu heeft aangehaald?'

'Niet dat ik me kan herinneren.'

'Hebt u de naam Bernadette Bonham ooit gehoord?'

'Nee. Wie is dat?'

'Zomaar iemand. Wat is het verhaal van die zussen? Waarom zijn zij hier met Green? Zijn zij zijn speeltjes?'

'Echt niet! Dat zijn z'n nichtjes.'

Archer keek hem van opzij aan. 'Kom op, echt waar?'

'Ik dacht hetzelfde als u, maar het zijn de dochters van zijn jongere zus. Zij is laatst overleden en nu zorgt hij voor ze. Hij geeft hun geld en vliegt ze hiernaartoe.'

Dan moet hij misschien beginnen een oplossing te vinden voor Gayles drugsprobleem, dacht Archer. 'Goed. Zeg maar tegen je baas dat ik hier vannacht blijf, voor het geval hij ons gesprek voort wil zetten.'

'Hij gaat vanavond gokken.'

'Verdomme, man! We gokken allemaal, elke minuut van elke dag.'

Chandler vertrok.

Archer bestelde nog een drankje en nam zijn glas mee naar de echte reden waarom ze de Sands hadden gebouwd.

Het casino.

44

Archer maakte een rondje, van de eenarmige bandiet naar de roulettetafels, van blackjack naar poker en elk ander gokspel hier. Onderweg stopte hij wat geld in de hand van werknemers die volgens hem misschien waardevolle dingen wisten. Nadat hij een paar keer mis had geschoten, werd hij verwezen naar een pezige man van gemiddelde lengte met een bruine hangsnor en bruine wenkbrauwen. Hij hield de wacht in een hal die was gereserveerd voor wat hij de 'grote gokkers van buiten de stad' noemde. 'Half Boston en bijna heel New York is hier,' mompelde hij tegen Archer, nadat deze hem wat geld had toegestopt.

'En LA?'

'Die hebben hun eigen zaal.'

'Ken je ene Bart Green?'

'Die zou beter zijn eigen zaal kunnen hebben.'

'Zo erg?'

'Niet voor het casino. Ik heb overal gewerkt, vriend. En ik heb Bart Green nu al jaren zien verliezen in enkele van de grootste casino's op de Strip. Ze zijn weg van hem.'

'Over hoeveel hebben we het dan?'

De man keek naar zijn lege hand.

Archer legde er een biljet van tien dollar in en zag Alexander Hamilton in de zak van de man verdwijnen.

De man keek om zich heen. 'Zou dit soort dingen niet moeten vertellen.'

'Wat voor dingen?'

Onder de snor verscheen een glimlachje. 'Hij heeft in de hele stad schuldbrieven uitstaan. Als ik die bedragen bij elkaar zou optellen, hebben we het over meer dan twee miljoen dollar, alleen al in de tijd dat ik hem hier bezig heb gezien.'

Onwillekeurig floot Archer even zacht. 'En hij heeft alles afbetaald?'

'Wat is dat nou voor vraag? Hij leeft immers nog. Weet je van wie deze stad is? Niet van mensen die je met schulden laten wegkomen, dat is verdomd zeker. Je mag van alle voordeeltjes genieten, maar als je gokt en verliest, moet je betalen. Dat zijn de tien geboden in één, in elk geval voor de klojo's die deze casino's bezitten.'

'Hoe komt hij aan zoveel geld?'

'Hij is iets belangrijks in de filmwereld. Wist je dat niet?'

'Hij is filmproducent. Volgens mij verdienen die niet zoveel geld. En dat komt boven op al zijn andere rekeningen. Dan heeft hij ook nog een groot huis in Beverly Hills én zijn eigen vliegtuig.'

'Wat kan ik zeggen, vriend? Hij betaalt wat hij schuldig is. Anders zou hij geen nieuwe films meer produceren, of gewoon helemaal niets meer kunnen doen.'

'De casino's vergeven niets?'

'Je bent echt een koorknaap, zeg! Vergeven? Hoe dat zo, denk je soms dat God hier woont of zo?' Hij snoof.

'Wat speelt hij?'

'Blackjack en poker, en hij bakt er niets van. Maar hij is verslaafd, het is een ziekte.'

'Waar speelt hij?' vroeg Archer.

'Boven. Privézaal. Met een handvol grote gokkers.'

'Is er een kans dat je mij daarnaartoe krijgt?'

De man trok zijn wenkbrauwen op. 'Heb je vijfentwintigduizend dollar op zak? Want dat heb je nodig om in die zaal te kunnen spelen. Contant of met een gewaarmerkte bankcheque. Anders gaat het niet lukken, *kemosabe*.'

'Ik heb zelfs nog nooit vijfentwintigduizend dollar bij elkaar gezien.'

'Ik ook niet, vriend.'

'Speelt hij met ene Simon Jacoby?' vroeg Archer.

'Nee. Niet in die zaal.' Hij wees naar een van de pokertafels. 'Dat is Jacoby, de man helemaal links. Een zielige, waardeloze vent.'

Archer keek naar Jacoby. De man droeg een bruin pak, had brede schouders en een beginnend buikje. 'Verliest hij ook bakken met geld?'

'Hé, je moet niet denken dat ik de score van iedereen hier bijhoud!'

Archer gaf hem nog een briefje van tien, waarna de man zijn bruine snor even optrok.

De man glimlachte weer kort en zei: 'Maar de grote winnaars en verliezers trekken wel mijn aandacht. Dus kan ik je vertellen dat Jacoby vroeger overal in de stad in de privézalen speelde, maar inmiddels is teruggestuurd naar de begane grond met al het andere tuig.'

'Een grote verliezer dus?'

'Die een paar keer bijna bezoek heeft gekregen van de *knee-and-back-breaker squads*. Maar toen haalde hij toch ergens geld vandaan.'

'En hij is hier nog steeds en verliest.'

'Hoe meer je verliest, hoe meer je moet spelen om terug te winnen wat je hebt verloren. Die denkwijze is de heilige graal van de gokbusiness, en elk casino rekent daarop. Van die lui boven met minimaal vijfentwintigduizend dollar tot en met de sukkels achter de gokkasten. Maar Jacoby verliest niet meer zoveel als vroeger. Hij zit aan de ketting, een korte.'

'Hoe zit het met een andere vriend van Green? Danny Mars?'

De man wreef zijn duim en wijsvinger weer over elkaar en Archer voldeed opnieuw aan zijn verzoek. 'Danny Mars is net als die arme ouwe Simon Jacoby verbannen naar de kinderspeelplaats.'

'Ik heb gehoord dat zijn vrouw steenrijk is,' zei Archer.

'Dat klopt. En ik heb uit goede bron dat het casino bij haar aan de deur is geweest om een paar van zijn schuldbrieven betaald te krijgen.'

'Daar was ze vast niet over te spreken,' zei Archer.

‘Dat zou niemand toch zijn? Mars is een stomkop die het heerlijk vindt om bij de grote jongens te zijn, maar daar niet de capaciteit voor heeft en dat ook nooit zal hebben. Green houdt hem gewoon voor de lol bij zich in de buurt, heb ik gehoord. En Mars houdt heel veel van pleziertjes, als je snapt wat ik bedoel. Meer van meiden dan van gokken.’

‘Heeft mevrouw Mars de schulden van haar man betaald?’ In gedachten zag Archer dat deze warrior haar zwaard in Danny Mars’ borst stak.

‘Zij en haar man leven immers nog steeds?’

Archer dacht dat dat misschien wel de voornaamste reden was dat het huwelijk van de Marses op springen stond. Vrouwen konden net als mannen overal seks krijgen, vooral een vrouw als Gloria Mars. Geld was een andere kwestie. Zelfs voor een vrouw met een oliebron vol geld van J.P. Morgan en U.S. Trust.

‘Goed, wat weet je over de bodyguard van Bart Green? Little Tony?’

De man vertrok zijn gezicht. ‘Die heeft hier in Vegas gewerkt.’

‘Als wat?’

‘Het was zijn taak om ervoor te zorgen dat mensen hun schuldbrieven betaalden. Als ze dat niet deden, leerde Little Tony hun een lesje, en dat was niet mis.’

‘Waarom zou Green willen dat zo’n man over zijn schouder meekijkt?’ Opeens kreeg Archer een idee, iets wat hij eerder aan Green had laten doorschemeren, maar nog niet echt had doordacht. ‘Wacht even, omdat Little Tony dan niet zo ver hoeft te lopen om Greens knieën te breken?’

De man keek Archer waarderend aan. ‘Je bent géén koorknaap, wel?’

‘Little Tony is dus minder een beschermengel en meer een bewaker? Namens de casino’s?’

De man knikte en zei: ‘Dat heb je niet van mij.’

‘Is Little Tony degene die bijna Simon Jacoby’s knieën moest breken?’

De man wreef zijn duim en wijsvinger weer over elkaar en Archer gaf hem een briefje van vijf. In dit tempo was hij snel door zijn geld heen.

'Little Tony brak zijn neus en stond op het punt datzelfde te doen met zijn rug in de steeg achter de Flamingo.'

'Wat gebeurde er toen?' vroeg Archer.

'Op het laatste moment kwam het geld binnen.'

'Hoe dan?'

De man haalde zijn schouders op. 'Ik ben geen helderziende, vriend. Maar het geld kwam inderdaad, anders zat Jacoby nu in een rolstoel en dronk hij door een rietje, zeker weten.'

Archer had nog een laatste vraag. 'Wat weet je over ene Darren Paley?'

De blik van de man werd gespannen. 'Met die man wil je niets te maken hebben. Ik zat bij het Korps Mariniers, heb gevochten bij Iwo Jima en Guadalcanal en heb alle stoere mannen in deze stad gezien, maar hij is een van de weinigen die me echt angst inboezemt. Er zitten een paar steekjes bij hem los en hij is zo gevaarlijk als een ratelslang.'

'Ik heb misschien geen keus. Dus, wat weet je over hem?'

'Hij heeft hier in de stad gewerkt en had nauwe banden met de maffia. Hij gaf leiding aan de *enforcement squad* voor ze, die ervoor zorgde dat mensen hun schulden betaalden en hen als ze dat niet konden afstraften, en Little Tony was een van zijn hulpjes.'

'Maar hij zit nu in LA.'

'Klopt. Hoorde dat hij de maffia heeft verlaten en een tent in LA's Chinatown beheert.'

'Dat is zo, de Jade Lion. Wat weet je dáárover?'

'Helemaal niets. Maar Paley ken ik wel. Hij is op en top een maffiaman.'

'Dus wat hij in Chinatown doet, betekent misschien toch werken voor de maffia.'

'Dat zeg jij, niet ik.'

Archer liet de man staan en liep naar de pokertafel waar Jacoby speelde en verloor.

Jacoby was begin veertig, maar leek veel ouder. Zijn haar werd snel grijs, zijn gezicht was lang, slap en gezwollen, en hij had een ongezonde huidskleur. Hij had drie halflege glazen voor zich staan en keek ongeconcentreerd naar zijn kaarten. Zijn dikke buik drukte tegen de tafel. Hij zat als een klein meisje met gekruiste enkels en droeg een slecht passende broek die omhoogkroop. De paar fiches die voor hem lagen vertelden Archer alles wat hij moest weten over Jacoby's vaardigheden en vooruitzichten met betrekking tot dit spel.

Archer dacht aan Jacoby's elegante vrouw in haar perfecte kleding in haar perfect ingerichte herenhuis. Hij vroeg zich af hoe Alice Jacoby, de dromer, omging met deze zwakte van haar man. Hij vroeg zich hetzelfde af over de spijkerharde Mallory Green, omdat Bart Greens verslaving haar net zo goed als haar man de das om kon doen. Maar misschien wisten beide vrouwen helemaal niet hoe erg het was, of misschien betaalden hun respectieve echtgenoten hun rekeningen op een illegale manier, of misschien had de bron van dat geld iets te maken met Darren Paley en de Jade. Op dit moment had Archer echter geen idee hoe zij iets met elkaar te maken konden hebben.

Hij keek zo aandachtig naar Jacoby en was zo in zijn eigen gedachten verdiept dat hij pas merkte dat Little Tony naast hem stond toen hij de loop van diens pistool tegen zijn rechternier voelde.

'We gaan een stukje lopen, Archer. En je moet weten dat wanneer ik je hier in het openbaar doodschiet vijf mannen zullen verklaren dat het zelfverdediging was en de politie me absoluut niet zal lastigvallen.'

'Ik geloof je meteen,' zei Archer terwijl ze wegliepen.

45

Archer liep met het pistool tegen zijn ruggenwervel en rook niet alleen zijn eigen angst, maar ook de zware geur van de cologne waarmee Little Tony zichzelf had overgoten.

Ze liepen door een lange donkere gang en daarna door een deur die Little Tony achter hen sloot.

Er waren twee andere mensen in het vertrek. De jonge Chinese vrouw van de Jade die Archer steeds met dezelfde woorden – 'die kant op, schatje' – naar de bar had gedirigeerd. Ze droeg felgele kleren.

Archer hield zijn blik instinctief gericht op de man die naast haar zat. In het zwakke licht leken de littekens op Darren Paleys gezicht op te lichten. Hij droeg een donker pak met stropdas. Zijn witte overhemd leek warm en glimmend in dit licht. Een witte pochet zat wat scheef in zijn borstzakje. Een nieuw uitziende gleufhoed lag naast hem op de tafel. Archer zag de bult van een pistool onder zijn colbert. Van dichtbij leek de man inderdaad op een ratelslang: dun, in elkaar gedoken en heel ernstig, met ogen die nooit vergaten wat ze ooit hadden gezien. Paley rookte een sigaret en trommelde met een vinger op het tafelblad. Deze waarschuwende ratel klonk in Archers oren als kanonsvuur. Hij had Archer nog geen blik gegund.

'Hij?' vroeg Paley. 'Is dit die man?'

Eerst wist Archer niet tegen wie hij het had.

Toen knikte de vrouw. 'Ja. Hij was er die avond.'

'Weet je het heel zeker?'

'Ja. Ik weet het zeker.'

'Bedankt. Nu oprotten.'

De vrouw stond snel op, glipte langs Archer en Little Tony, en verliet het vertrek. Ze keek geen enkele keer naar Archer. Hij nam aan dat zij liever niet bij dode mensen in de buurt was.

Die kant op, schatje.

Zodra de deur dicht was, wees Paley naar Little Tony, die Archer naar voren duwde en hem dwong op de stoel tegenover Paley te gaan zitten.

Paley rookte rustig zijn sigaret op.

Archer keek naar hem. Hij had dit soort mannen wel vaker ontmoet: ze haastten zich nooit en namen alles wat ze deden serieus. Die aandacht was noodzakelijk, omdat ze zodra ze een fout maakten niet meer zouden leven. Al deze mannen die Archer had ontmoet waren soldaat geweest, of misdadiger.

Paley drukte zijn sigaret uit in de asbak en keek toen pas naar Archer. 'Weet je waarom ik die meid hier had?'

'Om me te identificeren.'

'Ja en nee. Ja op dat identificeren. Daar had ik wel andere mensen voor kunnen gebruiken, maar zij heeft je van dichtbij gezien. Ik wil graag zeker zijn, omdat ik graag eerlijk ben. Ik doe niemand iets aan wat ze niet verdienen, omdat ik niet zou willen dat iemand dat met mij deed. Ik accepteer een pak slaag als ik dat heb verdiend.'

'De man voor de Jade heeft me gezien.'

'Maar hij heeft je ook laten wegkomen, dus kan hij je niet identificeren. Daarom liet ik die meid hiernaartoe komen.'

'Hij is dus dood?'

Paley keek Archer aan met een blik alsof dat volkomen vanzelfsprekend was.

'Waarom zei je nee?' vroeg Archer.

'Die vrouw en haar soort gaan niet goed samen met die witte mannen, maar ik heb ze nodig om het werk te doen dat gedaan moet worden. Want weet je, als je wilt dat Chinezen respect voor je hebben moet je dat verdienen, of je moet ze doodsbang maken zodat ze niet proberen je te bedriegen. Persoonlijk geef ik de voorkeur aan dat doodsbang maken. Dus als ik haar laat zien hoe ernstig ik het meen, zegt zij dat tegen de jongens, die misschien op het idee zouden kunnen komen om iets te pakken wat niet van hen is. Dan denken die jongens daar niet meer aan, omdat ze niet willen dat hun iets ergs overkomt.' Hij zweeg even en keek Archer aan met een blik waardoor deze er weinig vertrouwen in had dat hij hier levend vandaan zou komen. 'Ik weet zeker dat jij dat ook niet wilt.'

'Dat klopt.'

Paley wiegde met zijn hoofd. 'In de oorlog heeft een mof geprobeerd mijn nek te breken. Ik heb hem met zijn eigen mes vermoord. Het wordt gevoelig als het weer verandert. Woestijnlucht schijnt te helpen.'

'Ja, zoiets heb ik ook meegemaakt.'

'Jij bent een privédetective. Je bent op zoek naar een meid die wordt vermist en je probeert uit te zoeken wie een privédetective die Bender heet heeft vermoord en zijn lijk in het huis van die meid heeft gedumpt. Mis ik iets of klopt dit ongeveer?'

'Je doet het wel goed, eerlijk gezegd.'

'Bedankt. Ik kom vanuit het niets en vond naar school gaan ook maar niets, en nu word ik omringd door al die rijke, goed opgeleide mensen. Dat kan heel intimiderend zijn.'

'Ik zou denken dat het andersom was.'

Paley keek hem aan. 'Dat zóú je denken, hè? Ja, ik kán mensen intimideren. Als de belangen echt groot zijn. Dan ben ik in mijn element, zeg maar. Het kan me niets schelen hoeveel geld ze hebben of hoe beroemd ze zijn, omdat ik meen wat ik zeg en de feiten aan mijn kant heb.'

'Dat begrijp ik wel.'

'Ik zou je verhalen kunnen vertellen over volwassen mannen die je in die films altijd zo'n stoere kerel ziet spelen, maar die in dit soort kamers hebben zitten jánken omdat ze bang waren voor wat ik met ze zou doen. Dat is echt geweldig voor een man als ik. Ik bedoel, ik kijk op tegen dat soort mannen, ik beschouw ze als helden. Maar als ze niet voor een camera staan, zijn het alleen maar bange kleine klootzakken omdat ze iets verkeerds hebben gedaan. En daar moeten ze dan op worden afgerekend en ze weten dat ik de man ben die dat gaat doen. Snap je wat ik zeg?'

'Ik snap wat je zegt.'

'Dus jij kwam naar de plek waar ik mijn zaken doe, en je hebt me een heleboel problemen bezorgd en me een van mijn jongens gekost. Je rekening is heel lang en die moet nu betaald worden.' Hij tikte op het tafelblad. 'Nu.'

'Maar ik ben niet de enige. De LA County Police onderzoekt dit allemaal ook.'

Paley hief zijn hand. 'Laten we de politie erbuiten laten. Die zullen doen wat ze moeten doen, maar meer ook niet. Dat weten we allebei, ja toch?'

'En ik dacht dat iedereen eerlijk was geworden.'

'Dat is ook zo. Verdomme, de meeste bendes hebben LA verlaten en kwamen hierheen. Gemakkelijker oogsten, en zelfs die lui houden er niet van om tegen een muur op te lopen. Nee, die komen hierheen en werken zich naar binnen bij een waardeloze goktent of de paardenraces, maar dat gaat niet echt om het geld. Dat geld is hier wel. Maar ze doen dat om te voorkomen dat de jongens in LA zich te veilig gaan voelen. Ooit van Sammy Rummel gehoord?'

'Advocaat van Mickey Cohen. Werd een paar jaar geleden in de Laurel Canyon gedumpt.'

'Dat is een voorbeeld van waar ik het over heb.' Paley trok zijn manchetten recht. 'Maar goed, wat mijn eigen zaken betreft, bespeur ik de aanwezigheid van een derde partij die hier niet hoort te zijn. Weet jij daar iets van?'

'Een derde partij?'

'Ja. Ik zal het uitleggen. Stel dat ik verwacht honderd pakketten van iets te krijgen en er maar vijfenzeventig krijg, dan is dat een probleem voor me. De week daarna wordt het verschil goedgemaakt en krijg ik misschien meer dan ik zou moeten krijgen. De volgende week gebeurt dat weer.'

'Wat is het probleem als het uiteindelijk wordt rechtgetrokken?'

Paley schudde zijn hoofd. 'Als ze me de ene week minder dan *x* leveren en me de volgende week meer van *y* sturen, dan klopt er iets niet. Dan krijg ik het gevoel dat ze me elk moment *z* zouden kunnen leveren, maar dat misschien niet doen omdat ze een andere hongerige mond vullen. Daardoor verlies ik geld, en ik hou er niet van om geld te verliezen. Dat is een obsessie van me.'

'Dus dat is die derde partij?'

'Nu begin je het te snappen. Maar zo te zien weet jij daar dus niets van.'

'Dat zou ik wel willen.'

Paley keek hem weer veelbetekenend aan. 'Ja, dat geloof ik meteen. Nu moet ik dus te weten komen waar in de toeleveringsketen iemand mijn spullen inpikt.'

'Weet Bernadette Bonham daar iets van? Ik heb jullie voor de Jade met elkaar zien praten.'

Archer had het nog niet gezegd of hij had er al spijt van.

De littekens op Paleys gezicht vertrokken. 'Ze heeft zich dus door jou laten volgen naar mijn bar?'

'Ze heeft me helemaal niets láten doen. Ik ben goed in mijn werk. Ze vertelde me helemaal niets, dus besloot ik te gaan kijken waar ze naartoe ging.'

Paley stak een sigaret op en leunde naar achteren. 'Prima, Archer, prima. Je hebt me iets verteld wat ik niet wist. Dat is belangrijk voor me.'

'Je laat me dus gewoon gaan?'

'Nee, Archer, dat zeg ik niet. Dat wist je zodra Little Tony je onder schot hield, ja toch?'

'Ja, misschien wel.'

'Maar je hebt wat tijd gewonnen. Niet veel, maar iets, terwijl ik controleer wat je me hebt verteld. En misschien laat ik je daarna wel gaan.'

'Meen je dat?'

'Nee, Archer, ik zit verdomme tegen je te liegen! Waarom? Omdat ik gewoon zo ben.'

Archer was niet snel genoeg.

De kolf van het pistool landde op zijn hoofd, vlak bij de plek waar hij al eerder een klap had gekregen. Het deed niet minder pijn, deze tweede keer. Hij viel naar voren, sloeg met zijn kin op het bureau en viel opzij, op de grond.

***

Toen Archer weer bijkwam was alles donker. Hij dacht dat hij dood was. En dat hij in de hel was beland, omdat de hemel niet donker hoorde te zijn en hij geen engelen op harpen hoorde spelen. Toen hij zijn handen bewoog, voelde hij dat hij gevangenzat in een soort kriebelige stof, een soort jute. De stof zat vlak bij zijn gezicht en hij had moeite om adem te halen. Hij had het gevoel dat hij bewoog en daardoor, in combinatie met het geluid van een motor, wist hij dat hij in een auto lag, vermoedelijk in de kofferbak. Hij duwde tegen de stof, maar die zat zo strak om hem heen dat hij er geen beweging in kon krijgen.

Toen hield de beweging op. De motor ging uit. Portieren werden geopend en gesloten. Voetstappen kwamen zijn kant op. Hij hoorde een ander geluid en het donker werd een klein beetje minder zwart. De kofferbak was dus geopend. Archers adrenalineproductie kwam in een hogere versnelling en zijn ademhaling ging sneller, omdat hij het gevoel had dat het einde van zijn leven dichterbij kwam.

Handen pakten hem beet en hij werd uit de kofferbak getild en op de grond gezet.

Een stem zei: ‘Schiet een kogel in zijn kop, en doe het snel. We moeten een diep gat graven. Hier zit ongedierte.’

Archer begon instinctief om zich heen te trappen en te slaan tegen wat hem omhulde.

Hij hoorde iemand lachen.

Een stem zei: ‘Hé, kijk eens wie er wakker is geworden.’

Toen hield het lachen op en werd er geroepen.

Archer kromp in elkaar toen hij het schot hoorde.

Daarna hoorde hij nog meer schoten. Een kreun, gevolgd door een paar vloeken. Meer schoten. Er werd een automotor gestart en hij hoorde een auto met veel lawaai wegscheuren.

Een paar seconden later was het volkomen stil.

Iets greep hem vast en hij begon er opnieuw tegen te vechten.

'Wacht even, Archer. We hebben je.'

Archer ontspande zich meteen toen hij dit hoorde, omdat hij de stem herkende.

Een mes sneed voorzichtig door de stof die hem omhulde en maakte een opening bij zijn hoofd. Een lamp scheen in zijn ogen, maar toen werd de zaklamp weggedraaid en zag hij een bekend gezicht.

Willie Dash zei: 'Hoe vaak moet ik je leven verdomme nog redden, man?'

Maar Archer zag dat Dash glimlachte en opgelucht keek.

Toch keek hij bij lange na niet zo opgelucht als Archer zelf.

46

'Paley zal zeker tien getuigen hebben die zweren dat hij vannacht niet in Vegas was,' zei Dash tegen Archer. 'Daar schieten we dus niets mee op. Bovendien wordt beweerd dat hij banden heeft met Lansky en een paar andere grote namen, zodat de politie eerder een last dan een hulp zal zijn. De maffia betaalt veel beter dan de overheid.'

Ze zaten in een vliegtuig van United Airlines en hadden de nachtvlucht genomen van Vegas naar LA.

Archer keek naar buiten en zag dat ze over bergketens en dalen vlogen. Hij had nog steeds het verstikkende gevoel dat hij in die jutezak had gehad en had bijna niet in het vliegtuig kunnen stappen, omdat hij bang was dat het toestel hem zou vermorzelen.

De stewardess had hem wat ijs gebracht, dat hij tegen zijn hoofd en kin drukte.

Nog één harde tik op mijn hoofd betekent misschien wel mijn dood.

Toen Dash en twee andere mannen Archer hadden losgesneden uit zijn begrafeniskledij, had Archer Dash gevraagd hoe het in vredesnaam mogelijk was dat ze daar waren.

Dash had hem verteld dat hij zodra hij hoorde dat Archer in Vegas was in een vliegtuig was gesprongen. Voor zijn vertrek had Dash twee doorgewinterde privédetectives gewaarschuwd die in Vegas werkten en eerder met Dash hadden samengewerkt. Ze hadden Archers spoor opgepikt in de Sands, hem zien verdwijnen met Little Tony en net op tijd opgemerkt dat twee mannen Archer in een zak stopten en in de kofferbak van een Plymouth legden. Ze waren de auto gevolgd en toen de mannen stopten en op het punt stonden Archer te vermoorden, hadden ze ingegrepen door te gaan schieten. Dash dacht dat hij een van de mannen had verwond, maar ze waren allebei ontsnapt.

'Hoe zit het met Little Tony?' vroeg Archer.

'Mannen zoals hij graven zelf geen graven. Hij zal beweren dat hij geen idee heeft waar je het over hebt. Hij doet de beveiliging van het casino, jij leek verdacht, dus nam hij je apart, praatte even met je en liet je gaan. Hij weet niets van wat er daarna gebeurde en zal getuigen hebben die zijn verklaring steunen.'

'Ze hadden me ook in dat casino kunnen vermoorden,' zei Archer.

Dash schudde zijn hoofd. 'Dat zou Paley nooit doen. Kogels afvuren, bloed laten vloeien, allemaal bewijzen? Zelfs de politie zou dat niet kunnen negeren. En Paley zal nooit zo respectloos zijn tegenover mannen als Meyer Lansky en Moe Dalitz en zo door een splinternieuw pand als de Sands te gebruiken als een persoonlijke executieplaats, want dat kost de maffia geld. Tuurlijk, Paley is een sadistische lul, maar mobsters zoals Lansky hebben wel honderd Paleys op de loonlijst staan. Dat zou een bloedbad worden en dat weet Paley heel goed. Ze nemen je dus te pakken in het casino, slaan je bewusteloos en maken je af in the middle of nowhere. Alleen hadden ze geen idee dat het daar zo druk zou zijn.'

'Paley schijnt te denken dat er een andere partij is die een deel van zijn drugs krijgt.'

'Dat is interessant. Wat weet je nog meer?'

Archer vertelde Dash dit en ook alles wat hij te weten was gekomen over Bart Green, Simon Jacoby en Peter Mars.

'Die drie mannen zijn dus gokverslaafd en Mars houdt ook van vrouwen en drank.'

Archer knikte. 'En ze zijn er allemaal in geslaagd hun schulden af te betalen. Maar zo te zien deed Green het veel beter dan de andere twee. Hij mag nog steeds meespelen aan de grotemensentafel.'

'En Mars? Hoe heeft die zijn schulden afbetaald?'

'Dat vergat ik je te vertellen. De casino's hebben Gloria Mars gedwongen te betalen.'

'En Simon Jacoby?'

'Zijn vrouw Alice zei dat zijn bedrijf goed draait, dus misschien kon hij het daardoor betalen. En hij heeft hun grote huis en misschien ook nog wat geld geërfd.'

'Ik weet wel dat Bart Green een geweldige producer is, maar twee miljoen dollar aan gokschulden? Dat komt echt niet uit zijn eigen bedrijf.'

'Mee eens. En de Bonhams hebben iets met Paley te maken. De vrouw in elk geval.'

'Van een man als Paley weet je nooit wie hij in zijn macht heeft.'

'En, gaan we naar de politie?'

'Waarmee?' riep Dash.

'Ik wil je een theorie voorleggen, Willie.'

'Ga je gang.'

'Er is een man in Lambs huis als ik daarnaartoe bel. Hij neemt de telefoon op. Ik ga ernaartoe, zie Benders auto staan, struikel over de dode Bender en iemand geeft me een klap op mijn kop. Ik kom weer bij, vind in Lambs huis een Wheeldex-kaartje met de naam van de Jade Lion erop én de naam Jonathan Brewster, wat de codenaam is voor Darren Paley. Ik bel de politie. Ik rij in westelijke richting zodat ik ze niet tegenkom en ga naar het strand. Daar zie ik toevallig smokkelaars die kratten uit een boot dragen. Op de dag waarop Bender is vermoord! Ik vecht met een man en kan ontsnappen. In Lambs kantoor bij Green & Ransome vind ik luciferboekjes van de Jade Lion. Alice Jacoby zweert dat ze daar nooit is geweest als ik haar een van die luciferboekjes toon, maar ik heb een getuige die zweert dat ze Alice Jacoby daar heeft gezien. Kun je me nog volgen?'

'Je doet het prima, Archer. Vertel verder.'

'Ik ga naar de Jade. Ik struikel over kratten waar nog zand aan zit en vind een ampul waar heroïne in heeft gezeten onder een bed. Dan spreek ik met Bernadette Bonham op het vliegveld en zij gaat meteen naar Paley. Ik word erbij gelapt door de vrouw van de Jade, die verklaart dat ik de man ben die daar die nacht was. Dan geeft Paley Little Tony opdracht me op te pakken en Paley vraagt mij of ik weet waarom zijn zendingen worden afgeroomd. Dat weet ik niet en dan probeert hij me te laten vermoorden.' Archer zweeg en keek naar zijn partner. 'Goed?'

'Goed wat? Ik twijfel er niet aan dat Paley drugs verkoopt. Maar we hebben geen enkel bewijs dat Paley iets te maken heeft met wat jij die nacht op het strand hebt gezien. En we hebben geen enkel bewijs dat dat drugs waren.'

'Ik denk dat de kratten die ik in de Jade heb gezien vol zaten met...'

'In LA zijn een heleboel kratten waar zand aan zit en daar is een heleboel heroïne. En het kan een openbaar aanklager geen zak schelen wat jij dénkt. Je staat tegenover een enorme overmacht, Archer, en met een katapult kun je geen oorlog winnen. De maffia kan de beste advocaten ter wereld betalen en tegen de tijd dat die klaar met je zijn, zit jíj in de bak voor drugstransporten.'

'Maar Bernadette Bonham kent Darren Paley. Dat zegt mij dat wat op dat strand van Malibu gebeurde te maken heeft met de Jade. En vanaf dat punt is het geen grote sprong naar de moord op Bender in die canyon. En naar Lambs verdwijning. Zij was bang omdat ze misschien iets wist. Misschien wist ze iets over die drugshandel.'

'En misschien ben ik de koningin van Engeland, alleen kan ik het niet bewijzen. En dat Bonham Paley kent is geen misdaad.'

Archer leunde naar achteren en sloot zijn ogen. Hij wist dat Dash gelijk had. Hij kon niet bewijzen dat wat hij op het strand had gezien iets te maken had met de moord op Bender of de Jade Lion en Darren Paley. Hij opende zijn ogen. 'Goed. Laten we weer bij het begin beginnen. Waarom zou Alice Jacoby liegen over de Jade?'

'Misschien moet je haar dat vragen.'

'Misschien doe ik dat wel. Maar hoe zit het met Paley? Moet ik blijven rondlopen met ogen in mijn achterhoofd?'

'Hij zal zich nu even gedeisd houden. Hij zal wel moeten na wat er vannacht is gebeurd.'

'Dus zijn jongens zullen hem vertellen dat ze het vannacht hebben verkloot?'

'Ben je gek geworden, Archer? Die "jongens" zijn nu vermoedelijk al bijna in Mexico. Dat waren gewoon twee boefjes die op het laatste moment waren ingehuurd om die klus te klaren. Ze wisten waarschijnlijk niet eens dat het in opdracht van Paley gebeurde. Zodoende gaat Paley vrijuit, maar hij zal weten dat ze het hebben verkloot en als hij hen te pakken kan krijgen, zal hij ze in hetzelfde gat dumpen dat ze voor jou hadden moeten graven. Maar inmiddels zal hij het slechte nieuws al hebben gehoord en hij zal de tijd moeten nemen om na te denken over zijn volgende stap. Wat betekent dat we even een adempauze hebben.'

'Lijkt wel een damwedstrijd.'

'Schaken, Archer. Dammen doe je voor de lol, maar schaken is serieus.' Dash gaf Archer een stukje papier. 'Liberty's nieuwe adres en telefoonnummer.'

'Bedankt.'

Dash wenkte de stewardess en bestelde twee cognac met ijs.

Archer dronk zijn glas in één teug leeg. 'Zware nacht.' Hij zag dat Dash hem met een vreemde blik aankeek. 'Ik weet dat het op het nippertje was, Willie.'

'Je hebt niet echt iets verkeerd gedaan, Archer. Je had je natuurlijk niet door Tony te pakken moeten laten nemen. Maar in ons vak kun je maar negenennegentig procent van de tijd alles perfect doen en beland je door die laatste één procent in een voortijdig graf.'

'Zoals Cedric Bender?'

'Ja, zoals hij. En, doe je nog steeds mee?'

'Je maakt een grapje zeker?'

'Ik zal je eens wat vertellen. Toen ik nog bij de FBI zat, deden we een keer een inval bij een van Al Capones drankoperaties. Dat was tijdens de drooglegging, dat snap je wel. En het was in Chicago, dus speelden we op Big Al's thuisveld. De inval liep helemaal mis, doordat we foute informatie hadden gekregen van een politieverklikker. En toen hield een van Capones mannen me onder schot, om me nog geen seconde later een kogel hier in m'n kop te jagen.' Dash wees naar het plekje tussen zijn ogen. 'Maar toen werd hij doodgeschoten door mijn baas Melvin Purvis, een fantastische schutter. Die nacht was ik zelfs nog dichter bij mijn dood dan jij vannacht. Daarna nam Purvis, een verdomd goede agent die me heel veel had geleerd, me apart en vroeg of ik wilde blijven werken. Natuurlijk, de kans dat je wordt vermoord hoort bij het werk van een federale agent, maar een man blijft een man en je verandert als je bijna bent vermoord. Dat wist Purvis.'

'Hoe verandert het je?'

'Je wordt besluiteloos, bent onzeker van jezelf, aarzelt als je niet mag aarzelen. Purvis vroeg dat niet omdat hij zich zorgen om míj maakte, maar omdat hij zich zorgen maakte om zijn team. Een ketting is zo sterk als zijn zwakste schakel, Archer. En als ik me niet meer volledig kon inzetten, zou dat ertoe kunnen leiden dat andere agenten werden gedood. Dát vond Purvis belangrijk.'

'Wat zei je tegen hem?'

'Ik bedankte hem omdat hij mijn leven had gered en zei dat ik graag hetzelfde voor hem wilde doen.'

De mannen keken elkaar even aan.

'Bedankt dat je míjn leven hebt gered, Willie. En dat zal ik met alle plezier een keer voor jou doen.'

Dash grijnsde, pakte Archer bij de schouder, dronk zijn cognac op, liet de rugleuning van zijn stoel zakken en sliep de rest van de korte vlucht.

47

In LA reden Dash en Archer naar Silver Lake in Archers huurauto, die hij op het vliegveld had laten staan.

Dash nam een kamer in hetzelfde motel en ging naar bed.

Archer ging naar zijn kamer en belde Callahan, die algauw opnam. ‘Hoi, Liberty.’

‘Hoi, Archer.’

‘Sorry, ik weet dat het al heel laat is.’

‘Je weet dat ik nooit vroeg naar bed ga.’

‘Ben je al gewend?’ vroeg hij.

‘Ja hoor.’

‘En je bent heel voorzichtig en zo?’

‘Precies zoals je zei.’

‘Luister, ik weet dat je hier helemaal niet op zat te wachten. Sorry.’

‘Ellie Lamb is mijn vriendin. Je hebt die zaak aangenomen om haar te helpen. Hoe gaat het daarmee? Al aanwijzingen gevonden?’

‘Ja, een paar.’

‘Je hebt toch niet weer een klap op je hoofd gehad?’

Archer wreef over de plek waar Little Tony hem had geslagen. ‘Nee hoor, zeker niet. Het was een vrij normale dag.’

‘Normaal is fijn.’

‘Ja,’ zei Archer zacht. ‘Nou, ik hoop dat je lekker slaapt. En ik...’

‘En jij wat?’

‘Ik wilde gewoon je stem horen.’

‘Niet zo week doen, Archer. Straks raak je je reputatie als stoere vent kwijt. Welterusten.’

Archer legde de hoorn op de haak en keek om zich heen in de kleine goedkope kamer, die eruitzag alsof daar sinds de jaren twintig niets meer aan was veranderd. De afgelopen drie jaar had hij in veel goedkope hotels geslapen, misschien wel in te veel. Hij was af en toe ook heel dicht bij de dood geweest, maar nooit zo dichtbij als vannacht. Als Dash er niet was geweest en had gedaan wat hij had gedaan? Als Archer hem niet heel spontaan had opgebeld en hem had verteld dat hij in Vegas zat en wat hij van plan was? Dan was Dash er niet geweest.

Dan lag ik nu in een graf in de woestijn. Dan kreeg ik niet eens een stomme rouwdienst, zoals Bender. En Liberty zou zich een tijdje afvragen wat er van me was geworden, maar daarna doorgaan met haar leven. Omdat we dat allemaal nu eenmaal moeten doen.

Bij die laatste gedachte verkrampte een stukje van zijn ziel, ook al begreep hij dat niet helemaal. *Ze zou me wel missen. Dat is al iets.*

Hij pakte zijn heupflacon en schonk wat whiskey bij zijn tweede glas cognac uit het vliegtuig. De drank brandde in zijn slokdarm, maar dat gevoel had hij nu echt even nodig.

Je leeft, je bent niet dood. En je krijgt een nieuwe kans om af te rekenen met de lui die je wilden vermoorden. Speel het spel zo hard je kunt, Archer. Maar speel het spel vanaf nu ook slim.

Het was niet gewoon een kwestie van wraak of terugpakken of betaald zetten. Archer wist niet zeker wat het wel was. Gerechtigheid was een eenvoudig woord dat een heleboel ingewikkelde betekenissen kon hebben. Goed versus kwaad was al net zo'n vergelijking. Maar met mensen als Paley was het niet onvoorspelbaar. Hij was in- en inslecht en verdiende het niet om te leven.

Dus de volgende keer dat je hem in het vizier krijgt, Archer, moet je ervoor zorgen dat hij na die ontmoeting niet meer leeft. Want hij zal met jou hetzelfde proberen te doen. En daar lang niet zoveel moeite mee hebben als jij. Dat is het verschil. Dat is eigenlijk precies waar het om draait.

***

Archer werd de volgende ochtend wakker, douchte, trok schone kleren aan en ontbeet samen met Dash in een goedkoop eethuisje vlak bij het motel.

'Heb nieuws, Archer. Ze hebben Benders auto gevonden.'

'Waar?'

'In de oceaan bij de Malibu Pier.'

'Zat er iemand in? Eleanor Lamb, bijvoorbeeld?'

'Nee. Het was wel een mooie parel, maar er zat geen glanzende oester in.'

'Heeft Oldham hem gevonden?'

'Na een tip, ja. Maar moet je horen, ze zeggen dat hij niet heel hard aan deze zaak werkt.'

Archer nam een slok van zijn koffie. 'Ja, ik dacht al dat zijn grote toespraak over dat hij niet corrupt was grote onzin was.'

'Ik denk niet dat hij omkoopbaar is. Begrijp me niet verkeerd, sommige agenten van de countypolitie zijn dat wel. Alleen hebben ze een man als Oldham niet nodig.'

'Waarom doet hij het dan rustig aan?'

'Je moet het zo zien, Archer. LA draait op heel veel dingen, maar LA draait vooral op de Hollywood-fantasie. Om die ene reden komen hier miljoenen toeristen naartoe en willen elk jaar opnieuw honderdduizenden nieuwe mensen deze stad hun thuis noemen, zodat ze kunnen proberen mee te liften met die magie. Dat alles bij elkaar betekent een heleboel geld voor iedereen, goed of slecht. En ik denk dat iemand op de hoogte is van de in de Jade gemaakte privéfilms die door jou zijn ontdekt. En misschien weten ze dat daar een heleboel sterren in verstrikt zijn geraakt. Als dat bekend wordt, komt er een einde aan deze fantasie die ontelbare banen creëert, tijdschriften verkoopt en wereldwijd mensen geboeid voor de tv of in de bioscopen laat zitten.'

'Jake zei zo ongeveer hetzelfde. Maar hoe zou de politie moeten weten dat Benders dood te maken heeft met wat er in de Jade gebeurt?'

'Als ik dat wist, Archer, wist ik alles. En mensen op het niveau van Oldham hoeven dat niet te weten. Ik zeg alleen dat geld praat, maar nog altijd stinkt.'

'Je zegt dus dat Paley vrijuit gaat?'

'Ik zeg dat sommige mensen misschien denken dat het de moeite waard is om hem vrijuit te laten gaan. Goed, wat ga je nu doen?'

'Allereerst met Alice Jacoby praten. Daarna ga ik op zoek naar de Bonhams. Ik begin in Malibu. Ik wil weten hoe zij Paley kent. En ik ben misschien zo dom geweest om Paley te veel over Bernadette te vertellen. Ik wil niet dat zíj bij de Malibu Pier uit het water wordt gevist.'

'Goed.'

'Wat ga jij doen?' vroeg Archer.

'Ik ga op bezoek bij Jake. We hebben een paar potjes op het vuur staan. En ik kan vandaag niet op je passen, dus je moet heel erg voorzichtig zijn.'

'Maar je zei dat Paley zich gedeisd zou houden,' zei Archer.

'Maar Paley is immers niet de enige moordenaar hier?'

48

Alice Jacoby was in haar designstudio van Warner Brothers. Nadat Archer haar had gebeld met de vraag of hij langs mocht komen, had ze hem op de bezoekerslijst gezet.

Archer parkeerde zijn auto langs de straat, liep naar het hek, mocht doorlopen en was een paar minuten later bij haar.

Ze droeg een donkergroene lange broek met hoge taille, een witte blouse en een militair aandoend marineblauw jasje met een dubbele rij koperen knopen, en had haar haar in een paardenstaart gebonden. Nu ze niet in haar geërfde herenhuis was, leek ze jonger en zorgelozer, alsof ze veel zin had in het leven. Maar misschien werd ze minder zorgeloos zodra hij haar had verteld waarom hij hier was.

In haar studio zag hij planken vol boeken en dossiermappen, en op een prikbord waren gedetailleerde tekeningen geprikt. Ingelijste filmposters en gesigneerde foto's hingen aan de muur en stonden op lage tafels. In een hoek stond een hoge kast die eruitzag alsof hij in de vorige eeuw was gemaakt. Op een hoge tafel midden in het vertrek stond een maquette van een weelderige slaapkamer, een grote bibliotheek en een orangerie in oud-Engelse stijl. Jacoby zat aan haar tekentafel, waar tekeningen op lagen en briefjes met aantekeningen op waren geprikt.

Archer ging zitten en wees met zijn hoed naar de maquette. 'U werkt hard, zie ik.'

'Een Ginger Rogers-film. Sinds ik in deze stad ben, heb ik er aan minstens twaalf meegewerkt, vooral tijdens de oorlog. Ze is niet meer zo'n magneet als vroeger, maar heeft vorig jaar meegespeeld in een film met Cary Grant en Marilyn Monroe, *Monkey*

Business. Die heeft het erg goed gedaan, dus maken we weer een Ginger Rogers-film. O, we hadden zo'n plezier in de oorlog.' Met een verlangende blik voegde ze eraan toe: 'Ik weet dat die tijd voor veel mensen heel erg was, maar ik had het gevoel dat we iets belangrijks deden. We vrolijkten mensen op en gaven hun een reden voor hoop, weet u?'

Archer had geen zin in onbelangrijke praatjes en bovendien kon hij haar opmerkingen niet waarderen. Het leek wel alsof iedereen in LA het idee had dat hun films de oorlog hadden gewonnen en niet het bloed van echte soldaten. 'Ik wil u een paar vragen stellen die misschien niet erg aangenaam zijn om te horen,' zei hij kortaf.

Ze leek geschrokken, vond Archer. Nou, daar moest ze dan maar aan wennen, want hij moest opschieten. Hij was nog steeds aangeslagen doordat hij bijna was vermoord en dacht dat daar misschien geen verandering in zou komen tot hij echt in een graf lag. Archer was ervan overtuigd dat deze vrouw tegen hem had gelogen. De meeste mensen logen natuurlijk tegen privédetectives, ook hun eigen cliënten, maar Archer had dat nooit kunnen waarderen.

'Juist. Wat zijn uw vragen?'

'U zei tegen me dat u nog nooit van de Jade Lion had gehoord en nog nooit naar Chinatown was geweest?'

'Dat klopt.'

'Alleen heb ik een getuige die u verschillende keren in de Jade heeft gezien.'

'Wie is die getuige?'

'Dat zeg ik liever niet. Maar ik kan u wel vertellen dat deze persoon heel betrouwbaar is.'

'Dan moet die persoon zich in mijn geval vergissen.'

'Weet u zeker dat u me niet iets wilt vertellen?'

'Er is niets te vertellen. Ik ben nog nooit in Chinatown geweest.'

'U zei dat het bedrijf van uw man goed draait?'

'Dat klopt.'

'Maar hij is gisteravond in Vegas gezien, waar hij aan de gewone pokertafel zat omdat hij niet genoeg geld had om met de grote jongens te spelen.'

'Wie zag hem daar?' zei ze scherp. 'Ook een van uw betrouwbare getuigen?'

'Nog beter, ík heb hem daar gezien. Hij heeft veel geld verloren met gokken, mevrouw Jacoby. Heel veel geld. Ze hebben hem ook te pakken genomen en bijna zijn knieën en rug gebroken omdat hij zijn schulden niet betaalde. Maar opeens betaalde iemand zijn schulden af en sindsdien houdt iemand hem heel kort in Vegas. Was u die persoon? In beide gevallen?'

Terwijl Archer aan het woord was leek het alsof Jacoby steeds kleiner werd, tot ze bijna in een kamer van haar maquette leek te passen. Hij stelde zich haar even voor, zittend voor de kleine open haard met een borrel in de hand, terwijl ze zich afvroeg wat er met haar heerlijke leven was gebeurd.

Ze stond op, liep naar de hoge kast en opende de deuren. In de kast was een bar met een rij kleinere en grotere flessen, die voor haar vermoedelijk de scheidingslijn vormden tussen nuchter en dronken zijn. Archer wist niet goed waarom, maar het verbaasde hem niet dat er een bar in de kast zat. Opeens begreep hij het: deze vrouw verborg alle onvolmaaktheden het liefst onder een laagje vernis.

'Wilt u iets sterkers drinken dan koffie?'

Archer keek op zijn horloge en trok zijn wenkbrauwen op. Hij wist wel dat iedereen in LA te veel dronk, maar dit was een beetje belachelijk. 'Ik wacht liever tot mijn eieren en geroosterd brood zijn verteerd.'

'Voor mij is het tegenwoordig nooit te vroeg, ben ik bang. Als u geen bezwaar hebt?'

'Ik zou niet tussen u en uw drank in willen staan.'

Ze maakte een whiskey met citroensap en ijs klaar en dronk het op alsof het cola was. Ze drukte het glas tegen haar voorhoofd en zette het toen neer. 'Bent u ooit getrouwd geweest, meneer Archer?'

'Nee.'

'Doe het niet. Het is niet de moeite waard. Dat zeg ik natuurlijk vanuit het perspectief van de vrouw. Voor mannen is het anders. Zij kunnen doen wat ze verdomme willen.'

'U bent niet de enige die er zo over denkt. Veel mensen hier zijn ongelukkig. Dat houdt mij druk aan het werk, zeg maar.'

'Mijn kinderen maken me gelukkig. Mijn werk maakt me gelukkig. Mijn huwelijk niet.'

'Heeft uw man geprobeerd hulp te zoeken? Er zijn mensen die gespecialiseerd zijn in dat soort dingen.'

'Ik heb al vaak geprobeerd hulp voor Simon te krijgen. Maar een ander kan het niet voor hem doen.'

'Ik heb gehoord dat hij regelmatig met Bart Green en Danny Mars naar Vegas vliegt?'

'Té regelmatig. Weet u hoe ze zichzelf noemen?' vroeg ze op schrille toon.

'Ik zal een gokje wagen: de Drie Musketiers?'

'Hoe weet u dat in vredesnaam?'

'Ik ben een man. Mannen denken oppervlakkig en mannelijk als het over dat soort dingen gaat. Hoe denkt zijn bedrijf over zijn goklust?'

'Simons partners zijn geheelonthouder en diaken in hun kerk. Zij beschouwen gokken als een zonde.'

'Niet erg positief dus?'

'Dat is zacht uitgedrukt. Het is heel goed mogelijk dat ze hem uit het bedrijf zetten.'

De telefoon ging en Jacoby nam op. Ze luisterde even en zei toen: 'Ik kom er zo aan.' Ze legde de hoorn neer. 'Ik moet even wat regelen, maar het duurt niet lang. Kunt u wachten?'

'Ja hoor, dat kan wel.'

Tijdens haar afwezigheid liep Archer even rond en hij bekeek de ingelijste filmposters en de foto's die waren gesigneerd door Hollywood-sterren van de afgelopen twintig jaar. Hij bleef staan bij een ingelijste foto die iets apart stond, een kopie van de foto die in Jacoby's huis stond van de studentes van Wellesley. Hij herkende Jacoby en Lamb meteen en liet vervolgens zijn blik over de rijen dwalen. Tot...

Verdomme!

Op de tweede rij, helemaal links, zag hij een bijna twintig jaar jongere Gloria Mars. Hij kon zich niet vergissen in haar ogen en de hooghartige manier waarop ze zich altijd gedroeg. *Waarom had Jacoby niets over hun gezamenlijke studietijd gezegd?*

Hij bleef rondlopen tot hij bij een paar andere ingelijste foto's kwam die in een groepje op een tafel stonden. En weer viel zijn mond open.

Op deze foto stond een veel jongere Mallory Green in een achttiende-eeuws kostuum naast een jonge Alice Jacoby die toen begin twintig was. De foto was door Mallory Green opgedragen aan Alice Jacoby, en achttien jaar geleden gemaakt. Archer herinnerde zich dat Jacoby toen in de filmwereld was begonnen als setdesigner. Dus zo waren ze vermoedelijk bevriend geraakt, toen Green veel aardiger en zwaarder was geweest. Haar gewichtsafname in deze periode had haar uiterlijk geen goed gedaan, want haar natuurlijke schoonheid was veranderd in een hard, vals omhulsel. In eerste instantie verbaasde het hem dat ze ooit actrice was geweest. Aan de andere kant was ze zo keihard dat ze zo ongeveer alles kon doen, dacht hij.

Hij hoorde voetstappen aankomen en zat alweer voordat Jacoby binnenkwam. Ze leek een beetje aangeschoten en een paar haren waren ontsnapt uit haar speld. 'Sorry. Er is altijd drama op de set, en dan heb ik het niet over de acteurs.'

'Ik begrijp het. Waar kent u Gloria Mars van?'

Ze leek verrast door de vraag, maar zei: 'Van Wellesley. Hoezo?'

'Ik was gewoon nieuwsgierig. Kende Eleanor Lamb Gloria Mars ook?'

'Ja. Zo groot is Wellesley niet. We zaten in hetzelfde eindexamenjaar.'

Archer wees naar de foto. 'En Mallory Green. Was zij actrice?'

Jacoby glimlachte. 'Die foto is gemaakt aan het einde van haar acteercarrière, haar laatste film zelfs. Ik had de sets ontworpen, dat was mijn eerste opdracht. Zij zal u vertellen dat ze geen geweldige actrice was, maar ze is een fantastische documentaire-regisseur. Ze heeft twee Oscars gewonnen.'

'Dat vertelde ze. Heeft ze haar man daardoor leren kennen?'

'Ja. Bart produceerde een film waar zij in speelde. Dat was natuurlijk jaren voordat deze foto is gemaakt. Ze werden verliefd, trouwden en hebben vier kinderen grootgebracht. Nou ja, Mallory dan, want Bart was altijd aan het werk.'

'Goed, wilt u nu nog een nieuwe poging doen met betrekking tot de Jade Lion?'

Ze werd woedend. 'Ik heb u de waarheid al verteld, meneer Archer. En als u me de naam kunt geven van de persoon die daar was, zal ik hem aanklagen wegens smaad.'

'Daarom doe ik dat dus niet. Als u echt niet naar de Jade bent geweest, zou ik dat in de toekomst ook maar niet doen. De drank daar is niet te drinken voor mensen zoals u en ik. En de rest van het aanbod is ook niet om over naar huis te schrijven.'

'Dank u wel, maar ik ben niet van plan daarnaartoe te gaan.'

'U hebt nog niets van Lamb gehoord?' vroeg Archer.

'Nee.'

'Mij is verteld dat u weleens samen met Mallory Green in hun vliegtuig reist?'

Jacoby sloeg haar blik neer. 'Soms. Het is fijn om weg te zijn.'

'Dat geloof ik graag.' *Vindt uw man ook.* 'Ze hebben een huis aan Lake Tahoe.'

'Inderdaad.'

'Wanneer komt uw man terug?' vroeg Archer.

'Dat weet ik niet zeker. Simon vertelt me dat allang niet meer.'

'Dat spijt me.'

'Ik heb mijn billen gebrand en nu moet ik op de blaren zitten. Alleen.'

Archer zette zijn hoed op en vertrok.

Hij verliet Warner Brothers en vroeg zich af waarom Jacoby tegen hem bleef liegen.

49

Archer maakte de lange rit naar Malibu, wat in de kleine Buick lang niet zo prettig was. Van achter het kleine autoraam leek zelfs de Stille Oceaan minder indrukwekkend. Op het land was het zonnig, maar boven het water vormden zich donkere wolken. De temperatuur was gedaald en ook al was Archer niet bang voor sneeuw in het zuiden van Californië, zelfs in januari niet, hij had ook geen zin in een fikse regenbui onderweg.

Hij reed naar Las Flores en kwam bij de drie huizen. De zilverkleurige cabriolet stond nog steeds bij Lambs huis. Hij stopte langs het trottoir en stapte uit. Hij voelde aan het zijportier van Lambs auto en dat ging meteen open. Oldhams slotenmaker had zijn werk dus gedaan. Er had geen dode in gezeten, want dan had hij dat wel gehoord. Hij doorzocht de auto even, maar vond niets nuttigs. Hij sloot het portier, liep naar het huis van de Bonhams en klopte aan.

De deur werd geopend door een grote man met brede schouders. Hij was begin vijftig, had donkerblond haar en een fijngesneden en zongebruind gezicht met op zijn kaak en wang een iets lichtere plek. Hij droeg een grijs pak en een gele stropdas met witte stippen met een bijpassende pochet. Hij zag eruit alsof hij wel op zichzelf kon passen en dat vaak had gedaan ook. 'Ja?' zei hij.

'Peter Bonham?'

'Ja?'

Archer liet zijn vergunning zien. 'Ik werk aan de zaak van Eleanor Lamb.'

'Wat voor zaak?'

'Ze wordt vermist. In haar huis is een dode man gevonden. Daar heb ik met uw vrouw over gesproken.'

'Bernadette zei dat inderdaad. Maar ik was het land uit en heb het erg druk.'

'Mag ik binnenkomen? Ik heb een paar vragen voor u. En voor uw vrouw, als ze thuis is.'

Bonham dacht hier zo lang over na dat Archer verwachtte dat de man de deur voor zijn neus dicht zou slaan. Maar toen stapte hij opzij en gebaarde dat Archer kon binnenkomen.

Archer had het gevoel dat hij een kasteel in een ver land binnenkwam. De muren en de vloer waren van steen, het plafond was gewelfd en de muren waren bedekt met schilderijen en wandschilderingen van grimmige middeleeuwse taferelen. Er stond zelfs een harnas op wacht.

Bonham nam hem mee door de gang naar een grote studeerkamer die ongeveer op dezelfde manier was ingericht als alles wat Archer al had gezien. Donkere balken en lambrisering, en kostbare oosterse tapijten op walnoten vloerplanken. Archer had meteen het gevoel dat hij zich in een feodale burcht bevond in afwachting van een audiëntie bij de lord. Boven de zandstenen haard vormden twee bijlen een X en aan de muren hingen ontelbare zwaarden. Als iemand hier wilde duelleren, was er keuze te over aan wapens. Verspreid door het vertrek stonden een bureau, een bank en comfortabele fauteuils, alsof iemand ze op het laatste moment aan dit historische tafereel had toegevoegd.

Alleen de opgezette koppen van overwonnen monsters ontbraken nog, dacht Archer. En misschien een of twee mensenhoofden, zodat iedereen eerlijk en bang bleef.

Archer ging in een fauteuil zitten, terwijl Bonham achter zijn bureau plaatsnam. 'Geen typisch strandhuis in Malibu.'

'Ik woon niet aan het strand, meneer Archer. Dit is een typisch canyonhuis, dat vind ik tenminste.'

'U reist veel?'

'Waarom zegt u dat?'

'Door alle dingen die ik hier zie. En u zei net dat u in het buitenland was.'

'Juist. Hoewel ik in Amerika ben geboren, komen mijn voorouders uit Frankrijk. Ik geef echt de voorkeur aan die wereld en die gewoontes boven die van mijn geboorteland. Maar goed, u had het over een paar vragen?' Hij keek nadrukkelijk op zijn horloge.

'Ik heb gehoord dat u Lamb kende.'

'Van wie hebt u dat gehoord?'

'Zij was op een feest dat u hier gaf.'

'Ik geef wel vaker feesten.'

'Mij is verteld dat u met Lamb in gesprek was, en dat dat geen aangename discussie leek.'

Bonham dacht hier even over na en zei toen: 'Ja, ik weet het weer. Het ging over de perceelgrens. Zij vond dat ze recht had op meer land dan het geval is. Ze wilde per se mijn terrein inpikken en ik liet duidelijk blijken dat ik daar niet van gediend ben.'

'Wist u dat uw vrouw en Lamb aan de oostkust samen op school hebben gezeten?'

Bonham trok zijn wenkbrauwen op en speelde met een pen op zijn bureau. 'Dat heeft ze misschien weleens gezegd, maar zeker weet ik het niet.'

'Kent u de Jade Lion in Chinatown?'

Bonham speelde weer met de pen. 'Nee. Wat is dat?'

'Een bar en nog heel veel meer.'

'Waarom wilt u weten of ik die bar ken?'

'Het schijnt dat Lamb daar banden mee had.'

'Nou en? Dit is een vrij land.'

'U en uw vrouw zijn afzonderlijk teruggekomen uit Frankrijk?'

Bonham leunde naar achteren en keek Archer onderzoekend aan. 'Ja, dat is zo. Nogmaals: nou en?'

'Lamb schijnt te zijn verdwenen op oudejaarsavond en rond diezelfde tijd lag die dode man in haar huis. Hebt u die avond iets bijzonders gezien? Ik weet namelijk dat u toen al terug was.'

Bonham nam er de tijd voor om te antwoorden. 'Ik was hier niet op oudejaarsavond.'

‘Wilt u me vertellen waar u wel was?’

‘Nee.’

‘Is uw vrouw hier nu?’

Bonham keek naar de deur. ‘Nee.’

‘Kent u ene Darren Paley?’

‘Nooit van gehoord.’

‘En uw vrouw?’

Bonham haalde diep adem. ‘Geen idee. Zij heeft vrienden die ik niet ken, en andersom.’

‘Een bijzonder Europese regeling.’

‘Als u het zegt,’ zei Bonham. ‘Zijn we bijna klaar?’

‘Bijna. Wat voor auto hebt u?’

‘Ik weet niet waarom dat belangrijk is, maar het is een Bentley, zwart met zilver.’ Bonham pakte de telefoon. ‘Als u me nu wilt verontschuldigen, ik moet werken.’

‘Wat voor werk?’

‘Goedendag, meneer Archer.’

Archer stond op en vertrok. Terwijl hij door de gang liep, zag hij zeker tien foto’s op een tafel staan. Hij keek om zich heen om te zien of iemand hem zag en pakte een kleine foto die achteraan stond, waarna hij een paar andere verplaatste om de lege plek te maskeren. Hij stopte de ingelijste foto in zijn zak, opende de voordeur en liep naar buiten.

Toen hij even achteromkeek, zag hij dat Bonham voor het raam stond en naar hem keek. Hij lichtte zijn hoed even en liep door.

Zo, dát was nuttig, dacht Archer. Maar dat nuttige had niets te maken met zijn vragen en de weinig behulpzame antwoorden die hij had gekregen.

De man droeg make-up op de verwondingen aan zijn gezicht.

Omdat hij de man is met wie ik die avond op het strand heb gevochten en ik hem met mijn hoofd en mijn vuisten heb geraakt.

Archer had nog iets anders herkend: Bonhams stem.

Hij is ook de man die de telefoon in Lambs huis opnam toen ik die avond opbelde.

50

Archer stapte weer in zijn auto en reed weg, maar niet ver. Zodra hij vanuit Bonhams huis niet meer gezien kon worden, draaide hij en stopte aan de overkant achter twee andere auto's. Hij zakte onderuit in zijn stoel en wachtte.

Een paar auto's reden voorbij, en even later kwam er een oude pick-up langs met MALIBU LANDSCAPING op de portieren. Tien minuten later reed een zwart met zilveren Bentley met Peter Bonham aan het stuur langs hem heen in de richting van de kust.

Archer moest kiezen. De man volgen, hoewel het moeilijk was om dat zonder gezien te worden op klaarlichte dag op een smalle bergweg te doen. Of gebruikmaken van diens afwezigheid en kijken wat hij in het huis kon ontdekken. Archer koos voor de tweede optie en reed terug naar het huis van de Bonhams. De oude pick-up die hij had gezien stond langs de straat.

Hij stopte erachter en liep snel naar de achtertuin van de Bonhams.

Daar liep een kleine gedrongen man van in de vijftig met een kruiwagen. Hij droeg handschoenen, een strohoed met brede rand, een verbleekte tuinbroek en een donkerblauw werkoverhemd. Toen Archer dichterbij kwam, zag hij dat de man er Japans uitzag. In de kruiwagen lagen een schop en een struik met lange groene bladeren. De achtertuin was aan weerszijden omzoomd met dichte struiken die de perceelgrens vormden en links stond een rij fruitbomen waar donkergroene sinaasappels aan hingen. De terrasvormige tuin was fraai aangelegd met verhoogde bloembedden en struiken. Achter de tuin doemden de droge ruige canyonwanden op. Archer vond dat het er tegelijkertijd prachtig en tragisch uitzag.

De man bleef staan naast een gat waarin een struik had gestaan met ernaast een hoopje aarde.

'Hé, vriend,' zei Archer.

De man keek hem aan door een ronde bil met dikke glazen. 'Hallo.'

'Zijn de Bonhams thuis? Ze verwachten me, maar niemand doet open.'

'Dat weet ik niet. Ik werk alleen hier in de tuin.'

'Juist. Je gaat die struik dus planten, wat is er met die andere gebeurd?'

'Die is dood. Hij is ergens aan doodgegaan.'

'Tja, dat gebeurt. Met planten en mensen. Wat is het voor struik?'

'Een koffiebes.'

'Een koffiebes?'

'De zaden lijken op koffiebonen.' Hij wees omhoog. 'Hij kan wel vijf meter hoog worden. Vogels zijn gek op de bessen. En de struik werkt goed tegen brand. Hij kan bijna overal groeien en is erg mooi.'

Archer keek naar de weelderige tuin. 'Je doet hier fantastisch werk.'

'Dank u.' De man pakte zijn schop uit de kruiwagen en zette hem naast het gat waar hij de struik in wilde planten.

Archer knielde en keek naar de grond rondom de struik, waarin hij sporen zag van iets wits. 'Wat is dat, een soort plantenmest? Of een schimmel? Misschien is die struik daaraan doodgegaan.'

'Ik weet niet wat dat is. Dat zat in de grond, denk ik.'

Archer ging weer staan. 'Zitten hier mollen?'

'Wat?'

'Kijk maar, daar in het gazon zitten hopen aarde.' Hij wees naar het stuk dat hij eerder had gezien.

De man schudde zijn hoofd. 'Hier zijn geen mollen. Dat is meneer Bonhams schuilkelder.'

'Schuilkelder?'

'Hij is heel bang dat ze hier bommen laten vallen, grote bommen. U weet wel, zoals ze op de eilanden daar doen.' Hij wees met een sombere blik naar de Stille Oceaan. 'Die kunnen veel mensen doden, heel veel mensen.'

'Hij heeft hier dus een schuilkelder? Kun je me die laten zien?'

De man liep voor hem uit naar de plek.

Archer knielde en zag in het gras een handgreep met een groot hangslot eraan. Hij raakte het gras aan en zag dat het kunstgras was. Daarom was het zo hobbelig. Het lag op een metalen plaat die de ingang was van de schuilkelder.

'Wie heeft de sleutel van dit luik?'

'Meneer Bonham.'

'Ben jij daar ooit in geweest?'

De man schudde zijn hoofd. 'Nee. Ik hou van de lucht en de zon, niet van donkere plaatsen.'

'Hoe weet je dan dat het een schuilkelder is?'

'Omdat ik dat aan meneer Bonham heb gevraagd toen ik daar het gras wilde maaien en dat niet goed lukte. Het is geen echt gras, weet u. Toen zei hij dat ik me geen zorgen hoefde te maken over dit deel van het gras, snapt u?'

'Ja, ik begrijp het. Hé, heb je hulp nodig met het planten van die struik?'

'Jawel, meneer. Dank u.'

Archer hielp hem de struik met wortel en al uit de kruiwagen te tillen en samen zetten ze hem recht in het gat. Terwijl de man zijn schop pakte, gebruikte Archer zijn zakdoek om een handvol aarde met het witte poeder op te scheppen en hij stopte het in zijn zak.

'Gaat u nu weg?' vroeg de man.

'Ja, ik ga nu weg.'

'Hé, meneer, hebt u een schuilkelder bij uw huis?'

'Nee, maar gezien dit alles vraag ik me serieus af of ik er misschien toch een neem.'

51

Archer zat in zijn auto en keek naar het witte poeder. Hij kon niet zeker weten wat het was zonder het in een lab te laten testen, maar zo te zien en te ruiken zou het weleens heroïne kunnen zijn. Misschien was de koffiebes daaraan doodgegaan. De vraag was natuurlijk hoe die heroïne in Bonhams achtertuin was gekomen. Daar had Archer wel een paar ideeën over. Zo te zien kreeg de relatie tussen Paley en Bonham waar hij naar op zoek was nu wel vorm.

Hij stopte voor Danforths huis, stapte uit en klopte aan. Hij hoorde het getrippel van haar kleine voeten en de deur ging open.

Danforth droeg een crèmekleurige jurk en slippers. Haar valse haar was opgestoken en ze had een leesbril op en een tijdschrift in haar hand. Twee poezen liepen achter haar aan. 'Meneer Archer, u bent terug!'

'Inderdaad. Mag ik binnenkomen en u nog een paar vragen stellen?'

'Maar natuurlijk. Wilt u misschien iets drinken? Ik heb citroenlimonade en koffie.'

Wat, geen Schotse whisky? 'Citroenlimonade graag, dank u wel.'

Ze bracht het hem in dezelfde kamer waar ze eerder in hadden gezeten.

Hij nam een paar slokjes terwijl zij tegenover hem in een stoel ging zitten. Haar katten vormden een beschermende kring om haar heen, hoewel er eentje naast Archer sprong en vragend met zijn pootje tegen zijn arm tikte. Hij reageerde hierop door zijn oren te aaien. 'Ik heb meneer en mevrouw Bonham gesproken.'

Ze zette haar bril af en keek hem verbaasd aan. 'Echt waar?

Bent u helemaal naar Frankrijk gegaan? En u bent nu al terug?'

'Nee, zíj zijn terug. Wist u dat niet?'

'Nee.'

'Een paar minuten geleden reed hij weg in zijn Bentley. Hij is op 13 december teruggekomen en zijn vrouw een paar dagen later.'

'Waarom zijn ze apart teruggekomen? En waaróm zijn ze al terug? Ze blijven meestal veel langer weg.'

'Tja, dat weet ik niet en zij hebben het niet verteld. Maar misschien maken ze zich zorgen over iets. Ze hebben een schuilkelder in hun achtertuin.'

'Een wat?'

'Een schuilkelder. U weet wel, voor het geval de Sovjets besluiten ons te bombarderen, dan kunnen zij zich in een kleine metalen ruimte onder de grond verbergen.'

'Zoiets heb ik nog nooit gehoord.'

'Ik weet ook niet zeker hoeveel bescherming zoiets biedt als er een atoombom boven je hoofd wordt gedropt.'

Ze zuchtte diep. 'De mensheid is heel ziek geworden. Soms ben ik blij dat ik bijna aan het einde van mijn leven ben.'

'Dat moet u niet zeggen. Wat moeten uw katten zonder u doen?'

Ze glimlachte. 'Wat aardig van u om dat te zeggen. En ik kan u wel vertellen dat ik gepaste regelingen voor ze heb getroffen voor het geval ik sterf.'

'Dat is heel goed van u. Luister, Peter Bonham is inderdáád eerder getrouwd geweest. Dat vertelde zijn vrouw me tenminste.'

'Echt? Met wie?'

'Dat weet ik niet. Waarom dacht u dat het niet zo was?'

'Omdat hij nooit iets over een andere vrouw heeft gezegd. Ik ben verschillende keren bij hen thuis geweest, maar er waren geen foto's van zijn eerste vrouw of van kinderen uit een eerste huwelijk of zo. En Bernadette heeft ook nooit zoiets gezegd.'

'Misschien wil hij niet dat zijn tweede vrouw naar foto's van zijn eerste vrouw moet kijken. U vertelde me ook dat ze met hun auto naar het vliegveld waren gereden en die daar hebben laten staan. Dat bleek ook niet zo te zijn.'

'Maar ik heb ze weg zien rijden toen ze vertrokken. Waar stond de auto dan?'

'Kan overal zijn geweest. Luister, ik weet dat u zei dat u altijd vroeg naar bed gaat, maar hoort u 's avonds laat weleens geluiden?'

'Wat voor geluiden?'

'Van een auto of van een vrachtwagen die over de weg rijdt.'

'Volgens mij niet. Maar mijn slaapkamer is aan de achterkant van het huis.'

'Juist.'

'Maar het is wel bijzonder dat u dat vraagt, want een vriendin van mijn kleindochter logeerde hier vorig jaar zomer. Zij wilde het maken als actrice, wat zoveel jonge meiden willen en waar niemand ooit in slaagt.'

'Juist. Wat is er met haar?'

'Zij klaagde een paar keer dat ze om drie of vier uur 's nachts iemand over de weg hoorde rijden. Haar gehoor is beter dan het mijne, en zij sliep in een kamer meer aan de voorkant van het huis.'

'Is ze toen uit bed gestapt om te zien wat het was?'

'Ze keek door het raam en zei dat het een soort vrachtwagen was.'

'Heeft ze gezien waar die naartoe ging?'

'Nee. Als ze dat al heeft gezien, heeft ze me dat niet verteld.'

'Waar is dat meisje nu?'

'Terug naar Connecticut. Ze besloot secretaresse te worden.'

'Uiteindelijk zal ze daar meer mee verdienen en langer leven.'

Archer vertrok en reed de berg af naar de oceaan. Hij nam de kustweg en sloeg links af om terug naar de stad te rijden.

Nog geen uur later was hij Cahuenga al voorbij en reed hij over de Santa Monica Boulevard. Hij kwam langs het Hollywood Memorial Park, waar mensen als Douglas Fairbanks en Rudolph Valentino waren begraven. Aan de zuidkant van de begraafplaats stond Paramount Studios.

Toen zag Archer een bioscoop waar de film *On the Run* werd

vertoond. Op de luifel stond dat het een MGM-productie was en dat de hoofdrol werd vertolkt door een man van wie Archer nog nooit had gehoord. Maar de man interesseerde hem niet. Hij stopte, stapte uit en liep snel naar de filmposter van *On the Run*, die aan de muur naast het kaartjesloket hing.

De vrouwelijke hoofdrol werd gespeeld door Samantha Lourdes. Op de poster had ze haar armen om de man geslagen en ze keken elkaar diep in de ogen. Dat interesseerde Archer ook niet. Wat hem wel interesseerde, was dat Samantha Lourdes de filmactrice was die hij had gezien en met wie hij had gepraat in de Jade Lion.

52

Archer reed in westelijke richting naar Culver City, waar de MGM-studio's waren.

Hij wist van Callahan en van zijn eigen werk in Hollywood dat MGM pas laat was begonnen met films maken, maar de filmwereld in de jaren dertig al snel domineerde met films als *Gone with the Wind* en *The Wizard of Oz*. Ook had MGM het studiosysteem zo ongeveer uitgevonden, waarbij sterren bijna eigendom waren van hun studio, maar met wederzijdse instemming in ruil voor geld of andere voordelen konden worden uitgeleend aan andere studio's.

Het was ironisch, had hij gedacht, dat de allergrootste studio in Hollywood nooit in Hollywood gevestigd was geweest, maar zo'n tien kilometer ten zuidwesten ervan in Culver City stond, dichter bij Marina Del Rey dan bij Tinseltown. Dat interesseerde Archer nu ook niet echt. Hij was alleen geïnteresseerd in Samantha Lourdes, MGM's grote ster.

Hij stopte voor het enorme pand dat een groot deel van Washington Boulevard in beslag nam. De klassieke gevel met zuilen was amper een meter diep, wat de meest perfecte verbeelding van de stad was die Archer ooit had gezien. Daar bevond zich letterlijk niets achter, alleen verderop nog meer façades met niets erachter, alleen de acteurs die acteerden en zelfs dat zag je overal.

Archer schreef een berichtje op een stuk papier en gaf dat samen met een biljet van vijf dollar aan de bewaker bij het hek.

De oude bewaker was mager en zag er afgetobd uit, alsof hij amper het gewicht kon dragen van zijn pet, zijn uniform en zijn geholsterde Colt .45. Hij keek met een vermoeide blik naar Archer toen deze de man vertelde aan wie hij wilde dat het briefje werd afgegeven en dat hij een vriend van haar was.

'Weet je wel hoeveel van dit soort briefjes ik elke dag voor die vrouw krijg?' mopperde hij. 'Je kent haar net zoals ik Dwight D. Eisenhower ken, vriend. En je moet weten dat ik die man nooit heb ontmoet.'

'Lourdes heeft een zilverkleurige Rolls-Royce en haar chauffeur is een oude man die Alan heet. Ze kent me, vriend. Geloof me maar. En ze zal glimlachen als ze mijn briefje leest. Wie weet, misschien krijg je wel een kusje.'

Deze nieuwe informatie scheen de doorslag te geven. 'Goed, vriend, ze is hier vandaag inderdáád, maar ze zijn aan het filmen.'

'Ze zullen de camera's toch een keer moeten stilzetten. En wat heb je te verliezen?'

De man liet een andere bewaker het hek bewaken en liep weg.

Archer wachtte. En wachtte.

Een uur, twee opgerookte sigaretten en veel gefriemel met zijn gleufhoed later kwam de man terug. Hij leek stomverbaasd. 'Verdomme, je vertelde de waarheid, vriend.'

'Dat probeer ik minstens één keer per dag te doen, opa.'

De man zei verbaasd: 'Juffrouw Lourdes zei dat ze je vanavond om zeven uur wil ontmoeten in de Formosa. Ken je dat?'

'Ja, die zit aan de Santa Monica tegenover de Sam Goldwyn Studio.'

'Ze zei dat je in de *trolley car* op haar moet wachten en voor haar een Gibson met drie zilveruitjes moet bestellen. Trolley car? Weet jij wat dat betekent? Want ik dus echt niet.'

'Ik wel. Bedankt.' Archer keek op zijn horloge en vroeg zich af wat hij tot die tijd zou doen.

Hij liep een drogisterij binnen en belde Dash' kamer in het motel waar ze logeerden. Er werd niet opgenomen, dus belde hij Connie Morrison en vertelde haar alles wat hij had ontdekt over Peter Bonham en Sylvia Danforth, zowel in de stad als in Malibu. 'Vertel hem dit allemaal als je kunt. Als ik hem zie, zal ik dat ook doen. Hij zei dat-ie naar Jake wilde.'

'Deze zaak wordt vreemder en vreemder,' zei Connie Morrison.

'Precies waar ik behoefte aan had vandaag, een citaat uit *Alice in Wonderland*,' zei Archer, waardoor hij dacht aan Alice Jacoby en al haar leugens.

Hij reed naar West Hollywood en toen naar Sunset. Hij lunchte laat in Greenblatt's Deli en nam alle tijd voor zijn sandwich met friet en koffie.

Hij wist dat F. Scott Fitzgerald in 1940 Greenblatt's was binnengelopen, een Hershey-chocoladereep kocht, de hoek om liep naar het appartement waar hij logeerde en dood naast de schoorsteenmantel op de grond viel door een hartinfarct. Archer vroeg zich af of de man had vermoed dat zijn einde naderde.

Archer beet in een frietje en dacht na over zijn eigen gevoel van naderend onheil.

Ik stierf bijna in die stomme woestijn. Misschien ben ik niet goed genoeg om het te maken in dit vak. Misschien komt mijn einde sneller dichterbij dan ik zou willen.

Hij betaalde de rekening, liep naar een telefooncel en belde het Ambassador Hotel.

Het kamermeisje nam op, bracht zijn verzoek over aan Gloria Mars, kwam weer aan de telefoon en zei tegen Archer dat mevrouw Mars hem nu kon spreken.

Hij reed dwars door het centrum naar Wilshire Boulevard, terwijl hij zich afvroeg hoe de vrouw hem zou ontvangen.

Misschien zal de warrior me doorboren met haar lans.

53

Archer ging met de automatische lift naar boven en liep naar het penthouse.

Een van de dubbele deuren was open en daar stond Gloria Mars. Ze droeg een strakke rode jurk met een split, hoge pumps en zwarte visnetkousen die een opvallend contrast vormden met haar felrode jurk. Ze had haar rode haar opgestoken in een knotje op haar hoofd en een paar gekrulde strengen dansten langs haar wangen. Ze bekeek hem taxerend, alsof hij een stuk fruit was in een fruitkraam op de Farmer's Market.

Archer was bang dat het dienstmeisje haar niet precies had verteld waarom hij hier was.

'Archer! Ik vroeg me al af wanneer u terug zou komen.'

'Nou, ik ben er nu.'

Ze stak haar arm door de zijne. 'Ja, u bent er. Laten we wat drinken.' Ze nam hem mee naar binnen.

'Is uw man thuis?'

'Ik weet eigenlijk niet waar hij is.'

'Misschien in Vegas met de andere musketiers?'

Ze keek hem scherp aan. 'Hoe weet u daar iets van?'

'Hoorde het ergens op straat.'

'Bijzondere straat. Hij is dus in Vegas?'

Dat lijkt ze niet fijn te vinden, dacht Archer. 'Denk het wel,' zei hij.

Ze mixte martini's voor hen, liet hem plaatsnemen op de blauwe chesterfield en ging vlak bij hem zitten. 'Hebt u nog meer nuttige informatie voor me?'

'U zat op Wellesley en in dezelfde klas als Eleanor Lamb en Alice Jacoby.'

Mars nam een slokje en zei, zo te zien niet blij: 'Dat wist ik al.'

'Dat hebt u niet verteld toen ik het met u over Lamb had.'

'Er was niets te vertellen, ik kende haar niet eens.'

Dat klopt niet met wat Jacoby me vertelde. 'Maar u kent Alice Jacoby wel?'

'Ja, toen heette ze Alice Buckner. Ze komt uit West Virginia, dat geloof je toch niet?'

'We komen allemaal ergens vandaan.'

'Ik hoorde dat Ellie wordt vermist.'

'Van wie hebt u dat gehoord?'

'In dezelfde straat waar jij soms loopt, grote man.' Toen een jong dienstmeisje met afgewende blik langs hen heen liep, zei Mars: 'Kom, we gaan naar een plekje met meer privacy.' Ze stond op en trok hem overeind.

Voordat Archer het doorhad stonden ze in een slaapkamer die ongeveer twee keer zo groot was als zijn hele appartement in Bay Town, en die heel vrouwelijk was ingericht.

Toen ze zijn blik zag zei ze: 'Danny en ik hebben aparte slaapkamers. Ik hou van een plekje voor mezelf. Zijn slaapkamer ziet eruit als een kruising tussen een jachthut en een bar. Wacht even, Archer.'

Ze verdween in de badkamer ernaast en deed de deur dicht.

Tijdens haar afwezigheid keek Archer om zich heen. Er stond een forse kast die ongeveer even groot was als de kast in Jacoby's kantoor. Hij keek even naar de deur van de badkamer en probeerde toen de kastdeur te openen, maar die zat op slot. Dat intrigeerde hem zó, dat hij het slot met zijn mes openmaakte en in de kast keek, en alleen stapels boeken zag. Maar hij was stomverbaasd toen hij een paar titels las, gezien alles wat hij over haar wist.

Hij deed de kastdeur dicht en liep rond, maar bleef uit de buurt van het bed.

Ongeveer dertig seconden later kwam Mars de badkamer uit. Haar haar hing los op haar schouders en ze had haar lippen opnieuw gestift. Ze rook naar vanille en kamperfoelie. 'Je lijkt nu meer ontspannen,' zei ze.

'Is dat zo? Zo voel ik me niet.'

'Misschien kan ik je helpen.' Mars liep naar hem toe en kuste hem op de mond. Ze zette een stap achteruit en keek hem onderzoekend aan. 'En?'

'Dat hielp,' zei hij.

'Nou, dan moeten we er maar mee doorgaan.'

Mars leidde hem naar het bed en zette haar glas neer. Ze bracht haar handen naar haar rug, trok de rits die van haar schouders tot haar billen liep naar beneden en stapte uit de jurk. Eronder droeg ze een lavendelkleurige kanten beha, een hoog opgesneden wit slipje en een zwarte jarretelgordel waar haar kousen aan waren bevestigd. Ze stapte uit haar pumps en was zeker tien centimeter kleiner. 'Ik doe dit niet voor iedereen.'

'Waardoor ik me afvraag waarom ik zoveel geluk heb.'

'Omdat jij jong en groot en knap bent, en ik van al die dingen in een man hou.'

'Je man is veel groter dan ik.'

'Maar hij is niet jong en hij is niet knap en hij is zeker niet langer híérin geïnteresseerd.'

'Dan moet hij misschien naar een dokter.'

'En je kunt ook vleien. Dat is zelfs nog beter.' Ze kuste hem opnieuw, deze keer met haar tong, maar kreeg niet de reactie die ze wilde. Ze stapte achteruit en keek hem aan. 'Is er iets mis?'

'Ik kwam hiernaartoe om je een paar vragen te stellen, niet om met je in bed te duiken. Sorry dat ik het zo ver heb laten komen, maar je zette me op het verkeerde been en ik wist niet goed hoe ik daarop moest reageren.'

'Kun je je vragen niet stellen terwijl we het doen? Verhoor tijdens het vrijen, dat zou weleens heel sexy kunnen zijn.'

'Je bent getrouwd,' zei hij.

'Het is verdomme 1953! Denk je soms dat Danny niet met andere vrouwen naar bed gaat?'

'Ik ben bezig met wat inmiddels een moordonderzoek is. Sterker nog, ik ben zelf bijna vermoord toen ik in verband met Lambs verdwijning in Vegas was. Dat zet je aan het denken. Daar word je voorzichtig van.' Hij bekeek haar van top tot teen. 'Continu.'

Ze keek hem met een harde blik aan. 'Weet je zeker dat je deze kans niet wilt grijpen?' Ze speelde met het bandje van haar beha, omdat ze hem ondanks zijn eerdere weigering kennelijk nog probeerde op te winden. 'Die kans krijg je misschien nooit meer.'

Hij keek naar haar zachte borsten. 'Geloof me, het is echt een moeilijke beslissing. Een paar jaar geleden hadden we allang in dat bed gelegen. Maar het is niet een paar jaar geleden. Trek je jurk dus maar weer aan en laten we praten.'

Ze leek hier niet blij mee, maar sloeg hem niet en stuurde hem ook niet weg. Mars trok haar jurk weer aan, ging op het bed zitten en wreef over een van haar in kousen gehulde voeten. 'Je had het over een moordonderzoek. Maar Ellie is toch niet dood, of wel?'

Aan de manier waarop ze dit zei, dacht Archer dat het haar niet echt iets uitmaakte. Maar toen hij haar gespannen blik zag, meende hij dat hij zich misschien vergiste.

'Nee, een privédetective uit Anaheim die Cedric Bender heet is wel dood.'

'Wat was zijn relatie met Ellie?'

'Hij lag dood in haar huis.'

'Misschien heeft zij hem vermoord,' zei Mars.

'Misschien.'

'Welke vragen heb je?' vroeg Mars.

'Heb je ooit gedacht dat Alice Jacoby aan drugs verslaafd was?'

'Alice? Die is zo fatsoenlijk als maar kan. Ik denk niet eens dat ze ooit aspirine neemt.'

'Jacoby was bevriend met Lamb. Daarom vind ik het vreemd dat je Lamb niet kende. Jacoby scheen te denken dat jullie elkaar wél kenden.'

'Wat zal ik zeggen? Ze vergist zich. We hadden allemaal ons eigen kliekje, Archer, en Ellie zat niet in dat van mij.'

'Lambs hoofdvak was politieke wetenschappen, wat begrijpelijk is aangezien haar vader tot het corps diplomatique behoorde. Daardoor is ze overal geweest en spreekt ze verschillende talen.'

'Wat interessant,' zei Mars verveeld en afwezig. Ze liep naar een tafeltje, pakte een sigaret uit een kom en stak hem aan met een chromen aansteker die naast de kom lag. Daarna ging ze weer op het bed zitten met haar benen opgetrokken. Ze zei met een dringende ondertoon: 'Mijn aandacht begint te verflauwen, maar dat heb je misschien al gemerkt.'

'Hoeveel heeft het casino je laten betalen voor Danny's gokschulden?'

Ze nam een trekje van haar sigaret en bleef hem zonder te knipperen aankijken. Heel knap, dat moest hij toegeven. 'Hoe weet je dat ze dat hebben gedaan?'

'Hij leeft nog. Net als jij.'

'Ik ben een beetje van slag, moet ik toegeven. Ik had me ingesteld op een volkomen andere middag met je. Niet praten, niet denken. Gewoon wat tijd samen met mij, hier,' zei ze, terwijl ze op het bed klopte.

'En, die schulden?'

'Wat heb jij daarmee te maken?'

'Misschien voel je je daar beter door, maar Mallory Green en Alice Jacoby hebben ditzelfde probleem met hun echtgenoot. Bart Greens schulden zijn alleen groter.'

'Ach, ik weet zeker dat Mallory dat wel aankan.'

'Hij heeft miljoenen dollars verloren met gokken, Gloria. Goed, misschien kon jij dat betalen met je erfenis, maar Mallory heeft die reserves niet.'

'Bart verdient heel veel geld.'

'Niet zóveel,' zei hij.

'Wat kan ik je vertellen?'

'Ik hoopte dat je me meer zou vertellen dan je tot dusver hebt gedaan. Dus Green heeft nooit bij jou aangeklopt voor geld?'

'Als dat al zo was, waarom zou ik het jou dan vertellen?'

'Misschien heb je dat net gedaan. En Alice? Heeft zij je gevraagd om geld om die schulden af te lossen?'

'Zoals ik je al eerder heb verteld, Archer, kom ik nooit aan de hoofdsom.'

'Maar een deel van de rente dan? Je kunt misschien wel wat missen voor een oude vriendin.'

Ze sloeg haar blik neer. 'Als je het echt wilt weten, ja. Ik heb een beetje geholpen. Maar dat was alles.'

'Heb je ook nog wat geld gevonden voor je man?'

'Kun je zelf de weg naar buiten vinden of moet ik een van de bedienden bellen om je uit te laten?'

Hij liep langzaam naar de deur.

'O, Archer?'

Hij draaide zich om en zag haar staan, chic en vol zelfvertrouwen, met haar handen op haar heupen.

'Kijk nog maar even goed om je heen in mijn slaapkamer, grote, donkere en stomme man die je bent. Want die zul je nooit meer zien.'

Juist, dacht Archer, de warrior heeft me zojuist doorboord met haar zwaard.

54

In de hotellobby belde Archer het nummer van Mallory Greens huis dat hij van Inlichtingen had gekregen. Greens personal assistant, Sally, nam op en vertelde hem dat Green naar Lake Tahoe was gevlogen.

'Dat is waar ook, nu herinner ik het me weer.' In werkelijkheid had de piloot Steve Everett hem dat verteld. 'Hebt u het adres en het telefoonnummer? Ze wilde dat ik haar op de hoogte hield van de ontwikkelingen.'

Sally gaf hem die en Archer noteerde ze op zijn schrijfblok.

Later reed hij naar het Formosa, waar eigenaar Jimmy Bernstein, een voormalige beroepsbokser, een rode treinwagon aan het gebouw had gekoppeld om meer ruimte te hebben en waar klanten geld konden uitgeven en zich konden vermaken. Aan de overkant stond de Goldwyn Studio, zodat het Formosa veel sterren ontving.

Archer liep de rode wagon in waarvan de muren volhingen met honderden gesigneerde foto's van sterren als William Powell en Joan Crawford. Hij wachtte tot het precies zeven uur was en bestelde een Gibson met drie zilveruitjes. De cocktail werd net op zijn tafeltje gezet toen een achterdeur werd geopend en er een vrouw binnenkwam.

Ze droeg een lange zwarte jas, een breedgerande hoed en een grote zonnebril die bijna haar hele gezicht bedekte. Toen ze Archer zag, liep ze naar hem toe. Ze ging tegenover hem zitten met haar rug naar de ingang en zette haar hoed af zodat haar platinablonde haar te zien was, maar hield haar zonnebril op. Ze keek Archer glimlachend aan en legde haar plastic handtas op de tafel, nam een slokje van haar Gibson en zette het glas langzaam weer neer. 'God, dat smaakt verdomd lekker.'

'Zal wel door de extra uitjes komen. Die maken het elke keer af.'

Ze glimlachte. 'Ik weet niet eens hoe je heet. Je ondertekende je briefje met "Met vriendelijke groet, ik ben leuk." Goed gedaan.'

'De naam is Archer, juffrouw Lourdes.'

'Zeg alsjeblieft Sam. Samantha is niet mijn echte naam. Zo ongeveer iedere ster hier heeft zijn naam veranderd, velen van hen omdat ze joods zijn. Ongelofelijk toch?'

'Ja. Met welke film ben je bezig?'

'Maakt dat echt iets uit? De volgende voor de volgende. Ze betalen me zoveel geld dat ik het nooit allemaal zal kunnen uitgeven.'

'Maar andere mensen kunnen dat wel, pas dus maar op. Heel veel sterren eindigen zonder een cent. Zorg dat jij daar niet bij hoort, Sam.'

Ze bestelde nog een cocktail, terwijl hij een slokje van zijn Schotse whisky met ijs nam. 'Hoe gaat het met je hand?'

Hij strekte zijn hand. 'Ik genees snel.'

'Ik had niet verwacht nog iets van je te horen.'

'Ik moet je bekennen dat ik je naam pas wist toen ik hem op een filmposter zag staan. Niet beledigend bedoeld, maar ik ben een nobody en jij bent een ster en ik ga nooit naar de bioscoop.'

'Dat vind ik zelfs verfrissend. Ik had je briefje bijna niet beantwoord, maar je leek, nou ja, een aardige man, geen dweper of bedrieger, en die kan ik meestal wel herkennen.' Ze zette haar glas neer. 'Zo te horen was het gevaarlijk voor je in de Jade.'

'Dat was ook het geval in Vegas met de man die de Jade leidt, Darren Paley. Ik eindigde bijna voor eeuwig in de woestijn.'

Haar reactie op de naam verbaasde Archer. 'Volgens mij geldt dat voor heel veel mensen, alleen overleven de meeste mensen het niet.'

'Je weet dus wie hij is?' vroeg Archer nieuwsgierig.

Ze keek hem met een ondoorgrondelijke blik aan. 'Ik weet wát hij is. Heb je een sigaret?'

Hij schudde een Lucky uit zijn pakje en stak hem voor haar aan.

Ze blies de rook naar de muur en pakte met haar vrije hand haar Gibson.

Ze had mooie handen, zag Archer. Maar hij zag ook oude eeltsporen op de handpalm en de vingers, en ze leken ook sterk. Deze vrouw had echt met haar handen gewerkt, was zijn conclusie.

Ze zag zijn blik, keek naar haar hand en zei: 'Ik ben opgegroeid in Minnesota, zoals ik je vertelde. Op een boerderij. Moest hard werken en veel tillen. Heb muilezels en paarden bereden. Ik hou nog altijd van paardrijden. Alleen doe ik het nu voor mijn plezier, terwijl het vroeger moest zodat we konden eten of van de ene plek naar de andere konden gaan.'

'Dat begrijp ik.'

Ze tikte de as in de asbak. 'Is dat zo, Archer? Dan ben je een zeldzaamheid in deze stad.'

'Ik ben niet opgegroeid op een boerderij, maar in armoede in een stad waar je elke dag dingen kon zien die je nooit had willen zien.'

'Dat is misschien even erg als op een boerderij wonen waar niets te zien is, alleen hoe wéínig je hebt.'

'Dat is allebei zwaar.'

'Zodra ik vijftien was ben ik vertrokken. Had geld gespaard, stapte in de bus en vertrok. En die reis? Daar kan ik wel een boek over schrijven, geloof me.'

'Dat geloof ik meteen.'

Ze blies rook uit en liet haar kin op haar knokkels rusten. 'Maar MGM wil niet dat ik iemand ooit vertel waar ik vandaan kom. Dat is kennelijk te gewoontjes. En mensen willen geen geld neertellen voor een bioscoopkaartje om iets gewoons te zien. Dus heeft de studio een verleden voor me bedacht en ik kan je wel vertellen dat dat verleden echt gewéldig is.' Ze zette haar bril af en sloeg haar ogen even neer. Even later keek ze hem aan met een blik waar hij koud van werd, zo hartstochtelijk en eerlijk en openhartig. Hij wist niet of dit de geperfectioneerde blik van een filmactrice was, maar ze deed het met heel veel klasse. Haar blik straalde zoveel kwetsbaarheid en verlangen uit dat het hem bijna fysiek pijn deed.

Ze glimlachte om zijn reactie en de blik verdween onmiddellijk. 'Je zou me moeten zien als ik dat trucje met de juiste belichting laat zien. Ze zeggen dat het verschil tussen een filmster en een tweederangs actrice wordt bepaald door hoe goed je belichtingsman is.'

'Juist.'

'Weet je, Archer, dit is een fantasiestad en ik maak nu deel uit van die fantasie.'

'Je kunt ervoor kiezen dat niet te zijn. Ga terug naar Minnesota.'

'Daar denk ik over na, heel vaak zelfs. Soms heb ik bijna genoeg moed verzameld om het echt te doen.'

'Waarom lukt dat nooit helemaal?'

De blik in haar grote ogen werd verdrietig en afstandelijk. 'Omdat het ook niet zo geweldig is om voor een paar centen je handen stuk te werken op een boerderij in the middle of nowhere. Het heeft me heel veel gekost om daar weg te komen, weet je. Daarom is het ook zo moeilijk om weer terug te gaan. Hier kan ik tenminste zelf bepalen wat ik doe. En het geld? Hier verdien ik op één dag meer dan ik zou kunnen verdienen als ik de rest van mijn leven op die boerderij werk.'

'Geld is niet alles.'

'Wél als je nooit veel hebt bezeten.'

'Heb je nog familie?'

'Mijn ouders zijn dood. Ik heb twee zussen en die vinden me een gemeen kreng dat onze achternaam heeft bezoedeld.'

'Wat was je echte achternaam?'

'Dat neem ik mee in mijn graf. Goed, waarom wil Paley je dood hebben?'

'Misschien omdat ik meer weet dan ik zou moeten, in elk geval over wat hij doet.'

'Wat weet je dan?'

'Iets van wat ik die nacht heb gezien.' Hij keek naar haar pupillen. Die waren normaal.

Lourdes zag dat hij haar aandachtig aankeek en zei op scherpe toon: 'Als ik werk speel ik niet. En vandaag heb ik gewerkt.'

'Juist. Maar je bereikt misschien een punt waarop je lichaam je geen keus geeft.'

Ze fronste. 'Wilde je me daarom zien? Om me de les te lezen? Want dat hebben anderen ook al geprobeerd. Tevergeefs.'

'Nee, ik heb gezegd wat ik wilde zeggen op de avond dat ik je leerde kennen.'

'Ik ook.'

'Hoe goed ken je Paley?'

'Vrij goed, want ik ben twee jaar met Darren getrouwd geweest.'

Archer bleef even roerloos zitten. Het was lang geleden sinds hij zo verbijsterd was geweest.

'Ja, ik dacht al dat je dat niet wist. Ik was nog maar zeventien.'

'Zeventien?'

'Heel jong en zelfs nog dommer. We hebben elkaar niet hier leren kennen, maar in Reno. Nadat ik de boerderij was ontvlucht, probeerde ik door te breken als danseres en zangeres. Ik leerde Darren kennen, veel ouder, ex-gevangene, heel stoer en gladjes en gevaarlijk, en betrokken bij nogal schimmige deals met bijzonder slechte lui. En zo naïef als ik was werd ik smoorverliefd op hem. Toen bleek dat we niet bij elkaar pasten en zijn we snel gescheiden, wat dat betreft was Reno perfect. Het gebeurde trouwens met wederzijdse instemming. Darren had al voor onze scheiding een andere vrouw. Maar toen brak de oorlog uit. Hij ging bij het leger en ik ging hiernaartoe en kreeg mijn grote kans. Toen Darren uit het leger kwam, hoorde ik dat hij naar Vegas was gegaan en in de Flamingo werkte.'

'Voor Bugsy Siegel en die jongens?'

Ze tikte haar as in de asbak. 'Ja. Hij was hun *enforcer* en was daar heel erg goed in. Hij deed veel dingen voor hen, en voor zichzelf. Daarna kwam hij hier.'

'Volgens mij werkte hij toen zowel in Vegas als LA.'

'Wat bedoel je daarmee?'

'Een jaar of vijf geleden leidde hij een goksyndicaat voor de maffia van Chinatown. Daardoor kan een vriend van me zijn benen niet meer gebruiken. Daarna verliet hij de stad en kwam terug om de Jade te leiden. Misschien met de zegen en de medewerking van de maffia.'

'Niets van wat Darren heeft gedaan of gaat doen zou me verbazen.'

'Je zei dat je zeventien was toen je trouwde?'

'Ja, en negentien toen we scheidden. Ik ben nu dertig. Ik heb misschien, héél misschien nog tien goede jaren voor me om films te maken. Ik moet elke kans die ik nu nog krijg grijpen. En maak je geen zorgen. Ik investeer mijn geld in degelijke bedrijven en staatsobligaties en luxe vastgoed, en ik ben mede-eigenaar van een paar van de beste restaurants en nachtclubs in LA. Ik sta er vrij goed voor als ik hier vertrek en ergens anders naartoe ga.'

'En toen Darren naar de stad kwam en merkte dat je een grote ster was, wat wilde hij toen?'

Ze dronk haar Gibson op en hief haar hand om er nog een te bestellen. Zodra ze die had gekregen zei ze: 'Waaróm denk je dat ik naar de Jade ga?'

'Omdat hij je chanteert. Waarmee?'

'Ik vertel je alleen dat ik mijn man toen we getrouwd waren heb geholpen met een paar van zijn zakendeals en dat er een paar mensen gewond zijn geraakt. Ik bedoel, echt gewond. Ik wist daar helemaal niets van, natuurlijk, ik was nog maar een kind. Maar dat kan Darren niets schelen. Hij zou mijn leven kunnen verpesten en mijn carrière kapot kunnen maken. En als je dit ooit aan iemand vertelt, sleep ik je voor de rechter en pak ik je alles af wat je bezit.'

'Ik vertel geen dingen aan mensen en ik heb niet veel om af te pakken. Maar als hij zijn mond opendoet, sleept hij zichzelf ook mee.'

'Ik heb veel meer te verliezen dan hij, Archer. En Darren komt altijd weer op zijn pootjes terecht. Altijd.'

'Ze filmen je in de Jade.'

'Dat weet ik. Maar alleen vanaf het plafond. Ze verkopen die films aan Japanners en Chinezen en Zuid-Amerikanen, en misschien hier ook, wie weet? Ze zien alleen de bovenkant van mijn platinablonde hoofd... en de rest van me. Niemand weet natuurlijk dat het de gewéldige Samantha Lourdes is. Darren verdient geld en als Darren geld verdient, laat hij me met rust. Daardoor is het de moeite waard.'

'Haal je ook anderen over daarheen te gaan? Je collega-sterren?'

Ze keek in haar glas, met een vertwijfelde blik. 'Dat wil hij wel, maar ik bedenk steeds nieuwe smoesjes. Ik wil niet dat iemand om wie ik geef iets met die man te maken krijgt. In Reno was hij al slecht, maar nu is hij nog veel erger. Misschien komt het door de oorlog of misschien door de dingen die hij voor Bugsy en die mensen heeft gedaan, maar ik ben doodsbang voor hem en binnenkort accepteert hij mijn smoesjes niet meer. Ook ben ik daar niet de enige "ster", dat kan ik je wel vertellen.'

'Heeft hij ervoor gezorgd dat je verslaafd bent aan drugs?'

Ze ging rechtop zitten. 'Nee, ik moet eerlijk bekennen dat ik Darren daar de schuld niet van kan geven. Dat heb ik helemaal zelf gedaan. Toen ik met hem getrouwd was, heb ik van alles uitgeprobeerd, maar hij raakt dat spul niet aan. Hij drinkt niet eens. Hij wil altijd weten wat hij doet. Ik bleef echter van alles uitproberen. Nu krijg ik het van mijn studio, zodat ik me kapot blijf werken voor ze. Maar ik ben niet verslaafd, niet echt.'

'Volgens mij is er nooit sprake van "niet echt" als je verslaafd bent.'

'Het zal je verbazen te horen dat ik maar tien procent gebruik van alles wat ze mij leveren. Dat geldt ook voor de Jade. Het begint me te vervelen, weet je. Ik hou er misschien zomaar een keer mee op.' Ze keek hem nieuwsgierig aan. 'Wat denk je, gaat Darren achter je aan?'

'Op een bepaald moment wel. Voorlopig houdt hij zich koest

nu zijn jongens de moord op mij hebben verkloot. Het was op het nippertje. Ze waren mijn graf al aan het graven en stonden op het punt een kogel in mijn hoofd te schieten toen de cavalerie eraan kwam en mijn leven redde.'

Ze pakte zijn hand en keek oprecht ongerust. 'Archer, haal geen geintjes uit met die psychopaat. Hij zal het niet opnieuw verkloten.'

'Ik denk niet dat ik iets te kiezen heb.'

'Je kunt een trein of een vliegtuig nemen en naar het oosten gaan. Heel ver naar het oosten.'

'Ik kan heel veel dingen doen. Maar dan gaat Paley door met de dingen die hij mensen aandoet, zoals wat hij jou aandoet. Daar wordt de wereld toch niet beter van?'

Ze leunde naar achteren en keek hem verbaasd aan. 'Wat ben je, een dominee, een idioot of allebei? Of was dat gewoon een zin die je altijd uitspreekt, zoals ik mijn filmblik laat zien?'

Hij liet haar zijn vergunning zien. 'Niets van dat alles. Zoals ik je al vertelde, ben ik een privédetective.'

Ze leek niet onder de indruk. 'Darren eet politieagenten als ontbijt. Voor hem zijn privédetectives niet meer dan een paar lastige vliegen.'

'Deze keer heeft hij misschien de verkeerde tegenstander gevonden. En ik ben niet de enige in dit gevecht.'

Haar gezichtsuitdrukking veranderde snel. 'Denk je écht dat je hem te pakken kunt nemen?'

Archer wist precies waarom ze dat vroeg. 'Als jij me kunt helpen misschien wel. Ik weet zeker dat je begrijpt wat jij daarmee wint.'

'Zou je het daarom doen?'

'Ik zou kunnen liegen en ja kunnen zeggen, maar tot jij me over jullie relatie vertelde, wist ik niet dat jij hier ook baat bij kunt hebben. Hoewel, ergens misschien ook wel. Als de Jade wordt gesloten, hoef je daar niet meer naartoe om de slechte meid te spelen.'

'Je bent geen dominee, maar een padvinder.'

'Mensen zeggen dat heel vaak, maar daardoor is het nog niet

waar. Maar wil ik de wereld beter maken? Ja, omdat ik daar ook woon. Net als de mensen om wie ik geef, zoals jij.'

Ze bloosde een beetje toen hij dit zei en gaf een kneepje in zijn hand.

Daarna dronk zij haar Gibson op en hij zijn whisky, en toen kwamen ze ter zake.

'Hoe kan ik je helpen?' vroeg ze.

'Weet je van wie hij zijn voorraad drugs krijgt?'

'Nee, maar ik heb weleens rondgeneusd in de Jade en 's avonds laat spul zien arriveren, met een vrachtwagen. Dat gebeurt minstens één keer per week.'

'Het verbaast me dat hij je daar laat rondlopen.'

'Darren denkt dat ik geen gevaar vorm, omdat hij dingen van me weet. Ze zetten de lege kratten achter dat kamerscherm in de hal. Als de volgende zending wordt afgeleverd, neemt de vrachtwagen de lege kratten weer mee.'

'Vroeg in de ochtend van nieuwjaarsdag heb ik in Malibu smokkelaars bezig gezien. Een boot met kratten voer naar de kust. Toen heb ik ook bijna het loodje gelegd, op het strand. En ik heb een paar van die zanderige kratten achter dat kamerscherm in de Jade zien staan, met iets erin wat op heroïne leek. En ik vond een injectieflacon in een van de kamers waar volgens mij heroïne in zat. Wat ik moet weten, is of zijn zendingen afkomstig zijn van wat ik op dat strand heb gezien.'

'Dat zou kunnen, maar ik weet het niet zeker.'

Hij liet haar de foto zien die hij had meegenomen uit het huis van de Bonhams. 'Heb je deze mensen weleens in de Jade gezien?'

Ze keek naar de foto en keek hem glimlachend aan.

'Wat?'

'De vrouw met wie Darren al scharrelde voordat we scheidden?'

'Ja?'

Ze wees naar Bernadette Bonhams elegante gezicht. 'Dat is die bitch.'

55

'Dus Bernadette Bonham en Darren Paley waren een stel?' vroeg Dash.

Hij en Archer bespraken de stand van zaken in Archers motelkamer, terwijl ze rookten en dronken en soms in een kringetje ronddraaiden.

Archer had Dash eerder de aarde met de restjes wit poeder gegeven die hij uit de tuin van de Bonhams had meegenomen. Dash had dit afgegeven bij een particulier laboratorium in LA dat hij vaker had gebruikt.

'Dat zei Samantha.'

Dash grijnsde. 'Samantha Lourdes, wie zou dat hebben gedacht?'

'Heb je haar films gezien?'

Dash snoof. 'Verdomme, Archer, volgens mij ben jij de enige die ze níét heeft gezien.'

'En ze is twee jaar met Paley getrouwd geweest.'

'Ze mag van geluk spreken dat ze nog leeft nadat ze met die psychopaat heeft samengewoond.'

'Ze is nog niet van hem af,' zei Archer.

'En jij wilt de ridder op het witte paard zijn die de jonkvrouw in nood komt redden?'

'Ik ben geen ridder en zij leek me geen jonkvrouw in nood.' Archer zweeg even. 'Bernadette kwam kennelijk in beeld in de tijd dat Lourdes en Paley gingen scheiden. Dat was rond 1941. Bernadette vertelde me dat haar familie naar Canada verhuisde om aan Hitler te ontkomen toen de nazi's Frankrijk innamen en dat ze daar zijn gebleven tot de oorlog afgelopen was. Frankrijk gaf zich in juni 1940 over aan Duitsland, dus waren Bernadette en haar familie voor die tijd al in Canada. Maar in 1941 moet ze Canada hebben verlaten en naar Reno zijn gegaan, en daar heeft ze Paley leren kennen. Paley ging toen in het leger en heeft jarenlang meegevochten in de oorlog. Ik weet niet of hij en Bernadette daarna weer bij elkaar kwamen, maar ze lijken nu een nauwe band te hebben.'

'Hoe lang is ze al met Peter Bonham getrouwd?'

'Dat weet ik niet precies. Ze vertelde me dat ze elkaar na de oorlog hebben ontmoet, in Nice zijn getrouwd en daarna hiernaartoe kwamen. Hij had het huis in Malibu toen al.'

'Ze zijn dus niet langer dan zes jaar getrouwd?'

'Klopt. Maar Bernadette kan opnieuw voor Paley zijn gevallen, ook al was ze getrouwd. Fransen denken anders over dit soort zaken.'

'Verdomme, Archer, Amerikanen ook, hoor.'

'Ze vertelde ook dat Bonham eerder getrouwd is geweest, maar dat zijn eerste vrouw overleden was. Volgens hun buurvrouw, mevrouw Danforth, is hij niet eerder getrouwd geweest, maar dat wist ze niet zeker.'

Dash plukte een beetje tabak van zijn tong en nam een slokje cognac. 'Goed, even terug naar het belangrijkste, Archer. Als we Paley willen uitschakelen, moeten we te weten zien te komen wat hij doet. Hij heeft banden met de maffia en Vegas. Dus als hij vanuit Chinatown drugs verkoopt, weet ik vrijwel zeker dat hij iets bewaart voor de mensen in LA, maar het overschot gaat vermoedelijk naar de rest van het land via drugssyndicaten. En die drugssyndicaten hebben weer banden met de maffia in Vegas. Daar verdienen ze bakken met geld mee, misschien zelfs wel meer dan met de casino's. Maar je zei dat Paley denkt dat iemand zijn voorraad afroomt?'

'Klopt. Weet Jake daar meer van?'

'Nee, maar dat betekent niet dat *wíj* dat niet te weten kunnen komen.'

'Ik heb je ook verteld dat Peter Bonham de man is met wie ik die nacht op dat strand heb gevochten. Inmiddels weet ik dat hij daar op de drugs wachtte. Ik herinner me dat ik een vrachtwagen op het strand zag staan. Denk je dat Bonham Paley bevoorraadt? Want uiteindelijk zullen we die link ook moeten leggen, of niet soms?'

'Zou kunnen. Je zei dat Peter Bonham toen je die avond naar Lambs huis belde de telefoon opnam?'

'Ja, en dat betekent dat hij iets met Benders dood te maken heeft, want ik weet bijna zeker dat Benders lijk daar al lag toen Bonham met me praatte.'

'Als Bender door Peter Bonham is vermoord, moet daar een goede reden voor zijn geweest. Want een lijk maakt alles ingewikkeld.'

'Mallory Green huurde Bender in om uit te zoeken met wie Bart scharrelde. Dus hoe kwam Bender in Lambs huis terecht?'

'We weten dat hij ergens anders is doodgeschoten. Misschien heeft Peter Bonham hem vermoord en daar gedumpt.'

'Waarom en waarom?' vroeg Archer.

'Als Bernadette Bonham haar man Peter inderdáád met Bart Green bedroog en Peter Bonham dat ontdekte, heeft hij Bender misschien vermoord om dat geheim te houden.'

'Ik kan me bijna niet voorstellen dat die verrukkelijke Franse vrouw veel belangstelling voor Bart Green kan hebben, ondanks zijn status als belangrijke producer in Hollywood. Ik dacht dat de schatjes die in Vegas bij hem waren zijn maîtresses waren, maar ze waren zijn nichtjes. En ik heb uit betrouwbare bron dat van de Drie Musketiers Simon, Bart en Danny alleen Danny de rokkenjager is.'

'Dat snap ik. Maar als Bart Green en Bernadette Bonham wél een affaire hadden, mogen we niet vergeten dat de meeste bedrogen mannen het niet prettig vinden als dat openlijk bekend wordt. En je zei dat Bernadette heeft gezien dat haar man ruziemaakte met Lamb?'

'Inderdaad.'

'Lamb werkte voor Green. Dus misschien heeft ze ontdekt dat

ze een affaire hadden en dreigde ze dat bekend te maken als Bonham haar niet betaalde.'

'Maar waarom is Bender dan vermoord?' vroeg Archer.

'Peter Bonham kan Bender hebben vermoord en het lijk in Lambs huis hebben achtergelaten zodat ze hem niet langer kon lastigvallen.'

'Dat zou best eens kunnen. Lamb vertelde me dat ze vreemde telefoontjes kreeg en dat iemand bij haar had ingebroken en een bebloed mes in de gootsteen had achtergelaten. Misschien is Peter Bonhams plan wel gelukt, want Lamb is misschien niet dood, maar wél verdwenen. Misschien heb je gelijk, Willie, en zit Peter Bonham hierachter en is Lamb vermoord zodat ze hem niet langer kan chanteren.'

'En ik kan er ook heel ver naast zitten. Alleen de tijd zal het leren.' Dash zette zijn glas neer, keek op zijn horloge en zei: 'We vertrekken over ongeveer een uur naar Malibu. Als ik het goed heb onthouden, zei Danforth dat haar logee de vrachtwagens midden in de nacht had gehoord?'

'Dat klopt. En Lourdes zei dat de leveringen aan de Jade ten minste één keer per week komen, 's avonds laat.'

'Goed, laten we het nog een keer over dat smokkelen hebben. Paley verkoopt drugs. Hij kent Bernadette Bonham, en haar man misschien ook. Jij vocht met Peter Bonham op dat strand, en daar stond een vrachtwagen. We hebben dus een mógelijke relatie vastgesteld tussen de strandsmokkelaars van Malibu, de Bonhams en Paley. Hoewel we niet zeker weten wat er in die kratten zat die van die boot kwamen, is de kans heel groot dat dat drugs waren.'

'Klopt allemaal,' beaamde Archer.

'Maar de Bonhams zitten ook maandenlang in Frankrijk. Wie vervangt hem als hij weg is?'

'Hij moet dus een partner hebben. Paley?'

'Nee, dat kan niet. Peter Bonham is te slim om Paley te laten weten waar de drugs vandaan komen, want dan zou Paley hem eruit kunnen werken.'

'Klopt. En als Paley zelf toezicht houdt op de binnenkomende leveringen, weet hij ook wie er uit zijn trog dronk,' zei Archer.

'Dus de vrachtwagens die dat meisje heeft gehoord, hebben de zendingen uit die boot vervoerd en vermoedelijk naar Bonhams huis gebracht. Jij was om een uur of vijf 's ochtends op het strand?'

'Ja, en die mannen hadden vreselijke haast, vermoedelijk omdat ze laat waren. Op dat tijdstip kunnen er al mensen naar het strand komen of naar hun werk gaan.'

Dash stond op. 'Goed, ik zie je zo, Archer. Vergeet je pistool niet.'

Nadat Dash was vertrokken belde Archer Callahan.

'Archer, wat fijn je stem te horen. Ik mis je.'

'Ik jou ook. Willie is hier om me te helpen.'

'Dat stelt me heel erg gerust.'

'Hé, wat kun je me vertellen over Samantha Lourdes?'

'Samantha Lourdes? Hoezo?'

'Zij is de actrice die ik in de Jade zag. Ik had het eindelijk door. Maar dat mag je aan niemand vertellen! Ze is een goed mens.'

'Ik zal het aan niemand vertellen, omdat ik respect voor haar heb als actrice en ze ook een slimme zakenvrouw is. Ik heb gehoord dat haar contract met MGM bijna afloopt en ze nu haar eigen productiebedrijf begint. Ze is zeg maar de Carole Lombard van haar generatie. Ik vind het verschrikkelijk dat ze bij dat soort zaken betrokken is.'

'Ze is daar op een vreemde manier bij betrokken geraakt.' Hij vertelde haar dat Lourdes op haar zeventiende met Paley was getrouwd.

'God, dan heeft ze geluk dat ze nog leeft!'

'En dat wil ik graag zo houden,' zei Archer.

'Wacht even, heb je haar ontmoet nadat je haar in de Jade zag?'

'Ja, we hebben eerder vanavond in het Formosa wat gedronken.'

'Ik kan dit bijna niet geloven! Hoe was ze?'

'Nuchter, slim, werkt hard. Ze is opgegroeid op een boerderij in Minnesota.'

'Ik zou haar heel graag willen ontmoeten en jij loopt haar gewoon tegen het lijf.'

'Verdomme, Liberty, toen ik haar voor het eerst zag, rende ik voor mijn leven in de Jade Lion! Maar de volgende keer dat ik haar zie, kan ik haar wat over je vertellen.'

'Je gaat haar weer zien!?' riep Callahan.

'Nou ja, dat hebben we min of meer opengelaten. Maar als ik haar van Paley kan bevrijden, heb ik een eeuwige fan.'

Callahan zei helemaal niets.

'Hé, ben je er nog?'

'Ja, ik ben er nog. Luister, zeg niets over mij tegen haar, Archer. Ik wil absoluut niet dat zij denkt dat ik jou gebruik om mijn eigen waardeloze carrière een zetje te geven.'

'Maar dat doet iedereen in deze stad. Dat weet jij ook!'

'Nou, maar ik niet, deze keer tenminste niet. Maar... ik ben blij voor je, Archer.'

'Blij voor me? Luister, Liberty, ik ga niet met haar trouwen of zo. Ik probeer haar gewoon te helpen om uit de problemen te komen, net zoals zij mij helpt.'

'Ja hoor, natuurlijk, als jij het zegt. Ik moet morgen al vroeg op de set zijn. Welterusten.'

Voor dat hij nog iets kon zeggen, hoorde hij dat ze ophing. Hij legde langzaam de hoorn op de haak, terwijl hij zich afvroeg wat dat allemaal te betekenen had.

56

'Zit je iets dwars, Archer?' Dash en Archer liepen naar de auto.

'Nee hoor, niets aan de hand.'

'Dat is kennelijk niet zo, dus vertel het maar.'

'Goed, ik had Liberty aan de telefoon en dat ging niet goed.'

'Hoezo, wat heb je haar dan verteld?'

'Dat ik Samantha Lourdes had ontmoet.' Archer vertelde Dash wat er was gezegd.

Dash zei: 'Je hebt net gezellig zitten kletsen met een van de beroemdste vrouwen in Hollywood en je vertelde Liberty hoe geweldig Lourdes was. En dat ze je eeuwig dankbaar zal zijn als je haar uit deze puinhoop met Paley kunt halen.'

'Zeg je dat jij denkt dat Liberty jaloers is?'

'Ik zeg dat ze een mens is.'

De lucht betrok snel doordat er slecht weer op komst was.

Archer zag dat en vroeg: 'Denk je dat ze het risico nemen om vannacht een boot te sturen nu dit slechte weer eraan komt?'

'Drugssmokkelaars kunnen niet gewoon wachten tot het goed weer is, Archer. En zelfs als die boot niet komt, brengen ze de drugs misschien wel met een vrachtwagen van Bonhams huis naar de Jade.'

'Jij vermoedt dus dat ze de drugs niet meteen van het strand naar de Jade brengen?'

'Dat lijkt me niet. Ze moeten eerst alles controleren, kijken of het allemaal in orde is en dat kost tijd. En aangezien Bonham behalve Paley misschien nog andere klanten moet bedienen, denk ik dat hij het ergens opslaat en pas later naar de Jade en andere plaatsen brengt.'

'Klinkt logisch.'

'Heb je je camera bij je?'

'Ja.'

Ze stapten in de Buick, Archer achter het stuur. Ze reden naar Las Floras in Malibu, parkeerden voorbij een bocht zodat de auto vanuit het huis van de Bonhams niet te zien was. Daar stond ook een enorme Chrysler-stationwagon.

Archer leunde naar achteren, nam een slok uit zijn zakflacon en wilde hem aan Dash geven, maar die bedankte.

Dash keek om zich heen en zei: 'Leuke buurt.'

'Ja, behalve al die drugssmokkelaars en lijken,' snauwde Archer.

Ongeveer een halfuur later begon het te regenen en werd het koud in de auto.

Archer trok zijn donkere regenjas steviger om zich heen. Hij merkte een paar keer dat zijn ogen bijna dichtvielen, maar dan gaapte hij en dwong zichzelf wakker te blijven. Elke keer als hij even naar Dash keek, zat de man klaarwakker naar buiten te turen.

Even voor middernacht zagen ze achter zich koplampen verschijnen. Ze keken achterom en zakten daarna onderuit in hun stoel.

De vrachtwagen reed voorbij, ging de bocht om en verdween uit het zicht.

'Wacht nog even, Archer,' zei Dash.

Zestig seconden later stapten ze uit. Ze liepen snel naar de bocht en zagen even later dat de vrachtwagen op Bonhams oprit stond. Verschillende mannen kwamen uit de vrachtwagen en liepen naar de achtertuin.

'Goed, Archer, nu!'

Archer rende naar de vrachtwagen en bukte zich. Hij gebruikte zijn zaklamp om de achteras te vinden, haalde iets uit zijn zak en bevestigde dat aan de metalen as.

Hij liep naar de achterkant van het huis en voegde zich bij Dash, die vanaf daar de boel in de gaten hield.

De groep mannen uit de vrachtwagen stond bij de schuilkelder om een grote man heen die een lange zwarte regenjas droeg. De man bukte zich, maakte het hangslot los en tilde het luik op. Daarna gebaarde hij dat de mannen naar binnen moesten gaan. Het leek alsof ze een trap af liepen. Een paar minuten later kwamen ze terug met houten kratten. En met nog iets... met mensen met een witte kap om hun hoofd en met hun handen geboeid achter de rug. Ze strompelden en wankelden, alsof ze dronken of high waren.

Archer hoorde Dash zeggen: 'Wel verdomme!'

Archer maakte met zijn Kodak niet alleen een heleboel duidelijke foto's van Peter Bonham – hij was de lange man in de regenjas – maar ook van de kratten en de gevangenen met de kappen. Het was een collage van pure boosaardigheid in sfeervol natuurlijk licht en vastgelegd door de Kodak, zodat deze beelden hopelijk konden worden gebruikt om later tijdens rechtszaken als bewijs te dienen.

Bonham deed het luik dicht en bevestigde het hangslot weer.

Dash fluisterde: 'Kom, snel terug naar de auto.'

Vijf minuten later reed de vrachtwagen de weg weer op en reed langs hen heen in de richting van Las Flores.

Archer wachtte tot de vrachtwagen niet meer te zien was, startte de Buick en reed erachteraan.

Toen ze de vrachtwagen weer zagen, glimlachte Dash. 'Bingo!'

Wat Archer aan de achteras had bevestigd, was een reflecterende strook die oplichtte in het donker zodat ze die konden zien.

'Hou afstand. Ik durf te wedden dat ze naar de Jade gaan.'

Archer knikte, ontspande zich en nam gas terug. 'Die kratten had ik verwacht. De mensen met die kappen op niet.'

'Het ziet ernaar uit dat dit tuig handelt in drugs en in mensen.'

'Denk je dat ze uit Mexico komen?'

'De drugs wel. De mensen misschien uit China, gezien de plaats waar ze vermoedelijk naartoe gaan.'

'Waar gaan ze hen voor gebruiken?'

'Voor de gebruikelijke ellende: als huisbediende, voor zwaar werk, landbouw, prostitutie. Het is altijd hetzelfde.' Dash keek hem aan. 'Dit zijn federale misdaden, Archer, dit en de import van drugs. Goed, maak me wakker als we in Chinatown zijn.'

Maar de vrachtwagen reed niet naar Chinatown.

57

De eerste verrassing was dat de vrachtwagen al voor de Pacific Palisades afsloeg.

'Ze gaan naar het noorden!' Archer dacht even na. 'Het Will Rogers State Park is die kant op. Kan het zijn dat ze daarnaartoe gaan?'

Ze bleven de vrachtwagen volgen en later, toen de vrachtwagen een heel smalle bosweg in reed, doofde Archer het licht van de Buick.

'Wat doen we nu?' vroeg hij aan Dash.

'We kunnen het niet riskeren dat we worden gezien of ergens op deze weg vast komen te zitten. Het regent niet meer. Stap dus maar uit en loop een stukje door om te kijken of je iets ziet. Dan zet ik de auto ergens neer waar niemand hem kan zien. Ze komen straks vast en zeker terug.'

Archer stapte uit.

Dash ging achter het stuur zitten, keerde de auto en zette hem achter een paar struiken. Hij deed de motor uit en wachtte.

Ondertussen liep Archer over de natte bosbodem, terwijl de regen van het bladerdak van de bomen naar beneden druppelde. Hij zette de kraag van zijn regenjas op en liep door, bij het zwakke licht van zijn zaklamp. Hij liep parallel aan de weg door het bos. Op een bepaald moment bereikte hij een open plek en keek langs de stam van een dikke eik.

Hij zag een andere vrachtwagen, die werd ingeladen. De mensen met de kap over hun hoofd werden van de ene vrachtwagen naar de andere gebracht. Twee van de bewakers deden vervolgens de laadklep van de vrachtwagen dicht en sloten hem af. Een van hen sloeg even op de klep, waarna de vrachtwagen werd gestart.

Archer liep terug naar Dash en stapte net weer in toen de vrachtwagen met de gevangenen het bos uit kwam. Snel vertelde hij Dash wat hij had gezien.

Toen de vrachtwagen hun schuilplaats voorbij was gereden, zei Dash: 'We moeten nu beslissen of we de vrachtwagen met de gevangenen volgen of de andere vrachtwagen met de kratten. Ik geef de voorkeur aan die met de kratten. Op die vrachtwagen zit die reflecterende tape. De kans dat we die andere kwijtraken is te groot.'

'Mee eens.'

De tweede vrachtwagen verscheen een minuut later en reed dezelfde weg terug.

Archer en Dash volgden op enige afstand.

Ze kwamen weer bij de hoofdweg en reden om de Santa Monica Bay heen. Daar nam de vrachtwagen niet de afslag naar het oosten richting LA en Chinatown, maar bleef zuidwaarts rijden.

'Ik snap hier niets van!' riep Dash. 'Dit wordt echt heel vreemd.'

Er was weinig verkeer en ze bleven volgen. Toen ze de Venice Pier voorbijreden, zei Dash: 'Misschien gaan ze naar El Segundo of Manhattan Beach of zoiets.'

'Nu gaan ze naar het oosten,' zei Archer even later.

De vrachtwagen was inderdaad weer afgeslagen en reed nu landinwaarts.

Toen begon het Archer te dagen. 'Ze gaan naar LA International!'

En inderdaad, de vrachtwagen reed het terrein van het vliegveld op, waar het zelfs op dit tijdstip druk was.

Archer keek naar alle drukte. Hefwagens reden met bagagekarren achter zich aan en nu het slechte weer voorbij was taxieden vliegtuigen naar of van de start- en landingsbanen. Vrachtwagens reden kriskras door elkaar en zorgden ervoor dat de luchtvracht aan de westkust ongestoord doorgang vond.

Ze bleven op grote afstand van de vrachtwagen tot die bij een hek kwam en stopte. De chauffeur praatte even met de bewaker en nadat hij hem iets had overhandigd, mocht hij doorrijden.

Dash zei: 'Wij komen niet door dat hek en de bewaker keek niet eens wat er in die vrachtwagen zat. Volgens mij gaf de chauffeur hem geld.'

'Wacht even, dit ziet er bekend uit.' Archer stopte, pakte zijn verrekijker en stapte uit. Hij liep naar een meer afgelegen deel van het terrein en keek door het hek. De vrachtwagen stond stil naast een vliegtuig. Archer bleef kijken en zag dat de kratten werden uitgeladen, op een mobiele weegschaal werden gewogen en vervolgens in het vrachtruim van het vliegtuig werden geladen. De kerel in de vrachtwagen gaf een andere man een stapel papieren en stapte daarna samen met de anderen weer in.

Archer herkende de man die de papieren en de vracht in ontvangst had genomen. Hij liep terug naar de auto en stapte in. 'Het vliegtuig waar ze de kratten net in hebben geladen, is de Beechcraft van Bart Green.'

'Weet je het zeker?'

'Ja, ik weet het zeker. Ik heb erin gezeten. De man die de vracht in ontvangst nam is Greens piloot, Steve Everett. Die man heeft me met dat toestel naar Vegas gebracht.'

Ze zagen dat de vrachtwagen weer door het hek reed.

'Moeten we hem volgen?' vroeg Archer.

'Ik wil graag weten waar dat vliegtuig vannacht naartoe gaat.'

'Ik heb geen idee hoe we dat te weten moeten komen. Het is geen ingeroosterde vlucht met een commercieel vliegtuig, maar een privétoestel. We kunnen er misschien wel achter komen, met wat tijd en wat geld.'

'Dat kunnen we later wel doen. Laten we nu de vrachtwagen volgen.'

Maar de chauffeur had de vrachtwagen geparkeerd en was in de terminal verdwenen, terwijl de andere mannen voorin bleven zitten. Een paar minuten later kwam de chauffeur terug met een paar kartonnen bekers koffie, stapte in en reed weg.

Toen ze het vliegveld verlieten en de reflecterende strip op de achteras van de vrachtwagen volgden, keek Archer omhoog en dacht dat hij de Beechcraft met de drugs over hen heen naar een onbestemde bestemming zag vliegen. Maar misschien verbeeldde hij zich dat alleen maar.

Ze volgden de vrachtwagen, die een rustig tempo aanhield.

'Misschien gaan we nu eindelijk naar Chinatown,' zei Dash.

Ze reden in noordoostelijke richting door South Central LA, langs het centrum en om Union Station heen. Het leek er inderdaad op dat ze eindelijk naar Chinatown gingen.

Maar voorbij een bocht was de vrachtwagen niet meer te zien.

'Hij moet die steeg in zijn gereden.' Dash wees naar links.

Op datzelfde moment kwamen drie mannen de steeg uit. En ze richtten iets op de Buick.

'Doorrijden, Archer! Een hinderlaag!' brulde Dash.

Archer trapte het gaspedaal in en trok aan het stuur, terwijl de mannen het vuur openden en de ruiten aan de zijkant en de achterruit verbrijzelden. Archer voelde de kogels langs hem heen suizen. Een paar boorden zich in de bekleding, andere ricocheerden van de metalen delen in de auto. Het was alsof hij en Dash vastzaten in een flipperkast en de kogels die overal om hen heen suisden hen probeerden te doden. Hij stuurde de Buick een bocht om en bleef plankgas rijden. De motor draaide op volle toeren en gilde als een bange vrouw.

Archer ademde opgelucht uit en nam gas terug. 'Verdomme, dat was op het nippertje!'

Hij keek opzij naar Dash en zijn adem stokte.

Willie Dash was bewusteloos. Hij zat opzij gezakt in zijn stoel en er stroomde bloed uit zijn rug.

58

Archer hing de hoorn van de betaaltelefoon voor de derde keer op de haak. Hij was in het ziekenhuis waar hij de gewonde Dash naartoe had gebracht.

Hij had eerst Connie Morrison gebeld en haar verteld wat er was gebeurd, en ze was nu al onderweg naar LA.

Daarna had hij Jake Nichols gebeld en wakker gemaakt.

Nichols had gespannen gezegd: 'Kom vanochtend naar me toe zodra ze zeker weten dat Willie buiten levensgevaar is. Als de situatie verslechtert moet je me bellen, geeft niet hoe laat.'

Archer had als laatste Callahan gebeld en haar verteld wat er was gebeurd. Hij hoorde haar zachtjes huilen en begreep dat ze ook dacht aan hoe het zou zijn als hij degene was geweest die was geraakt en nu bijna dood was. Hij had een einde aan het gesprek met haar gemaakt, omdat hij bang was dat hij anders ook zou gaan huilen.

De dienstdoende arts had de politie gebeld, zoals hij wettelijk verplicht was. Terwijl Dash een spoedoperatie onderging, had Archer met twee geüniformeerde agenten en met een rechercheur in burger van de LAPD gepraat. Ze leken eerlijk en open en vastbesloten hun werk te doen, maar toch verzweeg hij alles en vertelde alleen dat ze rustig door de stad hadden gereden toen ze opeens werden beschoten. Hij was niet van plan om van alles uitgebreid verslag te doen tot hij wist tegen wie en wat ze het moesten opnemen.

De rechercheur, een man van in de veertig met een kalme blik en een zachte stem, zei: 'Jullie waren misschien gewoon op het verkeerde moment op de verkeerde plek. We zijn bezig deze stad schoon te vegen, maar dat is nog niet helemaal gelukt.'

'Zou een bende kunnen zijn,' zei een van de agenten met een zuidelijk accent die te jong leek om politieman te zijn. 'Zeer waarschijnlijk Porto Ricanen of chicano's. Of kleurlingen, die maakt het niet uit wie ze vermoorden.'

Ze hadden de Buick onderzocht en de chirurg beloofde de kogel die nog steeds in Dash zat aan de politie te overhandigen. Archer had hun het telefoonnummer van zijn telefoonservice gegeven en zij beloofden hem op de hoogte te houden van hun onderzoek.

Connie Morrison kwam binnen toen haar baas en ex-man de operatiekamer uit werd gereden. Archer had haar in de drie jaar dat hij haar kende nog nooit zo bleek en ongerust gezien.

Ze praatten even met de chirurg, die hun vertelde dat Dash de operatie goed had doorstaan, maar dat zijn herstel wel enige tijd in beslag zou nemen. En dat hij nog wel een tijdje buiten bewustzijn zou blijven.

'Volgens mij is hij buiten levensgevaar,' zei de arts, een kleine magere man met een bleek gezicht en een geruststellende en rustige uitstraling. Hij maakte zijn bril schoon met de mouw van zijn ok-jas en zei: 'Hij is sterk, zeker voor zijn leeftijd. Maar hij heeft ook geluk gehad. De kogel heeft een slagader op nog geen twee centimeter gemist en ook geen bot geraakt. Hoewel hij veel bloed heeft verloren, denk ik dat hij helemaal zal herstellen. Iemand heeft vannacht goed op hem gepast.'

Archer sloeg met een schuldig gevoel zijn blik neer. *Alleen was ik dat niet.*

Nadat ze hem hadden bedankt, liep Morrison naar de eenpersoonskamer van Dash en ging naast zijn bed zitten. Archer wist dat ze daar elke seconde van elke dag zou blijven zitten tot haar ex opstond en op eigen benen het ziekenhuis kon verlaten.

Archer stond achter haar en keek naar de man die een soort tweede vader voor hem was geworden. Dash' gezicht was afwisselend bleek en grijs, hij was nog niet wakker en zijn ledematen schokten af en toe. Bij de hals van zijn ziekenhuishemd was een stuk van het grote verband te zien. Hij leek oud en afgepeigerd en... niet goed. Maar het was wél goed, dacht Archer, want Dash leefde terwijl hij net zo goed dood had kunnen zijn.

Morrison keek hem opeens aan. 'Ik zorg voor de rekeningen en alle papierwerk, Archer. En jij moet doen wat je moet doen om de mensen te vinden die Willie hebben beschoten.'

Hij kneep even in haar schouder en draaide zich om.

'Archer?'

Hij keek achterom en zag dat ze hem strak aankeek.

'Zorg dat je niet wordt vermoord.'

Hij keek haar aan met een glimlach die op zijn lippen bestierf, omdat er niets grappigs was aan wat ze zei, bedoelde en voelde. Hij knikte, lichtte zijn hoed even, draaide zich om en vertrok.

Hij reed naar het motel in Silver Lake, sliep een paar uur, stond op, schoor zich en douchte, trok schone kleren aan en dronk wat. Daarna leverde hij de Buick in bij het filiaal van het verhuurbedrijf in Bay Town. Hij moest een hoge boete betalen, omdat het bedrijf er niet van hield dat hun auto's werden beschoten. Om diezelfde reden zouden ze hem ook nooit meer een auto verhuren.

Dus liep Archer twee blokken naar een kantoor van Avis en vertrok een halfuur later in een grijze tweedeurs Oldsmobile, model 1952. Hij reed rechtstreeks naar Jake Nichols' bar.

Nichols zat in zijn rolstoel aan een tafel te wachten en keek naar de deur alsof het ergste nieuws in de wereld elk moment kon binnenkomen en het beetje leven dat hem nog restte zou vermorzelen.

Archer nam zijn hoed af en zei: 'Hij wordt weer beter. Maar dat gaat wel wat tijd kosten.'

Nichols reed naar een kast en haalde daar twee glazen en een fles whiskey uit. Hij reed terug en schonk een bodempje in voor zichzelf en voor Archer.

Nichols hief zijn glas en zei: 'Op moedige mannen die geluk hebben gehad.' Archer hief zijn glas ook en vervolgens dronken ze hun glas in één teug leeg. Daarna vertelde Archer Nichols meer over wat er die nacht was gebeurd.

Nichols verwerkte dit snel en zei: 'Jullie zijn erin geluisd. Die man liep die terminal in om koffie te halen, maar ook om iemand te bellen. De val werd opgezet en hij bracht je er rechtstreeks naartoe.'

Archer knikte met een nijdige blik. 'Dat dacht ik ook.'

'Ze handelen dus in mensen en drugs.'

Archer zei: 'Ik weet niet waar die mensen naartoe zijn gebracht. Maar de drugs gingen niet naar de Jade, niet alles tenminste. Een deel werd in Bart Greens vliegtuig geladen. Daarom denk ik dat Bonham en Green hierbij samenwerken en Green degene is die uit Darren Paleys trog drinkt, om zijn eigen woorden te gebruiken.'

'Dan nemen ze een groot risico. Je zit een man als Paley niet dwars, tenzij je dood wilt.'

'Bart Greens motief is duidelijk. Hij moet een enorme gokschuld afbetalen en als hij dat niet doet, is hij ook dood.'

'Goed, maar hoe zijn Paley en Peter Bonham volgens jou met elkaar in contact gekomen?'

'Zijn vrouw Bernadette kende Paley al jaren voordat ze met Bonham trouwde. Ze hebben elkaar in Reno ontmoet.'

'En hoe raakte Peter Bonham verzeild in die drugs- en slavenhandel?'

Archer stak een sigaret op en nam een trekje. 'Zijn oude buurvrouw vertelde me dat hij vroeger in het buitenland werkte, maar daar geheimzinnig over deed. Ze zei voor de grap dat hij een spion was.'

'Misschien heeft hij die drugscontacten opgedaan toen hij in het buitenland was. Doet iemand onderzoek naar zijn bedrijf, waar hij zijn geld vandaan krijgt, officieel tenminste?'

Archer schudde zijn hoofd. 'Nee, ik niet. Maar dat moeten we denk ik wel doen.'

'Laat dat maar aan mij over. We weten dat die man een smokkelaar is, maar hij moet zijn drugsgeld op de een of andere manier witwassen.'

Nichols schonk nog wat whiskey in zijn glas. Hij hield de fles omhoog, maar Archer schudde zijn hoofd. Nichols keek een hele tijd naar de drank in zijn glas, maar dronk er niet van. 'Het was jouw schuld niet, weet je. Willie heeft het niet zien aankomen, dus hoe had jij dat moeten doen?'

'Ik heb in mijn eentje dagen aan deze zaak gewerkt en Willie begon er gisteren pas aan. Ik had hem moeten dekken. Ik had iets moeten vermoeden. Maar dat deed ik dus niet.'

'Je kunt jezelf wel de schuld geven, maar daar schiet niemand iets mee op. Dat snap je toch zeker wel?'

'Ja, dat snap ik wel, maar dat wil ik nu even niet.'

'Hij is sterk en de dokter zegt dat hij het gaat redden. Als Willie dood was, zouden we nu misschien een ander en moeilijker gesprek voeren, maar nu moet je je richten op wat belangrijk is. Dit is het enige waar Paley nog aan zal denken. En wat dat betreft mag jij niet voor hem onderdoen.'

Archer ging rechtop zitten en keek om zich heen in de lege bar. 'Heb je ooit spijt van dit alles gehad? Dat je hebt gedaan wat je deed? Van je leven? Van de keuzes die je hebt gemaakt?'

'Ik ben een mens en dus is het antwoord "altijd". Je kunt je je halve leven afvragen of het goed was wat je wel en niet hebt gedaan, maar daar schiet je uiteindelijk niets mee op. Je kunt er dus voor kiezen om gewoon te leven of doen alsof je een ander leven hebt waarin je nooit een fout maakt.'

'Dat is misschien wel het moeilijkste wat er is, Jake.'

'Doodgaan is het gemakkelijkst. Dat kost bijna geen moeite of tijd. Je leeft en dan lig je in een graf. Het stuk vóór het doodgaan is moeilijk.'

'Wat is dat dan?'

Nu dronk Nichols zijn glas leeg. 'Leven.'

59

Archer reed naar Malibu. De lucht was blauw, de zon was warm maar niet té warm en de luchtvochtigheid was laag. Toch zat Archer te zweten. Het onderzoek begon uit de hand te lopen en hij was net de enige man kwijtgeraakt die hem een goede kans had gegeven om de zaak op te lossen.

Hij stopte bij een benzinestation en belde de countypolitie. Nadat hij twee keer was doorverbonden, had hij Phil Oldham aan de lijn.

'Hoorde via via over Willie en Chinatown. Hoe gaat het met hem?'

'Hij gaat het redden, maar het was kantje boord. Bijna fataal.'

'Was je erbij?'

'Inderdaad. Hoe staat de zaak-Bender ervoor? Hebben jullie de moordenaar al?'

'Waarom zou ik jou dat vertellen?' vroeg Oldham kortaf.

'Alleen maar omdat we allebei proberen naar hetzelfde punt toe te werken.'

'We hebben een paar vorderingen gemaakt. We hebben zijn auto uit de oceaan gevist.'

'Heb ik gehoord. Ken je Darren Paley, die de Jade Lion in Chinatown leidt?'

'Was dat de reden dat jullie daar waren?'

'Ken je hem?'

'Ik heb over hem gehoord. Heeft hij iets te maken met wat er met Bender is gebeurd?'

'Dat weet ik niet, zou kunnen. En misschien wil je de westelijke helft van het strand van Malibu in de gaten houden, zeg om een uur of vier 's nachts.'

'Waarom?'
'Wat denk je?'
'Smokkel? Of wat dan?'
'Het gebruikelijke,' antwoordde Archer.
'Heb je dat zien gebeuren?'
'Misschien wel. En het zijn niet alleen drugs.'
'Wat nog meer?' vroeg Oldham.
'Denk eens aan mensen.'
Oldham werd helemaal opgewonden. 'Ik wil dat je hiernaartoe komt. Je moet een verklaring afleggen en ons alles vertellen wat je weet.'
'Waarom? Ik hoorde dat jouw mannen niet echt hun best doen om Benders moordenaar te vinden.'
Oldham antwoordde niet meteen. 'Van wie hoorde je dat?'
'Is het waar?'
Alweer antwoordde Oldham niet meteen. 'Waar ben je?'
'Benzinestation Seventy-six in Malibu.'
'Ik ben over een kwartier bij je.'
Achttien minuten later reed de oude Plymouth de parkeerplaats op en stapte Phil Oldham uit.
'We gaan een stukje lopen,' zei hij tegen Archer.
Ze liepen naar het strand. Dat leek een geliefde plek voor een vertrouwelijk gesprek, dacht Archer.
Het was vloed, dus bleven ze ver bij het water vandaan, terwijl de brandingsgolven hun gesprek overstemden en de zeemeeuwen tegen de wind in hun maaltijd opdoken.
Oldhams gezicht leek zelfs nog molliger dan eerst en zijn kleren nog armoediger, maar zijn blik was helder en alert, en hij keek kwaad.
'Je bron had gelijk.' Hij had zijn handen diep in zijn broekzakken gestoken en het stompje van een sigaar in zijn mond. 'Zodra we zijn auto uit het water hadden gehaald, werd ik op een andere zaak gezet.'
'Je kunt een lijk niet onder het tapijt vegen.'
Oldham keek hem fel aan. 'Is dat zo, Archer?'

'Ik dacht dat jullie van de countypolitie immuun waren voor het LAPD-virus.'
'Dat zeg jij.'
'Nee, dat zei jíj.'
'Dan heb ik me misschien vergist.' Oldham draaide zich om en gooide zijn peuk in de richting van het water.
'Ik heb Benders weduwe beloofd dat ik zou uitzoeken wat er is gebeurd,' zei Archer.
'Ik heb Bender nagetrokken. Hij was een goeie vent, maar had heel veel onbetaalde rekeningen. Ze dreigden beslag op zijn huis te leggen.'
Archer bleef staan en keek hem aan. 'Echt waar?'
'Ja. Volgens mij heeft hij toen het niet goed ging met zijn bedrijf veel geld geleend, met het huis als onderpand. Hij kon de hypotheek niet meer betalen en ze wilden er dus beslag op leggen.'
'Maar zijn weduwe heeft het huis nog steeds.'
'Dat komt doordat de schuld is afbetaald. Ik heb niet diep genoeg kunnen graven om te achterhalen door wie. Daar kreeg ik de kans niet voor.'
'Maar dat verandert de zaak wel.'
'Hoezo?'
Archer keek een tijdje naar het opkomende water. 'Zelfs goede mensen kunnen foute keuzes maken als ze wanhopig zijn.'
'Hoe bedoel je?'
Archer bleef naar de oceaan staren en toen werden hem bepaalde zaken griezelig duidelijk. 'Hoe hoog was Benders hypotheek?'
'Wat? O, vijfduizend dollar of zo.'
'Geen enkele privédetective verdient in een paar weken zoveel met gewone zaken.'
'Waar wil je naartoe, Archer?'
'Zoals ik al zei, maken goede mensen foute keuzes als ze onder druk worden gezet.'
'Heb je het over Bender?'
'Ik heb het over ons allemaal.'

60

Archer reed terug naar het centrum en leverde het filmrolletje van de vorige nacht in bij dezelfde man en vroeg opnieuw of het snel kon. Daarna reed hij naar het particuliere laboratorium waar Dash het poedermonster voor analyse naartoe had gebracht.

Een man met een ernstige blik in een witte laboratoriumjas bevestigde dat het inderdaad heroïne was.

Archer nam het gecertificeerde labverslag mee en reed dwars door de stad naar Green & Ransome. Beide partners waren vandaag aanwezig en hij ging eerst naar Cecily Ransome.

Ze droeg een marineblauwe lange broek, een wijde groene trui die over haar smalle heupen viel en een zwarte baret. Ze zat aan haar bureau met een pen in haar hand en een filmscript voor zich en legde haar pen neer. Ze keek hem met een ongemakkelijke blik aan. 'En, wat hebt u te melden?'

'Ik heb hier een partner naartoe gehaald om me te helpen.'

'Goed.'

'We zijn vannacht in Chinatown beschoten. Hij is gewond geraakt en ik bijna.'

Ransome leunde naar voren. 'Wat! Komt het goed met hem?'

'Ja, maar niet dankzij de mannen die op ons hebben geschoten.'

'Heeft dit iets met Ellie te maken?'

'Volgens mij wel.'

'Vertel me alles wat u weet.'

'Er gebeuren vreemde dingen in Malibu. Vrachtwagens komen en gaan. Afgeladen met kratten waar drugs in zitten en met mensen met een kap over hun hoofd.'

Ransome werd zó rood dat Archer dacht dat ze zou flauwvallen. 'M-mensen met een k-kap op?'

'Smokkelaars, juffrouw Ransome. Een slavensyndicaat. Dat is een bedrijf, maar wel een heel afschuwelijk bedrijf.'

'Denkt u dat Ellie dat heeft ontdekt en daarom nu wordt vermist?'

'Zou kunnen.'

'Weet u wie daarbij betrokken is?'

'Chinatown is erbij betrokken, dat is zeker.'

'De Jade Lion, waar u het over had?'

'Dat denk ik wel, ja.'

Ransome keek fronsend naar het script dat voor haar lag. 'Dan wilt u dit misschien bekijken.'

'Wat is dat?'

Ze draaide het om. 'Ellie liet dit script een week of twee geleden bij me achter. Ze was niet betaald om dit te schrijven, maar deed het op eigen initiatief.'

Archer las een paar bladzijden. 'Vertel me in het kort waar dit verhaal over gaat.'

Ransome zei met trillende stem: 'Chinatown, de maffia, drugsdealers en... andere zaken. Zoals een... slavensyndicaat. Dat... moet toeval zijn.'

'Ik geloof niet in toeval. Vertel me meer.'

'Het is duister en gewelddadig. Heel anders dan wat ik normaal van Ellie krijg. Het is ontzettend spannend en lijkt opvallend authentiek. Alsof ze die wereld heel goed kent. En het heeft een fantastische vrouwelijke hoofdpersoon. Ik bedoel, hier moet iemand een Oscar mee winnen.'

'Waarom heeft ze het script aan u gegeven?'

'Omdat ze wil dat ik deze film regisseer. En ik denk dat ik dat wel wil.'

'De vraag is dus: hoe kent ze die wereld zo goed?'

'U zei dat u luciferboekjes van de Jade Lion in haar bureau vond. Ze is daar misschien naartoe gegaan, voor research.'

Archer keek haar met een bedenkelijke blik aan. 'Dat is niet aannemelijk. De man die die tent leidt, houdt er niet van als mensen daar rondneuzen. Dat weet ik uit ervaring.' Toen schoot hem iets anders te binnen. 'Heeft ze al een ster in gedachten voor de film?'

'Ja. Ze had er een briefje bij gedaan over de casting.' Ransome zocht even en vond een papiertje.

Nog voordat ze iets kon zeggen, vroeg Archer: 'Is de hoofdrolspeelster toevallig Samantha Lourdes?'

Ransome keek opeens met een angstige blik naar het papier. 'Ja. Wat is er aan de hand, meneer Archer?'

'Er viel net een puzzelstukje op zijn plek, maar om de puzzel op te lossen is er nog veel meer nodig.'

61

Bart Green zat aan zijn grote bureau met een dikke sigaar in zijn kleine mondje en een glas naast zich waar misschien water in zat, maar het zou ook iets sterkers kunnen zijn. Hij droeg een wit overhemd en een krijtstreepvest met een rode stropdas en een gouden kraagpin.

Archer hoorde op de achtergrond het zachte gezoem van telefoons en het fellere geklik van typemachines die verhalen verzonnen om geld voor Tinseltown en deze man te verdienen.

'U ziet er veel chiquer uit dan in Vegas,' zei Archer toen hij tegenover hem ging zitten.

'Ik kleed me graag goed voor het kantoor. Ik ga naar Vegas om te spelen.'

'Over Vegas gesproken... Ik heb een leuk gesprek gehad met Darren Paley.'

'Volgens mij is die man niet in staat om leuke gesprekken te voeren,' antwoordde Green spottend.

'U hebt dus wel gesprekken met hem gevoerd?'

'Ik ga vaak naar Vegas en hij is daar soms ook.'

'Hebt u ooit met hem over uw gokschulden gepraat?' vroeg Archer.

'Waarom zou ik?'

'Voordat Paley hiernaartoe kwam om de Jade Lion in Chinatown te runnen, leidde hij de enforcement squad voor de maffia in Vegas. Hetzelfde wat uw Little Tony vroeger deed en misschien nog altijd doet.'

'Nou en?'

'Tony is dus niet uw beschermengel, maar uw executeur als

uw schulden zich weer opstapelen.'

Green nam een slok en veegde met de rug van zijn hand over zijn mond. 'Laat ik even heel duidelijk zijn: u weet helemaal nergens iets van.'

'Integendeel, ik kan tot twee miljoen tellen.'

Greens adem stokte en Archer dacht dat hij vermout rook. 'Ik weet niet wat u daarmee bedoelt.'

'Dat is het bedrag dat u in de casino's hebt verloren.'

'Ik betaal wat ik schuldig ben. Einde verhaal. En ik verlies niet altíjd.'

'Echt wel. En ik weet dat u uw schulden betaalt, want u leeft nog. Ik had bijna niet meer geleefd. Mijn leven eindigde bijna in de woestijn, vlak nadat ik u in de Copa Room had achtergelaten.'

'Laat dat dan een waarschuwing voor u zijn om uw neus niet in zaken te steken die u niet aangaan.'

'Dan zou ik een ander beroep moeten kiezen.'

'Doe dat dan maar.'

'Is dat een dreigement?'

Green leunde naar voren en zei heel zacht: 'Luister, Archer, u kunt het misschien moeilijk geloven, maar ik vind u aardig. Ik weet niet waarom, maar het is zo. Nee, ik weet wel waarom. U bent overmoedig en bereid risico's te nemen en u accepteert geen nee. Met andere woorden, u herinnert mij aan mezelf toen ik zo oud was als u.' Hij zweeg even en dronk zijn glas leeg. 'Je moet mensen als Darren Paley en zijn soort met rust laten. Ik weet dat u op zoek bent naar Ellie Lamb en zo, en dat u probeert uit te zoeken wie die andere privédetective heeft vermoord. Maar is dat zo belangrijk dat u uw leven wilt riskeren?'

'Nogmaals, dat hoort bij mijn beroep. Over Cedric Bender gesproken, weet u zeker dat u nog nooit van hem had gehoord?'

'Waarom zou ik?'

Archer dacht dat de man misschien echt de waarheid sprak en dat was zorgwekkend. 'U zei dat u de Bonhams kent?'

'Ik ken hen zoals ik de meeste mensen ken. Ik ben naar een

feest bij hen thuis geweest. Ze zijn kennissen van me, maar ik kén hen niet echt.'

'U hebt dus nooit zaken met hem gedaan?'

'Archer, ik weet niet eens wat voor zaken die man doet, hoewel ik dat wel graag zou willen weten.'

'Waarom?'

'Niemand met wie ik ooit heb gepraat schijnt te weten waar al zijn geld vandaan komt.'

'Lamb is naar Malibu verhuisd, omdat zij en Bernadette Bonham in Washington DC samen op school hebben gezeten.'

'Ik herinner me dat Ellie een keer zei dat haar vader aan de oostkust voor de regering werkte.'

'Ze heeft tweeënzeventigduizend dollar betaald voor haar huis en de renovatie ervan, contant.'

'Onzin! Waar zou ze zoveel geld vandaan moeten halen?'

'Niet van u?'

'Verdomme, met zo'n bedrag zou ik zes screenwriters kunnen betalen.'

Archer wreef over zijn kaak.

'Misschien had haar familie geld,' zei Green. 'Waarom vraag je het hun niet?'

'Weet u, dat is een geweldig idee.'

'Goed, zijn we nu klaar?'

'Ja hoor. Is uw vrouw de stad uit?'

'Ja. Ze is in ons huis in Lake Tahoe.'

'Ik heb gehoord dat het een prachtig huis is.'

'Dat mag ook wel, als je nagaat hoeveel ze daaraan uitgeeft,' gromde hij.

'Gaat u er nooit naartoe?'

'Wat kun je daar doen, behalve naar het water staren of als het winter is naar de sneeuw? Het grootste deel van het meer ligt nota bene in Californië. Kon ze geen plek aan het meer dichter bij LA uitzoeken? Nee, ze moest zo nodig naar een plek helemaal in Nevada! Het is heel moeilijk om daar in de winter te komen. In deze tijd van het jaar ligt daar veel sneeuw en kun je ingesneeuwd raken.'

‘Hebt u misschien het telefoonnummer van Lambs ouders?’

‘Audrey, de receptioniste, heeft dat soort informatie van de mensen die hier werken, naaste familie voor noodgevallen, dat soort dingen. En ik neem aan dat íémand Lambs familie moet vertellen dat ze wordt vermist.’

‘Bedankt. Audrey en ik kennen elkaar al.’

Archer liep naar Audreys bureau en vroeg haar om die informatie. Terwijl zij op zoek ging naar het dossier, leunde Archer over de balie heen en keek naar het schakelbord. Boven elk nummer en elke schakelaar stonden letters. Boven een daarvan stond CRR. ‘Zijn dat de initialen van Cecily Ransome?’ vroeg hij.

Audrey keek waar hij naar wees. ‘Ja. Haar tweede voornaam is Rachel. We hebben hier zoveel mensen met dezelfde initialen dat we hun volledige initialen moesten gebruiken om hen uit elkaar te houden en om te voorkomen dat ik gesprekken verkeerd doorverbind.’

Archer keek naar een ander nummer. ‘En EDL?’

Audrey glimlachte. ‘Eleanor Dorothy Lamb. Ik ken hun namen uit het hoofd, ziet u wel.’

‘Dat zie ik inderdaad.’ Archer keek naar een ander stel initialen, BMG, dezelfde letters die hij had gezien op de brandstofrekening voor de Beechcraft. Hij dacht toen aan BMG Inc., het bedrijf dat eigenaar was van het toestel, en dat de letters een combinatie waren van de initialen van Bart en Mallory Green. Maar wat hij hier zag, haalde die theorie onderuit.

‘En BMG is zeker Bart Green? Wat is zijn tweede voornaam, Michael of zo?’

‘Nee, dat is de privélijn van mevrouw Green, niet die van haar man.’

Dat verbaasde Archer. ‘Maar dat zijn haar initialen niet, want zij heet Mallory Green. Waarom staat er dan een B?’

‘Omdat haar volledige naam Belinda Mallory Green is. Ze wordt Mallory genoemd omdat ze die naam mooier vindt dan Belinda.’ Ze haalde een vel papier uit de map, schreef iets op een blanco vel en gaf dat aan Archer. 'Deze naam en dit telefoonnummer heeft Ellie aan ons gegeven.'

Archer keek ernaar. Margaret Lamb, met een DC-telefoonnummer.

Maar Archer dacht nog steeds na over de initialen. 'Is de Beechcraft dan van mevrouw Green?'

'Dat weet ik niet. Ik heb dat vliegtuig zelfs nog nooit gezien. Is het belangrijk als het van haar is?'

Dat zou weleens heel belangrijk kunnen zijn, dacht Archer.

62

Archer stopte bij een telefooncel en belde het ziekenhuis om te vragen hoe het met Dash ging. Nadat hij was doorverbonden, sprak hij met Morrison, die hem vertelde dat Dash' vitale functies verbeterden en dat niets erop wees dat er problemen waren. Ze vertelde Archer ook dat de kogel die uit zijn lichaam was gehaald een .38 was.

Daarna belde hij naar het telefoonnummer in Washington DC. De vrouw die opnam vertelde dat Margaret Lamb niet thuis was. Archer gaf haar het nummer van zijn telefoonservice en zei dat het heel belangrijk was dat mevrouw Lamb contact met hem opnam, omdat het over haar dochter Eleanor ging. De vrouw beloofde de boodschap meteen door te geven zodra Margaret terugkwam.

Hij belde nog een keer, nu naar een privédetectivebureau in Reno dat hij en Dash al eerder hadden gebruikt. Hij vroeg de vrouw die opnam hem door te verbinden met Jim Swinson. Toen hij hem aan de lijn had, vertelde hij hem wat er met Dash was gebeurd.

De enige vraag die Swinson stelde was: 'Hoe kan ik je helpen, Archer?'

Archer vatte de zaak kort voor hem samen en gaf hem het adres van Mallory Green in Lake Tahoe. Hij vroeg of Swinson daar iemand naartoe wilde sturen om het huis, en zo mogelijk Green, in het oog te houden. 'Hier zijn een paar heel zware jongens bij betrokken, dus moet iedereen heel voorzichtig zijn. Ik zal via Western Union geld voor je onkosten overmaken.'

'Laat maar, Archer, dit is gratis. Voor Willie.'

Archer stapte in zijn Oldsmobile en vertrok naar Chinatown. Hij reed naar de steeg waar hij en Dash waren beschoten. De politie was er geweest en ook alweer vertrokken, want er was niemand te zien. Archer stapte uit en liep met een hand op de kolf van zijn pistool door de steeg. Daar waren een heleboel deuren en ramen en doorgangetjes, oftewel een heleboel mogelijkheden om erin en eruit te komen. Aan het einde van de steeg zag hij de Jade, aan de overkant. De vrachtwagen was kennelijk snel deze steeg in gereden, langs de schutters, en doorgereden toen ze uit hun dekking kwamen en op Archer en Dash schoten.

Op klaarlichte dag zag de Jade er niet erg dreigend uit, alleen goedkoop en opzichtig. Dit was geen poel van verderf, maar een plek waar mensen elkaar gruwelijke dingen aandeden, misbruik maakten van de zwaktes die ieder mens tot op zekere hoogte had en de bar daar schonk maar één soort drank die, als hij je al niet vermoordde, ervoor zorgde dat je nooit meer alcohol dronk.

Archer sloot even zijn ogen en dacht aan de schaars geklede Samantha Lourdes die aan het bed was gebonden, zodat mannen wereldwijd aan hun gerief konden komen. Daarna speelde zijn geest een gemeen spelletje met hem en plaatste Liberty Callahans gezicht voor dat van Lourdes. Hij opende zijn ogen en dacht even dat hij echt moest overgeven.

Je moet je kop erbij houden, Archer, zoals Jake al zei. Denk je soms dat je Darren Paley op deze manier te pakken kunt nemen? Op dit moment zou je nog geen knul van zestien met valse loten op zak te pakken kunnen nemen.

Hij liep terug naar zijn auto, stapte in en reed weg. Op Wilshire Boulevard stond hij meteen in een file. Hij dacht dat hij in de verte een stem uit een luidspreker hoorde komen die in heel LA een soort boodschap bekendmaakte.

Gefrustreerd zette hij zijn auto aan de kant en begon te lopen, omdat hij dacht dat hij op die manier eerder op zijn bestemming zou zijn. Na een tijdje zag hij dat de stem uit een luidspreker op het dak van een stationwagon kwam. Op de zijkanten van de stapvoets rijdende auto hing een bord met de tekst: DE COMMU-

NISTEN ZIJN OVERAL. WEES WAAKZAAM. WEES ALERT. EN GEEF VERRADERS AAN. Dezelfde tekst werd steeds herhaald door de man in de auto die een microfoon in zijn hand had.

Op de volgende kruising zag Archer een verkeersagent. Hij liep naar hem toe en vroeg: 'Wat is er aan de hand?'

De agent grijnsde. 'Uncle Joe is in de stad.'

'Uncle Joe?'

'Senator Joe McCarthy. Hij houdt vanavond in het Ambassador een toespraak.' Zachter en met een zure blik zei hij: 'De stad zit vol communisten, vriend.'

'Echt waar?'

'De helft van die filmlui is bereid in de rij te gaan staan om zijn kont te kussen.'

'Joe Stalin. Hij en McCarthy hebben dezelfde voornaam. Dát is grappig.'

De agent keek geschokt. 'Ben je dronken of zo?'

'Ruik maar, geen druppel alcohol gehad.'

'McCarthy probeert dit land te redden en hij zou hier moeten beginnen. De communisten zijn overal.'

'Waarom ben jij hier dan?'

'Verdomme, omdat de vakbond heel goed voor ons zorgt.'

'Juist. Vakbonden. Dat wil je misschien met Karl Marx bespreken.'

'Met wie?'

Archer kreeg opeens een ontnuchterende gedachte. 'Hoe laat houdt Uncle Joe zijn toespraak?'

'Om zeven uur.'

'Bedankt.'

'Ga je erheen?'

'Misschien. Maar misschien laat ik dan wel mijn haar knippen. Je moet tegenwoordig keuzes maken.'

Archer liep snel terug naar zijn auto, stapte in en keerde.

Hij reed naar het Ambassador, maar niet om een plaats te bemachtigen om naar 'Uncle Joe' te luisteren.

Hij had zojuist een onwaarschijnlijk idee gekregen, een idee dat vermoedelijk nergens toe zou leiden. Maar als dat wel zo was, zou deze dag vele malen beter worden dan gisteren. Hoewel elke dag beter was dan gisteren.

Hij moest eerst iemand bellen, en een vraag stellen. Dat kon hij wel in het hotel doen. Daarna zou hij de automatische lift nemen en weer helemaal omhóóggaan.

Rechtstreeks naar de hel.

En ik de hele tijd maar denken dat de hel de andere kant op was.

63

Archer klopte op de deur van het penthouse, die even later werd geopend door hetzelfde jonge dienstmeisje, dat hem behoedzaam aankeek. ‘Hoi, ik ben Archer. Ik was hier gisteren ook.’

‘Ja, meneer,’ zei ze, maar ze deed de deur niet verder open.

‘Ik wil mevrouw Mars graag weer spreken. Wilt u haar laten weten dat ik er ben?’

‘Ze ontvangt vandaag niemand.’

‘Ze is dus wél thuis?’

De vrouw keek ongemakkelijk en zei: ‘Ze wil ú niet zien.’

Archer haalde zijn schrijfblok en pen tevoorschijn en schreef twee woorden op. Hij scheurde het vel eruit, vouwde het op en zei: ‘Laat haar dit maar zien. Niet stiekem kijken!’

‘Nee, meneer, dat zal ik niet doen. Wacht hier, alstublieft.’

‘O, dat doe ik zeker.’

Een paar minuten later werd de deur met zo’n kracht opengetrokken dat die tegen de muur klapte.

Gloria Mars stond voor Archer in een lichtblauwe kamerjas met een dun zijden gewaad eroverheen. Haar haar hing los en ze had haar stekels opgezet. Ze had een glas in haar ene hand en Archers briefje in haar andere. Ze zwaaide het briefje heen en weer voor zijn gezicht. ‘Wat heeft dit verdomme te betekenen?’

‘Kan ik binnenkomen of wil je dat iedereen alles hoort?’

Ze bleef zo lang zwijgend staan dat Archer niet wist welk antwoord hij kon verwachten. Toen vroeg hij zich af of ze soms een pistool onder haar zijden gewaad had verborgen.

Uiteindelijk stapte ze naar achteren en gebaarde dat hij binnen kon komen.

'Leuke kleding voor overdag,' zei hij met een blik op haar decolleté voordat ze haar kamerjas strakker om zich heen trok.

'Ik probeerde van een zware hoofdpijn af te komen en dat was bijna gelukt toen jij hier met je verdomde brief aankwam.'

'Waar wil je praten?'

Ze nam hem mee naar een kleine kamer naast de eetkamer, waar geen bed of bar te zien was. Mars ging stijfjes in een stoel zitten, terwijl hij in een andere plaatsnam. Ze zwaaide weer met het papiertje. 'Dit moet je uitleggen,' beval ze.

'Karl Marx. Hij was een Duitse politieke schrijver.'

'Dat is hetzelfde als zeggen dat Michelangelo een huisschilder was.' Ze verfrommelde het papier en gooide de prop naar hem toe. 'Wat bedóélde je ermee?'

'Jij bent in het bezit van het verzamelde werk van Marx, drie boeken over Lenin en een van Trotski.'

'Die staan in een afgesloten kast, speurneus!'

'Je weet hoe wij privédetectives zijn. Je kunt ons gewoon niet vertrouwen.'

Mars kreunde en dronk haar glas leeg. 'Ik was al bang dat ik daar problemen mee zou krijgen.'

'Niet door mij.'

Ze keek hem aan. 'Goed. Als je hier niet bent om me te chanteren, waarom ben je hier dan wel?'

'Ik ben geen chanteur, Gloria. Ik kom je vertellen dat Joe McCarthy vanavond om zeven uur een toespraak houdt in het Ambassador Hotel.'

Ze keek hem met een ondoorgrondelijke blik aan. 'Je maakt een grapje.'

'Nee hoor. Er staat een bord in de lobby en een behulpzame agent vertelde me dat deze stad vol communisten zit. Daardoor dacht ik aan wat jij me, toen we elkaar voor het eerst ontmoetten, over Joe McCarthy vertelde. Je zei dat de tijd van die klootzak gekomen was, zoiets. Je bent duidelijk geen fan.'

'Ik hou niet van zogenaamde autoriteiten die liegen om mensen die het niet met hen eens zijn kapot te maken. Wat dat betreft heb ik ook een hekel aan Stalin. Ben jíj een fan van McCarthy? Of ben je niet politiek ingesteld? Heel veel mensen in deze stad zijn dat niet. Daar hebben ze kennelijk het lef niet voor.'

'Ik hou niet van blaaskaken die met lijstjes zwaaien zonder ooit te laten zien wat erop staat. En ik dacht dat dit land het belangrijk vond om mensen te laten zeggen, denken en geloven wat ze willen. Zo niet, hoe verschillen we dan van Stalins wereld?'

Ze bekeek hem met een frisse blik. 'Heb ik je verkeerd ingeschat?'

'Daar hebben we het een andere keer wel over. En wat ik je nu ga vragen, zou die vraag weleens kunnen beantwoorden.'

'O geweldig, vraag maar op,' zei ze vermoeid, terwijl ze over haar voorhoofd wreef.

'Was jij op Wellesley lid van de communistische partij?'

Ze leek compleet van slag door deze vraag. 'Ik moet nog wat drinken.' Ze wilde opstaan.

Hij zei: 'Je moet wel weten dat het mij persoonlijk helemaal niets kan schelen.'

Ze ging weer zitten. 'Waarom vroeg je het dan?'

'Ik vroeg het omdat ik wil weten of iemand je chanteerde omdat je communist was.'

Ze keek hem berustend aan. 'Wanneer heb je dat uitgedokterd?'

Hij tikte tegen zijn hoofd. 'Het rommelt daar al een tijdje. Tot tien minuten geleden had ik nog niet genoeg puzzelstukjes verzameld, maar toen zei je dat jij dacht dat ik hier was om je daarmee te chanteren.' Hij zweeg even. 'Klopt tweeënzeventigduizend vijfhonderd dollar ongeveer?'

Ze verstijfde en knikte toen langzaam. 'Ja, precies.'

'Wanneer begon Eleanor Lamb je onder druk te zetten?'

'Je bent slimmer dan ik dacht, Archer.'

'Je zei dat Lamb misschien al eerder wat geld had gekregen. Maar dat wist je. Jouw geld.'

'Ze kwam naar me toe toen ze besloot naar Malibu te verhuizen en het geld nodig had.'

'En jij had al die trustfunds en zo.'

'Dat was een van de redenen dat ik op college op zoek ging naar alternatieve politieke theorieën, Archer. Ik heb helemaal niets gedaan voor al dat geld. Ik had gewoon het geluk dat mijn wieg in de juiste familie stond.'

'Je kon het weggeven.'

'Ik geef zo veel mogelijk weg. Maar mijn opa heeft mijn mogelijkheden nogal beperkt. Ik denk dat hij wel vermoedde wat voor iemand ik zou worden. Ik ben geen zelfvoldane rijke kapitalist.'

Archer keek om zich heen. 'Goed, maar zo hoef je ook weer niet te wonen.'

'Je hebt gelijk, dat is niet nodig. Wat bewijst dat ik veel zwakker ben dan ik denk. En dat de aantrekkingskracht van al dat geld veel sterker is.'

'Ben je nog altijd een communist?'

'Het is niet belangrijk of ik dat wel of niet ben. Als mijn verleden bekend wordt, betekent dat het einde, want dan vinden ze vermoedelijk wel een manier om me al mijn geld af te pakken. Danny's carrière is dan natuurlijk ook kapot, want ze zullen ervan uitgaan dat hij communist was en dan krijgt hij helemaal geen werk meer. Dat is al zoveel mensen overkomen.'

'Ik had niet gedacht dat je zijn carrière zo belangrijk vond.'

'Het is gemakkelijk om van alles te zeggen en ik ben daar kampioen in. Natuurlijk was ik heel negatief over Danny toen ik met je sprak, maar dat was niet echt vanwege zijn werk. Goed, hij is geen Frank Capra of Howard Hawks, maar wie is dat wel? Hij heeft zich kapotgewerkt om aan de armoede te ontsnappen, iets wat ik nooit heb hoeven doen. En daarna moest hij zich kapotwerken om het in deze stad te maken. Nogmaals, iets wat ik nooit heb hoeven doen. Ik kwam hier gewoon naartoe en kocht dit penthouse. Ik heb zelfs bewondering voor het arbeidsethos van mijn man, voor zijn harde werk. Waar ik géén bewondering voor heb, is dat hij me bedriegt met iedere vrouw met grote borsten die hij te pakken kan krijgen. Verwijt je me dat?'

'Helemaal niet. En zijn goklust?'

'Ja, dat moest ik regelen en dat heb ik ook gedaan. Hij heeft nu een limiet en de casino's weten dat het, als ze hem over die limiet laten gaan, hun probleem is, niet het mijne. Danny weet dat ook en hij gedraagt zich nu. Hij wil films maken en achter vrouwen aan zitten, niet tussen de vissen in de oceaan belanden.'

'Hoe heeft Lamb jou in haar klauwen gekregen?'

Ze pakte een sigaret uit een kom die op tafel stond en stond toe dat Archer haar vuur gaf. 'Ellie was altijd al slim, sluw en opmerkzaam. Ik heb tegen je gelogen, want we kenden elkaar wél. Weet je, ik studeerde ook politieke wetenschappen en onze vriendschap werd sterker in de Agora Society. Ze liet me geloven dat ze net zo dacht als ik. Dat ze dezelfde dingen belangrijk vond als ik. We... waren heel goed bevriend. Ik vond haar... heel aardig.' Ze zweeg en kreeg opeens tranen in haar ogen.

Archer, die aandachtig naar haar keek, vroeg: 'Waren jullie meer dan gewoon... vriendinnen? Ik vraag het alleen omdat jij, toen we elkaar laatst spraken, vreesde dat ze was vermoord.'

Ze veegde heftig haar tranen weg. 'Ellie hield niet van me, als je dat soms bedoelt. Ze gebruikte me, wachtte tot haar tijd gekomen was en brak mijn hart, omdat toen bleek dat ze verliefd werd op een mán.'

'Weet je hoe die man heette?'

'Nee.'

'Wat gebeurde er toen?'

'De jaren gingen voorbij. Ik wist niet eens dat ze in LA was toen ik hier kwam. Maar zij ontdekte dus dat ik hier was. Want op een ochtend werd er een envelop bij me bezorgd.'

'Wat zat erin?'

'Kopieën van bepaalde documenten met mijn handtekening erop. Foto's van mij tijdens evenementen met mensen die... nu op bepaalde lijsten van de overheid staan. En een brief die aan mij was gericht.'

'Wanneer wist je dat het Lamb was?'

'Ze probeerde helemaal niet om haar identiteit verborgen te houden, Archer. In de brief stond dat ze me op een bepaald tijdstip op een bepaalde plek wilde ontmoeten. En daar was ze. Ik weet niet hoe ze aan al die dingen kwam, maar ze had van alles in haar bezit over me. Ze was niet echt veranderd, alleen was haar haar nu bruin en steil. Op college had ze blonde krullen.'

'Ze probeerde je dus te chanteren en jij ging erin mee.'

'Wat moest ik anders? Ik had immers geld genoeg.'

'Was je niet bang dat ze terugkwam om meer te eisen?'

'Zo is Ellie niet. Ze heeft haar fouten, maar als ze tegen je zegt dat ze iets gaat doen, dan doet ze dat. Andersom is dat trouwens ook zo. Ze zei dat dit de enige keer was. En ze is nooit teruggekomen om meer geld te eisen. En ze gaf me alle originele documenten en de negatieven van de foto's.'

'En de keren dat je naar haar huis in Malibu ging waar je het over had, behalve dat diner met de Greens? Dat was zeker niet om scripts te bespreken?'

Mars sloot haar ogen weer en Archer zag dat haar kin trilde, maar op zo'n manier dat de trilling vermoedelijk helemaal doordrong tot in haar ziel. Ze leek nu helemaal geen warrior, dacht hij, maar gewoon een mens, net als ieder ander. Ze bracht een hand naar haar gezicht, alsof het trillen daardoor zou ophouden. Nog steeds met gesloten ogen zei ze zacht: 'Ik weet dat het belachelijk klinkt. Ik bedoel dat zij me chanteerde. Maar... ik... hoopte dat we elkaar weer zouden zien. Ze had geen relatie, dus ik dacht...'

'Maar dat was onmogelijk?'

'Er... is nu kennelijk iemand anders in haar leven.'

'Weet je wie?'

'Nee.'

Archer dacht dat hij wel wist wie het was, maar dat ging hij haar niet vertellen. De vrouw had al genoeg verdriet. 'Ik hoorde dat ze het huis in Malibu kocht omdat ze daar een vriend had.'

'Wie vertelde je dat?'

'Je man, hier, op oudejaarsavond.'

Ze beheerste zich en blies rook uit. 'Daar weet ik niets van. En ik weet ook niet waarom Danny dat zou weten.'

'Heb je Peter of Bernadette Bonham ooit ontmoet?'

'Nooit van gehoord.'

'Goed. Waar denk je dat Lamb is?'

'Ik weet het niet.' Ze keek nietsziend naar een muur. 'Ik hoop dat ze in orde is. Ik heb haar nooit iets slechts toegewenst.'

'De meeste mensen zouden hun chanteurs niet iets goeds toewensen.'

'Ik denk graag dat ik boven zulke dingen sta. En ik heb veel dat ik niet verdien.'

'Je bent dan wel rijk, maar je hebt het niet verdiend om te worden gechanteerd. Hou dus maar op jezelf daarmee te kwellen. Wist je dat Mallory Green een vliegtuig bezit?'

'Nee, volgens mij heeft Bart er een.'

'Dat dacht ik niet.'

'Is dat belangrijk?'

'Alles is belangrijk, Gloria.' Hij stond op. 'Dank je wel voor je openhartigheid. Ik weet dat het moeilijk was, maar je hebt me erg geholpen.'

'Denk je dat je Ellie kunt vinden?'

'Ik denk dat ik wel moet.'

Ze liep met hem mee naar de voordeur.

'Ik neem aan dat je vanavond niet naar de toespraak van McCarthy gaat,' zei hij.

'Integendeel, ik sta helemaal vooraan met de grootste tomaten die ik kan vinden. En ik kan heel goed werpen.'

'Vergeet niet om foto's te maken.'

Ze ging op haar tenen staan en kuste hem op de wang. 'Dank je wel, Archer.'

'Waarvoor?'

'Omdat je een aardige man bent. Aardige mannen zijn veel zeldzamer dan je denkt, zoals iedere vrouw je kan vertellen.'

Terwijl Archer het gebouw verliet, dacht hij weer aan Gloria Mars als warrior, alleen deze keer gewapend met tomaten in plaats van met een zwaard, om te strijden tegen het kwaad.

Hij had het idee dat Uncle Joe vanavond zijn gelijke weleens kon vinden.

64

Wanneer de zon scheen, zoals vandaag, was Bel Air even mooi als de minder welvarende delen van LA, dacht Archer. Van de buitenkant tenminste. De kern was een volkomen ander en zeer kwalijk verhaal.

Hij stopte voor het landgoed van Jacoby. Het waaide en de hoge dunne palmbomen zwaaiden naar hem. Archer klopte op de voordeur en de stramme butler deed even later open.

'Ik wil mevrouw Jacoby graag spreken. Ik ben hier al eerder geweest. Toen ik naar de studio belde, zeiden ze dat ze vandaag thuis was.'

'Wie ben jij, verdomme?' Simon Jacoby keek langs de oude butler heen naar Archer. Hij was gekleed in een donkere tweed broek, een mouwloze witte golftrui met een zalmkleurig overhemd eronder. Hij leek behoorlijk aangeschoten en had een glas in zijn hand waar zo te zien Schotse whisky in zat.

Archer had daar nog een andere aanwijzing voor, want de man rook ernaar.

Jacoby keek naar Archer. 'Ken ik jou niet, vriend? Je komt me bekend voor, en niet op een goede manier.'

'De naam is Archer.' Hij liet de man zijn officiële legitimatie zien. Hij dacht dat Jacoby hem misschien in het casino had gezien toen hij aan de kindertafel verloor met pokeren.

Jacoby liep rood aan toen hij zelfs nóg kwader werd. 'Een privédetective? Wat doe je verdomme hier bij mijn...'

'Ik regel dit wel, Simon,' zei een stem. Even later verscheen Alice Jacoby. Haar haar hing los en ze droeg een kleurrijke bandana. Ze had een spijkerbroek met een groene trui aan en schoenen met lage hakken. Ze had rode wangen en het leek alsof ze had gehuild. Toen ze haar gezicht opzijdraaide, zag Archer dat ze een gelige blauwe plek op haar wang en een blauw oog had.

Archer keek naar haar man en voelde dat hij zijn vuist balde.

'Wie is dát?' vroeg Simon. 'Wat doet hij hier? Mijn god, als...'

Ze legde kalmerend een hand op zijn arm. 'Hij probeert Ellie Lamb te vinden. Ze wordt vermist. Dat heb ik je verteld, lieverd. Ik heb al eerder met hem gepraat. Het is goed. Dit heeft niets te maken met... ons.'

'Dat is waar, verdomme, dat heeft daar niets mee te maken,' snauwde hij. Hij loerde naar Archer en dronk zijn glas leeg.

'Meneer Archer, deze kant op, alstublieft.'

Simon Jacoby riep Archer na: 'En een vrouw kan niet tegen haar man getuigen. Vergeet dat niet, meneer de privédetective.'

Ze liep snel voor hem uit door de gang.

Toen Archer een keer achteromkeek, zag hij dat Simon Jacoby naar de grond stond te staren, alsof hij niet goed wist waar hij eigenlijk op stond.

Ze nam hem mee naar een kleine studeerkamer en deed de deur achter hen dicht. Daarna draaide ze zich om en keek ze hem aan.

Archer keek om zich heen. De kamer was onopvallend, alsof er iets ontbrak, na de grootse ruimte waar hij de vorige keer was geweest. Alice Jacoby leek ook kleiner, minder substantieel, alsof ze maar een kleine bijrol speelde in plaats van de hoofdrol, waardoor ze in elk opzicht onbelangrijker was geworden.

'Heeft hij dat gedaan?' Archer wees naar haar gehavende gezicht.

Onwillekeurig raakte ze met haar lange vingers haar wang aan. 'Dat was een misverstand.'

'Nee, dat was een pak sláág.'

Ze keek hem aan met een matte blik, maar toch heel ernstig.

'Op die manier gaan de meeste mannen met een misverstand om.' Toen plukte ze aan haar trouwring, alsof de ring een tumor was die ze wilde verwijderen.

'Bedoelde hij dat toen hij zei dat u niet tegen hem kon getuigen? Hij vergist zich. Dat kunt u wel als u het slachtoffer bent. Als u in gevaar verkeert.'

'Dat is niet zo, niet echt. Hij komt wel tot rust als hij... als hij stopt met drinken...'

Archer geloofde dat niet en zij evenmin.

Archer nam zijn hoed af en draaide hem rond. 'Houdt hij zich aan zijn limiet in Vegas?'

'Hij zal wel moeten, toch?' zei ze gelaten.

'Fijn om te horen. Gloria Mars is een goede vriendin van u, maar vrienden hebben hun beperkingen en zij heeft thuis haar eigen "misverstand".'

'Ja, dat weet ik. In deze stad zie je heel veel misverstanden.' Ze wees naar een van de twee stoelen. 'Neem alstublieft plaats.'

Dat deed hij, maar zij bleef staan.

'Hebt u iets te drinken nodig?' vroeg hij.

Jacoby weigerde hem aan te kijken. 'Ik zou heel graag wat drinken, maar daarom doe ik dat dus niet.' Ze keek in de richting van de gang, waar haar dronken echtgenoot zich vermoedelijk nog steeds stond af te vragen waar hij was.

'Een goede vriend van me is vannacht beschoten en bijna vermoord.'

Ze werd rood en keek hem aan. 'Wat?'

'Eén straat bij de Jade vandaan. De vrachtwagen met een lading drugs reed ernaartoe. Ze hadden de mensen die ze verkopen al uitgeladen.' Hij hield op met het gedraai met zijn hoed. 'Staat die mensenhandel ook in Lambs script? Hoe ontwerp je een set voor zoiets, vraag ik me af. Beschrijf je gewoon de binnenkant van die vrachtwagen of het gat in de grond waar ze die arme mensen opsluiten tot ze in de hel worden afgeleverd?'

Hij had nagedacht over de manier waarop hij dit wilde doen. Hij zou het er gewoon uit flappen. In werkelijkheid bleek dat een subtielere zet dan hij had gedacht.

Ze werd eerst bleek, toen dieprood en daarna grauw.

Nu ging ze zitten. Het leek alsof haar benen haar weelderige lichaam niet langer konden dragen. Ze haalde een roze Kleenex uit de zak van haar spijkerbroek en depte haar ogen.

Archer keek naar haar. 'Cecily Ransome was diep onder de indruk van Lambs script. Volgens mij wil ze die film regisseren, zodat uw wens om met haar samen te werken misschien wel wordt vervuld. Trouwens, hoe konden u en Lamb de Jade binnenkomen voor jullie research? Of hebt u haar gewoon verteld wat ze moest weten? Want mijn getuige had gelijk: u was wel in de Jade, verschillende keren zelfs. Wat betekent dat u tegen me hebt gelogen.'

Jacoby wreef over haar bovenbenen met schokkerige gebaren, alsof ze de controle erover een beetje kwijt was.

'Weet u, mijn vriend die bijna dood was wil dat graag weten. En ik ook. Want dit alles houdt verband met de Jade. En u nu dus ook.'

'M-moet dit een p-politiezaak worden?' vroeg Jacoby wanhopig.

'Dat weet ik niet. Moet dat?'

Ze keek hem aan, haar blik beloofde diepgang, maar Archer kon er niets in zien. Alleen pure angst. Dat begreep hij wel.

'Weet u waar Lamb is?'

Ze schudde haar hoofd en knipperde snel.

'Weet u waarom ze is verdwenen?'

Weer schudde ze haar hoofd. Nu kneedden haar handen haar bovenbenen harder dan vermoedelijk verstandig was, maar Archer hield haar niet tegen. Het kon hem niet echt iets schelen wat ze zichzelf aandeed. Het feit dat Willie Dash bijna was gestorven, had voor hem zo ongeveer alles veranderd.

'Uw vriendin is een chanteur, weet u. Ze heeft haar klauwen in Gloria Mars gezet voor het hele bedrag dat ze nodig had voor de koop en renovatie van haar huis in Malibu. Wist u dat?'

Jacoby slaagde erin iets te zeggen, maar haar stem was te zacht.

'Sorry, ik heb uw antwoord niet verstaan.'

'Ik wist het,' zei ze iets harder.

'Wat ik niet begrijp, is hoe iemand als u naar zo'n tent gaat en daar, ja, wat eigenlijk, gewoon rondkijkt? Darren Paley houdt er niet van als mensen alleen maar rondkijken. Maar hij is wel een man die bereid is om zo ongeveer alles te doen voor geld. Dus hebben jullie hem betaald? Zeiden jullie tegen hem dat jullie Chinatown gewoon wilden ervaren? Ik begrijp niet waarom, omdat er niets Chinees aan is. Verdomme, u had gewoon zo'n maquette kunnen maken. Maar ja, hij lijkt me echt geen man die dergelijke onzin zou pikken, hoeveel geld jullie hem ook gaven.'

Terwijl Archer aan het woord was, liet hij zijn blik door het vertrek dwalen tot hij een groot wandkleed zag. Hij stond op en liep ernaartoe, bestudeerde het ontwerp en wist zeker dat hij het eerder had gezien.

Op een bed in de Jade.

Hij draaide zich om en keek haar aan. 'Wat stelt dit voor?'

Jacoby keek waar hij naar wees. Ze stond langzaam op en kwam bij hem staan. 'Dat is het Chinese symbool voor vuur.'

'Dat zit in hun verdomde baijiu, dat is zeker.'

'Vuur. In de Chinese cultuur kan dat kracht, doorzettingsvermogen en vitaliteit betekenen.'

'Dat alleen?'

'Nee, de andere betekenis is... destructief gedrag. Zoals alles in het vuur tot as verbrandt.'

Hij keek naar haar en liep rood aan omdat hij werd overmand door afkeer. 'Tja, dat past bij de oude Jade, nietwaar?' Hij wees beschuldigend naar het wandkleed. 'Julie hebben Paley niet betaald zodat jullie naar de Jade konden om rond te neuzen, maar hij betaalt ú, mevrouw de setdesigner, om alle kamers daar in te richten, nietwaar?'

Ze draaide zich om en liet zich weer in haar stoel vallen, alsof al haar bloed uit haar was gestroomd, waardoor er behalve lege aderen en een nutteloos hart niets was overgebleven.

Archer zei: 'Alle kamers waren identiek omdat ze waren ontworpen door iemand die weinig van het onderwerp weet, maar alles bij elkaar lijkt het oppervlakkig gezien authentiek.'

Nog steeds geen antwoord. Ze kneedde haar bovenbenen weer.

Ergens wilde Archer haar daarmee laten ophouden, haar arm omdraaien, haar horen gillen van de pijn. Maar hij deed het niet, want dan zou hij net zo zijn als haar man. En dat was een grens die hij niet wilde overschrijden.

Tranen gleden over haar wangen, maakten geulen in haar make-up en zorgden ervoor dat haar blauwe plekken glinsterden.

'Ik bedoel, met dit grote huis, de hoge gokschulden, drie verrukkelijke kinderen en een dronkaard van een echtgenoot die zijn baan vermoedelijk kwijt zal raken en u zelfs nog vaker zal slaan, had u dat geld misschien wel nodig.'

Jacoby klemde haar handen om de armleuningen van haar stoel. Ze kon Archers spottende opmerkingen kennelijk niet langer aanhoren. Ze stond op en riep: 'U hebt geen idee hoe hard ik heb gewerkt! Hoeveel ik heb moeten opofferen! Wat ik moest doen om te komen waar ik nu ben! Om te ontsnappen aan waar ik vandaan kom!' Haar stem, toon en houding waren nu volkomen anders. En ze was nog niet klaar. 'Hoe dúrft u hier te komen en me zo te beledigen! Ik heb nooit iets voor niets gekregen! U weet niets over mij en wat ik allemaal heb moeten doen om hier succes te hebben.'

Archer gaf geen strobreed toe. 'Natuurlijk weet ik dat wel. Dat hoor ik elke dag van iedereen in deze verdomde stad. Iedereen heeft zijn eigen zielige verhaal. Ik ben op een luizige boerderij opgegroeid, of in een hut of, in uw geval, in een *holler*. Met niets. Weet u, de meeste mensen worden met bijna niets geboren en zij komen nooit waar u bent gekomen. Zij zullen nooit in een huis zoals dit wonen. Maar zij klagen niet. Ze leven gewoon hun leven. En mijn vriend die bijna dood was? Hij heeft geen zielig verhaal. Hij neemt de verantwoordelijkheid voor zijn eigen fouten. Hij bedenkt geen smoesjes. Hij heeft me geleerd datzelfde te doen. En dat komt goed uit, want ik maak weleens fouten. Maar niet met u, dat denk ik niet. En u neemt de verantwoordelijkheid niet voor uw eigen fouten, mevrouw, omdat u daar gewoon het lef niet voor hebt. Uw leven is alleen in uw hoofd perfect. En u bent niet in staat dat anders te zien.'

'Ik wil dat u gaat. Nu meteen.'

'En ik wil dat mijn vriend niet in het ziekenhuis ligt met een kogelwond die hem bijna heeft gedood... Maar soms kunnen we gewoon niet krijgen wat we willen. O, en nog iets. U hebt kennelijk ontdekt wat Paley in de Jade deed met de drugs en de slaven, en dat vertelde u aan Lamb, want dat staat in haar script. Dus waarom denk ik dat u Paley nooit hebt verteld dat u dit ook deed om de sets te mogen ontwerpen voor een film die helemaal in Cecily Ransomes straatje past? Want ik denk niet dat hij daar gelukkig mee zou zijn. En als die man niet gelukkig is, wordt iedereen ongelukkig, geloof me. Is die gedachte ooit in dat kleine, egocentrische hoofd van u opgekomen?'

'Ga alstublieft weg!'

'Hebt u ontdekt wat er is gebeurd in die leuke kleine kamers die u hebt ontworpen? Hebt u daar misschien mensen gehad die voor u spioneerden, ranzige opnamen maakten, geschreven verslagen voor u opstelden? Zoals die kleine "die kant op, schatje"-vrouw met de tattoo op haar been die ze daar hebben? Heeft zij voor u rondgeneusd? U dingen verteld? Zo ja, dan is ze zodra Paley dat ontdekt visvoer. Maar dat kan u misschien helemaal niets schelen. Dat is immers maar een Chinees vrouwtje, en daar hebben ze er nog veel meer van. Maar het zou u wat móéten uitmaken, omdat Paley in staat is mensen alles te laten vertellen voordat hij ze vermoordt met een mes of een pistool. En dan komt hij naar Bel Air. En dat zult u helemaal niet leuk vinden. En uw dronken rotzak van een echtgenoot ook niet. Of uw drie onschuldige kinderen. Waarom denkt u voor de verandering niet een keer aan hen in plaats van alleen maar aan uzelf?'

Ze keek hem met een wanhopige blik aan. 'U weet er niets van.'

'Ik wéét dat u en Lamb willen dat Samantha Lourdes de hoofdrol in jullie film gaat spelen. Ik vraag me af waarom. Kan het zijn dat u haar daar dingen hebt zien doen die ze liever geheimhoudt? Hebt u filmopnamen gemaakt? Krijgt u delen van de films die ze daar maken? Kan het zijn dat u en Lamb haar wilden chanteren, zodat zij die rol zou spelen om de film meer allure te geven?'

'U hebt geen idee wat...'

'Ik heb zeker wel een idee, mevrouw. Maar ik zal u iets vertellen. U hebt een even grote kans om Lourdes zover te krijgen in uw luizige film te spelen als om met haar te trouwen. Die kans is dus nul. Ze heeft veel te veel klasse en veel te veel hersens om zich in te laten met zielige amateurs zoals u en Lamb.'

'Wat wilt u verdomme van me?'

Archer zette zijn hoed op. 'Daar moet ik over nadenken. Zodra ik het weet, bel ik u en dan gaat u precies doen wat ik u zeg. Want anders, ja, dan wordt dit een politiezaak.' Hij verliet de kamer en liep door de gang. Het verbaasde hem niet dat Simon Jacoby daar nog steeds naar de vloer stond te kijken.

Jacoby keek op en zei tegen Archer: 'Bent u hier verdomme nog steeds?'

'Ik vertrek.'

'Niet snel genoeg, klootzak.' Jacoby zwaaide met een vuist.

Archer greep zijn pols vast en draaide hem achter Jacoby's rug. Daarna duwde hij de man met zijn gezicht tegen de muur, waardoor een ingelijst doek van een statig paard voor een statig herenhuis op de grond viel en scheurde.

Dat was dus poëtische gerechtigheid met een vleugje ironie.

Archer trok Jacoby's elleboog zo ver omhoog dat de man het uitschreeuwde van de pijn en een beetje whisky op het dure behang spuugde.

Archer fluisterde in zijn oor: 'Geef me alsjeblieft een reden, vriend. En als je je vrouw nog één keer slaat, zal niemand alle stukjes terug kunnen vinden om je weer in elkaar te zetten. Dat zweer ik!' Hij drukte de jammerende Jacoby op de grond, stapte over hem heen en liep de voordeur uit, het daglicht in.

Toch had hij nog steeds het gevoel dat hij zich in de greep van de hel bevond.

Maar het was gewoon Bel Air.

Op een goede dag.

65

Archer ging naar een telefooncel en belde Anne Bender om een afspraak met haar te maken. Archer gooide de tank van de oude Oldsmobile vol en reed meteen naar Anaheim.

Bender zag er precies zo uit als de vorige keer, alleen ouder en verdrietiger. De realiteit van de dood van haar man drukte met elke dag die verstreek ongetwijfeld zwaarder op haar.

Hij liep snel naar het kantoor van haar man en ging in de Wheeldex op zoek naar een bepaald kaartje. Dat vond hij ook. Voor de zekerheid belde hij het nummer en toen iemand opnam had hij zijn antwoord en verbrak hij de verbinding.

Juist, goede mensen maken foute keuzes als ze onder druk staan. Dat heeft Cedric Bender ook gedaan, want ik heb net ontdekt wie hem had ingehuurd. Mallory Green dus niet.

Archer had Anne Bender aan de telefoon al naar hun bankafschriften gevraagd, maar ze zei dat die in de kluis hadden gelegen. Daarom bracht hij haar naar het filiaal van de bank, waar ze vlak voor sluitingstijd aankwamen. Bender ondertekende wat ze moest ondertekenen, waarna er kopieën van alle bankafschriften voor haar werden gemaakt. Toen ze buiten gehoorsafstand was, vroeg Archer de filiaalmanager over de executieprocedure op Benders huis. De man vertelde dat Bender de hele hypotheek had afgelost, zodat zijn weduwe het huis nu hypotheekvrij bewoonde. Dat was ongeveer een maand geleden gebeurd, vertelde hij Archer.

'Waar kwam dat geld vandaan?'

'Meneer Bender vertelde me dat hij een lucratieve opdracht had gekregen en dat hij daar meer dan genoeg mee verdiende om de hypotheek af te lossen.' Hij keek Archer met een sluwe blik aan. 'Ik heb bovendien uit goede bron dat het bedrijf dat eigenaar is van de sinaasappelplantage naast haar huis wil uitbreiden, dus als zijn weduwe wil verkopen zit ze op rozen.'

'Nou, goddank voor sinaasappelsap. Wat zou een goede prijs zijn voor haar huis en het land eromheen, denkt u?'

De man schraapte zijn keel en frunnikte aan de knoop van zijn stropdas. 'Mevrouw Bender heeft een paar hectare land. In haar geval zou ik geen cent minder dan tienduizend dollar accepteren.'

'Bedankt. O ja, doet het bedrijf dat die plantage bezit zijn bankzaken bij u?'

De man werd bleek en zei: 'Dat kan ik u niet vertellen.'

Archer zei glimlachend: 'Dat hebt u net gedaan, beste man.'

Terug in de auto gaf Bender de stukken aan Archer. 'Maakt u vorderingen?' vroeg ze.

'Jazeker. En er staat misschien meer geld op uw rekening dan u denkt.'

'Waarom zegt u dat?'

'Gewoon een voorgevoel. Ik zal het u laten weten. Maar als het zo is, kunt u uw huis naast die sinaasappels wel verkopen. Ik durf te wedden dat u een goede prijs voor uw huis en land kunt krijgen.'

'Echt waar? Hoeveel?'

'Als iemand u benadert mag u geen cent minder accepteren dan zestigduizend.'

'Zestigduizend! Wij hebben er maar twaalfhonderd voor betaald.'

'Tel dat maar op bij de waardevermeerdering en het genoegen van het wonen naast een sinaasappelplantage. Geen cent minder, afgesproken?'

'Goed dan.' Bender keek naar buiten. 'Ik heb nooit gedacht dat ik hier weg zou willen, ondanks die sinaasappels. Maar nu Cedric dood is...' Meer zei ze niet, maar dat was ook niet nodig.

Archer zette haar af en reed terug naar LA. Hij was vergeten dat hij de hele dag niets had gegeten tot zijn maag echt begon te protesteren. Hij at in de Idle Hour aan Vineland in North Hollywood. Het eethuis had de vorm van een gigantisch biervat, zodat Archer bij de maaltijd eigenlijk niets anders kon drinken dan een glas van hun beste *steam beer*.

Hij bekeek de bankafrekeningen en zag dat verschillende grote bedragen waren gestort van cheques die waren uitgeschreven door een bedrijf dat PID heette. Hij bekeek de kopieën van de cheques die de bank had bewaard. De handtekeningen waren zo vaag dat hij de naam niet kon herkennen. Maar in combinatie met het indexkaartje van PID dat hij in Benders Wheeldex had gevonden, had hij een vrij goed idee van wie ze had ondertekend. Hij legde de map weg en liep naar een telefooncel om zijn telefoonservice te controleren.

Hij was teruggebeld door Margaret Lamb, die zei dat ze vanavond thuis was. Hij keek op zijn horloge. In Washington was het al later op de avond. Hij wisselde een biljet van vijf dollar bij een ober, stopte kwartjes in het apparaat en belde het nummer aan de oostkust.

'Hallo?' zei een vrouwenstem.

'Mevrouw Lamb?'

'Ja.'

'U spreekt met Archer. Ik heb dat bericht voor u achtergelaten en ben nu in Los Angeles.'

'Ja, meneer Archer. Vertel me alstublieft wat er aan de hand is. Zit Eleanor in de problemen of zo? Ik maak me grote zorgen, want ik heb naar haar huis gebeld, maar er wordt niet opgenomen.'

Archer nam een paar minuten de tijd om haar alles te vertellen. Natuurlijk niet over het lijk in het huis van haar dochter, alleen dat Lamb sinds oudejaarsavond niet meer was gezien.

'Niemand heeft dus iets van haar gehoord? Nog steeds niet?'

'Nee. Maar de politie weet ervan en zij zijn naar haar op zoek.'

Ik weet alleen niet hoe erg ze hun best doen.

'Dit is allemaal heel verontrustend. Zij is mijn enige kind.'

'Dat begrijp ik. Luister, kunt u me meer over uw dochter vertellen? Alles wat mij kan helpen haar te vinden. Ik weet dat ze op Wellesley heeft gezeten.'

'Ja, ze was een heel goede studente. Ze is daar afgestudeerd en ging terug naar Washington om daar te werken. Mijn man Charles, die nu overleden is, zat in het corps diplomatique. Eleanor heeft dus overal en nergens gewoond, doordat we voor Charles' werk steeds moesten verhuizen; een heel avontuur. Maar hij is vijf jaar geleden aan een hartaanval gestorven.'

'Wat erg voor u.'

Scherp zei ze: 'Ik hoop dat dit niets te maken heeft met die vreselijke echtgenoot van haar. Ik dacht dat hij allang uit beeld was.'

'Haar echtgenoot? Ik wist niet dat uw dochter getrouwd was.'

'Lang en nonchalant en erg werelds. Gek genoeg was het mijn man die hen aan elkaar heeft voorgesteld. Weet u, ze werkten allebei in de diplomatieke dienst. Er zaten een heleboel aardige jongemannen bij het ministerie van Buitenlandse Zaken, alleen bleek hij helemaal niet aardig, maar een schoft!'

'Zijn ze in DC getrouwd?'

'Nee, daarvoor zijn ze naar Frankrijk gegaan. Daar stond hij om de een of andere reden op. Gelukkig was dat allemaal al voor de oorlog, zodat we er wel naartoe konden.'

'Hoe heet haar man?'

'Nathaniel Sommers.'

'Kunt u hem voor me beschrijven?'

Dat deed ze.

Archer vroeg haar om nog meer fysieke bijzonderheden en naar zijn leeftijd, en dat vertelde ze allemaal. Hij telde daar de jaren bij op die inmiddels waren verstreken en kreeg op die manier een heel goed beeld van de man. Zo'n goed beeld dat het bijna een foto was.

'Waarom noemt u hem een schoft? Wat ging er mis?'

'Hij werd kort na hun trouwen overgeplaatst naar Zuid-Amerika. Ze hadden geen kinderen en zij was ook niet zwanger. Maar goed ook, gezien wat er vervolgens gebeurde.'

'Wat gebeurde er dan?'

'Hij ging er alleen naartoe, om een huis te zoeken, met zijn werk te beginnen en alles klaar te maken. Vervolgens verdween hij gewoon. Hij belde nooit, schreef nooit. Charles won inlichtingen in via het ministerie van Buitenlandse Zaken. In die tijd was Zuid-Amerika niet erg veilig. De legers daar wierpen regeringen omver en schoten mensen dood. Het ministerie van Buitenlandse Zaken kon niets te weten komen en ze trokken hun handen ervan af, echt ongelofelijk! De officiële verklaring was dat ze de boel niet in de war wilden schoppen en de internationale relaties niet wilden verstoren. Onzin, zei ik, maar mijn man bleef loyaal aan zijn geweldige ministerie. Eleanor gaf de hoop nooit op en ging er ongeveer een jaar later naartoe. Ze was ervan overtuigd dat hem iets was overkomen, maar dat was niet zo. Hij had haar gewoon verlaten.'

'Wat deed ze toen?'

'Ze kwam terug naar huis en kreeg een zenuwinstorting, meneer Archer. Toen vermande ze zich. Ze verhuisde naar het westen en ging in LA aan de slag als screenwriter.'

Archer vroeg zich iets af, iets heel belangrijks. 'Maar zegt u nu dat ze nooit zijn gescheiden?'

'Ik zei dat ze dat moest doen, maar dat weigerde Eleanor. Misschien dacht ze dat hij bij haar terug zou komen, maar dat is onzin. Hij was een ongelofelijke schoft, dat wist ik zodra ik hem zag.'

'En ze heeft hem nooit dood laten verklaren?'

'O, dat vergat ik te vertellen. Hij liet een brief voor haar achter in zijn huis in Brazilië. Ze hadden die brief daar bewaard en gaven die aan haar toen zij daar was. Ik denk dat Nathaniel hun daarvoor had betaald. In die brief vertelde hij haar dat hij van plan was te verdwijnen en helemaal opnieuw wilde beginnen. Ze had dus geen enkele reden om hem dood te laten verklaren, omdat hij niet dood was. Ik word nog altijd witheet als ik daaraan denk.'

'Vertelde hij waarom hij dat wilde doen?'

'Als hij dat al deed, heeft ze dat mij nooit verteld. Ik neem aan dat het gras volgens hem ergens anders groener was. Misschien vond hij een jonge señorita om wat leuks mee te doen. Zoals ik al zei is hij ruim tien jaar ouder dan Eleanor. Hij had vermoedelijk behoefte aan jongere vrouwen om zijn eigen ego op te poetsen. Een schoft, echt waar!'

'Wanneer hebt u voor het laatst iets van uw dochter gehoord?'

'Ze stuurde me een kerstkaart en een cheque.'

'Een cheque?'

'Ja. Ze stuurt me elke maand een cheque. De afgelopen anderhalf jaar zijn de bedragen steeds hoger geworden. Ze vertelde dat ze een grote loonsverhoging had gekregen. Ik neem aan dat screenwriters in Hollywood veel geld verdienen. En ik kan het zeker goed gebruiken. Mijn man heeft zijn land eervol gediend, maar verdiende nooit veel.'

'Zou u me willen vertellen welk bedrag ze u nu elke maand stuurt?'

'Dat maakt niet uit, denk ik. Duizend dollar, stipt op tijd.'

'Dus twaalfduizend per jaar?'

'Ja, zoals ik al zei heeft ze het daar heel goed gedaan.'

'Inderdaad. Beter dan de meeste mensen. Wanneer hebt u haar voor het laatst aan de telefoon gehad?'

'O, ongeveer twee weken geleden.'

'Leek ze in orde?'

'Ja hoor, prima. Wilt u me nu vertellen wat er in vredesnaam aan de hand is?'

'Wist ik het maar. Maar ik beloof u dat ik het u laat weten zodra ik iets op het spoor kom.'

'Heb ik u iets nuttigs verteld?'

'U hebt geen idee hoe nuttig u bent geweest!'

Archer hing de hoorn aan de haak en leunde tegen de muur. Hij haalde de foto uit zijn zak en keek ernaar. Op de foto stond een oudere Nathaniel Sommers.

Dus Eleanor Lamb en Peter Bonham waren getrouwd. En zijn dat kennelijk nog steeds.

66

Archer belde vervolgens Jake Nichols en vertelde hem wat hij allemaal te weten was gekomen over Bender en zijn weduwe, en wat Alice Jacoby hem over de Jade had verteld.

Nichols had ook informatie voor hem. 'Peter Bonham zit in de importhandel. Officieel antiquiteiten uit landen als Zuid-Amerika, Mexico en Guatemala.'

'En onofficieel drugs,' zei Archer.

Nichols zei: 'Zijn bedrijf is een BV, dus kan ik nergens financiële verslagen vinden, maar hij heeft geen grote uitstaande schulden en alleen zijn huis is al een klein vermogen waard en er rust geen hypotheek op. Hij heeft rekeningen bij zeker twaalf verschillende banken. Hij heeft belangen in een aantal hotels en restaurants in LA, en een vinger in de pap bij plaatselijke pokerclubs en zelfs een klein belang in de Hollywood Park Racetrack. Op die manier wast hij zijn drugsgeld dus wit. Het zakenadres is zijn huis in Malibu, waar hij wel een kantoor zal hebben. Hij bezit ook een groot magazijn vlak bij het vliegveld, waar hij zijn officiële bedrijf wel zal runnen.'

'Maar je hebt niet in zijn achtertuin gekeken. Daar heeft hij een schuilkelder waarin hij de drugs en de mensen bewaart die hij verkoopt.'

'Een schuilkelder? Goed, voor alles is een eerste keer. Het gekke is dat ik niets over de man kon vinden dat verder teruggaat dan tien jaar geleden.'

'Ik kan je denk ik wel uitleggen waarom niet.' Archer vertelde hem alles wat Margaret Lamb hem had verteld over Peter Bonhams verleden.

'Lamb en Bonham waren toen dus getrouwd?'

'Hij is de zogenaamde vriend bij wie ze dichter in de buurt wilde wonen en om wie ze dus naar Malibu verhuisde. Ik dacht dat het Bernadette was, maar het was Peter Bonham. Bernadette en Lamb kenden elkaar al aan de oostkust. Ik vermoed dat Peter Bonham toen hij een relatie had met Lamb Bernadette heeft leren kennen. Bernadette vertelde me dat haar vader en Lambs vader diplomaat waren, dat de gezinnen bevriend waren en dat zij en Lamb toen ze nog jong waren naar dezelfde school gingen. Ze kwamen elkaar weer tegen in Washington, na hun studie. Peter Bonham trouwde in Frankrijk met Lamb en jaren later trouwde hij met Bernadette. Hij dumpte Lamb, nam een andere naam aan en verzon een nieuwe identiteit.'

'Denk je dat Lamb hem chanteerde? Ik bedoel, ze heeft wel wat in handen, want hij is een bigamist, iets waarvoor je jaren de gevangenis in kunt gaan. En dan heb ik het niet eens over de nare verrassing die dat zou zijn voor zijn huidige echtgenote.'

Archer zei: 'Dat is inderdaad zo. Bernadette weet wel dat hij eerder getrouwd was, maar ze zei dat zijn eerste vrouw was overleden. Dat heeft Peter Bonham haar vermoedelijk verteld. Daarna heeft Bernadette Peter misschien voorgesteld aan haar oude vlam Paley. En gezien Peter Bonhams buitenlandse banden en Paleys banden met de maffia in dit land, was dat een verdomd goede combinatie voor de verkoop van mensen en drugs.'

'Maar toen gingen Bart Green en Peter Bonham in het geheim samenwerken. Ze pikten delen van Paleys leveranties in en vervoerden die met Greens Beechcraft. Hoe is dat gebeurd, denk je?' vroeg Nichols.

'Geen idee, maar dat is wel gebeurd. Peter Bonham moest echt voorzichtig zijn. Ik bedoel, als zijn vrouw bevriend was met Paley moest hij ervoor zorgen dat zij daar niets van wist, anders zou ze naar Paley gaan en hem alles vertellen.'

'En zou Peter Bonham in de Stille Oceaan worden gedumpt,' zei Nichols.

'Ik durf te wedden dat Lamb daar lucht van kreeg, enige tijd voordat ze naar Malibu verhuisde. Haar moeder vertelde me dat Lamb haar sinds ongeveer anderhalf jaar duizend dollar per maand stuurt, dus qua tijd klopt dat wel.'

Nichols floot. 'Twaalfduizend per jaar voor haar moeder? Dan vraag je je af wat Eleanor Lamb van Peter Bonham krijgt om haar mond te houden.'

'Misschien maakten ze daar op dat feest wel ruzie over. Lamb eiste vermoedelijk meer geld. Daarna had Peter Bonham helemaal geen zin meer om haar te betalen, werd er een dode man in Lambs huis achtergelaten en sloeg zij op de vlucht.' Archer dacht even na. 'Hoewel ik in Anaheim iets heb ontdekt wat iets volkomen anders doet vermoeden.'

'Wat dan?'

'Bender had geen enkel dossier van zijn werk voor Mallory Green.'

'Misschien heeft iemand ze gestolen. Je zei dat de kluis was opengebroken.'

'Ja, maar waarom zouden ze die dossiers willen hebben? Er was ook geen Wheeldex-kaartje van Mallory Green. En Mallory had me al verteld dat ze hem eerder ook al had ingehuurd. Dus waarom zou iemand een feit geheim willen houden dat die vrouw vrijwillig toegeeft? Zijn agenda was ook meegenomen. Waarom?'

'Je hebt gelijk. Iets klopt er niet. Heb je een theorie?'

'Ik denk dat er nooit een Wheeldex-kaartje of dossier van Mallory Green is geweest, omdat Bender nooit voor haar heeft gewerkt. Ik denk dat ze daarover heeft gelogen.'

'Wát zeg je?'

'Ik denk dat Green de "diefstal" in Benders huis heeft gefingeerd, zodat het leek alsof iemand elk bewijs dat zij Bender had ingehuurd wilde vernietigen. Maar er wás geen dossier, omdat ze hem niet had ingehuurd om het zogenaamde overspel van haar man te onderzoeken, toen niet en nu niet. Dus als ik naar Benders huis zou gaan en daar geen bewijzen van het onderzoek kon vinden, zou ik met heel veel vragen bij haar terugkomen. Ze moest dus wel iets doen en besloot haar sporen te wissen met die diefstal.'

'Maar Archer, waarom zou ze in vredesnaam liegen en beweren dat ze een privédetective had ingehuurd?'

'Misschien om haar man te dekken. Als hij samen met Bonham drugs smokkelt, probeert ze hem misschien te beschermen. Want weet je, dat geld is het enige waarmee Bart Green veilig is voor de maffia. En hoewel het duidelijk is dat Mallory Green niet meer van haar man houdt, heeft ze me wel verteld dat ze Bart nodig heeft omdat haar carrière anders kapotgaat. Misschien werken ze dus wel samen in deze zaak.'

'Maar als zij Bender niet heeft ingehuurd, wie dan wel? Want Bender was duidelijk bezig met een onderzoek waardoor hij uiteindelijk is vermoord.'

'Ik vond een Wheeldex-kaartje waar een vreemde naam op stond, van een bedrijf dat PID heet. En toen ik zijn bankafschriften bestudeerde, ontdekte ik dat Bender verschillende grote bedragen had ontvangen van PID. Groot genoeg om zijn hypotheek van vijfduizend dollar af te betalen.'

'PID? Ging er toen een belletje bij je rinkelen?'

'Misschien, maar ik had bevestiging nodig. Dus belde ik het nummer op dat Wheeldex-kaartje. Kun je raden van wie dat nummer is?'

'Vertel maar.'

'Van de Jade Lion.'

'De Jade! Maar waar komt de naam PID dan vandaan?'

'Wat is Paleys tweede voornaam? Weet je dat?'

'Ik weet alles van die man. Dat is Isaac.'

'Zijn initialen zijn dus DIP. Draai die maar eens om.'

'Verdomme! Dan wordt DIP dus PID. Hij had Bender dus ingehuurd. Maar waarom?'

'Bender moet hebben geweten dat Paley niet deugde, maar hij had dringend geld nodig. Hij was dus een goede man die een deal met de duivel sloot. En Paley betaalde veel meer dan gebruikelijk, zodat Benders weduwe er nu goed voor staat.'

'Waarvoor huurde Paley hem dan in, Archer?'

'Paley huurde Bender in om uit te zoeken wie uit zijn drugstrog dronk, zoals hij het noemde. Toen ontdekte Bender dat het Peter Bonham was die de drugs aan Bart Green verkocht.'

'Juist, nu snap ik waar dit naartoe gaat,' zei Nichols.

Archer zei: 'Als Peter Bonham heeft ontdekt dat Bender onderzoek naar hem deed en hem misschien aan Paley zou verraden, zou dat Bonham een motief geven de man te vermoorden. Bender was behoorlijk mishandeld. Ze hebben hem vermoedelijk gemarteld om hem te laten praten. Daarna heeft Bonham hem vermoord en zijn lijk in Lambs huis gedumpt. Niet alleen om te zorgen dat hij niet wordt verdacht, maar ook om Lamb, die hem chanteert, bang te maken, zodat ze ervandoor gaat en hem met rust laat.'

'Lijkt helemaal te kloppen, Archer. Knappe conclusies.'

'Ja, nu hoef ik ze alleen nog maar te bewijzen.'

67

Archer verliet de Idle Hour en reed naar het ziekenhuis om te kijken hoe het met Willie Dash en Connie Morrison ging.

Morrison zat als een standbeeld in dezelfde stoel, met Willies hand in de hare. Willie was nog steeds buiten bewustzijn, maar leek nu meer levend dan dood.

Archer belde Callahan vanuit het ziekenhuis en sprak af dat hij haar met de auto zou ophalen bij de studio in Burbank om haar naar haar tijdelijke adres te brengen.

Ze stond voor Warners te wachten, gekleed in een bruine overjas en met haar handtas in beide handen geklemd.

Archer was de laatste tijd bij zoveel studio's geweest dat hij vond dat ze hem maar een doorlopend toegangsbewijs moesten geven.

Hij opende het passagiersportier van de huurauto zodat ze kon instappen.

'Dit is de Delahaye niet,' zei ze.

'Verdomme, wat is het dan?'

Callahan vertelde hem dat ze logeerde in een appartement in Brentwood dat was gehuurd door een vriendin van haar die net naar Mexico was vertrokken om een film op te nemen voor Paramount. Het was een roze gepleisterd gebouw met mooie oranje Spaanse vloertegels, donkere ruwe balken, gestuukte muren en in elk vertrek een plafondventilator. Vanaf het balkon met gietijzeren balkonhek was er uitzicht op de binnentuin met een sprankelende fontein in het midden.

Ze hadden wat te eten opgehaald bij een deli in de buurt en dat meegenomen naar het appartement.

Archer had verschillende omwegen gemaakt en twee keer hetzelfde stuk teruggereden om zeker te zijn dat niemand hen volgde.

Callahan had zich omgekleed en droeg nu een witte linnen broek en een lichtgroene blouse met lange mouwen, en ze had haar haar opgestoken met een speld. Ze had witte wijn voor hen ingeschonken en nu zaten ze op het balkon te eten en ze luisterden naar de toenemende wind en naar de fontein.

'Gaat het echt goed met Willie?' vroeg ze.

'Ik heb met de artsen gepraat. Hij is buiten levensgevaar en wordt weer beter.'

'Godzijdank!'

'Dank de artsen maar en het feit dat Willie te koppig is om dood te gaan. Heb een vraag.' Hij nam een slokje wijn. 'Ik hoorde van iemand die bij een bank werkt dat vrouwen geen lening voor een huis kunnen krijgen zonder dat een man medeondertekent.'

Callahan zette haar glas neer en keek hem aan. 'Dat klopt.'

'Hoe heb jij het dan gedaan?'

Ze nam een hap en zei toen: 'Iemand bij Universal heeft me geholpen. De studio's begrijpen het probleem, zeg maar. Vrijgezelle actrices verdienen genoeg geld om een huis te kopen, maar kunnen geen lening krijgen. Dus hebben ze mannen die garant staan voor de lening.'

'Garant staan voor de lening? Wat krijgen ze daarvoor? Bedoel je dat je hen moet betalen?'

Ze keek hem aan. 'Ja, ze krijgen een maandelijks bedrag. Dat is een extra bedrag dat vrouwen moeten betalen.'

Archer sloeg zijn blik neer. 'Het spijt me, Liberty.'

'Wat spijt je?'

'Dat je dat soort dingen moet doen. Je verdient veel meer dan ik, maar ik heb niemand nodig die medeondertekent als ik geld voor een huis wil lenen.'

'Zo is het nu eenmaal, Archer.'

'Maar daarom is het nog niet in orde!'

'Vergeet het. Ik red me prima.'

'Hoe gaat het met de nieuwe film?' vroeg Archer, nadat het even stil was geweest.

'Ik speel een gefrustreerde huisvrouw die getrouwd is met een Amerikaanse wetenschapper die in het geheim voor de Sovjets werkt. Mijn rol is echt goed, want uiteindelijk blijkt ze heel dapper.'

'Dat is geweldig! Hoe zit het met die andere film die je misschien zou gaan doen, *Dial M for Murder*? Je dacht dat je kans maakte op de hoofdrol?'

Ze nam een slokje wijn en schudde haar hoofd. 'Ik heb een screentest gedaan en dacht dat die goed ging. Maar het probleem is dat ik geen bekende ster ben, Archer, en Hitchcock werkt alleen met de besten. Ik hoorde dat ze Grace Kelly voor de hoofdrol willen. Zij is nu erg in trek. Verdomme, ze speelt vermoedelijk ook de hoofdrol in *Rear Window*. Maar in beide films zijn wel rollen waar ik een auditie voor kan doen.'

'Verdomme! Maar dan is het toch nog een Hitchcock.'

Ze glimlachte. 'Dat is waar. Hoe gaat het met de zaak?'

'Alles lijkt sneller te gaan dan eerst.'

'En Darren Paley?'

'We krijgen steeds meer over hem in handen, Liberty. Wees maar niet bang.'

Scherp zei ze: 'Maar ik ben wél bang, Archer, om jóú.'

Hij sloeg een arm om haar schouders en trok haar tegen zich aan. 'Ik weet dat het deze keer bijna raak was.'

'Bijna raak is veel te zacht uitgedrukt.'

'Na wat er met Willie is gebeurd kan ik de zaak niet laten rusten, Liberty. Dat weet jij ook.'

Ze dronk haar glas leeg en schonk hun glazen weer bij. 'Dat weet ik zó goed dat ik er niet van kan slapen.'

Hij boog zijn hoofd. 'Het spijt me.'

'Dat is jouw probleem niet, maar het mijne.'

'Het lijkt niet eerlijk.'

'Sinds wanneer is het leven eerlijk? Soms veroorzaak je problemen voor jezelf en soms voor iemand anders.' Ze keek om zich heen en leek opeens vrolijker. 'Sherry, de vrouw die dit huurt, wil je heel graag ontmoeten, Archer.'

‘Waarom dan?’ vroeg hij verbaasd.

‘Ik heb haar een foto van je laten zien. Ik kan me niet voorstellen wat ze erin zag,’ voegde ze er een beetje vals aan toe.

‘Probeer alsjeblieft mijn gevoel voor eigenwaarde niet onderuit te halen, Liberty. Ik vind het prima zoals het is.’

Ze glimlachte. ‘Sherry kent Ellie ook. Ze heeft vóór Ellies verdwijning samen met haar aan een film gewerkt. Ik heb haar verteld wat er is gebeurd. Zij is daardoor ook helemaal van slag.’

‘Echt?’

‘Ja.’ Ze keek hem ondeugend aan. ‘Ik had Sherry ook verteld over ons afspraakje in Chasen’s. Ze zei plagend dat ze dan ook wilde komen, zodat ze, zoals ze zei, de knapste speurder van het land kon ontmoeten.’

Archer schrok hiervan. Hij ging rechtop zitten en keek haar strak en aandachtig aan. ‘Jij hebt je vriendin Sherry verteld dat ik een privédetective ben en dat we op oudejaarsavond in Chasen’s zouden dineren?’

‘Ja, hoezo?’

‘Is het mogelijk dat zij dat aan Lamb heeft verteld?’

‘Aan Ellie? Ik zou niet weten waarom. Maar wat geeft het, ook al heeft ze dat gedaan?’

‘Lamb zei tegen ons dat ze daar die avond was omdat ze een eetafspraak had, maar dat diegene niet kwam opdagen.’

‘Klopt. Nou en?’

‘Ik weet dat mannen vrouwen weleens laten zitten, maar op oudejaarsavond? Dan maakt ze toch zeker nooit meer een afspraak met hem? En ze leek ook niet bepaald ontstemd. Dat heb ik steeds vreemd gevonden.’

‘Ja, je hebt gelijk.’ Ze stompte zacht tegen zijn arm. ‘Ik zou woedend zijn geweest als jij mij had laten zitten, Archer.’

‘Maar ze had geen enkele reden om boos te worden als ze helemaal geen afspraak had met een man.’

‘Maar waarom was Ellie daar dan?’

‘Om mij te zien.’

Callahan lachte. ‘Goed, ik weet dat Sherry zei dat ze je knap vindt en zo, maar ga nu niet naast je...' Ze zweeg en keek hem aan. Ze leek het opeens te begrijpen. 'Dat méén je niet! Jij denkt dat ze daar was omdat je een detective bent?'

Archer knikte. 'Ze wachtte vermoedelijk tot jij of ik zou vertellen wat mijn beroep is en als wij dat niet deden, zou ze wel een manier weten om dat ter sprake te brengen. Om mij vervolgens haar verhaal te vertellen en te zeggen dat ze me wil inhuren. En dan ga ik daarnaartoe en struikel over een dode man.'

'Maar ze kan onmogelijk hebben geweten dat jij daar die avond naartoe zou gaan.'

'Dat was ook niet nodig. Het was voldoende dat ze tegen me zei dat ze vreesde voor haar leven, want dat zou verklaren waarom ze verdween. En nadat ze niet op onze afspraak verscheen, zou ik natuurlijk allerlei mensen vragen stellen, zodat haar verdwijning gerechtvaardigd leek.' Archer keek haar aan. 'Door mijn betrokkenheid zou iedereen denken dat ze werd vermist en dat iemand haar iets had aangedaan. Anders zou iedereen denken dat ze er vrijwillig vandoor was gegaan en zich afvragen waarom. En dat zou niet goed voor haar zijn.'

'Maar ze wist toen nog niet dat er een dode man in haar huis zou liggen.'

'Bender was al sinds een uur of twee die middag dood.'

'Wacht eens even. Zeg je dat ze naar Chasen's kwam om jou te leren kennen en toen al wist dat er een dode man in haar huis lag?'

'Dat zeg ik inderdaad.'

'Denk je dat zij hem heeft vermoord?'

'Dat weet ik niet. Wat ik wel weet is dat ze hem, als zij hem inderdaad heeft vermoord, niet kon verplaatsen van de plek waar hij is vermoord naar haar huis, niet in haar eentje.'

'Maar waarom zou je iemand die je hebt vermoord in je eigen huis leggen? Waarom zou je hem niet in de oceaan gooien?'

'Zo is het misschien niet gegaan. Ik heb een andere theorie, hoewel het niet meer is dan een theorie.'

'Was er dus inderdaad iemand die probeerde Ellie te vermoorden of was dat ook een leugen?'

'Dat weet ik nog niet.'

'Wat is er verdomme aan de hand, Archer?'

'Ik heb nog maar een paar puzzelstukjes gevonden, nog niet allemaal. Maar hoe meer stukjes ik vind, hoe duidelijker het plaatje wordt. O ja, Lamb is getrouwd.'

Callahans mond viel open. 'Wat?'

Hij vertelde haar over Lamb en Peter Bonham. En ook dat Lamb Gloria Mars had gechanteerd. En dat ze samen met Alice Jacoby naar de Jade was gegaan om research te doen voor het script van een film waarin Samantha Lourdes de hoofdrol moest spelen en die Ransome moest regisseren.

'Ze wisten het van de drugs en misschien ook van dat andere, maar hebben dat niet aan de politie gemeld. En ik durf te wedden dat Lamb bereid was om Lourdes te chanteren om de hoofdrol te spelen door te dreigen haar smerige geheim in de Jade bekend te maken.'

Callahan keek verbijsterd. 'Dan denk je dat je iemand kent! Wat een ongelofelijke trut!'

'Niemand in deze stad kent een ander echt. Zelfs ik weet dat, en ik woon hier niet eens. Ik kom alleen af en toe even langs.'

'Je zult wel gelijk hebben,' zei ze terneergeslagen. 'Denk je dat ze die film ooit kunnen laten maken?'

Een beetje boos zei hij: 'Dat is toch niet belangrijk? Het enige wat ik belangrijk vind, is waar het hier echt om draait, Liberty. Ik heb niets met de fantasiewereld van de film.'

'Dat begrijp ik nu wel, Archer. Echt waar.' Ze zei dit met zo'n wanhopige klank in haar stem en ze keek zo ongelukkig dat hij haar hand in de zijne nam en vasthield.

Zo bleven ze zitten, terwijl ze luisterden naar de wind en de fontein tot het donker was en Archer weg moest.

Het was tijd om terug te gaan naar Malibu.

68

Rond middernacht zat Archer in de Oldsmobile naar het huis van de Bonhams te kijken, waar licht brandde. Danforths huis was donker, net als dat van Lamb. Het licht in het huis van de Bonhams werkte als een magneet voor Archer, omdat dat hem naar zijn doel kon leiden.

Het begon te waaien en er dreven wolken voor de maan.

Eerder had hij de foto's opgehaald die hij bij Bonhams huis had gemaakt. De glanzende afdrukken waren duidelijk, zagen er goed uit en vormden vermoedelijk genoeg bewijs om de man een levenslange gevangenisstraf te bezorgen.

Archer bleef naar het huis kijken, maar verstijfde toen hij bij de overdekte passage iets zag bewegen. Daarna deed iemand het licht in de garage aan en ging de garagedeur omhoog. Hij zag dat het Bernadette Bonham was. Afgetekend tegen het licht leek het alsof ze op een filmset stond en zich voorbereidde op een grootse act in de schijnwerpers. Toen werd er een auto gestart. Ze stapte opzij toen de Bentley achteruit de garage uit reed, deed het licht uit en sloot de garagedeur. Ze stapte in de auto, die daarna wegreed. Toen de Bentley Archer passeerde kon hij niet zien wie achter het stuur zat, maar hij had wel een vermoeden.

Archer wachtte tot de auto niet meer te zien was. Toen stak hij de straat over en liep de achtertuin in. Bij de ingang van de schuilkelder haalde hij twee dingen uit de zak van zijn regenjas. Met de tang knipte hij het hangslot open, hij gooide het opzij en tilde het luik op. Hij pakte zijn zaklamp, keek om zich heen en klom via de metalen ladder naar beneden. Het luik bevond zich in het hoogste deel van de schuilkelder. Toen Archer beneden stond, schatte hij dat de kelder een kleine twee meter onder het aardoppervlak lag.

Hij dacht niet dat je hierin veilig was voor een kernbom, maar hij was speurder, geen wetenschapper. Hij keek om zich heen bij het licht van zijn zaklamp en op datzelfde moment sloeg de stank hem tegemoet. Die was zo overweldigend dat hij bijna kokhalsde. Hij bedekte zijn neus en mond met de stof van zijn jas en keek om zich heen. Goedkope slaapzakken op de grond, die bedekt was met afval en vuile kleren. Een emmer die als toilet was gebruikt. Overal half opgegeten voedsel en lege sigarettenpakjes. Een glazen kan met vies water erin. Banken in de muren met stapels groezelige lakens en dekens erop.

Hij dacht dat het hierbeneden verdomd koud kon worden. Ergens moesten ventilatieschachten en luchtfilters zijn om te voorkomen dat de mensen stikten, maar hij wist dat het zelfs mét dergelijke dingen niet eenvoudig zou zijn om te ademen in deze smerige omgeving.

Hij liep rond en richtte het licht van zijn zaklamp op de metalen muren. Hij bleef staan toen hij de woorden zag die mensen in het beschilderde metaal hadden gekrast, met hun nagels of met iets anders.

Ayúdame. Peligro. Muerte.

Archer kende voldoende Spaans om deze woorden te kunnen vertalen: Help Me. Gevaar. Dood.

Er stond nog meer op de muren, maar in een andere taal. Chinees of Japans, dacht hij. Hij kende die talen niet, maar meende dat daar wel ongeveer hetzelfde zou staan.

Help me. Maar dat had niemand gedaan. Terwijl de Bonhams een mooi groot huis hadden en in een Bentley reden.

Archer had vaak zin om het leven een kogel in de kop te jagen. Hij had samen met de tuinman boven deze plek gestaan. Waarom had hij niemand gehoord? Waarom hadden ze niet geschreeuwd of tegen het luik gebonsd?

Toen zag hij de stapel kettingen onder een van de banken en de grote ringen in de muren waar die kettingen doorheen konden worden gehaald. En hij zag een grote fles met het woord CHLOROFORM erop en ernaast een jutezak vol doeken in de vorm van knevels.

Daarom waren de mensen hierbeneden stil gebleven. Daarom hadden ze ook zo moeizaam gelopen toen Archer hen die nacht uit deze kelder had zien komen. Overdag werden ze kennelijk verdoofd en 's nachts was niemand dichtbij genoeg om hen te kunnen horen.

Archer bleef rondlopen tot hij helemaal achterin was. Op een van de banken lag een stapel lakens. Hij kwam dichterbij en scheen zijn licht erop. Hij pakte de rand van een laken en trok het weg. Datzelfde deed hij met een ander laken. Toen deinsde hij achteruit.

Hij zag een lichte hand met wasachtige en onbeweeglijke aderen.

Archer knielde en trok het laken verder weg tot hij een gezicht zag. Het gezicht was een wit masker en, net als de hand, heel erg dood.

Dan was de Bentley toch door iemand anders bestuurd. Want Peter Bonham was hier, in zijn eigen kleine horrorkamer.

Archer trok het laken helemaal van hem af en kon toen zien dat Bonham volledig gekleed was. Hij droeg een fraai pak met een blauwe stropdas. Zijn overhemd was wit. En rood.

Waar het lemmet van het mes naar binnen was gegaan. Precies in het hart, dacht Archer. Degene die het mes had vastgehouden had precies geweten waar hij moest toeslaan. Bonham moest vrijwel meteen dood zijn geweest. Zodra het hart ophield met kloppen, hield alles op. Snel.

En Bernadette was vertrokken met de moordenaar van haar man, dacht Archer. Helemaal vrijwillig. Verdomme, ze had zelfs de garagedeur voor die man geopend. Want het was een man, daar was Archer van overtuigd. De messteek zat in de borst en Bonham was een grote, sterke man. Dat wist Archer, omdat hij op het strand met hem had gevochten. Zijn vrouw had hem niet op deze manier kunnen doden. Archer kende een man die dit had kunnen doen. Die de littekens had om dat te bewijzen.

Archer verliet de schuilkelder en liep naar de deur naast de passage. Hij draaide de knop om en de deur bleek niet op slot. Hij doorzocht het huis snel en zag dat Bernadettes kledingkast grotendeels was leeggehaald, net als een sieradenkistje dat hij in een lade vond. Vanwege haar reis naar Frankrijk wist hij dat ze een geldig paspoort had.

Waren ze nu op weg naar LA International?

Hij liep naar de telefoon, belde het LA County Sheriff's Department en vroeg naar Phil Oldham, die vannacht gelukkig dienst had. Toen Oldham de telefoon opnam vertelde Archer hem dat hij de dode Bonham had gevonden.

'Jezus!' zei Oldham, nadat het even stil was geweest.

'Jezus zal Peter Bonham niet meer helpen. En het kan me niets schelen dat je van de zaak-Bender bent gehaald. Je moet een landelijk opsporingsbevel laten uitgaan voor het vliegveld en alle trein- en busstations, havens en snelwegen. Je moet Bernadette Bonham en Darren Paley laten oppakken.' Hij gaf Oldham hun signalement, en de kleur en het kenteken van de Bentley. 'Ik heb ontdekt dat ze elkaar in Reno al kenden. Volgens mij had Paley Bender ingehuurd om uit te zoeken of Peter Bonham drugs van hem afroomde. Bender deed zijn werk goed, alleen ontdekte Bonham waar hij mee bezig was en hij vermoordde hem. Toen nam Paley wraak op Peter Bonham. Bonhams vrouw liet zien bij wie haar loyaliteit lag en dat was bij Paley en niet bij haar dode man. Nu zijn ze samen op de vlucht.'

'Goed, ik zal het allemaal regelen. Dan maar geen pensioen.'

'Ken je Jake Nichols?'

'Ja. Hij was een verdomd goede privédetective. Heel erg wat hem is overkomen.'

'Hij is de reden dat Willie zich met deze zaak ging bemoeien. Jake en Willie hebben een goede band. En het is de schuld van die klootzak van een Darren Paley dat Jake in die rolstoel zit.'

'Dát wist ik niet.'

'En het is de schuld van Paley dat Willie bijna dood was. Ik móét die vent dus te pakken krijgen, Phil, echt waar!'

'Goed, Archer, dat snap ik helemaal. Ik kan over een halfuur bij je zijn. Blijf waar je bent.'

'Nee, Phil. Dat kan ik niet doen, ik moet nog iets anders controleren.'

'Archer, als je...'

'Nu moet je even goed naar me luisteren. Op het bureau in Bonhams studeerkamer leg ik een mapje met foto's neer. Daarop staat Bonham met de kratten drugs en de gevangenen met een kap over hun hoofd. Er zit ook de uitslag bij van het laboratorium dat wit poeder heeft geanalyseerd dat ik in Bonhams achtertuin heb gevonden. Dat bleek heroïne te zijn. Ze hebben vermoedelijk iets van dat spul laten vallen toen ze het daar vanaf het strand naartoe brachten. Midden in de achtertuin is de schuilkelder. Ik heb het luik opengelaten, zodat je het wel moet zien. Daar zul je meer bewijzen vinden, maar ook de dode Bonham. En dan nog iets... Je moet een inval doen in de Jade Lion in Chinatown.'

'Dat is niet mijn jurisdictie, Archer.'

'Daarom moet je contact opnemen met de LAPD, met iemand bij narcotica en zeden, en daarmee samenwerken. Als de politie van LA positief in het nieuws wil komen, zal dat wonderen doen. De vrachtwagen was onderweg naar de Jade. Van daaruit verkopen ze drugs plus een heleboel andere smerige dingen waar jouw mannen in het blauw een einde aan moeten maken.'

'Ik kan vannacht geen inval meer organiseren.'

'Dan morgennacht maar, maar doe het wel! Dan krijg je promotie en kun je een nieuwe auto kopen en je vrouw meenemen naar Chasen's.' Archer verbrak de verbinding voordat de rechercheur nog iets kon zeggen.

Nog geen drie minuten later zat Archer in de Oldsmobile en reed hij weg.

Hij wist dat ze, als hij een politieauto tegenkwam, zouden uitkijken naar zijn Delahaye, niet naar de gedrongen Oldsmobile. Dat zou Oldham hun zeker hebben verteld.

Inderdaad kwam hij tien minuten later twee politieauto's van de countypolitie tegen die onderweg naar Las Flores langs hem heen scheurden zonder de Oldsmobile zelfs maar een blik te gunnen.

Archer reed rechtstreeks naar het vliegveld van LA en kon gelukkig een ticket kopen voor de vijf uur durende vlucht van de volgende ochtend naar Reno.

Vanuit een telefooncel op het vliegveld belde hij Jake Nichols, die klaarwakker was, en bracht hem op de hoogte van de laatste ontwikkelingen. Ook vertelde hij hem precies waar hij naartoe ging en waarom.

Vervolgens belde hij privédetective Jim Swinson in Reno wakker. Hij vertelde hem hetzelfde, maar ook dat hij een vlucht had geboekt. 'Kun je me van het vliegveld halen?'

'Ik zal er zijn,' zei Swinson.

'Heb je nog iets gehoord van je mannetje daar?'

'Er is activiteit, Archer. Ik vertel het je wel als je hier bent.'

Archer belde ook een nummer dat een zeker iemand hem had gegeven.

Die iemand nam met een slaperige stem op. 'Hallo?'

'Sam?'

'Wie is dit?' vroeg Samantha Lourdes.

'Archer.'

'Archer! Weet je wel hoe laat het is?'

Hij stelde zich voor dat ze rechtop in bed ging zitten, misschien in een heel dunne zijden negligé, helemaal verontwaardigd. Om de een of andere reden moest hij daarom glimlachen. Hij móést nu ook wel glimlachen, want anders trok hij zijn pistool misschien wel en ging hij op mensen schieten. 'Dat weet ik heel goed. Ik voel elke minuut.'

'Waarom bel je?'

'Ga niet terug naar de Jade.'

'Bel je me nu echt midden in de nacht op om me daarover te betuttelen?' snauwde ze. 'Zoiets idioots heb ik...'

'Dit is geen algemene waarschuwing, Sam, maar juist een heel specifieke. De politie doet vermoedelijk morgennacht een inval in de Jade en dat vertel ik je, gewoon voor het geval je van plan was er dan naartoe te gaan.'

Even zei ze niets. 'Ik was inderdáád van plan om er morgennacht naartoe te gaan.'

'Dan kun je of thuisblijven en een detective lezen, of in het echt door de LAPD worden gearresteerd.'

'Wat is er gebeurd, Archer? Vertel.'

'De vrouw die je aanwees op die foto?'

'De vrouw die met Darren scharrelde toen we nog getrouwd waren?'

'Ja. Zij en Paley hebben net in Malibu haar man vermoord en zijn nu op de vlucht.'

'O mijn god!'

'Ja, die naam hoor ik vaak de laatste tijd, alleen lijkt het er niet meer op dat hij hiernaartoe komt om zijn werk te doen. Ga dus nooit meer terug naar de Jade, begrepen? Paley heeft het te druk met andere dingen om zich met jou bezig te houden. Je bent van hem af, Sam.'

'Dat is goed, ik beloof het, ik ga er niet meer naartoe. En... bedankt voor de waarschuwing. Wat ga jij nu doen?'

'Wat ik altijd probeer te doen. De slechteriken oppakken.'

'Waarom is dat zo belangrijk voor je, Archer?' vroeg ze met hese stem, waardoor zijn huid begon te tintelen.

Hij stelde zich voor dat ze hem aankeek met de klassieke Samantha Lourdes-blik en daar werd hij opeens heel rustig van. 'Omdat ik gewoon zo ben.'

69

Toen het vliegtuig opsteeg was het bewolkt, maar zodra ze door het dichte wolkendek braken, scheen de maan. Archer was echter absoluut niet onder de indruk van de maan. Gedurende de hele vlucht keek hij naar de dikke wolkendeken onder zich en naar de lucht zonder een duidelijke horizon. Ook zijn gedachten waren niet echt duidelijk. De wolken leken op bevroren schuimkoppen op de golven, wat onnatuurlijk en dus verontrustend was. De lucht leek niet vertrouwd, maar juist een beetje angstaanjagend en toch kon hij zijn blik er niet van afwenden. Het laatste stuk naar Reno was er veel turbulentie door lage kruiswinden, maar Archer merkte het amper, ook al begon er een baby te huilen en kotste de jonge vrouw die naast hem zat in een papieren zakje met het logo van de vliegmaatschappij erop.

Nadat ze waren geland, was Archer de eerste die het vliegtuig verliet. In de kleine aankomsthal stond Jim Swinson naar hem te zwaaien.

Swinson was achter in de veertig, ongeveer 1 meter 80, mager en pezig. Zijn dikke bruine haar werd al grijs aan de slapen en zijn smalle snor had dezelfde kleurencombinatie. Hij droeg een donker pak zonder stropdas, had zijn jagershoed met geruite band in zijn hand en keek Archer met een pokerface aan.

'Heb je een pistool?' vroeg Archer.

'Ik heb een zak en dus een pistool.'

'Goed, want op dit moment kunnen we niet genoeg wapens hebben.'

Ze verlieten de terminal en liepen naar Swinsons auto, die al even keurig en slank was als zijn eigenaar.

Het zou nog even duren voor het licht werd, maar toch was het hier iets minder donker dan in LA toen Archer daar vertrok.

'Paley is dus op de vlucht met Bonhams vrouw en haar man is dood?'

'Ja. De countypolitie zit op die zaak, maar Paley is een oude rot wat dit betreft. Hij kan er zomaar doorheen glippen. Die man plant altijd vooruit en zal zeker plannen hebben gemaakt voor het geval dit zou gebeuren.'

'Maar wat was hij van plan nadat hij zijn leverancier had vermoord?'

'Wie weet? Er zijn verschillende mogelijkheden. Misschien heeft hij zich alleen ontdaan van de tussenleverancier, zodat hij straks rechtstreeks met de hoofdleveranciers kan handelen.'

'Maar hij zit wel met een lijk.'

'Hij dacht vermoedelijk dat het heel lang zou duren voordat iemand dat lijk in die schuilkelder zou vinden, als het al ooit zou gebeuren. En wanneer de politie zou ontdekken dat Bonham drugs verkocht, zouden ze misschien denken dat er verschillende kandidaten waren voor de moord, die zich zeer waarschijnlijk in Mexico zouden bevinden. Omdat Bonham een betaling had overgeslagen of zo. Als je een rottig spel speelt, kom je rottig aan je einde.'

'En mevrouw Bonham? Zou de politie zich niet afvragen wat er met haar was gebeurd nadat haar man dood was gevonden?'

'Dat is mevrouw Bonhams probleem.' Archer stak een Lucky op, omdat hij daar behoefte aan had. Hij liet de lucifer door de stevige wind meevoeren. 'En ze weet het misschien niet, maar zij is een Franse prinses die zojuist terugveranderd is in een kikker, terwijl een schorpioen een ritje op haar glibberige rug maakt.'

Swinson kneep zijn toch al smalle ogen tot spleetjes. 'Welke kikker?'

'Laat maar. Vertel me wat er aan de hand is.'

Terwijl ze het vliegveld verlieten, zei Swinson: 'Een paar uur nadat je over Willie had gebeld, kwam er een vrachtwagen aan. Hij werd gelost en er werden een heleboel kratten het huis in gedragen. Ongeveer drie uur later kwamen er een paar andere mensen aan met een andere vrachtwagen.'

'Laat me raden... Toen werden de kratten weer naar buiten gebracht?'

'Daar komt het wel op neer. Mijn mannetje heeft overal foto's van gemaakt.'

'Is hij daar nu?'

Swinson knikte.

'Laten we dan maar naar hem toe gaan.'

De rit nam ongeveer een uur in beslag. Ze reden naar het zuiden en door Carson City. Het was licht, maar zodra ze aankwamen bij de surveillancepost die Swinsons man had opgezet, zou het nog een uur duren voordat de zon opkwam. Het was maar twee graden boven nul en het werd steeds kouder en steeds lichter. Archer dacht zelfs een paar sneeuwvlokken te zien. De donkere wolken leken op een enorme vloot vliegtuigen die op het punt stonden hun luiken te openen om Tahoe onder de sneeuw te bedelven.

Swinsons mannetje werd aan Archer voorgesteld als Duncan Reid. Hij was een jaar of vijf ouder dan Archer, ruim 1 meter 80 en forsgebouwd. Hij droeg een goedkoop bruin pak en boven de dasspeld op zijn donkergroene stropdas was de rafelige kraag van zijn overhemd te zien. Hij had een alerte blik, maar was zichtbaar moe na zijn lange wacht. Iemand schaduwen was heel vermoeiend, wist Archer, zelfs zonder dat je je spieren gebruikte.

'Laat Archer de plek zien, Reid.'

De man onderdrukte een geeuw. 'Goed. Ze slapen vermoedelijk nog.' Hij nam hen mee naar een opening in de struiken en overhandigde Archer een dure verrekijker.

Archer keek door de verrekijker naar een groot houten huis op een privéterrein aan de oever van Lake Tahoe. Het houten huis was gemaakt van dikke balken van sequoia- en cederhout. De enorme ramen zaten in metalen kozijnen. Het gebouw had vreemde hoeken en massieve draagbalken, maar er waren ook metalen pilaren die de bovenverdieping droegen, die als de boeg van een schip aan de voorkant uitstak om volledig van het uitzicht te kunnen genieten. De bovenverdieping leek boven het water in plaats van boven het zandstrand te zweven. Het was een fraai uitgevoerde optische illusie, die ongetwijfeld een vermogen had gekost. Inmiddels wist Archer waar dat vermogen vandaan was gekomen.

'Wat heb je nog meer gezien, behalve het komen en gaan van die vrachtwagens?' vroeg Archer.

'Vrouw in een oude Packard. Ze reed weg nadat de vrachtwagen was vertrokken en kwam ongeveer een uur later terug. Daarna is ze niet meer weggeweest.'

'Beschrijf haar.'

Dat deed Reid.

'Verder niemand? Weet je het zeker?'

Swinson antwoordde. 'Dat weet hij zeker. Weet je, we doen dit met twee mannen. Een man verderop aan de weg houdt alle verkeer in de gaten. We zijn hem voorbijgereden en zagen hem niet, maar hij zag ons wel.'

Reid haalde een klein apparaatje uit zijn zak. 'En ik sta via de walkietalkie met hem in contact.'

'Klinkt logisch. De vrouw moest hier zijn om de zending in ontvangst te nemen en die vervolgens door te sturen.'

'Over wie hebben we het, Archer?' vroeg Swinson.

'Mallory Green.'

'Ik dacht dat haar man degene was die in drugs handelde.'

'Ik eerst ook, maar nu denk ik dat ik me vergiste. Hij is niet slim genoeg om dat soort dingen te doen én hij heeft niet genoeg lef. Ik vraag me alleen af waarom ze het huis heeft verlaten. Had ze niemand bij zich toen ze terugkwam?'

'Nee, niet dat ik kon zien,' antwoordde Reid.

'Heb je een extra walkietalkie?'

Swinson pakte er een en zette hem op de juiste frequentie. 'Wat ga je doen?'

'Jullie blijven waar je bent. Ik ga mevrouw Green een ochtendbezoek brengen.'

70

Archer vond het altijd plezierig om een probleem achterstevoren aan te pakken. In de oorlog had hij gemerkt dat generaals weliswaar heldhaftig leken als er een frontale aanval werd ingezet, maar dat hun soldaten daardoor gewoon sneuvelden.

Ongeveer halverwege bleef hij staan en bekeek zijn omgeving. De met sneeuw bedekte bergen van de Sierra Nevada lagen aan de overkant parallel aan de lengte van het grote meer. Ze leken op soldaten die in het gelid stonden te wachten op het bevel de aanval in te zetten.

Hij liep door tot de bosrand en stapte het strand op. Hij werd meteen aangevallen door de wind die dwars door zijn overjas woei en gegeseld door het opwaaiende zand, zodat hij met zijn rug naar de scherpe zandkorrels ging staan.

Een lange houten steiger liep van het huis naar het water. Aan het uiteinde ervan zag hij een verweerde ligplaats, waar een houten boot op een lift lag. De bovenkant was afgedekt voor de winter, zodat alleen het gelakte onderschip zichtbaar was.

Hij keek naar de betegelde achterveranda, waarop afgedekt tuinmeubilair stond. Vanuit een vleugel van het huis liep een gewelfde stenen tunnel naar de voorkant. Dat zag je niet vaak, dacht Archer, maar via die tunnel kon je naar het strand en het water lopen zonder dat je door het huis moest.

Hij liep de tunnel in, waar een gele vooroorlogse Packard-cabriolet stond met de kap omhoog en banden met een witte rand. De auto was in topconditie en moest nieuw goudgeld hebben gekost. Dit moest de auto zijn die ze hadden zien wegrijden en terugkomen. Archer opende het passagiersportier en keek naar binnen. Het rook naar oud, gebarsten leer en sigarenrook. Op het registratielabel op de stuurkolom stond MALLORY GREEN.

Zij zat dus achter het stuur toen Reid de auto zag rijden.

Zachtjes sloot hij het portier. Hij sloop naar de achterkant van de auto en deed de kofferbak open in de verwachting daar een reserveband en wat gereedschap te zullen zien.

Hij keek er even naar.

Dat 'er' was ooit een mens geweest.

Archer raakte de kaak van de man aan. Die was koud. Hij tilde een van zijn armen op en kon deze probleemloos buigen. De rigor mortis was kennelijk al geweest, wat betekende dat hij al een tijdje dood was, dacht Archer. Misschien al sinds Green die dag was teruggereden.

Steve Everett, nu dus de vroegere piloot, droeg dezelfde soort kleren als toen hij Archer met het vliegtuig naar Vegas had gebracht. Archer zocht naar de wond die een einde aan Everetts leven had gemaakt en vond die ten slotte onder zijn rechterarm. De kleine ingangswond van een kogel in de zijkant van de borstkas. De kogel zat er nog in, want Archer zag nergens een uitgangswond.

De wond was zo klein dat het bijna ongelofelijk was dat hierdoor een leven was geëindigd. Toch deden kleine dingen dat vaak: een kleine tumor die groot werd, een minuscuul virus dat zich ongebreideld in iemands longen verspreidde of een .32-kaliber, precies goed gericht. Archer dacht aan mogelijke moordenaars en motieven. Die leken relatief duidelijk.

Op dit moment was de enige onbekende factor hóé het lijk hier was gekomen.

Hij nam afscheid van Everett en sloot het deksel van de kofferbak.

Halverwege de tunnel zag Archer een deur. Hij liep ernaartoe en probeerde de knop om te draaien, maar de deur zat natuurlijk op slot. Het leek een degelijk slot, zodat hij niet zijn mes maar zijn lockpick uit zijn zak haalde.

Een minuut later vormde de deur geen obstakel meer. Archer

glipte naar binnen en deed de deur weer dicht. Hij stond in een gang met helemaal achterin een trap naar boven. De vloertegels waren blauw met wit, en zo gelegd dat het leek alsof hij op water liep. 'Jezus,' zei hij, nogal ironisch.

Archer liep over de watertegels en nam de trap naar droog land. Hij keek op zijn horloge. Het was nog geen zeven uur. Hij had zich uitgeput moeten voelen, maar toch had hij zich niet eerder zo wakker gevoeld.

Als ik dit overleef, dan ga ik verdomme een hele week slapen.

De gang was spelonkachtig en kil, als een echte grot, en lang en kaarsrecht. Archers oren zoemden toen hij aandachtig luisterde of hij iets hoorde. Hij werd beloond, maar was ook teleurgesteld, want hij hoorde helemaal niets.

Hij liep de gang in en kwam in een enorme, twee verdiepingen hoge ruimte met een gewelfd plafond van balken en planken. De ramen van de achtergevel waren bijna even groot als het vertrek zelf en boden een adembenemend uitzicht op het meer. Voor een andere muur was een stenen haard, waarvan de metalen deuren openstonden. Het vuur, vermoedelijk van de vorige avond, was bijna gedoofd. De warmte van de gloeiende as vormde een scherp contrast met de koude, met sneeuw bedekte bergtoppen buiten.

Het meubilair was groot en leek handgemaakt. Geen enkel meubelstuk kwam uit een winkel voor mensen met een gemiddeld inkomen, dacht Archer.

Snel doorzocht hij de kamers op de begane grond. Dat was niet eenvoudig, doordat het huis wel een doolhof leek. De grote moderne keuken was elegant en functioneel ingericht. Er was een kleine ontbijthoek die uitzicht bood op het meer en met een ingebouwde met kobaltblauwe stof beklede bank. Elk vertrek was perfect gemeubileerd, met niet te veel en niet te weinig meubels. Mallory Green had een klassieke smaak, wat betekende dat de meeste dingen die Archer zag de tand des tijds zouden doorstaan. Hij had dit al verwacht omdat hij hun huis in Californië al had gezien, zodat hij niet echt onder de indruk was. Dat was ook niet mogelijk, gezien alles wat hij inmiddels wist.

Archer kwam bij een deur die hem intrigeerde, wat altijd het geval was als een deur op slot zat. Hij opende het slot met zijn lockpick. Het was een klein vertrek waar slechts één ding in stond. Het was wel een belangrijk ding. Archer knielde voor de met leer beklede kist en probeerde hem te openen, maar dat lukte niet. Ook dit slot opende hij met zijn lockpick, iets waar hij de afgelopen jaren erg bedreven in was geworden. Het slot sprong open, waarna Archer langzaam het deksel optilde. In de kist lagen keurige stapels pakjes, allemaal zorgvuldig in vetvrij papier ingepakt. Hij haalde er een pakketje uit en maakte de tape los. Er zat wit poeder in. Hij rook eraan. Dit was zeker weten geen meel. Om de een of andere reden hadden ze een deel van de zending hier gelaten.

Hij legde het pakje terug en sloot het deksel.

Hij had nu een dode man in een kofferbak en een grote zending heroïne in een huis aan een meer.

Nu moest hij iets anders vinden. Iemand anders.

Hij liep de trap op. De trap had houten leuningen en gedraaide ijzeren spijlen, en was bekleed met een kleurrijke loper die met een koperen roede aan de traptreden was bevestigd.

Op de overloop kwam hij bij twee gangen die tegenover elkaar lagen. Daar zouden de slaapkamers wel zijn, dacht hij.

Het zou kostbare tijd vergen om ze allemaal te doorzoeken, dus koos Archer voor een kortere weg.

Op de overloop stond een grote open kast met daarin tientallen kleurrijke aardewerken borden. Archer pakte een bord, liep ermee terug naar de plek waar hij vanuit de beide gangen niet kon worden gezien en gooide het bord de gang in, waar het met veel kabaal op de stenen vloer verbrijzelde.

Archer wachtte, en wachtte.

Toen rukte iemand de derde deur in de gang links van hem open en stormde Mallory Green naar buiten met een honkbalknuppel in de hand. Ze was gekleed in een witte negligé en had een Franse vlecht in haar haar. Toen ze bij de trap was, zag ze het verbrijzelde bord en keek om zich heen op zoek naar de oorzaak van deze verstoring.

Op dat moment kwam Archer tevoorschijn, met zijn pistool in de hand.

Green verstijfde toen ze hem zag. Toen hief zij de knuppel, maar hij hief zijn pistool, zodat die strijd snel voorbij was.

'Wat doe jij hier in vredesnaam, Archer? Je bent mijn huis binnengedrongen. Ik ga de politie bellen.'

'Doe maar geen moeite, want ík bel ze. Dan kun je uitleggen waarom je dode piloot in de kofferbak van je Packard ligt.'

Green stond met haar rug naar de brede ramen en Archer keek even langs haar heen naar buiten.

Toen zag hij iets wat daar niet eerder was geweest. Aan de steiger lag een boot. En dat was niet de boot die hij eerder had gezien.

Iemand brulde: 'Laat je wapen vallen, Archer! Kom naar beneden, allebei. Nu!'

Archer en Green keken naar de trap.

Halverwege stonden Darren Paley en Little Tony. En aan hun wapens en hun blik was te zien dat ze heel serieus waren.

71

Archer en Green moesten naast elkaar op een bijzonder mooie en dure bank gaan zitten, hoewel Archer daar even geen oog voor had nu er twee pistolen op hem waren gericht.

Bernadette Bonham zat op de armleuning van een stoel. Ze droeg dezelfde kleren als de vorige avond toen Archer haar had gezien. Ze leek geschrokken en bang, maar keek Archer toch een beetje triomfantelijk aan, alsof hij nooit een echte uitdaging was geweest.

Paley zat tegenover hen en Little Tony stond links van Paley.

Archer zei tegen Bernadette Bonham: 'Dus dit bedoelde u met c'est la vie?'

Ze zei niets, maar haalde een Gauloise Bleu tevoorschijn en stak hem aan met een verchroomde aansteker waar de letter B in was gegraveerd. Daarna keek ze hem met een flauwe glimlach aan. 'U mag zeggen wat u wilt. Want wat maakt het uit? Dat zal ik u vertellen. Helemaal niets. En volgens mij kunt u dat nooit meer aan wie dan ook vertellen.'

Archer keek naar de letter op de aansteker en zei: 'Weet u, u bent niet echt mevrouw Bonham.'

'Ze is zijn wéduwe,' zei Paley.

'Nee hoor,' zei Archer. 'Dat is ze niet.'

'Waarom dan niet?' vroeg Bonham.

'Omdat hij al getrouwd was en nooit is gescheiden. Dat betekent dat hij een bigamist was, zodat hun huwelijk illegaal en niet bindend was. Bedrog. Maar ach, c'est la vie.'

'U weet niet waar u het over hebt,' snauwde ze.

'Toch wel. De echte naam van uw echtgenoot was Nathaniel

Sommers. Hij is lang geleden met Eleanor Lamb getrouwd.'

'Ellie? Wat u zegt is belachelijk!' riep Bonham.

'Wist u echt niet dat hij met uw schoolvriendin getrouwd was?'

'U liegt!'

'Nee hoor, dit is allemaal waar. U wist dat hij eerder getrouwd was, alleen loog hij toen hij u vertelde dat zijn eerste vrouw dood was. Hij trouwde met Lamb, werkte voor het ministerie van Buitenlandse Zaken, werd overgeplaatst naar Zuid-Amerika en ging daarheen om een woning voor zichzelf en zijn echtgenote te zoeken. Alleen ging hij er toen vandoor. Ze zijn nooit gescheiden, dus is zíj zijn weduwe en u niet. Voor het geval u van plan was alles te erven, wat ik u niet zou aanraden.'

Bonham keek nerveus naar Paley, die alleen oog had voor Archer. Ze snauwde: 'Peter zou nooit met iemand als zij trouwen. Ze is lelijk.'

'Tja, toch heeft hij dat gedaan. Hij is in Frankrijk met haar getrouwd, net als met u. Misschien is hij met nog veel meer vrouwen getrouwd. Maar zijn huwelijk met Lamb heeft natuurlijk niet lang geduurd.'

'Ik geloof geen woord van wat u zegt.'

'Lamb chanteerde hem met het feit dat ze getrouwd waren. Dáár maakten ze ruzie over op jullie feest. Die ruzie ging helemaal niet over perceelgrenzen, maar dat wist u al, want u hebt me verteld dat u dat ook niet geloofde.'

Bonham keek weer even naar Paley.

Archer zei: 'Maar uw oude vriend Paley stond al in de coulissen te wachten, dus misschien vond u het daarom niet belangrijk wat er speelde tussen uw zogenaamde man en Lamb. Of misschien had hij u al eerder met andere vrouwen bedrogen en nam u op deze manier wraak.'

Toen keek Archer naar Mallory Green. 'En nu bent u hier, partners in crime met Bernadette Bonham, drinkend uit Paleys drugstrog, om zijn woorden te gebruiken. Moet je nagaan, Bernadette, Paley probeerde te achterhalen in wiens opdracht Peter hem bedroog en jij kon niet eens ontdekken dat dat Mallory

Green was. Het is een wonder dat Paley je keel niet heeft doorgesneden wegens pure nalatigheid.'

Bonham keek weer naar Paley, veel nerveuzer nu.

'Dat was haar taak niet en vrouwen hebben geen verstand van zaken,' zei Paley. 'Zij stelde me voor aan haar man, en alleen mannen doen zaken met elkaar. Ik heb Bernadette nooit verteld wat er speelde, want ik hanteer een eenvoudige regel: als je iets niet hóéft te weten, kríjg je het niet weten. En ik wist niet eens waar, wanneer of hoe dat spul werd geleverd. Peter Bonham was geen domkop, hij regelde alles en ik wist dat hij Bernadette ook niets vertelde. En Bernadette houdt gewoon van de mooie dingen waar de drugshandel voor kan zorgen. Nietwaar, schatje?'

'Dat is waar,' zei ze, hoewel Archer zag dat ze lang niet meer zo zelfverzekerd leek. 'Ik denk ook dat Peter op bepaalde avonden slaappillen in mijn glas stopte. Dan werd ik 's ochtends wakker en lag hij glimlachend en heel attent naast me. Maar daardoor vroeg ik me wel af wat hij 's nachts deed waar ik niets van mocht weten.'

'Nou, dan weet u het nu,' zei Archer.

'Ik weet niets van welke drugshandel ook,' zei Green.

Archer keek haar vol ongeloof aan. 'Dan zult u steil achteroverslaan van de kist vol heroïne die hier staat, dame.'

Paley keek Green aan. 'Zelfs deze stomme privédetective weet ervan.'

'Ja, Paley, zo stom dat ik Bonhams lijk heb gevonden waar jij dat hebt achtergelaten. De politie heeft een algemeen opsporingsbevel doen uitgaan. Het is afgelopen.'

Archer keek naar Tony. 'Je hebt op het verkeerde paard gewed, "Little" Tony. Je had bij de maffia moeten blijven.'

'Dat maakt nu allemaal niets meer uit, Archer,' zei Paley. Hij haalde een sigaret uit zijn zak en stak die op met zijn vrije hand, nog steeds met zijn pistool op Archer gericht. 'Wat maakt het uit als ze niet met die man getrouwd was? En de politie zal doen wat ze altijd doet. Wij zullen er niet meer zijn en kunnen dus niet meer opgepakt worden.'

'Een algemeen opsporingsbevel is niet gemakkelijk te ontlopen.

Zelfs de FBI is daarbij betrokken, vanwege de drugs. En vanwege de slavenhandel,' voegde Archer eraan toe.

Dat was niet waar, maar dat hoefde Paley niet te weten.

Paley schudde zijn hoofd. 'Ik weet niets over slaven.'

'Natuurlijk wel. De helft van je personeel in de Jade is daar vermoedelijk op die manier gekomen. De winst stijgt behoorlijk als je je "werknemers" niet hoeft te betalen.'

'Nogmaals, dat maakt niet uit. We zijn hier over een paar uur vertrokken.'

'Hoe dan?' vroeg Archer. 'De weg wordt in de gaten gehouden. Hoewel, ik weet dat je een boot hebt. Maar boten zijn langzaam en als het meer ophoudt, moet de boot stoppen.'

Paley keek naar Green. 'We vertrekken met haar vliegtuig. Het toestel staat op een privébaan hier vlakbij.'

'De piloot is dood,' zei Archer.

Paley zei: 'Ik zat bij de luchtmacht en heb een vliegbrevet. Ik kan overal in vliegen.'

Archer haalde diep adem, want dát wist hij al. Jake Nichols had hem dat verteld.

Paley keek Mallory Green weer aan en zei: 'En jij gaat met ons mee.'

'Waarom?' vroeg ze geschrokken.

'Omdat ik jou midden in de nacht tijdens de vlucht naar Zuid-Amerika in de oceaan zal dumpen.'

Green verstijfde en zag eruit alsof ze moest overgeven.

'Je hoeft niet bang te zijn, want ik schiet je eerst dood. Je zult niet eens voelen dat je het water raakt. Ik heb wel een béétje empathie.'

'We kunnen vast wel een oplossing bedenken,' zei ze schor.

'Je hebt mijn handel afgeroomd om de gokschulden van die klootzak van je man te betalen en nu moet je daarvoor boeten. Ik scheld nooit een schuld kwijt en Archer hier weet dat, nietwaar?'

Archer zei: 'Jij huurde Bender in om uit te zoeken wie zich met je zaken bemoeide?'

'Heb hem verdomd veel geld betaald en uiteindelijk ontdekte

hij het.' Hij keek Green aan. 'Hij had foto's van deze trut en Peter Bonham bij de vrachtwagen en op het strand waar de drugs naartoe werden gebracht. Toen zocht hij uit wie ze was. Ik had nooit gedacht dat een vrouw zich met deze handel bezighield en geef toe dat ik stomverbaasd was. Bart Greens vrouw nota bene!' Hij keek weer naar Green. 'Als ik zelfs maar had vermoed dat je man hier eveneens bij betrokken was, had ik hem ook vermoord. Maar in Benders verslag stond dat jij het alleen deed. Maakt niet uit. Zonder het drugsgeld om zijn gokschulden te betalen is Bart dood. Daar zorgen de jongens in Vegas wel voor.'

Archer zei: 'Maar toen ik je in Vegas sprak, had je geen idee wie een deel van je drugs inpikte.'

'Dat kwam doordat ik Benders rapport nog maar net heb gekregen. Hij moet dat op de post hebben gedaan vlak voordat hij werd vermoord. Daar stond alles in en daarom ben ik hier, om deze vrouw hier uit de weg te ruimen. En jou krijg ik er gewoon bij als een leuke kleine bonus.'

'Maar wie heeft Bender dan vermoord? Ik denk Peter Bonham.'

'Dat denk ik ook. Hij moet het hebben ontdekt. Hij vermoordt hem en dumpt het probleem in het huis van een ander.'

'Ja, maar niet in een willekeurig huis. Wist je niet dat Eleanor Lamb Peter Bonham chanteerde wegens zijn bigamie?'

Paley schudde zijn hoofd en keek naar Green. 'Ik weet alleen dat deze trut mij heeft bedrogen.'

'Maar zij zou Bender niet vermoorden en zijn lijk in Lambs huis dumpen, want dat zou haar drugshandel in gevaar brengen.' Archer keek Bonham aan. 'Dáárom kwam jouw bigamist van een man vermoedelijk eerder terug uit Frankrijk. Hij kreeg lucht van Bender en besloot hem te vermoorden. Ik vraag me af hoe dat is gebeurd.'

Ze haalde haar schouders op. 'Ik zeg niets.'

Archer wilde iets zeggen, maar zweeg. Er schoot hem iets te binnen en hij vroeg zich af waarom hij daar niet eerder aan had gedacht. Het was overduidelijk geweest, maar tot dan toe had hij nog niet alle puzzelstukjes samengevoegd. Hij hoopte dat hij de kans kreeg dit tot een goed einde te brengen, maar zo te zien zou hij zijn laatste conclusie meenemen in zijn graf.

Toen realiseerde hij zich iets anders. Ze hadden zijn pistool afgepakt, maar hij had nog iets. Terwijl iedereen naar Bonham keek, stak hij zijn hand in zijn jaszak. Langzaam tastte hij met zijn vingers in zijn zak tot hij het voelde. Hij drukte de TALK-knop van de walkietalkie in en hield die ingedrukt.

Daarna keek Archer Mallory Green aan. Hij zei luid: 'Alleen deed u net alsof u Bender had ingehuurd, mevrouw Green. U bent een veel betere actrice dan u wilt toegeven. U hield me voor de gek met uw verschrikte reactie toen ik vertelde dat Bender dood was. Daarna huurde u een mannetje in om in Benders kantoor in te breken, voor het geval ik daarheen ging om dat te controleren. Daardoor zou ik denken dat iemand uw dossiers en alles waaruit bleek dat u hem had ingehuurd had gestolen. Maar er zijn natuurlijk nooit dossiers geweest. Uw mannetje zag echter een rekening voor vliegtuigbrandstof over het hoofd en die leidde me rechtstreeks naar u en Bart, alleen had ik geen idee van alle omwegen die ik moest nemen. Ik weet niet of Bender kopieën had gemaakt van zijn verslag en zijn foto's voor Paley. Waarschijnlijk niet, want Bender wist dat Paley tuig is en Bender wilde geen enkele herinnering bewaren aan wat hij voor dat geld had gedaan.'

Green zei ongerust: 'Ik had kennelijk een beter mannetje moet inhuren.'

'Maar zodra ik in Benders kantoor was, had ik meteen door dat er iets niet klopte. De verslagen die u me gaf, zogenaamd van Bender? Die waren allemaal getypt.'

'Nou en?'

'Ten eerste had uw man helemaal geen affaires. Uw piloot vertelde me dat er knappe vrouwen met Bart meevlogen, maar dat waren zijn nichtjes. En in Vegas merkte ik dat hij geen charmeur was. Dus waren de rapporten die u me gaf vals. Want Bender had geen typemachine en geen secretaresse. Al zijn andere rapporten waren handgeschreven. Daarom typte ú die rapporten en dat was de ene reden waarom ze zo vaag waren. U verzon het allemaal.'

'Ik denk dat u voor de juiste carrière hebt gekozen, Archer,' zei ze bitter.

'Hoe kort die misschien ook is,' zei Paley vuil.

Ze keek hem aan en zei: 'Meneer Paley, u mag alles hebben. Elke zending. Ik ben er klaar mee.'

'Ik weet dat je er klaar mee bent, omdat ík zeg dat je er klaar mee bent. En ik heb andere plannen, in een ander land. Ik heb geld genoeg en kan leven als een vorst.' Hij keek Little Tony aan. 'Genoeg gepraat.' Paley stond op en wees met zijn pistool naar Archer. 'Jij eerst.'

Archer dacht aan wat Samantha Lourdes hem over Paley had verteld: de tweede keer zou hij niet missen.

Vaarwel, Willie en Connie. Vaarwel, Liberty. Het spijt me, het spijt me heel erg.

Het schot dat daarop volgde, bracht hem meteen terug naar de werkelijkheid.

72

Eerst leek het alsof Little Tony niet wist dat hij was geraakt. Een seconde later bleek dat maar al te duidelijk. Voor hem. De kogel was in zijn borstkas beland en bleef daar zitten, ongeveer vijf centimeter rechts van zijn hart. Het bloed spoot eruit, op Mallory Greens dunne negligé en de bank. Ze gilde, sprong achteruit en struikelde over de bank, terwijl Little Tony opzijviel. Aan de geschrokken en starre blik in zijn ogen te zien, zou hij niet meer opstaan.

Bernadette Bonham gilde, liet haar Gauloise Bleu vallen en zocht dekking achter de stoel.

Paley schoot rustig in de richting van de trap, waar het schot vandaan was gekomen. Hij vuurde nog twee schoten af, en dat was alle tijd die Archer nodig had om Little Tony's wapen te pakken en de trekker over te halen.

Maar Paley had een ander idee. Hij sprong over een tafel van dik hout en verstopte zich daarachter.

Archers kogels sloeg in het hout. Hij keek naar de trap om te zien wie daar was. Waren Swinson of Reid binnengekomen en naar boven gegaan nadat ze alles via de walkietalkie hadden gehoord? Hij kon zich niet voorstellen hoe ze dat zo snel hadden kunnen doen.

Hij dook naar beneden toen de kogels die Paley afvuurde over hem heen vlogen.

'O mijn god, help me!'

Archer keek op en zag dat Green haar bloedende arm vasthield. Haar huid en pyjama waren rood van het bloed dat uit de wond stroomde.

Archer keek achterom toen er een ruit verbrijzelde.

Paley had de tafel door een van de enorme ramen gegooid en klom door de opening naar buiten, terwijl hij Bonham met zich meetrok.

Archer richtte zijn pistool, maar als hij nu schoot zou hij Bonham in de rug raken. En ondanks alles kon hij het niet opbrengen dat te doen. Hij liet zijn vinger van de trekker glijden, al sloeg er vlak bij zijn hoofd een kogel in. Toen hij opkeek, zag hij de loop van een pistool op de leuning van de trap. Hij schoot tot zijn pistool leeg was. De loop verdween. Hij hoorde rennende voetstappen.

'Help me!' riep Green.

Archer knielde naast haar, bekeek haar wond en zei kortaf: 'Daar ga je niet dood aan. Wikkel de ceintuur van je kamerjas net boven de wond, als een tourniquet. Nu mond houden en zitten blijven.'

Archer doorzocht Little Tony's zakken en vond zijn eigen pistool, dat ze van hem hadden afgepakt.

Hij sprong met twee treden tegelijk de trap af en kwam op het bordes van de eerste verdieping. Hij keek achterom door het raam en zag dat Paley en Bonham bij de boot waren waarmee ze hier waren gekomen. Even wist hij niet of hij achter hen aan moest gaan of moest zien uit te vinden wie net had geprobeerd hem te doden. Hij koos voor de laatste optie.

Archer rende net de gang rechts van hem in toen hij hoorde dat daar een deur werd dichtgegooid.

Hij trapte drie deuren op een rij open en keek naar binnen. Toen hij de vierde deur opentrapte vielen er twee schoten. Ze sloegen in de muur achter hem omdat hij opzij was gesprongen. Hij werd een beetje geïrriteerd door al dat geschiet. Hij vuurde twee goed gerichte schoten in de ruimte tussen de deur en de deurpost, waarna hij hoorde dat iemand gilde en er iets op de grond viel.

Archer draaide om zijn as door de deuropening en zwaaide zijn pistool heen en weer.

Ze lag op de grond, met haar revolver naast zich.

Eleanor Lamb droeg een gestreepte pyjama en hield haar hand omklemd. Haar wapen lag dertig centimeter bij haar vandaan. Nu had ze weer blonde krullen.

Archer rende naar haar toe en schopte de revolver weg toen ze die probeerde te pakken.

'Ik ben geraakt,' zei ze. 'Jij schoot op me. Mijn vinger bloedt.'

Hij keek naar de kleine wond en zei: 'Dat kan altijd gebeuren als je zélf op iemand schiet.'

'Ik ben hier een gast en ik verdedigde mezelf.'

Hij raapte haar vuurwapen op. 'Je bent geen gast, Ellie. Je bent een toekomstige gevangene.'

'Ik heb niets gedaan.'

'Je bent een chanteur, een drugshandelaar, een moordenaar en een door en door slecht mens. Ik moet bijna overgeven als ik alleen maar naar je kijk.'

Hij hoorde snelle voetstappen de trap op komen en Archer rende naar de deuropening met de beide vuurwapens in de hand. Hij richtte ze allebei, klaar om te schieten, maar hij liet ze zakken toen hij zag dat het Swinson en Reid waren.

'We hebben alles gehoord via de walkietalkie, Archer. Toen zijn we hier zo snel mogelijk naartoe gekomen,' vertelde Swinson. 'Wat is er verdomme aan de hand? Beneden zijn een dode man en een bloedende vrouw.'

'Bel de politie en een ambulance,' zei hij. 'En bewaak die bloedende vrouw. Maar vooral deze,' zei hij, terwijl hij naar Lamb wees.

'Waar ga jij naartoe?' vroeg Swinson, helemaal buiten adem.

'Ik moet nog een paar dingen doen.'

'Je kunt me hier niet gevangenhouden, Archer,' zei Lamb. 'Ik heb niets verkeerds gedaan.'

'Dame, je arrestatiebevel zal zo lang zijn dat de politie een razendsnelle typiste nodig zal hebben.'

Hij en Swinson renden de trap af en zagen dat Mallory Green moeizaam opstond.

Archer riep: 'Je moet twee dingen doen. Geef me de sleutels van de Packard en vertel me waar ik je vliegtuig kan vinden.'

Ze keek hem uitdagend aan. 'Waarom zou ik je helpen?'

'Omdat dat weleens kan bepalen of je blijft leven of sterft. En in Nevada mag je kiezen tussen het vuurpeloton of ophanging.'

Dertig seconden later rende Archer zo snel hij kon naar de vooroorlogse Packard, met het lijk nog in de kofferbak.

73

Archer stapte in de oude Packard en reed in zuidelijke richting naar de staatsgrens van Californië. Paley had een voorsprong, maar Archer dacht dat een auto sneller zou zijn dan een boot. Na zes kilometer linksaf, had Green hem verteld. En als ze tegen hem had gelogen, zou hij teruggaan en haar een schotwond bezorgen die vermoedelijk veel erger was dan de wond die ze al had.

Hij had natuurlijk moeten weten dat daar een airstrip was, want Steve Everett had hem verteld hoe het meer er vanuit de lucht uitzag en dat betekende dat hij daarnaartoe was gevlogen.

Nadat de weg een bocht had gemaakt, reed Archer parallel aan het meer. Het meer was lang en majestueus, en er voer maar één boot op. En dat was de boot die hij achtervolgde en die vóór hem voer, maar ook weer niet zó ver voor hem.

De boot scheurde echter als een raket over het water en Archer kon de man aan het roer maar net onderscheiden. Paley had wel lef, want de boot voer op zijn absolute topsnelheid. Het wateroppervlak was niet bepaald vlak, doordat de wind wat golven veroorzaakte. De romp van de boot leek wel een stormram, kwam los van het water en klapte daarna keihard naar beneden. Paley leek er niet van onder de indruk.

Archer voelde tegen zijn zin bewondering voor de man en kon zich goed voorstellen dat zoveel nazipiloten het slachtoffer waren geworden van zijn bekwaamheid en onbevreesdheid. Dat was wel het enige wat hij van de man bewonderde. Het kwam door Paley dat Willie Dash bijna was gestorven en dat Jake Nichols in een rolstoel zat. Archer was niet van plan hem een derde keer vrijuit te laten gaan.

Hij trapte het gaspedaal van de Packard zelfs nog dieper in, maar de motor was gewoon niet vergelijkbaar met die van moderne auto's.

Zat ik maar in de Delahaye.

Toen hij weer naar het meer keek, kon hij de boot niet meer zien. Maar hij wist waar Paley naartoe ging en moest gewoon zorgen dat hij daar op tijd was.

Archer kwam bij de afslag en nam de bocht, misschien wel op twee wielen, dat wist hij niet zeker. Wat hij wel zeker wist was dat de achteras brak toen dat deel van de Packard de grond weer raakte.

'Verdomme!'

Hij sprong uit de auto en begon te rennen, maar wist ook dat hij de strijd had verloren.

Nee. Geen smoesjes, Archer. Je maakt dit af, nu!

Hij verdubbelde zijn inspanningen en rende sneller dan hij sinds de oorlog had gedaan. Na zo'n achthonderd meter kon hij zijn bestemming zien. Een privé-airstrip die Green en een paar andere rijke bewoners van Lake Tahoe vermoedelijk hadden laten aanleggen, zodat ze de grote afstand vanaf LA niet met de auto hoefden te overbruggen en ook niet samen met het plebs naar Reno hoefden te vliegen. Hij zag een kleine houten loods en een paar brandstofpompen, maar geen personeel. Feitelijk was het niet meer dan een lange strook asfalt en die strook was nu zijn eindbestemming.

Hij hijgde zo hevig toen hij de airstrip bereikte en hij ademde de koude lucht zo diep in dat zijn longen die niet konden verwerken. Zijn hoofd bonsde en hij was duizelig.

Toen zag hij dat het vliegtuig al op het asfalt stond en de propellers heel snel draaiden. Dus zelfs nu hij zo hard gerend had als hij kon, was hij misschien toch te laat.

Archer keek wanhopig om zich heen en zag aan de windzak waar de wind vandaan kwam.

Dank u, God. Want je moet recht op me af komen, Paley.

Archer stond met in elke hand een vuurwapen midden op de

strook asfalt, ongeveer halverwege, toen de grote Beechcraft keerde en zich klaarmaakte om tegen de wind in op te stijgen. Archer keek eerst naar de rechterpropeller en toen naar de linker. Man tegen machine, David tegen Goliath.

Het vliegtuig reed snel naar hem toe, de motoren loeiden en door het raam van de cockpit kon Archer Paley wel zien, maar Bonham niet.

Paley had maar één kans, door op te stijgen voordat hij binnen het bereik van Archers wapens was.

Archer wist dat en dus rende hij naar het vliegtuig toe. Hij zag niet hoe Paley hierop reageerde, maar hij kon zich wel voorstellen dat de man niet blij was.

Nu was Archer nog maar een kleine tweehonderd meter van het vliegtuig vandaan. Hij wilde met elk wapen op twee dingen schieten: op de banden en de propellers. Hij opende het vuur met de .32 die hij van Lamb had afgepakt. Toen hij opnieuw wilde schieten, bleek het wapen leeg te zijn. Hij gooide het weg en richtte zijn .38. Hij bleef rennen en terwijl hij steeds dichterbij kwam, vuurde hij opnieuw. Een van zijn kogels raakte een blad van de rechterpropeller. Het blad scheurde eraf, waardoor er een einde kwam aan de exacte synchronisatie die propellermotoren nu eenmaal vereisten. Het vliegtuig begon wild te zigzaggen, hoe Paley ook zijn best deed om het toestel weer onder controle te krijgen. Er vloog nog een stuk van de beschadigde propeller over het asfalt. Archer kon gelukkig net op tijd bukken, zodat het over hem heen vloog.

Archer knielde, richtte zorgvuldig en schoot op de linker voorband van het toestel. Het rubber scheurde en de stukken vlogen in het rond. Deze keer had Archer minder geluk of hij was niet snel genoeg, want een stuk van het rubber sneed in zijn linkerkuit. Hij klapte kreunend van de pijn voorover op het asfalt.

Dat was maar goed ook, want de Beechcraft reed als een vleugellamme eend op hem af en sprong zelfs over hem heen. Het vliegtuig kwam bijna zes meter omhoog, maar viel met een harde klap weer op het asfalt. De stijlen van het landingsgestel braken en het toestel zakte naar rechts. De rechter zijvleugel raakte het asfalt en brak doormidden. De motoren hielden ermee op en de propellers draaiden niet meer. Brandstof lekte op het asfalt en er ontstond een steeds grotere plas zeer ontvlambare vloeistof.

De Beechcraft was niet langer luchtwaardig.

Door de wond in Archers kuit strompelde hij moeizaam naar Paleys kant van het vliegtuig. Hij richtte zijn pistool op het glas.

Paley ging rechtop zitten en keek hem door het zijraam aan.

'Uitstappen, nu!' zei Archer. 'Voordat die brandstof vuur vat.'

Paley opende langzaam de deur en stapte uit, terwijl hij zijn rechterarm stijf tegen zijn lichaam drukte. Zijn linkerschouder hing in een vreemde hoek en er zat bloed op zijn overhemd. Hij had ook twee diepe hoofdwonden en er druppelde bloed over zijn gezicht. Zijn littekens klopten terwijl hij Archer vol haat aankeek.

'Waar is Bernadette?' vroeg Archer.

Paley grinnikte. 'In het meer.'

Archer keek in de richting van een van de diepste meren ter wereld, waarvan het water nu zo koud was dat een mens daar binnen een paar minuten zou verdrinken.

Bernadette Bonham leefde dus niet meer.

Archer keek weer naar Paley, die nog steeds stond te grijnzen. Hij nam niet eens de moeite hem te vragen waarom hij dat had gedaan, want hij wist het antwoord al.

Zo was de man gewoon.

74

Ruim een week later zat Archer in een stoel naar de twee vrouwen te kijken die tegenover hem zaten. Inmiddels was iedereen die bij de zaak betrokken was een beetje bijgekomen, terwijl de wereld ondanks de kleine problemen in LA en Tahoe rustig om zijn as was blijven draaien.

Mallory Green zat stijf rechtop met haar geopereerde arm in een mitella en staarde wanhopig naar de betonnen vloer.

Eleanor Lambs hand zat in het verband en haar blik was troebel. Haar blonde vlechten leken kastanjebruin in het felle licht van de plafondlamp.

Het leek wel alsof geen enkel politiebureau andere verlichting had, dacht Archer. Die was ontworpen om bijna alle leven en vechtlust uit je te zuigen, terwijl de getraliede deuren de rest deden.

De LAPD, geholpen door agenten van de countypolitie onder leiding van Phil Oldham, had een inval gedaan in de Jade Lion. Ze hadden van alles gevonden: kratten vol heroïne, een stuk of twaalf slaven en een paar Hollywood-sterren van beide seksen in verschillende stadia van naaktheid en bondage, en onder invloed van drugs.

Archer had met Alice Jacoby gesproken en haar verteld dat ze alleen kans maakte om niet naar de gevangenis te worden gestuurd als ze alles vertelde wat ze wist over Paley, de Jade en Lamb. En dat had ze gedaan. Hij wist inmiddels ook dat ze, zodra haar rol in deze zaak bekend was geworden, door Warners was ontslagen. Misschien kon ze beter teruggaan naar West Virginia, dacht Archer. Vergeleken met Hollywood waren de *hollers* misschien wel een goede verandering. Hoe dan ook, Alice was in haar laatste konijnenhol gekropen.

Ze hadden Bonhams lijk uit het meer gehaald. De dode Franse vrouw had nog steeds een geschrokken gezichtsuitdrukking, alsof ze nooit had verwacht dat Paley haar dit zou aandoen.

Nu moest Archers idee dat hij in Greens houten huis had gekregen worden getoetst, in de vorm van Eleanor Lamb.

Green keek Archer uitdagend aan. 'Ik heb er geen spijt van. Ik deed wat ik moest doen om te overleven.'

'Maar misschien overleef je dit niet.'

Ze keek verbaasd. 'Ik heb een uitstekende advocaat.'

'Die zul je nodig hebben ook. Hoe zit het met de mensensmokkel?'

Green schudde haar hoofd. 'Daar wisten we niets van. Dáár had ik nooit aan meegewerkt.'

'Goed om te weten dat je een heel klein beetje menselijkheid bezit.' Archer keek Lamb aan. 'Tot je samen met Paley op het toneel verscheen, dacht ik dat je rol beperkt bleef tot het chanteren van Peter Bonham over die bigamiekwestie. Maar hoe kon Mallory dan weten dat er in de Jade in drugs werd gehandeld? Maar Alice Jacoby ontdekte een heleboel dingen over de Jade, zodat jij het script kon schrijven. Waar je vervolgens voor je eigen gewin misbruik van maakte.'

Hij vroeg aan Green: 'Hoe komt het eigenlijk dat je met Lamb bent gaan samenwerken? Alleen omdat ze voor je werkte?'

Lamb antwoordde: 'We zijn verwante geesten. Wij zijn mannen die gevangenzitten in een vrouwenlichaam in een mannenwereld.' Haar felle blik werd nog feller. 'Als we echt mannen waren, zouden we hier niet zijn. Mannen liegen, bedriegen en stelen altijd, en komen daar gewoon mee weg.'

'Ik denk dat Darren Paley en Peter Bonham het niet met je eens zouden zijn. Maar hoe kwam het dat Alice Jacoby werd ingehuurd om de Jade opnieuw in te richten?'

Green zei: 'Bart had een oude gokschuld die Paley voor hem had betaald. Paley wilde de Jade wat opfrissen en Bart beval haar daarvoor aan. Alice gaf hem een goede prijs en Paley strafte Bart niet meteen af. Dat was de enige keer dat hij dat ooit heeft gedaan.'

'Maar wist je echt waar je je mee inliet?' vroeg Archer aan Green.

'Ja. Maar om het een beetje goed te maken, kan ik een deel van het geld dat ik heb verdiend wel aan goede doelen schenken.'

Archers mond viel open. 'Een béétje goedmaken? Er zijn mensen vermóórd.'

'Ik heb Cedric Bender en Peter Bonham niet vermoord.'

'En Steve Everett dan, je piloot?'

'O, dat,' zei ze, alsof Archer alleen een opmerking had gemaakt over de stank in het vertrek.

'Hij had het ontdekt en wilde geld,' zei Lamb.

'Hoe heeft hij het ontdekt?'

Green zei: 'Toen hij tijdens zijn laatste vlucht probeerde op te stijgen, schoot de lading kennelijk los en verschoof. Hij moest naar het vrachtruim gaan en alles opnieuw stabiliseren. Een van de kratten was opengebarsten.'

Archer zei: 'En toen kon hij het allemaal zien, zijn eigen pot met goud.'

'Het was ónze pot met goud, niet die van hem,' zei Lamb.

'Dus schoot je hem dood,' zei Archer.

'Dat zei ik niet.'

'Nee, dat zei ík. In Mallory's huis heb je vier schoten afgevuurd met je revolver, maar vijf van de zes cilinders waren leeg. Ik heb er één keer mee geschoten, en toen was hij leeg. De kogel die ze uit Everett hebben gehaald, kwam uit jouw revolver.'

Lamb had hier kennelijk niets op te zeggen en dus hield ze haar mond.

'Hoe is dat gebeurd en wat wilde je met het lijk doen?'

Green zei: 'Ik had met hem afgesproken op de airstrip. Ellie had zich verstopt en deed vervolgens wat er moest worden gedaan. We wilden hem later in het meer dumpen.'

Archer zei tegen Lamb: 'Je was vast opgetogen toen je ontdekte dat je vermiste echtgenoot aan de andere kant van de drugspijplijn zat.'

Lambs ogen begonnen te schitteren toen ze daaraan terugdacht. 'Ik wist het al eerder. Mallory en Bart waren naar een dinertje geweest in het huis van de Bonhams in Malibu en hadden foto's gemaakt. Mallory liet me die foto's later zien. En daarop stond Nathaniel. Hij was bijna niet veranderd. Nog steeds knap en nog steeds irritant arrogant.'

'Hoe ontdekte je dat hij in drugs handelde? Nadat je naar Malibu was verhuisd?'

'Nee, jaren eerder al, toen ik naar Zuid-Amerika was gegaan om hem te zoeken. Daar ontmoette ik een paar van zijn "zakenpartners" die allemaal, wat zal ik zeggen, niet bepaald legaal werkten. Dus toen ik wist dat hij die nieuwe echtgenote had en dat grote huis in Malibu, begon ik hem te bespioneren. Toen ontdekte ik waar hij mee bezig was. Dat verbaasde me niet. Daarna verhuisde ik naar Malibu, naar het huis naast het zijne. Ik dreigde het aan zijn vrouw en aan de politie te vertellen.'

'Dat was nádat je Gloria Mars had gechanteerd om het huis te kunnen betalen.'

'Ze heeft meer geld dan ze uit kan geven.'

'Ze heeft ook een hart, en dat heb jij gebroken.'

'Daar is een hart toch voor?' zei Lamb venijnig. 'Om te worden gebroken?'

Archer keek Green aan. 'En Lamb vertelde je over haar káns?'

'Barts gokschulden slokten bijna al mijn geld op. Ik begreep dat we een manier moesten bedenken om de drugs zo te transporteren dat niemand het kon ontdekken. We gebruikten het huis in Tahoe als basis en daarom leende ik geld van Gloria Mars voor de aanbetaling van het vliegtuig.'

'Ja, ze zei al dat ze je had geholpen.'

'Ik zette het toestel op mijn naam en zei tegen Bart dat ik dat om belastingtechnische redenen deed. Hij had helemaal geen verstand van dat soort dingen. We brachten de zendingen daar met het vliegtuig naartoe en vervoerden ze verder per vrachtwagen. Dankzij mijn documentaires had ik mensen op allerlei niveaus leren kennen en die contacten bleken van onschatbare waarde.'

'En toen konden jullie los, lijkt me.'

Ze knikte en keek alsof ze er nog altijd van onder de indruk was. 'Zes maanden later had ik Gloria al terugbetaald en kon ik het vliegtuig helemaal afbetalen. Ik maakte het houten huis in Tahoe af en voldeed Barts schulden. Ik sluisde geld weg naar mijn eigen geheime rekeningen. Na een jaar of twee wilde ik mijn eigen verdwijntruc uithalen en mijn echtgenoot in de steek laten.'

Archer keek Lamb aan. 'En Cedric Bender?'

'Toen ik een keer thuiskwam, lag hij dood in mijn huis.'

'En toen kreeg je te horen dat ik met Liberty zou dineren en vertelde je me al die leugens zodat er een plausibele verklaring voor je verdwijning zou zijn.'

Lamb knikte. 'Gezien de timing was dat het beste wat ik kon doen.'

'Dat was eigenlijk heel goed. Maar waarom heb je Benders lichaam niet gewoon ergens gedumpt?' vroeg Archer.

'Hij was te zwaar om te tillen, zelfs samen met Mallory. En we wilden niet worden gezien terwijl we hem ergens anders naartoe brachten.'

'Heb jij zijn portefeuille en legitimatiebewijs weggenomen?'

'Ja. Ik heb de Ford die buiten stond ook gecontroleerd. Die stond op dezelfde naam als de naam in de portefeuille. We ontdekten dat hij privédetective was. Toen verzon Mallory de smoes dat ze Bender had ingehuurd om Barts affaires te onthullen. Ze zou genoeg tijd hebben om dat te doen, omdat de politie tijd nodig zou hebben om Bender te identificeren. Ik was van plan me een tijdje niet te laten zien en dan met een plausibel verhaal weer op te duiken.'

'Je hebt dit jezelf allemaal op de hals gehaald.'

'Wat bedoel je daar nou mee?' riep Lamb.

'Ik durf te wedden dat jij voordat dit allemaal gebeurde contact met Peter Bonham in Frankrijk opnam en hem vertelde dat er een man aan het rondneuzen was. Dus gaat Bonham zelf ook op onderzoek uit. Hij ontdekt dat Bender privédetective is en denkt natuurlijk dat de man het op hem heeft gemunt, en niet op jou. En hij had gelijk. Dus komt hij eerder terug uit Frankrijk, vermoordt Bender en komt dan op het idee om jóú te misleiden. Hij stapt in de Ford en rijdt die van de Malibu Pier af. Ik dacht dat hij de Ford misschien in zijn garage had verborgen, maar zijn Bentley had de olie gelekt die ik vond. Wat bewees dat hij eerder uit Frankrijk was teruggekomen.'

'Je hebt gelijk. Ik nam inderdaad contact met hem op toen hij daar was en ik had moeten weten dat ik hem niet kon vertrouwen.'

'Bonham zat vaak maanden in Frankrijk. Wie hield in die tijd toezicht op de handel?'

Green zei: 'Hij had compagnons, maar ik noteerde ook nauwgezet elke zending en hield toezicht op de hele operatie. Dat deed ik beter dan hij, eerlijk gezegd.'

'Gefeliciteerd dat je zo'n fantastische crimineel bent.' Archer stak een sigaret op. 'O ja! Lamb, ik ben op oudejaarsavond naar je huis gegaan.'

Ze keek geschrokken. 'Waarom?'

'Je gelooft het misschien niet, maar ik maakte me zorgen om je. Ik belde naar je huis en een man nam de telefoon op. Toen wist ik dat niet, maar nu weet ik dat het Peter Bonham was. Ik zei dat ik je broer was. Hij zei dat je geen broer had, wat me had moeten waarschuwen. Want wie hij ook was, hij kende je goed. Later ging ik naar het strand en zag toevallig dat er een zending drugs aan land werd gebracht. Ik raakte verwikkeld in een gevecht met een man die, alweer, Bonham bleek te zijn. Pas later besefte ik dat de zaken met elkaar te maken hadden.'

'Waarom was Nathaniel die avond in mijn huis?'

'Waarschijnlijk om te kijken of je dat lijk al had gevonden en ervandoor was gegaan. Of misschien hoopte hij dat jij er was, zodat hij jou ook kon vermoorden. Daarna wilde hij er vermoedelijk stilletjes vandoor.'

'Dat kon hij heel goed, verdwijnen. Ik ben blij dat hij dood is.'

'Nou ja, jullie tweeën hebben gemoord en dat loopt niet goed af voor jullie.'

Lamb zei: 'Maak je maar geen zorgen, ze gaan ons echt niet executeren of zo.'

Archer keek haar verbaasd aan. 'O? Waarom dan niet?'

'Omdat we vrouwen zijn. Ik bedoel, mannen kunnen niet alles op hun eigen manier doen, wel?'

Archer stond meteen op en vertrok. Hij kon niet langer bij deze twee vrouwen blijven, vooral niet bij Eleanor Lamb.

En Archer had dringend een paar borrels nodig.

75

'Je hebt goed werk geleverd, Archer. Meer dan goed zelfs.'

Willie Dash stond voor het ziekenhuis, gekleed in een nieuw driedelig pak dat Morrison voor hem had meegenomen omdat hij tijdens zijn verblijf hier was afgevallen. Ze zat in de auto op hem te wachten. Dash was bijna volledig hersteld en zou nu teruggaan naar Bay Town. 'En Jake vroeg me je te bedanken omdat je Paley erbij hebt gelapt. En ik wil je daar ook voor bedanken.'

'Dat had ik zonder jou niet kunnen doen.'

'Natuurlijk had je dat gekund. En je hébt het ook gedaan. Ga je vandaag ook terug naar Bay Town?'

'Nee, nog niet.'

Dash keek hem scherp aan en opeens lichtte zijn blik op. 'Ga je óóit terug?'

Archer kon die vraag niet beantwoorden en dus zweeg hij.

Dash zei met een alwetende glimlach: 'Elk jong vogeltje moet uiteindelijk zijn eigen weg vinden. Kan niet eeuwig in het nest van zijn moeder blijven.'

'Ik ben dus een jong vogeltje?'

'Dat was je toen je drie jaar geleden bij me kwam, Archer. Maar nu ben je dat niet meer.' Hij bekeek Archer van top tot teen. 'Je vleugels zien er behoorlijk sterk uit.' Hij pakte Archers hand. 'Maar als je ooit een oude speurder nodig hebt om een zaak te helpen op te lossen, ben ik je man.'

'Bedankt, Willie. Bedankt voor alles.'

Archer keek hen na toen ze wegreden en liep daarna naar zijn Delahaye, die hij uit Bay Town had opgehaald.

Hij reed naar Beverly Hills en stopte voor het gebouw van

Green & Ransome Productions. Hij nam de lift naar boven en liep het kantoor binnen.

De verhalen over Mallory Green, Eleanor Lamb, de Jade Lion en Darren Paley hadden in elke goede en slechte krant van de stad gestaan en zelfs het landelijke nieuws gehaald. Maar het verhaal over filmsterren die in compromitterende situaties waren betrapt, werd nooit gepubliceerd. Archer vroeg zich af hoeveel de studio's daarvoor hadden moeten betalen. Hij nam aan dat de roddelbladen met dat geld een heleboel uitbundige feesten zouden vieren en dat velen een bonus zouden krijgen.

Audrey, de receptioniste, keek Archer verdrietig aan. 'Juffrouw Ransome is op de set bij Warners. Dat werd op het laatste moment bekend. We hebben uw telefoonservice gebeld, maar zij konden u niet op tijd bereiken. U staat op de lijst van de bewaker.'

'Ik kan er nu wel naartoe gaan.'

Ze keek nog veel verdrietiger en zei: 'Het is echt vreselijk wat er is gebeurd. Meneer Green is volkomen van slag.'

'Dat geloof ik meteen. Hij is zijn privévliegtuig kwijt en kan niet langer bakken met geld uitgeven in Vegas. Hoewel ik niet weet wie meer van slag is, hij of de maffia, die zijn inkomsten kwijt is.'

Archer stapte in de Delahaye en reed naar het noordoosten, naar Warner Brothers zo'n vijftien kilometer verderop.

Cecily Ransome zat alleen in een filmset in een enorme opnamestudio in de openlucht.

Toen Archer binnenkwam en om zich heen keek, zei ze: 'Iedereen is weg om te lunchen, maar ik had geen trek.' Ze droeg een zwarte rok waaronder haar blote ongeschoren benen zichtbaar waren, een wit smokingoverhemd, een zwart herenvest en zwarte flatjes.

Bohemien in hart en ziel, dacht hij.

Hij ging tegenover haar in een regisseursstoel zitten. 'Ik probeer je al twee weken telefonisch te bereiken.'

'Het spijt me. Ik vind het moeilijk alles te verwerken.'

'Heb je mijn verslag ontvangen?' vroeg hij.

'Ik heb het woord voor woord doorgenomen. Wat een verhaal.'

Archer zei: 'Voel je vrij het te verfilmen, maar dan moet je me wel uitnodigen voor de première. Dan kan ik eindelijk eens een film zien. Ik wil wel dat je voor mijn rol een man uitkiest die er leuk uitziet en het niet erg vindt om te worden neergeslagen of beschoten.'

'Ik verlaat Barts huis en begin mijn eigen bedrijf.'

Archer keek haar vol respect aan. 'Wat goed!'

'Het is wel een beetje eng, maar ik heb het gevoel dat ik het echt moet doen en dat het daar nu het goede moment voor is.'

'Je moet altijd naar je gevoel luisteren. Te lang ergens over nadenken heeft meer dromen verpest dan wat ook.'

Ze keek Archer aan alsof ze zich afvroeg of ze eerlijk kon zijn of maar beter haar mond kon houden. 'Hoe was Ellie toen je haar zag?'

'Niet bijzonder blij, maar wie zou dat wel zijn in haar situatie?'

'Wat gaat er met haar gebeuren?'

Archer leunde naar voren. 'Hou je van je oudoom? En heb je respect voor zijn mening?'

'Dat heb ik je verteld.'

'Je moet weten dat je geliefde en gerespecteerde Sam Malloy me vertelde dat hij Eleanor Lamb nooit heeft vertrouwd en vond dat ik dat ook niet moest doen. En weet je wat? Hij had gelijk. Ze heeft trouwens ook weer blonde krullen. Weet je, Cecily, ze heeft je gebruikt. Zoals ze haar hele leven iedereen heeft gebruikt. Nee, dat neem ik terug. Haar man heeft haar gebruikt en zij betaalt hem en de rest van de wereld terug voor zijn oorspronkelijke zonde. Ik zeg niet dat hij het niet verdiende, want dat is wel zo. Maar dat geldt niet voor ieder ander die ze iets heeft aangedaan, zoals jíj.'

'Alles wat je zegt klinkt volstrekt logisch.'

'Maar?'

'Maar het is niet gemakkelijk.'

'Natuurlijk niet. Dat zijn dit soort dingen nooit. Maar over zes maanden, door alles waar je nu mee bezig bent, kun je je haar niet eens meer herinneren.'

'Dat geloof ik niet.'

'Dan moet je me over zes maanden maar bellen en me vertellen wat je gelooft,' zei hij scherp en vol overtuiging.

'Je weet er niets van!'

'Ik weet wel dat jij niet de enige bent die zoiets overkomt. Alleen heb jij verdomd veel geluk gehad, want op een bepaald moment zou Eleanor Lamb je een kogel door je hoofd hebben gejaagd. Geloof me, dat heeft ze ook met mij geprobeerd.'

Ransome leek geschokt door zijn hardvochtige woorden.

'Goed,' zei Archer toen hij haar blik zag. 'Jij bent een vrouw die graag nare en zorgwekkende zaken onderzoekt in plaats van bloemen en zonneschijn. Maar weet je, al die ellende bestaat echt en mensen zoals ik worden daar elke dag weer mee geconfronteerd. Vergeet je liefdesverdriet dus maar, richt alles wat je nu voelt op het maken van een film en zorg dat je dat kleine beeldje wint dat iedereen in Hollywood zo graag wil hebben. Dat zal vele malen beter zijn dan de beste therapie die je voor geld kunt kopen.' Hij stond op, lichtte zijn hoed en vertrok.

76

Archer had misschien tien stappen buiten de opnamestudio gezet toen iemand hem riep. Hij keek opzij en zag dat Samantha Lourdes hem wenkte.

Ze droeg een achttiende-eeuws kostuum met glanzende accessoires en een pruik waarvan de haren hoog op haar hoofd waren vastgespeld met namaaksieraden.

Hij liep naar haar toe. 'Welke rol speel je, die van Marie Antoinette?'

'Wie heeft je dát verteld?'

Zijn mond viel open. 'Nee! Echt waar?'

'Ja, echt waar.'

Hij keek naar haar opgestoken haar. 'Hoe kom je je kleedkamer binnen met dat kapsel?'

'Het bestaat uit één stuk en is helemaal nep. Net zoals deze stad.'

'Vreemd dat ik je hier zie.'

'Helemaal niet. Cecily vertelde me dat je zou komen.'

'Ken je haar?'

'Zij en ik hebben met elkaar gepraat. Zij begint haar eigen bedrijf.'

'Ja, dat heb ik gehoord. Ik hoorde ook dat je contract bij MGM afliep. Dus wat doe je hier bij Warners?'

'Ze hebben me uitgeleend. Het is ingewikkeld. Maar wist je dat een arbeidsovereenkomst in Californië niet langer kan duren dan zeven jaar?'

'Nee, want ik heb nooit een arbeidscontract gesloten. Ik leef van dag tot dag met af en toe een schietpartij en een paar klappen zonder dat ik daar extra voor reken.'

'Hoe dan ook, mijn contract liep af. MGM wilde me heel graag bij laten tekenen, maar ik heb ze verteld dat dat niet ging gebeuren.'

'Ja, mijn vriendin vertelde me dat er werd gezegd dat jij je eigen productiebedrijf wilde beginnen en je eigen weg wilde gaan.'

'En een van mijn eerste projecten doe ik samen met Cecily. Niet dat Jade-script, want die voldoening wil ik Eleanor Lamb niet geven. Maar een ander verhaal dat me echt dwingt om te acteren.'

'Volgens mij wordt dat een groot succes.'

'Wacht eens even, wie is die vriendin over wie je het net had?'

'Liberty Callahan. Zij is ook actrice. Niet van jouw kaliber, nog niet tenminste, maar ze heeft grote bewondering voor je. Ze was hier laatst nog voor de opnamen van een film over atoomgeheimen.'

'Wacht... Lang, blond, zwoele stem? Een vrouw die zich beweegt zoals ik niet eerder iemand heb zien bewegen en op wie alle mannen vallen?'

'Ja, dat is ze. Hoewel je het net zo goed over jezelf zou kunnen hebben.'

'Misschien kan ik haar wel gebruiken.'

Archer haalde een kaartje uit zijn zak, schreef Callahans naam en nummer achterop en gaf dat aan haar. 'Ze woont in de buurt van Melrose, vlak bij de countryclub. Jullie lijken heel veel op elkaar.'

'Bedankt, Archer. Weet je, ik heb in de kranten gelezen wat er allemaal is gebeurd. Dat was vreselijk. Je bent bijna gedood.'

'Dat was alleen nog maar wat in de kranten stond. Er is veel meer dat niemand hoeft te weten.'

'Je moet wel heel moedig zijn om te doen wat je deed.'

'Ik had geen tijd om moedig te zijn, Sam. Ik had alleen tijd om dekking te zoeken.'

'Komt Darren ooit weer uit de gevangenis?'

'Darren gaat naar San Quentin en eindigt in de gaskamer. Opgeruimd staat netjes.'

'Ja, misschien wel.'

Hij keek haar stomverbaasd aan. 'Zeg alsjeblieft niet dat je nog gevoelens voor hem hebt! Dan zou iedere man die probeert het goede te doen zich een enorme sukkel voelen, ik ook.'

'Ik voel niets voor Darren, Archer. Sterker nog, ik sta voor eeuwig bij je in de schuld, omdat jij ervoor hebt gezorgd dat ik van hem af ben. Voorgoed.'

'Kijk, dat hoor ik graag.'

'Het was heel slim dat je dit allemaal hebt ontdekt, weet je.'

'Verdomme, ik ben zo slim dat ik wel arts had kunnen worden. Maar omdat ik absoluut niet wist wat ik met al dat geld zou moeten doen, ben ik maar detective geworden.'

Ze glimlachte en kwam heel dicht bij hem staan. 'Ik vind dat jij en ik elkaar beter zouden moeten leren kennen.'

'Echt waar?'

Ze keek hem aan met de blik die hem, zoals hij wist, volkomen hulpeloos maakte.

'Niet doen, Sam.'

Ze keek verbaasd. 'Wat?'

'Je bent een fantastische vrouw en je enige gebrek is dat je voor de verkeerde man valt. De wereld ligt aan je voeten, zodat je iets veel beters zou moeten zoeken dan ondergetekende.'

Ze streek over zijn arm. 'Dat is dus precies de reden dat ik jou zo aardig vind. Voor jou moet ik echt mijn best doen, Archer. Dat zet een vrouw aan het denken.'

'Dat zet een man ook aan het denken, mij tenminste wel.'

Ze stapte achteruit en keek hem onderzoekend aan. 'Wacht eens even. Ben je verliefd op iemand?' Ze zweeg even. 'Op deze Liberty misschien?'

'Neem me dat alsjeblieft niet kwalijk, en haar ook niet.'

'Weet ze dit?'

'Misschien wist ik het zelf niet eens, tot twee seconden geleden.'

Lourdes gaf Archer een knuffel die hij helemaal tot in zijn ziel voelde. 'Dan moet je maar naar haar toe gaan en dat tegen haar zeggen. Een vrouw wil zoiets altijd weten.'

'Ze heeft heel veel met me meegemaakt. En ik wil alles voor haar doen. Dus...'

'Dat kan dus niet beter, volgens mij.'

Hij speelde met zijn hoed. 'Even goede vrienden dan?'

'Verdomme, Archer, jij hebt zojuist in je eentje mijn vertrouwen in mannen helemaal hersteld.' Ze kuste hem op de wang.

Hij liep door, nog steeds met zijn hoed in de hand. En hij glimlachte zoals hij misschien nog nooit had geglimlacht.

77

Archer droeg zijn mooiste pak, zijn schoenen waren glimmend gepoetst, zijn haar was net geknipt, zijn kaken waren gladgeschoren en hij had zelfs een nieuwe hoed gekocht.

Hij klopte aan, hield de bloemen voor zich en keek naar de Volkswagen op Callahans oprit.

Callahan opende de deur en keek hem glimlachend aan. Maar het viel hem op dat ze hem niet omhelsde en hem geen kus gaf, zoals gebruikelijk was nadat ze elkaar een tijdje niet hadden gezien.

Ze droeg een mouwloze zwart-witte jurk met witte handschoenen, zwarte visnetkousen en zwarte pumps. Om haar lange hals hing een elegante diamanten halsketting die hij niet eerder had gezien. En ze had haar haar opgestoken op een ingewikkelde manier waarvoor zo te zien veel tijd en talent nodig was geweest. 'Archer, ik wist niet dat je vanavond zou komen.'

'Ik wilde je verrassen. Het is alweer lang geleden.'

'Ja, eh... dat is waar.'

Hij zag een stola van sabelbont op een tafeltje naast de deur liggen. Die was ook nieuw. 'Verdomme, je gaat uit. Daarom ben je zo mooi gekleed.'

'Dat klopt, sorry.' Ze keek langs hem heen. 'Maar kom alsjeblieft binnen. Ik wil je iets vertellen.'

Hij liep naar binnen en gaf haar de bloemen. Om de een of andere reden was hij alles wat hij tegen haar had willen zeggen helemaal vergeten. Hij dacht diep na, dacht aan elke zin, aan alle woorden en toen, voordat hij kwam bij waar hij naartoe wilde, verdwenen ze in het niets, net als Cedric Benders Ford in de oceaan bij de Malibu Pier. Hij hoorde de plons en toen verdronken al zijn zorgvuldig bedachte opmerkingen in de Stille Oceaan.

'Prachtige bloemen, Archer, dank je wel. Ik zet ze meteen in het water.'

Terwijl zij weg was, keek hij om zich heen. Hij had het zo druk gehad met het oplossen van de zaak, en Callahan was in Arizona bezig geweest met de opnamen voor een film, dat ze elkaar al meer dan een maand niet hadden gezien. Op een tafel lag een aansteker die hij niet kende. Hij pakte hem en streek met zijn nagel over de letter S.

Toen Callahan terugkwam met de vaas bloemen vroeg hij: 'Heeft iemand deze laten liggen?'

Ze keek ernaar, zette de vaas op een tafel en zei: 'Ga alsjeblieft zitten.'

Archer nam plaats en keek naar haar terwijl ze niet naast hem, maar tegenover hem ging zitten met de brede salontafel tussen hen in. Dat symboliseerde iets waardoor zijn maag verkrampte. 'Je ziet er prachtig uit,' zei hij behoedzaam.

'Dank je wel.'

'Hé, heb je die rol in die Hitchcock-film nog gekregen? Hoe heette die ook alweer?'

'*Dial M for Murder*. En nee, ik heb die rol niet gekregen. Maar wel een prima rol in een film die deze zomer uitkomt, *Gentlemen Prefer Blondes*. Die film is vorig jaar opgenomen, maar volgens mij heb ik je dat nooit verteld. Ik speel een zangeres-danseres en had een paar teksten.'

'Nou, déze man geeft zeker de voorkeur aan blondines,' zei Archer, terwijl hij nog steeds probeerde de ijsschotsen te breken die hij overal om zich heen voelde.

'Marilyn Monroe speelt er niet in mee. Zij is echt geweldig. Niemand kan "Diamonds Are a Girl's Best Friend" zingen zoals zij. En twee andere films waar zij in speelt komen dit jaar uit. Zij wordt een ster.' Ze zweeg even. 'En ze is vier jaar jonger dan ik.'

'Nou en, Liberty? Iedereen doet dingen op een ander moment in zijn leven.'

Ze zwegen, nu alles over Hollywood wel was gezegd.

Archer voelde het al aankomen, net zoals hij elke veldslag had voelen aankomen waarin hij tijdens de oorlog had meegevochten. Je voelde gewoon dat het noodlot dichterbij kroop en je hand ging naar je identiteitsplaatje en je hoopte dat dat plaatje er als je sneuvelde nog steeds was, zodat het leger wist waar ze het telegram over je dood naartoe moesten sturen. En je stoffelijke resten.

Ze zei ten slotte met trillende stem: 'Ik las de kranten toen ik weg was. Mijn god, alles wat je hebt meegemaakt. Het is een wonder dat je nog leeft.'

De manier waarop ze het woord 'wonder' uitsprak beviel hem niet, helemaal niet. Hij zei: 'Alles is goed gekomen. Geen kogelgaten in mijn lichaam of zo.' Zodra hij dat zei had hij er al spijt van.

Callahan was lijkbleek geworden en sloeg een hand voor haar mond.

'Liberty, ik ben in orde, echt waar.'

'Ik... heb met Connie gepraat.'

'Waarover?' vroeg hij meteen.

'Ze vertelde me over...Vegas, de woestijn. Over Darren Paley... en jou.'

Archer speelde nerveus met zijn hoed. Dat voelde vreemd op een nare manier. Helemaal niet aangenaam. Zijn zenuwen verdwenen niet, maar balden samen. 'Dat wist ik niet.'

'Jíj hebt me dat niet verteld.'

'Ik ga je echt niet vervelen met elk klein ding...'

Ze stond op, met een woedende en wilde blik. 'Klein! Twee seconden later en je was vermoord. En dat noem je klein?'

Archer wist niet wat hij moest zeggen, dus zei hij niets. Hij keek haar alleen maar aan, op zoek naar een opening om dit terug te brengen naar een niveau dat hij kon hanteren. Maar hij vond het niet.

'Als Willie er niet was geweest...' Haar stem ebde weg en haar bleke gezicht werd bijna grijs. Ze viel weer terug in haar stoel.

'Maar hij was er wél, Liberty. Dat is het punt.'

'Maar hij zal er niet altijd zijn. Dát is het punt!'

'Wat wil je dat ik zeg?' vroeg hij, een heel klein beetje boos.

'Je hoeft helemaal niets te zeggen, Archer. De zaak is heel duidelijk. Mijn droom om beroemd te worden valt in duigen en jouw droom...'

'Ja?' vroeg hij, iets bozer dan hij vermoedelijk had gewild.

'... is in een nachtmerrie veranderd. Voor mij tenminste.'

Er werd op de deur geklopt.

'Verwacht je iemand?' vroeg Archer nieuwsgierig.

'Ja, inderdaad.'

Callahan beheerste zich, stond op, streek haar jurk glad, voelde of haar haar goed zat en liep naar de deur.

78

De man die had aangeklopt was een jaar of vijfenveertig, ongeveer even lang als Callahan en slank. Hij had een snor en een teruglopende haargrens waar ook weinig haar achter zat. Hij was gekleed in een duur pak van blauwe wol met een gele anjer op zijn revers en had een chique hoed in zijn hand.

Callahan gaf hem een kus op de wang en nam zijn arm.

Hij had een boeket bij zich dat veel groter was dan Archers boeket.

'Prachtige bloemen, Harold, dank je wel.'

Archer stond op en keek eerst naar hem en toen naar Callahan, die even de tijd nam om de bloemen ergens neer te leggen.

'Harold Stevens, dit is mijn vriend Archer. Harold en ik hebben elkaar leren kennen toen ik in Arizona met die filmopnamen bezig was, Archer. Hij produceert de film waar ik voor Warners in speel.'

Stevens liep met uitgestoken hand naar Archer toe. 'Liberty looft me altijd meer dan ik verdien. In werkelijkheid ben ik maar een eenvoudige accountant die alleen in de aftiteling van deze film wordt genoemd als bedankje van Jack Warner omdat ik wat werk voor hem heb gedaan dat hij volgens mij enorm heeft gewaardeerd. Maar ik heb een goed kantoor, heb veel werknemers en kan er goed van leven. Maar het beste dat deze productie heeft opgeleverd is mijn ontmoeting met Liberty.'

'Accounting is mooi vast werk en hij is de weekends vrij, nietwaar, Harold?' zei Callahan.

'Zeker weten, schatje.' Hij sloeg zijn arm nonchalant om Callahans middel.

Dat onschuldige gebaar raakte Archer enorm.

Stevens raakte haar halsketting even aan. 'Ik wist dat deze je prachtig zou staan toen ik hem bij de juwelier in Beverly Hills zag.'

'Het was een fantastisch cadeau,' zei ze. Ze keek Archer aan en zei: 'We gaan vanavond naar een feest van een studio, diner met dansen na.'

'Klinkt goed,' zei Archer, zo zacht dat hij het zelf bijna niet kon horen. Hij keek naar de stola, die vermoedelijk ook een cadeau van deze man was geweest.

Stevens zei: 'Wauw, er staat een geweldige auto voor het huis. Is die van jou, Archer?'

'Ja, dat is een Delahaye. Ik heb hem in Reno gewonnen met gokken. Ongelofelijk, nietwaar? Klopt toch, Liberty?'

'Daar was iets meer voor nodig, Archer.'

Stevens zei peinzend: 'Archer, Archer, die naam ken ik ergens van. Stond er laatst niet iets over jou in de krant?'

Archer keek Callahan aan en zei: 'Volgens mij was dat een andere Archer.'

'Wat doe jij voor de kost?' vroeg Stevens.

'Ach, van alles en nog wat. Ben nu even niet aan het werk.'

Stevens zei lachend: 'Ik weet precies wat je bedoelt. Dat deed ik vroeger ook. Maar toen dacht ik: wat zijn de zekerheden in het leven? Dat zijn de dood en belastingen, nietwaar? En daarom hebben mensen altijd goede accountants nodig. Dus, voilà. Ik heb echt geluk gehad.' Hij keek naar Callahan en voegde eraan toe: 'En dat heb ik nog steeds.'

'Nou, ik wil jullie niet ophouden. O ja, volgens mij is deze van jou.' Hij gaf Stevens de aansteker.

De man grinnikte. 'Die heb ik de vorige keer dat ik hier was zeker laten liggen.' Hij keek glimlachend naar Callahan.

Archer keek ook naar haar.

Zij staarde alsof ze in trance was voor zich uit. Toen zei ze: 'Ik zal je even uitlaten, Archer. Harold, maak even iets te drinken voor jezelf klaar. Je weet waar alles is.'

'Prima, schatje. Leuk je te ontmoeten, Archer. Hoop dat je snel een nieuwe klus krijgt. Als ik iets kan doen om je te helpen, laat je het maar weten. Een vriend van Liberty is een vriend van mij.'

'Ja, bedankt. Vond het ook leuk jou te leren kennen.'

Callahan liep met Archer mee naar buiten. Achter de Delahaye stond een lichtblauwe cabriolet Cadillac Eldorado, model 1952, met een witte rand op de banden, staartvinnen en een mond vol chromen tanden aan de voorkant.

'Van Harold?'

'Ja.'

'Fraaie auto.'

Naast de Cadillac met alle toeters en bellen leek de Delahaye klein. Vergeleken met Archers auto leek de Eldorado één ding te symboliseren: het oude is uit en het nieuwe is in.

Callahan streek over het portier van de Delahaye. 'Ja, maar deze is nog steeds uniek.' Ze keek Archer aan, die nog steeds naar haar stond te staren. 'Goed, ik weet dat je in de war bent en gekwetst en... een heleboel andere dingen.'

'Luister, als je van hem houdt, is het niet belangrijk wat ik allemaal voel en denk.'

'Hij is wel aardig, maar ik ken hem nog niet lang genoeg om te weten of ik wel of niet van hem hou, Archer.'

'Dat gebeurt meestal heel snel als het de ware is.'

Ze leunde tegen de Delahaye en keek hem fronsend aan. 'Hoe zou jij dat moeten weten?'

'Misschien weet ik dat beter dan je denkt. En het feit dat hij je die halsketting gaf, betekent dat hij denkt dat het belangrijk is.'

Ze sloeg haar armen over elkaar. 'Waarom kwam je hier vanavond naartoe?'

'Dat is volgens mij niet belangrijk. Nu niet, tenminste.'

Ze keek naar het huis, naar... Harold.

'Hij behandelt me echt goed en hij is... hij is...'

'"Veilig" is denk ik het woord dat je zoekt. Het ergste wat hem waarschijnlijk kan overkomen, is dat hij zich snijdt aan al het papiergeld dat hij moet tellen.'

Ze trok haar wenkbrauwen op. 'Dat is precies waar het om gaat.'

'Ja, dat kan ik nu wel begrijpen.'

Ze vouwde haar handen alsof ze zich schrap zette voor wat ze moest zeggen.

Archer vond dat het leek alsof ze de belangrijkste tekst van haar leven moest uitspreken. En ergens was dat misschien ook wel zo.

'Ik kan niet meer op jouw manier leven, Archer. Ik kan niet langer elke avond gaan slapen terwijl ik me afvraag of jij de volgende dag de zon nog zult zien opkomen of niet. Ooit word ik zelf dan misschien niet meer wakker. Ik kan er niet meer tegen.'

Hij sloeg zijn blik neer. 'Ik heb denk ik nooit begrepen hoe erg het voor je was.'

'Dan moet je blind zijn,' zei ze scherp.

'Misschien ben ik dat ook wel,' gaf hij toe.

Met een gedwongen glimlach zei ze, iets luchtiger. 'En we wonen niet eens in dezelfde stad. Dus...'

Archers vechtlust was verdwenen. Hij wist het, en zij ook. Daarom, besefte hij, ging ze niet langer in de aanval. Dat hoefde ze niet te doen. De strijd, als je het al zo kon noemen, was voorbij.

Hij zei: 'Luister, ik hoop dat het allemaal goed uitpakt voor je. En als het niet met hem is, dan misschien met een andere man.'

'Wanneer ga je terug naar Bay Town?'

'Ik ga denk ik niet terug.'

'Wat?' vroeg ze geschrokken.

'Je wilt hem niet laten wachten. Een fijne avond.'

Callahans masker van luchthartige onverschilligheid verdween. Ze stapte naar hem toe en sloeg haar lange armen om hem heen. Ze huilde zacht tegen zijn brede schouder, terwijl hij afwezig op haar rug klopte en een paar woorden zei die hij al was vergeten zodra hij ze had gezegd.

Ze kuste hem op de mond, keek hem onderzoekend aan en zei: 'Vaarwel, Archer.'

Hij keek haar na toen ze snel terug naar haar huis liep en in haar ogen wreef. Toen ze de deur opende en naar binnen ging, hoorde hij op de radio een lied. Het ging misschien over verlies, dat wist hij niet zeker. Maar misschien ging elk lied dat ooit was geschreven in zekere zin over verlies.

Hij zette zijn nieuwe hoed op en stapte in zijn oude Delahaye met kogelgaten.

'Vaarwel, Liberty,' zei hij, voordat hij de auto in de versnelling zette en wegreed.

79

'Bedankt, Jake,' zei Archer. 'Dit is heel belangrijk voor me.'

Archer had altijd geweten dat Jake Nichols eigenaar was van de bar op de begane grond van het gebouw van drie verdiepingen. Wat hij niet had geweten, was dat de rest van het gebouw ook van Nichols was.

Ze stonden in de gang op de bovenste verdieping voor een kantoor dat uit twee vertrekken bestond. Op de ruit van parelglas in de deur stond in zwarte letters dat dit het kantoor was van Aloysius Archer, privédetective met een vergunning van de staat Californië.

'Probeer al een jaar om deze armoedige ruimtes te verhuren.'

'Durf te wedden dat je niemand anders hebt aangeboden deze ruimtes voor een dollar per jaar te huren. Dan had je vast wel huurders gevonden.'

Nichols draaide zijn rolstoel om. 'Maar die zouden de man door wie ik in deze fraaie kinderwagen ben beland niet ten val hebben gebracht. Ik vind een dollar per jaar meer dan redelijk.'

Archer keek naar zijn naam op de ruit. 'Het was geen gemakkelijke beslissing. Ik mag Willie en Connie echt heel graag. En Bay Town is ook niet verkeerd.'

'Maar LA is heel uniek. En iets zegt me dat jij en Willie toch nog samen aan heel veel zaken zullen werken.'

'Waarschijnlijk wel. Ik kan zijn hulp wel gebruiken.'

'Wacht! Voor ik het vergeet, moet ik je nog iets geven.' Hij gaf Archer een witte envelop.

'Wat is dat?'

'Kwam een ouwe vent vandaag brengen. Hoe wist hij dat je nieuwe kantoor hier was?'

'Ik heb een advertentie in de krant gezet, een paar telefoontjes gepleegd en het tegen een paar mensen gezegd. Het begint al bekend te raken.'

'Hij zei dat hij een gepensioneerde LAPD-rechercheur was.'

'Wacht even, heette hij Sam Malloy?'

'Ja, volgens mij wel. Ken je hem?'

'We hebben elkaar weleens ontmoet. Aardige vent.'

'Nou, hij liet me beloven dat ik dit aan je gaf. En hij zei dat ik je succes moest wensen en jou moest bedanken voor iets wat je hebt gedaan voor iemand om wie hij veel geeft. Dat zijn zijn woorden. Weet je over wie hij het had?'

'Ja, inderdaad.'

'Kom straks naar de bar, dan vieren we dit met een drankje. Je weet wel, het begin van een nieuwe levensfase en zo. Van het huis.'

'Natuurlijk, maar geef me eerst wat tijd om dit allemaal te verwerken.'

Nichols keek hem strak aan. 'Archer, je hebt de juiste beslissing genomen. Het werd tijd. Ik heb het hier met Willie over gehad en hij denkt er net zo over.'

'Het is zelfs tijd voor een heleboel veranderingen in mijn leven.'

'Wat bedoel je daar precies mee? Hé, had je geen vriendinnetje of zo? Daar had Willie het over. Wat vindt zij ervan dat je voor jezelf gaat werken?'

Archer raakte de tekst op de deur even aan. 'Dat hoeft ze niet te weten.'

'Waarom niet? Wacht even, zijn jullie niet meer samen?'

'Bij nader inzien drink ik liever een andere keer wat met je, Jake. Morgen misschien?'

'Goed, Archer. Zelf weten.' Nichols draaide zijn rolstoel om en reed naar de lift.

Archer opende de deur van zijn nieuwe kantoor, liep naar binnen en deed de deur achter zich dicht.

Het was niet veel bijzonders. De kleine receptieruimte was leeg, want Archer had op dit moment geen receptioniste en zou die vermoedelijk ook nooit krijgen. Maar met een paar stoelen, een salontafel en een paar oude tijdschriften kon het een wachtkamer zijn voor potentiële klanten. Ze konden hier wachten tot hij hen kon ontvangen, dat hoopte hij tenminste.

Zijn kantoor was vier bij vier meter en had gestuukte wanden. Een vieze plafondventilator draaide langzaam rond. Er stonden een bureau en een stoel voor hem en een paar voor cliënten. En twee dossierkasten die helemaal leeg waren. Op het kleine gebutste dressoir stonden een paar glazen en daar wilde hij een kleine bar maken, zodat hij iets kon drinken als hij dat wilde en zodat hij iets te drinken kon aanbieden aan cliënten als ze dat nodig hadden, wat vermoedelijk het geval zou zijn. Een raam achter zijn bureau keek uit op een raam van een ander gebouw, waar misschien een andere arme ziel probeerde een eerlijke boterham te verdienen.

Hij ging aan zijn bureau zitten, haalde zijn heupflacon tevoorschijn, schonk wat whiskey in een van de glazen en nam een slok. Dat voelde goed, als een kus op de wang of een vriendelijk woord precies op het moment dat je daar behoefte aan had.

Archer opende de envelop en haalde er twee dingen uit. Het eerste was een cheque op zijn naam afkomstig van Cecily Ransome. Het bedrag dat erop stond, was meer dan hij in rekening zou hebben gebracht als hij een maand aan de zaak had gewerkt en dat kwam boven op het voorschot van vijfhonderd dollar. Het tweede was een handgeschreven brief op briefpapier van Warner Brothers.

Bedankt voor het advies, Archer. Ik ben van plan het op te volgen. En weet dat ik altijd je vriendin zal zijn. Cecily.

Normaal zou Archer geen cent méér accepteren dan hij had verdiend, hoogstens een kleine bonus voor een bijzonder goed uitgevoerde opdracht. Hij vond het onaangenaam om bij andere mensen in de schuld te staan. Maar dit zou hij wel aannemen, omdat het hele bedrag naar Willie Dash zou gaan. Ziekenhuizen en operaties om kogels uit je lijf te halen waren niet goedkoop en de man had dat extra geld meer dan verdiend.

Hij vouwde de cheque op en stopte hem in de zak van zijn colbert.

Toen leunde hij naar achteren op zijn stoel en keek naar de ruit in de deur waar zijn naam op stond.

Vanaf nu zou zijn levenspad naar voren leiden, in de richting van de nieuwe golven die op hem afkwamen, in plaats van naar de ruwe golven onder hem die hem hadden gegeseld.

Verdomme, ze kunnen je maar één keer raken.

Het belangrijkst was wat er op je afkwam. En of je daarmee kon dealen. En zelfs als je dat niet kon, ging het erom hoe je probéérde ermee te dealen.

Leven en je leven leven waren twee afzonderlijke dingen, wist hij inmiddels. Het eerste was zuiver biologisch en het tweede was al het andere.

Ja, veiligheid was één ding, een belangrijk ding. Maar echt leven was iets volkomen anders. Hij had besloten voor dat andere te kiezen. En dat had hem veel gekost, misschien wel meer dan hij op dit moment besefte. Toch had hij een vrij goed idee.

Het heeft me al het andere gekost.

En dus zat Aloysius Archer op zijn stoel te wachten tot iemand, wie dan ook, zijn kantoor binnenkwam.

Dankwoord

Voor Michelle, bedankt dat je er altijd voor me bent en alle andere dingen regelt zodat ik kan gaan zitten om verhalen te verzinnen!

Voor Michael Pietsch, Ben Sevier, Elizabeth Kulhanek, Jonathan Valuckas, Matthew Ballast, Beth de Guzman, Anthony Goff, Rena Kornbluh, Karen Kosztolnyik, Brian McLendon, Albert Tang, Andy Dodds, Ivy Cheng, Joseph Benincase, Alexis Gilbert, Andrew Duncan, Morgan Martinez, Bob Castillo, Kristen Lemire, Briana Loewen, Mark Steven Long, Thomas Louie, Marie Mundaca, Rachael Kelly, Kirsiah McNamara, Lisa Cahn, John Colucci, Megan Fitzpatrick, Nita Basu, Alison Lazarus, Barry Broadhead, Martha Bucci, Ali Cutrone, Raylan Davis, Tracy Dowd, Melanie Freedman, Elizabeth Blue Guess, Linda Jamison, John Leary, John Lefler, Rachel Hairston, Tishana Knight, Jennifer Kosek, Suzanne Marx, Derek Meehan, Christopher Murphy, Donna Nopper, Rob Philpott, Barbara Slavin, Karen Torres, Rich Tullis, Mary Urban, Tracy Williams, Julie Hernandez, Laura Shepherd, Maritza Lumpris, Jeff Shay, Carla Stockalper, Ky'ron Fitzgerald en iedereen bij Grand Central Publishing, omdat jullie de verwachtingen altijd overtreffen.

Voor Aaron en Arleen Priest, Lucy Childs, Lisa Erbach Vance, Frances Jalet-Miller, en Kristen Pini, omdat jullie steeds beter worden.

Voor Mitch Hoffman, omdat je me aanspoort om voor elk boek het beste uit mezelf te halen.

Voor Anthony Forbes Watson, Jeremy Trevathan, Lucy Hale, Trisha Jackson, Alex Saunders, Sara Lloyd, Claire Evans, Laura

Sherlock, Stuart Dwyer, Jonathan Atkins, Christine Jones, Leanne Williams, Andy Joannou, Charlotte Williams, Rebecca Kellaway, Charlotte Cross, Lucy Grainger, Lucy Jones en Neil Lang van Pan Macmillan, omdat jullie doorgaan me tot nog grotere hoogte te stuwen.

Voor Praveen Naidoo en het geweldige team van Pan Macmillan in Australië. De ene nummer 1 na de andere. Jullie zijn de besten!

Voor Caspian Dennis en Sandy Violette, omdat jullie me altijd enorm steunen.

En voor Kristen White en Michelle Butler, want zonder jullie beiden zou dit allemaal niet gebeuren!